Klaus Schümann

Der Trommler

Lokale Ereignisse,
individuelle Rückblicke
und reine Ansichtssachen

Klaus Schümann Verlag · Hamburg

Es ist umsonst, dass dir das Glück gewogen ist,
wenn du nicht selbst erkennst, wie sehr du glücklich bist.

Andreas Tscherning

Hamburg 2008
Umschlaggestaltung: Achaz Prinz Reuss
Titelfoto: Stefan Malzkorn
Herstellung: Atelier Schümann GmbH
Gesetzt aus der Sabon
Druck und Bindung: Aalexx-Druck
Printed in Germany

ISBN 978-3-9811530-4-0

www.klaus-schuemann-verlag.de

Meinen Töchtern
und den Enkeln Lenas Benedikt,
Bennet Valentin und Liva Teresa

Der Inhalt

&

Vorweg

&

Wer seine Gedanken und Erinnerungen aufschreibt, ist entweder ein höchst interessanter oder ein sehr bedeutsamer Mensch.

Ich bin beides nicht. Ich bin weder höchst interessant, geschweige denn sehr bedeutsam.

Ich behaupte auch nicht, dass ich mit diesem Buch, Ihnen, als schon bei diesen Zeilen von mir geschätztem Leser, nun mit großer Geste meine Memoiren ans Herz lege. Und doch wage ich es, bisherige Erlebnisse und Lebensabschnitte meines Daseins (bis zum aktuellen Lebensalter von knapp 60 Jahren) in einem Buch niederzuschreiben.

Mit den typischen Knoten und Verwicklungen eines roten Fadens ist ein jeglicher Weg vollgespickt mit Erinnerungen, Erkenntnissen und Meilensteinen. Ob es sich nun lohnt, diese aufzuschreiben, möge ein jeder für sich entscheiden. Das Schreiben ist dabei die eine Seite, das Geschriebene zu lesen eine andere. Ob es in diesem hier vorliegenden Fall sinnvoll erscheint, lege ich ergeben in das Urteil und in die Hände des Lesers.

Da ich zu der Spezies zähle, die Menschen an sich interessant und spannend finden, habe ich auch eine zunehmende Vorliebe für Biographien entdeckt. Erinnerungen auch vermeintlich unbedeutender und unbekannter Zeitgenossen fanden daher ebenso mein Interesse, wie die Lebenswege epochemachender Genies. Ermuntert durch die Aufzeichnungen von Menschen wie du und ich und begeistert vom Niederschreiben plötzlich sprudelnder Gedanken und Erinnerungen, habe ich den Schritt gewagt und bin angefangen.

Das war vor rund zwei Jahren und brachte nicht gerade bemerkenswerte Aufzeichnungen in Form von 30 Manuskriptseiten hervor.

Löschtaste.

Noch mal von vorn.

Diesmal ging es zügig. Nach zwei Monaten stand das Werk und der Gedanke reifte, ein Buch daraus zu machen.

Viele meiner aufgezeichneten Erinnerungen wurden wieder lebendig, je deutlicher ich mich dem Geschehenen in Gedanken näherte oder je besser ich mich erinnern konnte. Längst Verschollenes tauchte aus den Tiefen der Gedankenspeicher wieder auf. Manchmal musste ich lächeln, dann wieder nachdenkliche Blicke aus dem Fenster werfen.

War ich das?

Habe ich das so erlebt?

Und so selbstverständlich wie die Müdigkeit kamen auch die Zweifel:

Wozu machst du das?

Wer soll das lesen, wen interessiert das schon?

Sie ahnen, wie diese Gedanken endeten, sonst hätten Sie das Buch nicht in den Händen.

Ich wünsche mir, dass meine Aufzeichnungen Ihr Interesse finden und Sie unterhalten. Und ich hoffe, die Genannten sind mit meinen sie betreffenden Interpretationen einverstanden.

Bliebe noch nachzutragen, dass der Gedanke zu diesem Buch einer ungeschriebenen Rede entsprang. Anlässlich des 25jährigen Jubiläums meiner Zeitschrift *Hamburger Klönschnack,* hatte ich beschlossen, zur zentralen Party mit geladenen Gästen in der Rede, die ich zu halten gedachte, etwas ausführlicher über das Drumherum und den Weg dahin zu reden.

Immer wieder bewegte ich Themen vergangener Tage im Kopf, die ihren Niederschlag in meinen Worten finden sollten. Bis ich schließlich feststellte, dass sich die „Rede" – noch ein wenig ausführlicher formuliert – viel besser in einem Buch machen würde.

Damit hatte ich die notwendige Motivation, mich an die Tastatur heranzusetzen und mit meinen Aufzeichnungen zu beginnen, was den am Abend Geladenen immerhin eine langwierige Jubiläumsansprache ersparte.

Klaus Schümann
Hamburg, im November 2007

Ich bin ein Nasen-Mensch

&

Der Geruch ist es. Er speichert alte Erinnerungen mit den perfektesten und untrüglichsten Langzeitwerten. Ereignisse werden im Laufe der Jahre schwächer in der Erinnerung. Vorstellungen an bekannte Menschen aus vergangenen Tagen verblassen, Melodien entschwinden bis zur Verzweiflung, manchmal sogar ganz. Gerüche bleiben. Noch heute nenne ich einen sehr speziellen Geruch mein eigen, der mich an nun wirklich lang zurückliegende Kindertage erinnert und sicher gespeichert auf meiner Festplatte im Hirn schlummert.

Nur abrufen kann ich ihn nicht.

Gerade mal vier Jahre zählte ich, als ich auf dem Hinterhof mit Nachbarskindern jener Altonaer Wohnung zu spielen pflegte, die meine Eltern nach zweifacher Ausbombung bezogen hatten. Eine Nebenstraße mit Kopfsteinpflaster und dunklen Altbauten, doch nicht ohne Charme. Gegenüber – wir wohnten in der Parterre-Wohnung – befand sich ein Kohlenhändler. An seine Gerüche kann ich mich nicht erinnern. Nur die feinen Atome hinter unserer Mietswohnung, die kleinen Spezies, die unseren Sinn für die Fähigkeiten der Nase so raffiniert beherrschen und beeindrucken, haben wohl für ewig meine Geruchserinnerung an diesen und die damit verbundenen Umstände unseres bescheidenen Lebens festgezurrt. Dieser erdige Geruch, diese Mischung aus Hinterhof, Draußenspielen, schwarzer Erde und wer weiß was noch – er wurde mein erster Geruch mit festem Erinnerungswert.

Ich begegne ihm heute noch.

Nicht auf Hinterhöfen, eher völlig unvermittelt setzt irgendetwas diese lange zurückliegenden Vergangenheiten in der Nase frei und meldet freudigen Alarm im Hirn:

Da ist er wieder!

Und mit ihm alle Vertrautheiten, Sicherheiten und Geborgenheiten jener Tage. Bei mitunter mühsamen Versuchen, den Geruch im Kopf zu bebildern, ist schon wieder Schluss. Da kommt nichts. Nur vage erinnere ich mich an Spielkameraden, Pfützen und jene schwarze Hinterhoferde, die meine Erde war. Der Geruch jedoch kommt immer mal wieder, nicht verschwenderisch, aber deutlich wie aus einer Zeitmaschine sitzt er jäh im Hirn.

Es ist übrigens zwecklos, ihm hinterherzulaufen.

Was bleibt, ist die Hoffnung auf ein Wiederriechen.

Eineinhalb Jahrzehnte später begegnete mir wieder einmal ein sonderbarer Geruch, den ich nach eingehender Verfolgung für sehr gelungen hielt. Ich hatte meine Ausbildung als Schriftsetzer bei *Krögers Buch- und Verlagsdruckerei* in Blankenese angetreten und war vom ersten Tag an über die Geruchs-Mischung aus Papier, Farbe und Druckmaschinen begeistert. Ich ahnte sofort, dass ich die richtige Berufswahl getroffen hatte.

Das große Ganze, die Ergebnisse bedruckten Papieres mit der unverwechselbaren Nasenschmeichelei, wuchs nach wenigen Tagen zum festen Bestandteil für Nase, Hirn und Zukunft. Im Gegensatz zu meinem Hinterhofgeruch kann ich heute jederzeit eine Druckerei betreten und an die Quelle des Farb-Papier-Maschinen-Geruchs treten, um eine Nase zu nehmen, auch wenn die Entwicklung der Technik die alte Sorte von damals mit digitalem Mief verwässert.

Es gibt „Augen-Menschen“ und es gibt „Ohren-Menschen”. Ich bin, auch wenn ich gern sehe und höre, ein „Nasen-Mensch“ und habe schon immer alle möglichen Dinge des Lebens vorzugsweise mit der Nase erforscht.

Natürlich läge es da nahe, mich mit einer Profession in der Aura des Parfums wiederzufinden. Doch meine Welt war der Geruch von Papier und Druckerfarbe und der Sound der Druckmaschinen – auch wenn sich mein Job eher durch das Klicken der Tastatur auszeichnet. Und welcher Redakteur steht heute noch an der Rotationsmaschine, um sich von seinem Drucker eine druckfrische Ausgabe vom ratternden Ausleger der Falzmaschine geschickt aus der lautstark wandernden Reihe der Titelseiten ziehen zu lassen? Die kennt er schließlich schon in Farbe und in allen Einzelheiten von seinem Bildschirm.

Den Setzer jener Tage, meiner Tage, den gibt es längst nicht mehr. Seit Gutenbergs Erfindung Mitte des 15. Jahrhunderts hat sich bis Mitte der 1960er-Jahre im Prinzip nicht viel geändert. Satte 500 Jahre bastelten die Schriftsetzer – vom verwendeten Material und einigen Veränderungen in der Blei-Legierung einmal abgesehen – die Druckstöcke in der Art und Weise, wie es der Meister seinerzeit erfunden hatte: Sie arbeiteten mit der beweglichen Letter. Gut, es wurden Anfang des 20. Jahrhunderts die gegossenen Zeilen erfunden. Das war schon eine große Erleichterung. Umfangreichere Textmengen in kleinen Schriftgraden wurden sehr zur Erleichterung der handsetzenden Typografen, in ganze Zeilen gegossen. Nur für die Überschriften – so hießen damals die Headlines – griffen die Jünger der Schwarzen Kunst noch fleißig in die Setzkästen.

„Ich habe es dir schon hundert Mal gesagt: Du sollst die Lettern nicht mit der Pinzette ziehen!“, donnerte mein Ausbildungsmeister im zornigem Tonfall durch die Gasse, wie jene Arbeitszeile hieß, in der wir mit zwei bis drei Schriftsetzern unseren Arbeitsplatz hatten.

Zu beiden Seiten der Gasse säumten unzählige Setzkästen, nach Schriftart und Typengröße sortiert, das Wirkungsfeld der *Metteure,* wie die Setzer bei ihrer Tätigkeit, aus den gegossenen Zeilen eine Druckseite zusammenzufügen, auch genannt wurden.

„Tut mir Leid, ist aber nichts passiert!“, murmelte ich, bei einer Ur-Sünde der Handsetzerei ertappt, verlegen zurück, kam aus meiner Hocke in der Setzereigasse wieder hoch und zog den Steckkasten aus seinem Fach, um den Bleilettern den notwendigen Respekt der fachlichen Handhabe zu erweisen.

„Dir fehlt die Achtung!“, mußte ich mir noch anhören, während die Kollegen ein zwanzig Cicero breites Grinsen aufsetzten.

Größere Lettern lagen nicht in den allgemein bekannten Setzkästen, die später zu Nippes-Regalen degradiert an den Wänden hingen und ihr Dasein mit Parfümproben, kleinen Schnapsflaschen oder sonstigem Schnickschnack fristeten. So ab ungefähr zwanzig Punkt große Schriften steckten, aneinandergereiht und alphabetisch übersichtlich sortiert, in einem Steckkasten. Hier greift der Setzer nicht leichtfüßig wie am normal sortierten Setzkasten für die kleinen Grade mit den Fingern über die Fächer, um seine Zeile im Winkelhaken zusammenzusetzen. Am Steckkasten muss er die Buchstaben ziehen wie der Zahnarzt den Zahn.

Das geht mit den klassischen Setzer-Werkzeugen, Pinzette oder Ahle, zwar wesentlich besser, birgt aber die Gefahr, beim

Abrutschen vom Buchstaben die weiche Bleilegierung im Druckbild des Buchstabens zu ritzen. Und damit wäre die Letter für alle Zeit hinüber – oder zumindest auf Lebenszeit mit Narben markiert. Auch alten Hasen passierte das immer wieder, denn der bequeme Weg war gängige Praxis.

Ich hatte also just mit der dafür verbotenen Pinzette Lettern jener dreiviertelfetten Futura in vierundzwanzig Punkt für die Wochennummern hinter der großen Überschrift „Theaterplan Woche..." aus dem Steckkasten ziehen wollen, als mich Meister Klaus – so hieß der mit Nachnamen – dabei ertappte:

„Schrift ist teuer, nimm' gefälligst die Finger! Oder willst du ein neues Kilo bezahlen?"

Bleischriften wurden in Kilo geliefert und berechnet. Sei es die Anschaffung neuer Schriften oder das Nachfüllen arg strapazierter Lettern aus gängigen Schriftfamilien – immer wurden die frischen und sauberen Buchstaben von der Schriftgießerei in eingewickeltem Ölpapier geliefert und von einem als besonders seriös und sich der Bedeutung der Lettern bewussten Mitarbeiter der Verlagsdruckerei in die Steck- oder Setzkästen einsortiert.

Zwischen den Druckern und den Setzern herrschte Kleinkrieg. Mit fiesem Witz und ätzendem Sarkasmus ausstaffiert, verlief kaum ein Arbeitsgespräch unter den Jüngern der Schwarzen Kunst ohne entsprechende Bemerkung über die vermeintlich geringfügigere Bedeutung des Anderen.

„Drucker haben alle eine Feile im Kopf!", war ein Standardspruch der Gehilfen aus meiner Lehrzeit. Die Setzer fühlten sich grundsätzlich den Druckern überlegen, weil die letztlich nur ausführten, was die Setzer zuvor zusammengesetzt hatten (dabei haben sie so etwas wie einen Autor oder Redakteur einfach ignoriert oder sahen sich bestenfalls gleichbedeutend mit dem Schöpfer geistiger Inhalte). Die Drucker wiederum empfanden den Setzer nur als lästige Vorstufe auf dem Weg zum Leser; denn ohne Drucker könne man die Worte ja wohl kaum unter das Volk bringen.

Gelegentlich nahmen diese Eifersüchteleien in der Bedeutungs-Reihenfolge obskure Formen an, die darin gipfelten, dass ein hinterhältiger Drucker eine mühsam gesetzte Form „aus Versehen" an der Druckmaschine fallen ließ. Nicht selten war dann die Arbeit von Stunden für die Katz und die Wut entsprechend groß. Auch wenn man dem fahrlässigen Drucker keine Absicht unterstellte, sprach doch die entschuldigende Häme des Kollegen Bände.

Auch untereinander herrschte bei den Setzern der *Norddeutschen Nachrichten* der derbe Scherz. So begab es sich zur Vorweihnachtszeit, dass der obligatorische Adventskranz – an der Decke gehalten von einer grauen Kolumnenschnur – Nadeln streuend in dem Moment zu Boden ging, als just ein Kollege unter der gekränzten Zier stand und augenblicklich mit dem grünen Kranze samt Kerzen gekrönt wurde. Sehr zum Vergnügen der umstehenden *Pachulken*, wie der Schriftsetzer im Gehilfenkreis früher gern genannt wurde.

Höchstes Ansehen genossen in der Blütezeit der Buchdruckerkunst (die lag allerdings vor meiner Zeit) die so genannten *Schweizer Degen*. Jene, nach der zweiseitig scharfen Stichwaffe benannten Jünger der Schwarzen Kunst, waren in den alltäglichen Sticheleien so gut wie unantastbar. Sie verbreiteten absolute Autorität innerhalb des Berufsstandes, denn sie hatten zwei Ausbildungen hinter sich: Buchdrucker und Schriftsetzer.

Zu Beginn des vorigen Jahrhunderts wähnte Karl Marx die Schriftsetzer noch im Nirwana der Arbeiterschaft. Für ihn waren die Buchstabenleute die „Aristokraten des Proletariats".

Mit glänzend gewichsten Schaftstiefeln erschienen die Herren der Schrift in den zurückliegenden glorreichen Tagen in den Gassen, um um die Wette *glatten Satz* aus den Setzkästen zu heben. Dabei ging es darum, möglichst viele Zeilen einer bestimmten Satzbreite (die in etwa der Satzbreite dieses Buches entsprach) von Hand, und natürlich möglichst fehlerfrei, in den Winkelhaken zu setzen und nach wenigen Zeilen die jeweils vollendeten auf das *Schiff* – so nannte man das Tablett, auf dem der Satz verarbeitet wurde – zu heben. Der *glatte Satz* zählte beim Abschluss zum Schriftsetzer seinerzeit noch zur Prüfungsarbeit.

An der Schaltstelle

&

Meine ersten satztechnischen Fähigkeiten gelangten mir schnell zum Fluch. Schon im zweiten Jahr der Lehre, noch bevor ich setzerisch über den Umweg des wöchentlichen Theaterplans – eine überaus fummelige Angelegenheit mit kleinen Schriftgraden – zur Titelseite der *Norddeutschen Nachrichten* gelangte, war die Fertigung von Todesanzeigen werktäglicher Alltag.

Das Beerdigungsinstitut *Carl Seemann & Söhne* befand sich nur wenige Schritte vis-à-vis der Verlagsdruckerei. Institut und Druckerei waren ein Vertragsverhältnis eingegangen. Einer der entscheidenden Punkte des Vertrages muss absolute Termintreue gewesen sein. Kaum hatte sich ein Bürger unseres Stadtteils für immer zur Ruhe begeben, erschien ein Vertreter des Instituts – sozusagen von der Schwarzen Zunft zur Schwarzen Kunst – in der Setzerei, um für das nötige Rundschreiben an die Verbliebenen in Form eines Trauerbriefes zu sorgen.

Auch wenn es auf Freitagnachmittag zuging, der Tod kümmert sich ja bekanntermaßen herzlich wenig um den irdischen Feierabend, hatte ich noch schnell einen dieser schwarzgeränderten Briefe zu erstellen, die nach der Druckfreigabe ein Stock tiefer am zischenden und rhythmisch pustenden Tiegel in meistens geringer Auflage vervielfältigt wurden.

So ergriff ich meinen Winkelhaken, klaubte leicht angesäuert die Garamond-Lettern in *Korpus*-Größe (zehn Punkt) aus dem Setzkasten, setzte den Namen des Verblichenen eingerückt in halbfetter *Tertia*-Größe (sechzehn Punkt) und schloss das traurige Informationspaket in *Borgis* (neun Punkt) oder *Petit* (acht Punkt) mit dem Zeitpunkt der Trauerfeier ab. Die schwarzen Ränder brauchte ich nicht mit zu setzen. Die Papierindustrie war längst so weit, mit Trauerrand vorbehandelte Briefe an die Druckereien zu liefern. Der fertige Satz, zwischen *Regletten* und *Stegen* zu einem in sich stimmenden Format mit Blindmaterial abgeschlossen, bekam seinen Halt durch die graue *Kolumnenschnur* und war damit transportsicher, um in der Druckmaschine auf den hochstehenden Buchstaben die schwarze Farbe der Ewigkeit zu empfangen.

Und es wurde viel gestorben.

Für eine Weile überlegte ich, ob ich nicht als Bestatter eine solidere Ausbildung fürs Leben gewählt hätte. Schwarz wäre die Kunst ja schließlich auch...

Literarisch betrachtet, hatte das Setzen von Todesanzeigen durchaus Unterhaltungswert. Häufig wurden Psalmen und Aphorismen bemüht, um dem Verblichenen die notwendige Achtung beizugeben.

Auch bedeutende Dichter kamen zu Wort: Matthias Claudius beispielsweise, der wurde immer gern genommen. Oder Größen wie Goethe und Schiller, aber auch Stefan Zweig und Antoine de Saint-Exupéry wurden per schwarz umrandeter Botschaft den Hinterbliebenen ins Gewissen gesetzt, um die Bedeutung des Verstorbenen wenigstens posthum zu würdigen und dem Abschied eine gewisse Würde zu verleihen. Falls man sich zu Lebzeiten geringfügige Versäumnisse gegenüber dem Verstorbenen vorzuwerfen hatte.

Es gab kleine Karten im DIN A6-Format – mit oder ohne

Klappe – und es gab den Trauerbrief, der im größeren DIN A5-Format vierseitig daherkam.

Das zu bedruckende Papier stand in zwei Ausführungen zur Verfügung – gehämmert oder mit Leinenstruktur – hatte aber auf das Geschlecht keine Auswirkung, eher auf den sozialen Status. So war der Trauerbrief auf Leinenpapier (Schrift: *Largo!)* schon etwas Besonderes und fand sich meist in vermeintlich gehobener Bedeutung des Betroffenen wieder.

Manifestierte Individualität als letzte Botschaft und Wertschätzung.

Seltsamerweise hatten die Leinenpapier-Leute immer gleich mehrere Vornamen und häufig auch akademische Titel, während die gehämmerte DIN A6-Karte (Schrift: *Garamond!)* Menschen mit einsilbigen und schlichten Namen vorbehalten war. Letztere hatten meistens auch keine literarische Widmung von den Angehörigen erhalten.

Den Klassiker „Plötzlich und unerwartet ...” hatte ich als Stehsatz auf meinen Regal.

Wer typographisch in den Schriften *Times* oder *Helvetica* verabschiedet wurde, war schlecht dran. Meiner Meinung nach konnten Angehörige die Belanglosigkeit des gelebten Lebens nicht besser gipfeln.

Zarte Versuche, verstorbene Bürger mit edleren Schriften zu verabschieden, scheiterten am Feierabendwillen des Sachbearbeiters in der Druckerei oder am mangelnden Einfühlungsvermögen des Bestatters.

In eindrucksvoller Erinnerung ist mir das Motto für einen schwulen Druckereibesitzer geblieben, der mir auf meinem späteren Weg als selbstständiger Schriftsetzer begegnete und in den frühen Jahren eigenen Schaffens zu meinen größeren Kunden zählte.

Seine Lebensgefährtin (!) hatte dem in der Tat plötzlich und unerwartet Verstorbenen den schlichten Satz

Tot ist nur, wer keine Spuren hinterlässt!

über die ansonsten notwendigen Angaben der Trauerinformation formuliert. Ich konnte ihm meine Referenz erweisen, in dem ich für den vor mir gesetzten Trauerbrief die klassizistische und schnörkellose *Palatino* wählte.

Als Jahrzehnte später mein Freund Walter Weber an der absurd-brutalen Leukämie starb, erinnerte ich mich an diese Zeiten und setzte mich dafür ein, dass sein brachial-schlichtes, wenngleich auch persönliches Lebensmotto, als Widmung auf den Todesanzeigen und Trauerbriefen (Schrift: *Fenice)* erschien:

Lass' uns leben, das Etikett kleben wir später drauf!

Rein handwerklich zählte die überschaubare Herausforderung beim Setzen von Todesanzeigen nicht unbedingt zu den bemerkenswerten Fingerfertigkeiten eines Handsetzers. Das Erledigungsprinzip beherrschte die Aufgabe. Kollegen, denen die Literatur dahinter verborgen blieb, wälzten den Job gern ab – gegen ein Geringes, versteht sich, das in der Regel aus einem Becher Kaffee oder Kakao aus dem Automaten bestand.

Praktischer war da schon der Ausflug auf das Stehsatzregal. Hier verbargen sich nicht abgelegte – sprich: nicht in die Setzkästen zurück gelegte – Buchstaben und Inhalte, die durchaus wieder verwendbar waren. Technisch ohnehin, aber eben auch inhaltlich. Aus einem sechszehn Punkt *(Tertia!)* starken Paul Müller in der halbfetten *Garamond,* oder der ein wenig eleganteren *Largo* in *Kapitälchen,* ließ sich natürlich mühelos eine Hertha Möller basteln, ohne die gesamte Traueranzeige neu setzen zu müssen, denn die Rohform konnte bleiben wie sie war. Und die Zeilen für Daten und Hinterbliebene samt Adresse waren ebenfalls schnell geändert.

Eine Form der Herstellung, die den Lehrlingen aus Gründen der reinen Lehre natürlich verboten, aber aufgrund dessen und wegen der Effektivität im Besonderen – gerade am späten Freitag – umso beliebter war.

Die Kommunikation rund um den Tod fand zusehens mein Interesse.

Was schrieben die Leute nicht alles auf Grabsteine. Darüber sind sogar Fachbücher verfasst worden.

Hammerich Oetzmann, Senior in Nienstedten, den ich viele Jahre später kennenlernte, erinnerte mich mit einer satirischen Grabinschrift an diese Tage. Er hätte gern für sich den Text

Entschuldigen Sie bitte, dass ich liegen bleibe

unter Namen und notwendigen Daten gemeißelt.

Sehr beeindruckt hatte mich später auf einem Friedhof eine ganz andere Grabinschrift:

Wo du stehst, war ich auch.
Wo du hingehst, bin ich schon.

Ich ahnte zur Zeit der Todesanzeigen-Herstellung nicht, dass ich dem eigentlichen Thema wenige Jahre später noch einmal sehr direkt und sehr deutlich näher kommen würde.

Satztechnisch spannender war da schon die Herstellung von Prospekten, Handzetteln oder Plakaten. Ganz vorn in der Beliebtheitsskala waren ohne Zweifel die Plattencover unserer Vor-CD-Ära. Gigantische Bleiblöcke im Originalformat waren gleich vier Mal vonnöten, um die Klischees eines Vierfarb-Motivs in den Farben der so genannten Euro-Skala drucken zu können. Ein mühsehliger Weg der Druckvorlagenherstellung, deren Umständlichkeit Fingerfertigkeit und handwerkliches Geschick erforderte und für die heutige Tastaturgesellschaft nur schwer nachvollziehbar ist.

Die vermeintliche Nähe zu Musikern, Künstlern und Interpreten faszinierte mich bei der Herstellung von Plattencovern, denn immerhin gehörte ich damit so gut wie dazu.

Ja, natürlich, der Drucker musste seinen Senf schließlich auch noch dazugeben...

Doch nichts hat mich mehr beeindruckt als die Herstellung der Druckformen einer Zeitung, der Seitenumbruch. Mit ehrfurchtsvoller Sehnsucht sah ich den älteren Kollegen beim Zusammenstellen der Titelseite über die Schultern. Hier wurde noch „im Blei" formuliert. Der Fließtext war umbrochen, der Vorspann hatte seinen Platz eingenommen. Da legte Chefredakteur Herbert Peitsch die Stirn in Falten und sinnierte die Überschrift dem lauernden Kollegen in den Winkelhaken.

Passt nicht?

„Moment...", überlegte der Chef der Worte und blickte zu den Neonlampen an der Decke, die in Kolonnenstärke die Setzerei erhellten. Er formulierte den gleichen Inhalt mit weniger Worten. Der Setzer legte erneut los. Die Lettern flogen in den Winkelhaken, hier und da hat er noch ein wenig in den Wortzwischenräumen ausgeglichen – bis die Zeile saß.

„In Ordnung! Das geht rein!", bestätigte der Metteur und hob die Zeile für die kommende Ausgabe auf den Titel der Seite, die vor ihm als kompletter Satz auf dem großen *Schiff* lag.

Das war sie, die Schaltstelle zur Macht.

Und die Gerüche von Blei, Papier, Druckfarbe, Druckmaschinen und Manuskripten taten ein Übriges. So sollte meine Zukunft riechen – oder zumindest daran erinnern. Mit war klar, dass nicht der Setzer Ziel meines beruflichen Lebens sein konnte. Irgendwann würde auch ich über Überschriften nachdenken. Ich wusste, mein Tag würde kommen.

Zunächst kam er hin und wieder mit der wöchentlichen Auslieferung der NN, so das Kürzel für die 1879 von Johannes Kröger gegründeten *Norddeutschen Nachrichten* und war von meinen Zukunftsvorstellungen noch weit entfernt.

Die NN erschien freitags.

Gemeinsam mit Nicki, einem einarmigen Griechen, hatte ein Lehrling der Setzerei die Chance, NN-Pakete an die Bahnhofskioske auf der S-Bahn-Strecke Blankenese-Hauptbahnhof auszuliefern. Der Job war in Lehrlingskreisen schwer beliebt, bot er doch Abwechslung aus dem Einerlei von Schnellschuß-Todesanzeigen am Freitagmittag. Seltsamerweise wurden für den Hilfsjob die Schriftsetzerlehrlinge bevorzugt, sehr zum Ärger der Buchdruckerlehrlinge.

Es musste mit dem Intellekt zu tun haben...

Die Arbeit war simpel, doch es bedeutete meine Einführung in das Vertriebssystem von Zeitungen, wenn auch am Ende der Logistikkette. Nicki und ich schoben eine Sackkarre mit gebündelten, frischen – und herrlich nach Rotationsdruck duftenden! – Ausgaben der aktuellen NN zum S-Bahnhof.

Nicki hatte den Überblick und ich machte den Flitzer. Eine gewisse Sportlichkeit war von Vorteil: Den Zeitungskiosk auf den Bahnsteigen erreichen, das Paket abgeben und das Abteil mit Nicki und seinen NN-Bündeln wiederzufinden und hereinzusprinten, bevor der Mann mit der roten Mütze in seine Pfeife blies, war so die zeitliche Vorgabe. Wir wussten genau, an welcher Stelle des Zuges wir einsteigen mussten, damit wir die Bahnsteighändler auf kürzestem Weg erreichen konnten.

Letztes Ziel eines jeden Freitags war ein dunkles Büro unter den Treppen auf den S-Bahnsteigen am Hamburger Hauptbahnhof. Hier endete die Vertriebstour und es ging etwas ruhiger zur Sache. Nicki kannte die Männer vom Bahnhofsvertrieb, die unsere NN auf die vielen Verkaufsstellen im Hauptbahnhofsbereich zu verteilen hatten.

Hier roch es nach Kaffee aus Thermoskannen, Butterstullen, Linoleum, Lux-Filter und U-Bahn-Schacht. Die Männer, die dort mehr oder weniger arbeiteten, hatten ständig die weltpolitische Lage als Thema und taten so, als wüssten nur sie die Lösung allen Übels.

In der Bahnhofsvertriebsbude gab es immer etwas abzustauben. Zeitungen und Zeitschriften von gestern sind Zeitungen und Zeitschriften, die keiner mehr haben will. Aber sie wollen berücksichtigt und abgerechnet sein. Das sind die so genannten Remittenden, die entweder weggeworfen werden – die Fachwelt spricht von „körperlos remittiert“ – oder wieder in den Handel kommen.

Damals gab es noch eine andere Variante: Die Männer remittierten die Titelseiten, damit man nicht so viel Papier zu tragen hatte.

Diese Zeitschriften ohne Titelseite waren unsere Trophäe des freitäglichen Vertriebsausflugs. Einzig ärglich war der Umstand, dass ausgerechnet die häufig vorkommende Bikini-Frau auf der zur ordnungsgemäßen Abrechnung entfernten Titelseite nun fehlte.

Wer Glück hatte, war rechtzeitig mit der Tour durch und hatte ein gutes Dutzend Magazine und Illustrierte in der Aktentasche – wenn auch allesamt ohne Titelbilder. Wieder rein in die S-Bahn und ab nach Hause.

Feierabend.

Die Ahnungslosen

&

Die Bleisatzherstellung einer Zeitung hatte auch ihre unangenehmen Seiten. Schon am folgenden Montag schlug der Alltag wieder zu.

Der Schrecken einer Setzerei jener Tage war der Theaterplan. Diesen Bleiwust aus ganzzeiligem Maschinensatz mit hinzugefügtem Handsatz, Messinglinien und allen Größen und Sorten des Blindmaterials zu einer aktuellen Druckform zu fertigen, war nahezu unmöglich. Der Theaterplan war nämlich ein Stehsatz, was soviel bedeutete, dass immer wieder aktuell an dem aufbewahrten Blei-Einerlei herumgewurschtelt wurde. Kein fertig ausgebildeter Gehilfe hatte Lust dazu. Es war schlicht unter seiner Würde.

Lehrlingen im dritten Lehrjahr wurde die Übernahme des Theaterplans hingegen wie ein satztechnischer Ritterschlag untergejubelt. Und jeder Vorgänger war froh, endlich von dieser lästigen Herstellung befreit zu sein.

Ich war dran.

Ich hatte den Theaterplan zu setzen und stellte mich meinem Schicksal. Ich lernte, gleichzeitig zu fluchen, zu schwitzen und mich zu konzentrieren. Linienanschlüsse wollten eingehalten werden, Gehrungen sollten bei stärkeren Linien für einen möglichst akkuraten Übergang sorgen, und der aus der Maschinensetzerei auf einem großen Regalbrett gelieferte Zeilensatz wollte sein Ziel zwischen Handsatz-Überschriften, Blindmaterial und Messinglinien finden.

Ich murmelte etwas Unverständliches in Richtung Winkelhaken und stellte meine Zeile zusammen.

Meister Klaus war schon längst wieder in seiner Gasse verschwunden und über seinen Umbruch gebeugt. Er hatte einen Edel-Auftrag vor sich: die Seiten eines Magazins in drei Spalten mit Überschriften und Bildern. Im Prinzip viel einfacher als das Setzen eines Theaterplans, aber so war eben die Hierarchie.

Wir waren immer zu zweit in einem Ausbildungsjahr. So gab es also zwei im Ersten, zwei im Zweiten und Uwe und mich im Dritten. Uwe hatte eines Tages die Religion für sich entdeckt. Nicht so, wie jemand, der plötzlich sonntags in die Kirche geht und sanftmütig wird.

Nein, viel heftiger.

Er wurde zum Fundamentalisten!

Die Mittagspause gehörte der Bibel. Er zog eines dieser stabilen Stehsatzregale leicht hervor, um eine Sitzfläche zu erhalten, griff zur Bibel und las – Mittag für Mittag. Anfänglich forderte er die Kollegen auf, es ihm gleich zu tun und erntete Spott, Desinteresse, Verwunderung und ärgerliche Ignoranz.

Wir verfeinerten die Fähigkeiten des Setzens und lernten mehr und mehr Schriften zu unterscheiden. Während ich mit Siegward, der Gitarrist im zweiten Lehrjahr, fast wöchentlich neue Bands gründete (und wir immer als erstes die unserer Meinung nach dafür zwingend notwendigen Visitenkarten herstellten), machte sich Uwe durch sein zeichnerisches Können einen Namen. Besonders in Motorradfahrerkreisen würdigte man das Schaffen von Schriftsetzer-Uwe, denn keiner konnte so perfekt Harley-Davidson-Motive auf Jeans-Jacken malen wie er. Wild dreinblickende Adlerköpfe mit Höllen-Schriftzügen und teuflischen Wappen machten seine bemalten Jeans-Kutten zu Kultklamotten der von Berufs wegen böse dreinblickenden Motorrad-Szene.

Als ihn der Glaube in verschärfter Form traf, war Schluss mit lustig. Uwe stellte die Jackenmalerei von heute auf morgen ein und widmete sich ausschließlich der Bibel. Das ging letztlich so weit, dass sein gesamtes soziales Umfeld hinten raus fiel und sein neues Leben ihn zum verschrobenen Eigenbrödler prägte.

Lange nach Ende der Lehrzeit traf ich ihn wieder. Er hatte dem religiösen Wahn längst wieder abgeschworen und dachte nur noch mit Schaudern an diese Zeit.

Kryll und Hasko

&

Noch während der Grundschulzeit hatten Gerd Marwedel, mein Schulfreund der ersten Stunde, und ich den Weg zur Evangelischen Jungenschaft Blankenese (EJB) gefunden. Das waren so etwas wie Pfadfinder, die mit olivgrünem Hemd, einem blau-weiß gestreiften Halstuch, einer schwarzen *Juja* (eine geschlossene Bluse mit Kragenklappe wie bei der Marine) und in kurzen Lederhosen auf Kleine oder Große Fahrt gingen.

Das Ziel einer anstehenden „Großen Fahrt“ hieß Jugoslawien. Wir waren sechs Jungs, bildeten eine „Horte“ und hatten einen „Hortenführer” namens Eric.

Der hieß aber nicht so. Die Mitglieder der Horte trugen nämlich Namen, die bei den Wikingern entnommen waren. Gerd hieß Kryll und ich bekam den selten dämlichen Namen Hasko.

Niemand hatte auch nur ansatzweise ein komisches Gefühl beim Tragen der Kluft, wie Pfadfinder ihr Outfit nennen. Im Gegenteil, es gefiel uns, als einheitliche Gruppe erkannt zu werden. Dass die Leitfiguren unseres Hortenlebens, trotz evangelischem Lehrauftrag mit Bibelstunde, eher heidnischen Ursprungs waren, spielte keine Rolle. Wir waren vierzehn oder fünfzehn Jahre alt und das erste Mal winkte die absolute Freiheit!

Mit einem Kurswagen der Deutschen Bundesbahn reisten wir

sechs, samt Eric, der war immerhin schon achtzehn, von Altona bis Rijeka in sechsunddreißig Stunden. Zwei von uns konnten Gitarre spielen, die *Mundorgel,* das Liederbuch der Gutmenschen, war auch dabei und der Rest war Neugierde, Aufregung und jugendlicher Entdeckergeist.

Das Ziel war die Adria-Insel *Krk,* die zu Beginn der 1960er-Jahre so gut wie keinen Anschluss an die Welt hatte. Eine Fähre brachte uns in den Hafen, sehr zum Erstaunen der Fischer und Dorfbewohner, die Pfadfinder nicht kannten und uns möglicherweise für „Junge Pioniere" aus dem kommunistischen Teil Deutschlands hielten.

Die Bucht von *Bunçuluca* sollte für sechs Wochen unsere Heimat sein. Eric hatte beim Bürgermeister angefragt, der hatte die Erlaubnis gegeben, und nichts stand dem Aufbau unserer Herberge entgegen.

Die *Kote,* ein schwarzes, nach oben offenes Zelt – wie bei den Indianern – bauten wir verkehrt herum auf, so dass die einzelten Seitenteile gerade zwei von uns mit ihren Schlafsäcken fassen konnten.

Kryll und Hasko hatten natürlich ein Seitenteil zusammen.

Wir verbrachten ganz wunderbare Zeiten auf der jugoslawischen Insel. Niemand ließ sich aus der Ruhe bringen, als zweien von uns eines Nachts, wir waren gerade im Dorf von Fischer Ivo eingeladen, aßen Fisch und tranken ein wenig Wein, neben ein paar Habseligkeiten die Reisepässe gestohlen wurden. Mit jugendlichem Gespür fürs Abenteuer machte sich Eric mit den beiden Bestohlenen per Anhalter auf den Weg nach Belgrad zum deutschen Konsulat. Sie waren drei Tage unterwegs und kamen mit gültigen Ersatzpapieren wieder.

In unserem kleinen Zeltlager hatte mittlerweile eine zwischenmenschliche Beziehung die allgemeine Aufmerksamkeit geweckt: Ivo hatte eine Schwester, in die sich Gerds Bruder Dietrich unsterblich verliebte. Sie hieß Ljuba Mira Barbalic und sah toll aus, es reichte bei Gerd und mir jedoch nur zu Frotzeleien gegenüber dem Bruder.

Und der war fertig mit der Welt, er war schwer verliebt.

Die distanzierte Beziehung der beiden hatte für uns Vorteile. Ihr Bruder Ivo nahm uns um vier Uhr morgens zum Fischen mit und brachte uns gelegentlich einen ganzen Schwung Sardinen, die wir später am offenen Lagerfeuer grillten.

Oh, unbeschwerte Jugend, oh, Traum von Glück und ewiger Sehnsucht!

Nie wieder habe ich derart sternenklare Nächte gesehen, nie wieder so unbefangen diese frisch entdeckte Freiheit in ihrer intensivsten Form genießen können.

In der letzten Woche unseres Inseldaseins zog ein Pärchen aus Österreich mit einem kleinen Zelt als Nachbar in unsere Bucht, die ansonsten als menschenleeres Paradies unsere Träume beflügelte. Wir stellten uns ordentlich vor und saßen des Abends gemeinsam unterm Sternenhimmel.

Gerd und ich sahen die Freundin des Österreiches eines Morgens auf dem kurzem Weg von ihrem Zelt zum Strand. Sie lächelte uns freundlich an, grüßte und lief vergnügt in die sanfte Brandung des grün-blauen Adria-Wassers.

Sie trug den kleinsten Bikini, den wir je gesehen hatten.

Wir starrten mit offenem Mund hinterher.

Als wir wieder zuhause waren, hatten wir zwar eine „Große Fahrt“ erlebt, die es in sich hatte. Aber wir hatten, wenn auch auf Distanz, die Frauen entdeckt.

Die Mitgliedschaft bei der Evangelischen Jungenschaft Blankenese erledigte sich quasi parallel mit der Wahrnehmung weiblicher Signale.

Und Mädchen und Pfadfinder waren thematisch nur schwer vereinbar. Nein, sie schlossen sich sogar gegenseitig aus.

Decksjungen und Kupfererz

&

Ich hatte vor Urzeiten mal irgendwo angegeben, dass ich im Falle einer Einberufung gern zur Marine gehen würde. Die blauen Attribute wie Schiffe, Wasser und die doch wesentlich attraktivere Uniform als bei Heer oder Luftwaffe spielten in früheren Jahren eine große Rolle für mich. Die Zeiten änderten sich, doch dem Hang zur See, zur Romantik der Seefahrt, wollte ich im Fall der Zwangszeiten folgen.

Schon während der Schulzeit schlug meine erste seemännische Stunde. Der „Verband Deutscher Reeder" hatte sich damals in den Kopf gesetzt, Schüler für den Seemannsberuf zu begeistern und, um sie anzufüttern, ihnen die Mitarbeit auf Frachtschiffen der Handelsmarine zu ermöglichen.

Hans Duncker, ein Klassenkamerad, und ich waren nicht mehr zu halten und hatten als Siebzehnjährige für acht Wochen an Bord des Massengutfrachtes *MS Widar* der Seereederei Frigga angeheuert. Unsere Reise ging damals mit Luken voller Koks von Emden ins Mittelmeer nach Genua und mit Kupfererz aus Marokko zurück nach Rotterdam.

Als wir an unserem ersten Seemannstag in Emden die Gangway betraten landete ich zur Begrüßung gleich einen ersten unverzeihlichen Flop:

„Wo ist mein Zimmer?", fragte ich in meiner grenzenlosen

Naivität August Wybrands, den Schiffszimmermann. Schon hatte ich schlechte Karten.

Wir lagen noch eine ganze Woche im Dock von Emden. Im Hafenviertel hatten wir eine Tanzkneipe mit dem sinnigen Namen *Moulin Rouge* entdeckt und amüsierten uns dort königlich. Hans hatte ein Mädchen eingeladen und heftig geflirtet. Als wir wieder einmal ins *Moulin Rouge* trabten, bekam er von einem Ostfriesen ohne große Worte die Faust ins Gesicht.

Er hatte sich an die falsche Emdenerin herangemacht.

Später, im Hafen von Genua, hatte ich meinen zweiten peinlichen Auftritt:

Ich war dran mit Backschaft, das ist der Küchendienst, den ein Mitglied der Decksmannschaft für jeweils eine Woche zu übernehmen hat. Gleich am ersten Morgen sollte ich Kaffee für die Jungs in der Mannschaftsmesse kochen. Mir war allerdings bisher verborgen geblieben, dass die Pantry zwei unterschiedliche Wasserhähne hatte: einen zum Kochen und einen zum Abspülen und Aufwischen. Letzterer war der Salzwasserhahn...

Ausgerechnet Schiffszimmermann August Wybrands nahm den ersten Schluck und spie ihn gleich wieder im hohen Bogen über den festgeschraubten Tisch der Mannschaftsmesse.

Seine Worte donnerten mt dröhnender Stimme durch den Raum: „Welcher Flachmann hat den verdammten Kaffee gekocht und wartet jetzt aufs Kielholen?“

Mir ging die Muffe. Natürlich wusste er genau, dass ich der aktuelle Backschafter war.

„Kein Problem, Zimmermann“, versuchte ich es mit Selbstbewusstsein und wischte diensteifrig den Messetisch sauber. „Das haben wir gleich. Ich koch’ schnell neuen. ‘Schulligung!“

Celso Peredes, einer der sechs spanischen Decksarbeiter, Hans, mein Decksjungenkollege und Jochen, der deutsche Matrose, hauten sich vor Lachen auf alle Schenkel. Der Bootsmann schob seine ehemals weiße, ölige Schirmmütze in den Nacken und klopfte mir tröstlich mit der Hand auf den Hintern, darauf stand er nämlich.

Die Sache war schnell vergessen, denn in Genua streikten die Hafenarbeiter und unsere gute alte *MS Widar* lag satte neun Tage am Pier der Mittelmeerstadt.

Die Luken hatten wir gemeinsam mit der örtlichen Schmutzgang längst vom Kohlenstaub befreit und uns mit den Hafenarbeitern zum Fußballspiel in Luke 1 – Deutschland gegen Italien – getroffen. Bei Spielende sahen wir aus wie Bergmänner nach Schichtende, der Kohlenstaub in den Luken hatte sich in Nasen, Ohren und Augen festgesetzt.

August Wybrands, der Schiffszimmermann mit der tiefen Stimme und den breiten Händen, hatte so etwas wie die Aufsicht über uns. Vermutlich wurde er sogar offiziell vom Kapitän beauftragt, unter den achtundvierzig Mann Besatzung die beiden Siebzehnjährigen aus Hamburg im Auge zu behalten.

Schließlich war man zu der Zeit erst mit einundzwanzig Jahren volljährig.

Gern hat der Zimmermann einen über den Durst genommen. Auf See saßen wir dann bis spät in der Nacht und lauschten auf den Pollern des Achterdecks seinen abenteuerlich übertriebenen Geschichten. Als ihm zum Beispiel auf einer Südamerika-Reise am Orinoko die Mücken nach dem Stich besoffen vom Arm fielen, weil er wieder zu viel intus hatte. Oder als er uns mehrfach weismachen wollte, dass die Frauen in Asien „quer gebaut“ sind.

Darüber mussten wir erst einmal eine Weile nachdenken.

Wir waren wissbegierig und lernten tagtäglich mehr vom Alltag eines Seemanns.

Jochen brachte Hans und mir seemännisches Handwerk bei. Am Ende der Reise konnten wir Stahltrossen und Manilatampen spleißen, die Teakdecks kalfatern, Rost klopfen und Farbe nicht nur blickfest auftragen.

Und wenn mal keiner guckte war Verpissen im Kabelgatt die Lösung bis zum Feierabend.

Doch auch vor unangenehmen Horror-Jobs haben wir uns nicht gedrückt. Bei Wartungsarbeiten in der *Bilge* – das ist der kleine Zwischenraum zwischen Luken- und Schiffsboden – gab es eine Schmutzzulage. Rostklopfen im Kettenkasten der Anker war auch nicht gerade ein Decksspaziergang, musste aber gemacht werden. Rostklopfen war ohnehin jeden Tag auf See irgendwo nötig.

Den besten Rostklopf-Job hatte ich weit oben am Vormast. Mit einer soliden Brustsicherung saß ich im Bootsmannsstuhl, eine Art Brett mit Tampen und Haken, an den nach oben immer schmaler werdenden Sprossen des Mastes eingehakt und klopfte mit unglaublicher Aussicht vor mich hin. Unter mir wirkte schmal und fern das Schiffsdeck und in der Ferne sah ich die Inseln der Balearen im Mittelmeerdunst des Sommertages auftauchen. Ein ganz wunderbarer Moment.

In Genua waren wir natürlich Abend für Abend an Land. Der Weg durch die Kaianlagen von Genua bis hin zur brodelnden Kneipenszene am Hafenrand wurde unser feierabendlicher Trampelpfad.

Ginny's Hideaway hieß die italienische Tages- und Nachtbar mit dem Perlenvorhang, dem fettigen Gebäck unter der Plastikhaube und den angespülten Seeleuten aus aller Welt auf den Barhockern der Sehnsucht.

Die Musicbox mit dem hellen Neonlicht spielte gerade *Heart of Stone* von den Rolling Stones, als sie reinkam.

Ich starrte sie mit offenem Mund an.

So eine Traumfrau hatte ich noch nie gesehen.

Ich setzte alle Segel und legte mich mächtig ins Zeug. Sie hieß Brunella. Mit Schulenglisch und viel Lächeln gelang mir eine Verabredung für den nächsten Tag draußen in Nervi am Strand.

Hans amüsierte sich königlich und bestand darauf, dass sie von der gewerblichen Freundlichkeit stamme. Der Sausack nahm mir mit seinen Bemerkungen ein wenig die Vorfreude auf mein Rendezvous.

Der Bus brachte mich am nächsten Tag zum Strand. Ich war natürlich eine Stunde zu früh und konnte mich mit der Umgebung vertraut machen. Es duftete nach Italien, roch nach Sand und Meer und war bunt wie die Welt in meinem Kopf. Schmetterlinge flatterten in meinem Bauch.

Hoffentlich kommt sie auch.

Brunella kam wirklich und sie war pünktlich. Wir gingen zu den bunten Umkleidekabinen am Strand und verschwanden jeder hinter einer Tür. Ruckzuck stand ich mit meiner weiß-blau gestreifen Badehose wieder vor der Tür, nur um ja nichts zu verpassen.

Und dann kam sie raus.

Ich traute meinen Augen nicht und stand da mit offenem Mund und starrte sie an. Brunella trug einen atemberaubenden Bikini in tiefschwarz. So etwas Schönes war mir noch nie unter die Augen gekommen. Ich musste spontan an die vielen abgerissenen Titelseiten meiner Zeitschriften-Remittenden denken. Sie ist bestimmt irgendwo auf einer Seite drauf gewesen, und ich ärgerte mich am Strand von Nervi noch einmal über die Remittenden-Praxis in der dunklen Bahnhofsvertriebsbude unter der Treppe am Hamburger Hauptbahnhof.

Ich spendierte generös Eis, Cola und versuchte entkrampft zu lächeln.

„Gnümpf ...".

Das waren auch im wesentlichen die Bestandteile unserer „Gespräche". Sie konnte kein Deutsch, ich kein Italienisch und mit dem Englischen hatten wir beide das gleiche Level – eher unauffällig.

Der Abend in Nervi gipfelte mit heißen Küssen im lauen Abendwind, mehr war nicht drin, und endete wie ein Hollywoodstreifen. Sie verschwand als Schatten auf dem Weg zu ihrem Bus im rot-gelb-lilanem Gegenlicht des Sonnenuntergangs.

Ich hob die Hand und hauchte noch ein „Brunella ..." in die Zitronenluft Nervis.

Schulz!

Tags drauf verließ die *MS Widar* den Hafen von Genua mit Kurs auf die Hafenstadt Melilla in Spanisch-Marokko.

Ich habe meiner Brunella ewig und drei Tage nachgetrauert.

Die offiziellen Schulferien betrugen sechs Wochen. Unsere Reise nahm satte acht Wochen in Anspruch. Was tun? Der Kapitän hatte ein Einsehen und bat über Norddeich Radio per Funk die Schule um Erlaubnis, dass wir, statt in Lissabon abzumustern, wie das Kündigen unter Seeleuten heißt, noch weitere vierzehn Tage an Bord bleiben konnten.

Der Frahmstraßen-Schuldirektor Lothar Zarbock und Klassenlehrerin Maria du Vinage signalisierten dankenswerterweise ihr Einverständnis. Mit zweiwöchiger Verspätung kamen zwei braungebrannte sonnenblonde Jungs wieder zum Unterricht nach Blankenese und genossen den verspäteten Schulbeginn.

Was für ein Auftritt!

Jahre später war ich wieder einmal in Genua, Joachim Sewald war mit. *Ginny's Hideaway* gab es noch, aber von Brunella keine Spur.

Wir waren beide in der Ausbildung und hatten abgezähltes Geld für den Tagesbedarf bei uns. In der noch durchaus vertrauten Hafenkneipenzeile von Genua sprach uns plötzlich ein Amerikaner an. Ob wir ihm Lire gegen gute Dollars tauschen würden? Er bräuchte dringend Lire und die Banken hätten doch schon geschlossen. Und sein Wechselkurs war sehr attraktiv.

Misstrauisch wie wir waren, ließen wir uns die umgerechnet 300 Mark in Dollar vorzählen.

Alles schien ok.

Wir gaben ihm unsere Lire und ließen uns das Dollarbündel in die Hand drücken. Unser Ami verschwand im Dunkeln und wir standen da mit den dicken Dollars.

Als wir nachzählen wollten, entdeckten wir zwischen dem ersten und dem letzten Dollarschein nur Papierzettel, exakt auf Format eines Dollarscheins geschnitten.

Er hatte uns so perfekt über den Tisch gezogen, dass wir ihm eine gewisse Anerkennung nicht verwehren konnten.

Das Geld war futsch.

Wir fuhren wieder nach Hamburg.

Die Welt ruft

&

Der Termin der Prüfung zum Schriftsetzer-Gehilfen nahte. So hieß das Berufsbild 1968. Mit ein wenig Chuzpe, einem gerüttelt Maß Cleverness und dem nötigen Wissen zu garantiert gestellten Fragen wurden die Lehrlinge des Jahres als Fachleute in das Berufsleben entlassen.

Das Jahr 1968 und seine Menschen, seine damals jungen Menschen, sind heute als „die 68er“ geläufig.

Die „68er“ begannen eigentlich am 2. Juni 1967, als bei den Schahdemonstrationen in Berlin der Student Benno Ohnesorge erschossen wurde. Wut und Frust, Ideen und Ideologien, Aufbruch und Anarchie, Revolution und Reaktion waren danach an der Tagesordnung.

Auch Uwe und ich waren 68er und die Bundeswehr rief. Uwe, noch stramm auf seinem Bibel-Tripp, verweigerte den Wehrdienst aus religiösen Gründen und wurde sofort und ohne Mühen als Wehrdienstverweigerer anerkannt. Ich glaube, er wollte sie alle bekehren und das Prüfungskomitee war richtig froh, als sich die Tür hinter Uwe wieder schloss.

Eine meiner letzten Arbeiten als Schriftsetzer im dritten Lehrjahr war ein Prospekt über ein Passagierschiff der Deutschen Atlantik Linie (DAL). Der Reeder, ein Däne names Axel Bitch Christensen, in Fachkreisen kurz ABC genannt, wollte im März

1969 die *TS Hamburg* in Dienst stellen. Das TS stand für Turbinenschiff.

Noch während ich Prospektbilder und Satzzeilen zusammenstellte, war für mich klar: Wenn ich meinen Gehilfenbrief in der Tasche habe, heuere ich als Setzer auf der *TS Hamburg* an, denn die werden bestimmt eine Druckerei mit angeschlossener Setzerei an Bord haben.

Die Reederei hatte ihren Sitz am Ballindamm. Da residiert in Hamburg, wer maritim etwas auf sich hält. Ich trug den Mitarbeitern im Heuerbüro der Reederei mein Anliegen vor und erntete nur achselzuckendes Kopfschütteln.

Der Job als Setzer war längst weg, und einen Drucker hatten sie auch schon.

Ich muss ein ziemlich enttäuschtes Gesicht gemacht haben. Der zufällig anwesende Chefkoch, ein Schnauzbart aus Osdorf, hatte offensichtlich Mitleid und griff in das Geschehen ein:

„Kannst du Schreibmaschine schreiben?“, fragte er mich mit zwei hochgezogenen Augenbrauen.

„Nee, kann ich nicht!“ Ich war sauer, wollte ich doch unbedingt auf dem Dampfer anheuern und sah nun meine Felle davon schwimmen.

„Kannst du Abwaschen?“

„Klar!“, gab ich zu und ahnte einen Silberstreif am Horizont meiner Wünsche, obwohl mir in dem Momemt die Nummer mit dem Salzwasserhahn auf der *MS Widar* einfiel. Aber das hat ja nichts mit Abwaschen zu tun.

„Was soll ich machen?“

„Wir brauchen für die Pantrys an den Bars deutschsprachige Aufwäscher“, klärte mich der Schiffskoch auf und sah dabei den Sachbearbeiter im Heuerbüro auffordernd an. Der nickte und ich hatte den Job. Mein Seefahrtbuch mit den Stempeln der *MS Widar* hatte ich mitgebracht, der Rest war nur noch Formsache.

Ich war Crew-Mitglied auf der Jungfernfahrt der *TS Hamburg*. Das zählte. Die Welt lag mir zu Füßen und bis zum 21. März, dem Tag meiner Anmusterung, hatte ich noch ein paar Tage Zeit.

Die Prüfung zum Schriftsetzergehilfen war über- und bestanden. Mit einem guten Dutzend neuen Schriftsetzern der Berufsschule ging ich erst einmal ein paar Bierchen trinken.

Die Namen der Berufskollegen sind mehr oder weniger aus dem Kopf. Nur der Name Peter Wippermann tauchte irgendwann wieder auf. Der ist heute Trendforscher und hat eine Professur auf dem Gebiet der Vorhersagen.

Für Ende März, das Ende der Ausbildungszeit, waren noch ein paar Termine angesetzt. So sollte die festliche Freisprechung mit klassischem Konzert die Übergabe der Gehilfenbriefe umrahmen. Das Problem für mich: Ich sollte mich am 21. März um sieben Uhr an Bord der *TS Hamburg* melden. Ich rief in der Berufsschule an und bat darum, mir den Gehilfenbrief an die Adresse meiner Eltern zuzusenden, ich hätte einen wichtigen Termin.

Die freundliche Berufsschulsekretärin wunderte sich, versprach aber trotzdem, es zu tun und ich war frei.

Der 21. März 1969 war ein Tag mit Nieselregen und Graupelschnee. Und um sieben Uhr morgens war der Tag alles andere als freundlich, doch ich war freudig erregt.

Die Welt ruft!

Natürlich war ich wieder pünktlich und enterte um viertel vor sieben die Gangway der *TS Hamburg* mit der Aufschritt „Crew-Members only“.

An der offenen Luke standen vier bis fünf weiß gekleidete

Köche und Konditoren. Ich hatte meine Reisetasche in der linken Hand und strecke die Rechte mit meiner Begrüßung aus: „Guten Tag, ich bin Klaus, ich bin der Neue!"

„Schön, wir warten schon auf dich", meinte der erste freundlich und stellte mir nacheinander die wartenden Kollegen vor. Mein Gott, die sind aber nett, dachte ich bei mir und fragte:

„Wo soll ich denn abwaschen?"

„Wieso abwaschen? Bist du nicht der neue Konditor?", stirnrunzelte der mit dem blaukarierten Tuch um den Bauch.

„Nein, ich bin hier als Aufwäscher angeheuert."

Und damit war die Freundlichkeit der Herren in Weiß dahin. Rüde gaben sie mir zu verstehen, dass ich mich bei Oberaufwäscher Susi zu melden habe.

Ich nahmen meine Tasche, fand die Tafel mit dem angegebenen Deck und dem Treffpunkt für Nachtaufklarer und Aufwäscher.

Susi war aus Köln, stockschwul, ständig im Karneval, hochsensibel, leicht zickig und trug seine schwarz gefärbten Haare wie Ringo Starr.

„Pass auf", flötete Susi, „ich zeig dir jetzt deine Kammer und dann geht's an die Arbeit, aber zack-zack!" Er bemühte sich den Harten zu geben, was ihm seine Tuntigkeit jedoch ständig vermieste.

Meine Kammer lag auf Deck zwei, unterhalb der Wasserlinie, dort wo die Seitenwände des Schiffes schon schräg nach innen verlaufen. Ein Bulleye gab es hier natürlich nicht. Die Kammer hatte zwei Betten übereinander. Mein Mitbewohner war ein österreichischer Russe, der aber gerade nicht da war.

Die Kammer war zwar sehr einfach, ließ aber, wenn man spartanisch denkt, nichts vermissen. Sie sollte nun für die nächsten Wochen meine Heimat sein.

Ein Schrank mit zwei Türen, jeder bekam eine Seite und weder der russische Österreicher noch ich hatten nennenswerte Kleidungsmengen unterzubringen. Ein festgeschraubter schmaler Tisch mit einem Stuhl war die Möblierung. Die Etagenbetten waren wegen der Wandschräge am Querschott angebracht. Licht brannte ständig, denn Tageslicht gab es nicht.

Im Hafen von Rio fiel später einmal die Klimaanlage aus, und in der Kammer lief das Schwitzwasser von den schrägen Schiffswänden.

Wir schliefen bei nassschwülen Temperaturen in unserem dunklen Verlies. Meine Koje war die obere, wo es noch ein wenig wärmer war. Aber wir haben auch diese Tage überlebt.

Ich stellte also meine Tasche ab und folgte Susi zum ersten Arbeitseinsatz.

„An den Vorsetzen steht ein Lastwagen mit Papierkörbchen für die Passagierkabinen", meinte Susi, „da ist schon einer von uns. Geh' hin und hilf ihm, die Dinger an Bord zu bringen."

Ich hatte mir den Einstieg in die schneeweiße Welt der Passagierdampfer zwar ein wenig anders vorgestellt, doch an mir sollte es nicht liegen. Immer noch hoch motiviert machte ich mich daran, rund 500 runde Papierkörbe mit einem Kollegen an Bord zu tragen. Ich weiß nicht mehr, wie oft ich die Überseebrücke hin und her gelaufen bin, um die dämlichen Eimerchen an Bord zu bringen, aber am Abend war die Arbeit getan.

Susi trommelte seine Mannschaft zusammen und zeigte uns unseren jeweiligen Arbeitsplatz für die kommenden Wochen.

Achim Wittrin, mein Partner in Sachen Papierkörbe, spendierte eine Zigarette und wir kamen ins Plaudern. Ich war überrascht: Er war ebenso wie ich ein Schriftsetzer, kam von Sylt und den *Sylter Nachrichten* und wollte unbedingt die Welt sehen.

Das muss irgendwie an der Schriftsetzerei liegen, denn sonst sah ich unter der Crew auffällig viele Bayern und Österreicher aus dem Gastronomiegewerbe.

Achim hatte einen Job als Nachtaufklarer bekommen, nachdem auch er sich den Posten als Schiffsschriftsetzer aus dem Kopf schlagen musste. Nachtaufklarer begannen ihren Job wenn der letzte Passagier seine Kabinentür hinter sich geschlossen hatte. Dann wuselte die Truppe unter dem Kommando von Susi mit ihren Staubsaugern und Besen durch Gänge und Bars, Restaurants und andere Aufenthaltsräume um wieder „klar Schiff" zu machen.

Aufwäscher hingegen waren für Geschirr und Besteck zuständig, das von knapp 500 Passagieren mehrmals am Tag schmutzig hinterlassen wurde.

Ein Scheißjob!

Die Jungs wühlten sich durch Essensreste und stinkige Abwaschwasser, um am Ende saubere Teller zu erhalten, die gleich wieder schmutzig wurden.

Die zentrale Aufwäscherei lag neben der Hauptküche und war fest in spanischer und italienischer Hand. Übrigens sind die Textil-Wäschereien auf Schiffen immer in chinesischer Hand, ein weltweites Phänomen.

Es gab aber auch ein paar Sonderaufwäscher. Das waren die Posten in der Pantry hinter der Bar. Dort droht Passagierkontakt und die Aufwäscher sollten des Deutschen mächtig sein. Eine dieser wichtigen Bars war der Hanseaten-Club mit den Barstewards Elbermann und Ahrweiler. Als Barhelfer machte Dirk Hüttmann aus Sasel von sich reden. Weit abgeschlagen in der Hierarchie kam ich, der Aufwäscher im Hanseaten-Club.

Der tägliche Job begann für mich um elf Uhr morgens.

In der Hauptküche hatte ich die Bouillon abzuholen und den

Riesenbottich mit dem Fahrstuhl aufs Pooldeck zu fahren. Dort wartete schon ein Steward, um den sonnenbadenden Passagieren als Zwischenmahlzeit vor dem Mittagessen die klassische Bouillon anzubieten.

Ich machte mich derweil auf den Weg in meine Pantry neben dem Hanseaten-Club, um die letzten Gläser der vergangenen Nacht zu spülen. Eine Spülvorrichtung erleichterte die Arbeit. Die Gläser wanderten in einen Korb unter meinen Handschlauch, mit dem ich so eine Art Vorreinigung unternahm. Gegner aller Aufwäscher sind Lippenstifte, die, mittels Lippen, ihre Spuren auf Gläser und Tassen hinterlassen. Sie sind das Teufelszeug in den Augen eines jeden Aufwäschers, der seinen Job ernst nimmt. Häufig musste Geschirr mit überaus hartnäckigen Hinterlassenschaften aufreizend geschminkter Damen von Hand bearbeitet werden. Und das dauerte.

Für ganz harte Fälle gab es ein Bulleye, durch das, auf See versteht sich, eine einfache aber effektive Entsorgung stattfand.

Auch in diesem Berufsfeld galt dem Geruch wiederum meine besondere Aufmerksamkeit. Diese Mischung aus tropischen Säften, Alkohol und Zigarettenrauch entdecke ich noch heute in den Spülstationen großer Häuser.

Rushhour war nachmittags.

Rund 500 Passagiere ließen sich Kaffee und Kuchen schmecken. Und den gab's auf dem Deck des Hanseaten-Clubs. Dann ging es bei mir zur Sache: Kuchenteller, Kaffeetassen, Untertassen, Sahnekännchen, Zuckerdöschen, Kaffeelöffel, Kuchenlöffel, Teetassen, Teekannen, Kaffeekannen und immer wieder Sahnereste, Kuchenreste, Zigarettenstummel, Kaffeereste, Teebeutel – und der vermaledeite Lippenstift immer dazwischen!

Meine Spülvorrichtung lief auf Hochtouren, Korb für Korb schob ich durch meine Waschanlage, um am Ende Teller, Tassen und Besteck in die dafür vorgesehenen Plastikkörbe zu stapeln und zu sortieren. Per Lastenaufzug gelangte das gereinigte und blitzende Equipment wieder an seinen Ausgangspunkt in den Restaurants und Cafés zurück.

Susi ließ sich zwischenzeitlich auch immer mal wieder sehen. Um nach dem Rechten und nach mir zu sehen. Ganz offensichtlich hatte ich seine Aufmerksamkeit geweckt, denn er begann mit mir zu flirten, dass die Heide kracht. Seinem schwulen Kölner Humor konnte ich kaum ausweichen. Obendrein macht er mich auf „Frau" Ahrweiler aufmerksam, vor dem sollte ich mich hüten.

„Der will dich nur vernaschen!"

„Frau" Ahrweiler hatte mich als neuen Mann in der Hanseaten-Club-Truppe am Abend vor dem Auslaufen zu *Ritscher* an die Elbchaussee zum Essen eingeladen. In meiner grenzenlosen Naivität fand ich ihn einfach nur nett. Erst an Bord ging mir ein ganzer Kronleuchter auf, als ich unbedingt seine Kabine von innen sehen sollte.

Ich hatte also irgendwas an mir, was Schwule anmachte, sah darin aber kein Problem, amüsierte mich jedoch ein bisschen über die Warnungen des einen über den anderen.

Eines Tages sind die beiden – Susi und „Frau" Ahrweiler – in Streit geraten, nicht meinetwegen. Warum weiß ich nicht, jedenfalls hat Obernachtaufklarer Susi dem Barsteward „Frau" Ahrweiler eine Kaffeekanne über den Scheitel gezogen.

Anschließend hingen tagelang Rauhreif und Eiszapfen an ihren Sprechblasen.

Es gab einen dritten Schwulen an Bord (von dem ich es wusste), das war der Magazinverwalter Walter. Walter stand auf nackte Männer in Kleppermänteln und machte mir diesbezüglich ein Angebot, ihm doch einfach nur nackt im Kleppermantel – er hätte einen dabei – in seiner Kabine ein wenig Gesellschaft zu leisten.

Es solle meine Schaden auch nicht sein.

Mein Augenmerk galt in diesem Tohuwabohu den unerreichbaren Leidenschaften der Stewardess Britta. Sie war blond, das Gegenteil von Brunella und im Frühstücksservice aktiv.

Ab und an hatte Britta „dienstlich" in meiner kleinen Pantry zu tun, verwöhnte mich aber nicht unbedingt mit freundlichen Blicken. Ich war Luft für sie. Deshalb schloss auch ich mich hoffnungslos der Reihe der Sehnsüchtigen nach unerfüllten Träumen an.

Das Schiff bot seinen Passagieren viel. Die Jungfernfahrt der schmucken *TS Hamburg* ging von Hamburg nach Dakar, Senegal, von da über den Teich nach Brasilien in die Häfen Recife, Santos und Rio de Janeiro. Montevideo und Buenos Aires folgten, bevor es über die Kapverdischen Inseln und Lissabon wieder auf Kurs Hamburg ging.

Zu den Showgrößen an Bord zählten neben Gesangsgrößen wie Bibi Johns und Bill Ramsey auch der Komponist Peter Kreuder *(Glühwürmchen, Glühwürmchen flimmre...)*. Je nach Thema unterhielten die Stars die Gäste im abendlichen Showteil mit Live-Band und Glitzerkostüm. Die Passagiere erschienen dann herausgeputzt in Abendgarderobe.

Der Ramsey jener Tage wurde noch an Schlagern wie *Zuckerpuppe* oder *Pigalle* gemessen. Gläserpolierend erlebte ich zur nächtlichen Stunde einen völlig anderen Sänger, der für den unvermeidlichen Rest einer zur Ende gehenden Nacht und für die ersten Nachtaufklarer wie Susi und Achim Wittrin, zur Gitarre den Blues *Sometimes I feel like a motherless child* ablieferte.

An einem solchen Abend rief mich ein Steward zwischen die

Sessel, um mit ihm den völlig breiten Komponisten Peter Kreuder in seine Kabine zu tragen.

Kein Problem, ich hätte ihm, wenn gewünscht, auch noch eine Gute-Nacht-Geschichte vorgelesen.

Victor war Wiener und Victor war Steward. Mit erwartungsgemäß überbordendem Charme servierte er den Damen und Herren Sahniges, Kalorienreiches und Unterhaltsames. Er war zweifellos der beliebteste Kuchenträger im Service zur Kränzchenzeit. So manch' Passagier fühlte sich durch Victor eher ins *Sacher* versetzt als vor die Küste Südamerikas.

Wenn der Charmeur allerdings mit seinen vollen Tabletts, getürmt mit schmutzigen Kuchentellern und Kaffeetassen, durch die Klapptür meine Pantry stürmte, blieb nicht mehr viel von seinem Liebreiz übrig:

„Gschtopftes Pack!", war nur einer seiner Lieblingskommentare mit dem er das Reedereigeschirr scheppernd auf meinen Nirostaspülflächen abstellte.

Meine Pantry lag extrem verkehrsgünstig. Auf der einen Seite hatte ich Zugang zur Bar des Hanseaten-Clubs, durch die Pendeltür kam man auf den großen Flur hinaus, der zu den Restaurants und Veranstaltungsräumen führte.

Einen besonderen Höhepunkt im Passagierleben stellte das große Mitternachtsbüffet um 23 Uhr dar. Irgendwie musste man doch noch ein paar Pfunde auf die Hüften bekommen.

Das war die Stunde meines kleinen Lastenfahrstuhls für Equipment aller Art. Die Köche aus der Hauptküche schickten Berge vom Edelsten über den Aufzug. Ich hatte nichts weiter zu tun, als die sich nach oben und unten öffnenden Türen zu bedienen, die schmucken Platten mit Hummer, Krebsen, Salaten, Fleischbergen, Geflügel, Torten, ganzen Lachsen (mit kleinem Apfel im Maul), Soßen und Desserts aus dem Schacht zu fischen und einem an der Tür wartenden Steward in die Hand zu drücken, der mit den Leckereien zum Büffet ging und dort auf den Garniertrupp stieß. Der Barhelfer half mir, denn die Zeit war knapp. Alles sollte frisch auf den Tisch.

Trotzdem kam es zu Engpässen bei den hin und her eilenden Stewards, während sich bei uns die Tabletts schon auf den Spültischen stapelten. Die Zeit nutzten wir, indem wir uns nach Herzenslust von den verführerischen Tabletts bedienten, dabei jedoch stets darauf achteten, die entstandenen Lücken mit ein paar korrigierenden Handgriffen wieder unauffällig zu schließen.

Für die Nachtaufklarer und die Spätschicht-Aufwäscher wie mich gab es eine Nachtverpflegung, die aus Schwarzbrotstullen mit Leberwurst bestand, eingewickelt in Pergamentpapier, und stets mit der Büffet-Lieferung mitgeschickt wurde.

Es dauerte nicht lange und wir hatten die Büffetnascherei über und aßen genüsslich unsere Leberwurststullen.

Das brasilianische Recife, erstes Ziel in Südamerika, sollte am kommenden Morgen bereits um sieben Uhr erreicht werden. Ich wollte dabei sein, wenn die Küste meiner Träume endlich auftauchen würde und ließ mich von Nachtaufklarer Achim rechtzeitig wecken. Der Vorabend ging bis drei Uhr in der Früh und das Aufstehen bereitete mir Probleme, mein österreichischer Russe schlief und schnarchte vor sich hin. Ich sah ihn fast nur schlafend, denn er schaffte tagsüber als Aufwäscher in der Hauptküche, der Arme.

Ich stürmte das der Crew vorbehaltene Stück Deck und sah bei schwül-feuchten Temperaturen und unter grauen Regenwolken mein Traumziel, die Küste Südamerikas.

Und wieder schlugen die Sinne zu.

Eine unglaubliche Geruchswucht traf das Zentrum meiner verwöhnten und stets aufnahmebereiten Nase. Da waren Gerüche drunter, die hatte ich noch nie gerochen.

Südamerika mit allen Sinnen, endlich!

Die Bouillon am Pool fiel aus und die Passagiere starteten ebenfalls ihren Ausflug. Ich hatte erst um 18 Uhr wieder in meiner Pantry zu erscheinen.

Später im Hafen von Rio erlebte ich die prall-bunte Welt Brasiliens. Für die Passagiere gab es Folklore, musikalische Darbietungen und allerlei Verkaufsstände mit den unterschiedlichsten Dingen brasilianischer Kunsthandwerker.

Rio. Copacabana.

Dirk, der Hilfssteward, und ich machten uns auf den Weg. Erst mal einen Drink mittendrin. Im *Bolero-Club,* direkt an der Copacabana ließen wir uns auf einen Moquito nieder und beobachteten die quirlige Szene durch die weit geöffneten Fenster. Am Nebentisch hörten wir plötzlich tiefstes Sächsisch.

1969 war das Aufeinandertreffen von Deutschen im fernen Südamerika noch eine Begrüßung wert, also sagten wir kurz hallo.

Die Jungs vom Nebentisch waren aus der DDR. Sie sollten Gelddruckmaschinen aus Leipzig für die brasilianische Regierung aufstellen und hatten die Maschinen gerade erst mit dem Schiff angeliefert, und als Erstes das Gleiche vor wie wir – einen Drink an der Copacabana. Wir haben einen zusammen genommen, die Welt, die Frauen und die Brasilianerinnen an sich besprochen und uns wieder auf den Weg gemacht, Rio de Janeiro zu entdecken.

Noch heute wollten wir auf den Zuckerhut. Wir nahmen ein Taxi, ein VW-Käfer mit ausgebautem Beifahrersitz. Die Tür schloss der Fahrer mit einer langen Gummischnur zu, Fenster hatte der Käfer nicht. Mit abenteuerlichem Tempo und unter sehr freiheitlicher Auslegung der Fahrspuren und Ampelfarben fuhr uns der Schwarzbrasilianer – mit entsprechend dröhnender Musik aus seinem Autoradio – zur Seilbahnstation am Zuckerhut.

Die Seilbahn trug ein Firmenschild mit dem Namen *Adler* und stammte aus Deutschland. Eine vor längerer Zeit vermutlich abgestürzte Kabine lag verrostet und mit gebrochenem Stahlseil im Gebüsch am Hang des Hutes.

Die Seilbahn brachte uns hinauf und der *Pao de Acucar* belohnte uns mit einem Sonnenuntergang in atemberaubendem Violett über der Bucht des Januar-Flusses, wie Maghellan seinerzeit den vermeintlichen Fluß taufte – Rio de Janeiro.

Das Fernweh zeigte sich gestillt, das Heimweh meldete just in diesem Augenblick erste Anzeichen.

In the Year 2525

&

Der Schiffskoch aus dem Heuerbüro stand an der Reling. Aus den Lautsprechern, die einige Decks (und meine Pantry) mit Musik berieselten, schmuste mein persönlicher Dauerbrenner: Bobby Goldsboroughs *Honey*.

Das passte schon die ganzen letzten Tage wunderbar zu meiner Stimmung.

Wir lehnten beide an der Reling und sinnierten über seine letzte und meine zweite Seereise.

Wir befanden uns irgendwo vor der niederländischen Küste, mit Kurs Hamburg. Der Koch erzählte mir, dem kleinen Aufwäscher aus dem Hanseaten-Club, dass er in Hamburg abmustern würde – für immer. Er wollte in Pension gehen.

„Und wenn ich die Zitadelle von Osdorf erst einmal wiedersehe ...", ließ er den Satz stehen und wusste offenbar selbst nicht so ganz was dann.

„Die Sache mit der Schreibmaschine ist deine eigene Schuld gewesen", sagte er, ohne mich anzusehen und starrte stattdessen weiter das holländische Flachland an.

Ich ärgerte mich noch wochenlang über die verpatzte Schreibmaschinen-Nummer. Denn den tippenden Job bekam ein anderer, der damit als Helferlein des Zahlmeisters sogar in Uniform glänzen konnte. Das Ärgerliche war: Er konnte gar nicht Schreibmaschine schreiben, hatte aber im Heuerbüro die Frage danach mit „Klar doch!" beantwortet.

„Das nächste Mal höre ich genauer hin wenn mir einer was anbietet", meinte ich zum Koch.

Der grinste nur wissend zurück und sagte: „Naja, dann hast du ja wenigstens etwas gelernt."

„Ja", meinte ich und starrte nun mit auf den grüngrauen Strich namens Holland.

„Ich denke, ich habe für mein Leben genug Abwasch erledigt, mein Soll in diesem Servicebereich ist für alle Zeiten erledigt". Eine Stewardess hatte mich zuvor „Klausomat" genannt und ich wuste noch immer nicht, ob sie das nun liebevoll oder eher als Verarschung gemeint hatte.

Passagiere und große Teile der Besatzung gingen in Hamburg von Bord, um neuen Passagieren und neuen Crew-Mitgliedern Platz zu machen. Es war schön, wieder zuhause zu sein. Der Seesack mit den vielen Erinnerungen, Eindrücken und Gerüchen war randvoll und hielt eine ganze Weile vor.

In Blankenese forderte mich ein offizielles Schreiben zu einem neuen Abschnitt meines Lebens auf. Ich hatte mir noch keine großen Gedanken gemacht und war auf alles oder nichts vorbereitet.

Der Arbeitsmarkt war freundlich. Ich hätte als Setzer bei Kröger wieder einsteigen können oder, einer alten Idee folgend, nach München gehen können, um bei der dortigen *Abendzeitung* zu arbeiten.

Doch es kam alles anders.

Bei meinen Eltern war nicht nur der Schriftsetzer-Gehilfenbrief eingetroffen, sondern auch eine Einberufung zur Bundeswehr.

Ich sollte mich am 1. Juni 1969 pünktlich beim Ersten Marineausbildungsbataillon in Eckernförde melden.

Ich machte mich mit meinem schwarzen VW 1500 am Stichtag auf den Weg nach Eckernförde und war wie immer pünktlich vor Ort.

Das ist so eine Eigenschaft, die ich bis heute nicht ablegen kann und will. Ich liebe einfach die Pünktlichkeit, vermutlich das Preußische daran. Das ist eben meine Macke, acht Uhr ist acht Uhr und nicht viertel nach oder viertel vor. Mit meiner Pünktlichkeitspenetranz habe ich später so manchen Mitmenschen genervt.

Jede Menge Wehrpflichtige fanden sich mit mir auf dem Kasernenhof zur Begrüßung ein, wurden auf unterschiedliche Kompanien und schließlich – nach Größe – auf verschiedene Züge verteilt. Mit meinen 187 Zentimetern kam ich zur 6. Kompanie, Erster Zug. Die Kompanie bekam später den Namen „Mondscheinkompanie", das war die letzte. Größere Soldaten mussten bei langen Märschen immer zum Schluss gehen, damit die kleineren vorn die Schrittlänge und das Tempo bestimmen konnten.

Zager and Evans sangen *In the Year 2525.*

Der Vietnamkrieg nahm Formen an und die Amerikaner landeten auf dem Mond. Den Song haben wir auch auf der Stube mitgesungen, der Krieg in Fernost spielte in den Köpfen der Kameraden eine mehr oder weniger große Rolle und die Mondlandung durften wir am Fernseher mitverfolgen.

Burgi war Krankenschwester in Rissen und wir hatten was zusammen, eher unverfänglich.

Das war die Ausgangssituation im Sommer 1969 in Eckernförde: Neugierde auf eine neue Welt.

Die blauen Jungs der Bundesmarine hatten zweifellos das

bessere Outfit. Die Hose saß perfekt, die Bluse war auf Taille und die Mütze nicht ohne Reiz. Das Dumme war nur, Uniformen jeder Art waren Ende der 1960er Jahre ein absolutes Unding. Und in den ersten zwölf Wochen der Grundausbildung war „Landgang" – so hieß das Verlassen der Kaserne nun mal bei der Marine – grundsätzlich nur in Ausgehuniform, der so genannten dunkelblauen „Ersten Geige" erlaubt.

Die umliegenden Kneipen der Eckernförder Szene waren bis zum Landgangsende voller Uniformen. Mit einem Trupp von fünf Mann aus meiner Stube passten wir gerade in den Käfer eines Stubenkameraden und hatten gleich ausdrücklich Verbotenes im Kopf: Hinter einer wuchtigen Rhododendron-Hecke auf dem Eckernförder Friedhof stiegen wir aus unserer Uniform und zogen uns Jeans und Hemd, die wir im Kofferraum verstaut hatten, für den Ausgehabend an.

Damit war die Ausgangslage bei den Eckernförder Mädels gleich eine völlig andere, schließlich hatten die jeden Abend Matrosen vor der Nase.

Wir mussten nur darauf achten, dass nicht zufällig Ausbilder am Tresen saßen, denn Ärger gab's ohnehin schon genug. Im verruchten *Klabautermann* hatten Mitglieder der ebenfalls in Eckernförde stationierten Kampfschwimmer Zoff mit Gästen gehabt und den Laden kurzerhand flachgelegt. Die Kampfschwimmer waren so etwas wie die „Marines" der Amerikaner, eine Elite-Einheit mit besonderem Drill.

Ich dachte zwischenzeitlich über eine Bewerbung nach.

Nach vier Wochen Grundausbildung begann die Werbephase der Marine.

Sie wollten Zeitsoldaten gewinnen, die sich für mindestens vier Jahre („Z4") verpflichten würden. Ein Informationsgespräch mit einem Offizier in Sachen Verpflichtung brachte uns die besseren Verdienstmöglichkeiten und das damit verbundene angenehmere Leben näher.

Die Zeit und die Umstände hatten meine Einstellung geändert. Ich wollte auf keinen Fall länger als die notwendigen achtzehn Monate dienen.

Die nachrichtentägliche Berichterstattung über den Krieg in Vietnam verfehlte bei den jungen Menschen dieser Tage ihre Wirkung nicht. Amerika übte eine ungeheure Faszination und Anziehungskraft auf meine Generation aus. Was Präsident Lyndon B. Johnson allerdings in Vietnam veranstaltete, erschütterte das noch junge Gewissen der Bundeswehrsoldaten. Auch bei uns in Eckernförde gab es zunehmend Diskussionen.

Die Bundeswehr war von den Reaktionen ihrer Soldaten in dieser Zeit nicht nur überrascht, sondern auch überfordert. Nassforsche Kommentare über Weicheier und Pisspottschwenker (so die gängige Bezeichnung für Kriegsdienstverweigerer, wie die Ersatzdienstleistenden damals hießen) waren die markigen Positionen von Ausbildern, vorwiegend aus der Unteroffiziersszene.

Die Gegenkultur der 68er-Generation lief auf Hochtouren. Auch wenn ich heute über manche Auswüchse schmunzeln oder gar verständnislos den Kopf schütteln muss, so bleibt bei der Kritik an dieser Generation ein Punkt häufig im Hintergrund:

Die Nachkriegszeit und die Adenauer-Ära, war in ihrer Spießigkeit und Muffigkeit nicht mehr zu übertreffen. Viele öffentliche Positionen waren mit Vertretern des untergegangenen 1000-jährigen Reiches besetzt. Law and Order war unter dem demokratischen Deckmäntelchen wieder augenfällig an der Tagesordnung als es den Begriff im deutschen Sprachraum noch gar nicht gab.

Der alte Adenauer selbst war da wohl noch einer der fortschrittlichsten Geister der Republik der Vor-68er-Zeit.

Für heutige Generationen nur schwer nachvollziehbar, entwickelte sich aus dem Mief der Nachkriegsjahre bei meiner Generation ein politisches Engagement, eine gesellschaftliche Kritik und eine kulturelle Revolution, wie sie es in dieser geballten Form noch nicht gegeben hatte, und wie sie es auch später nie wieder gab.

„Unter den Talaren, Muff von 1000 Jahren!", trugen Studenten auf einem Spruchband im Hamburger Audimax ihre Meinung über die Lehranstalt plakativ den schwarzgewandeten Herren vorweg.

Ein Motiv mit einer ungeheuren Wirkung.

Besser war die Welt nicht zu erklären.

Rudi Dutschke, Jimi Hendrix, Che Guevara, Ho Chi Minh, Bob Dylan, Ludwig Erhard und Uwe Seeler. Und wirklich alle waren mit großer Eindringlichkeit in unserem Alltag präsent.

In mir wuchs ein mächtiger Drang, mich zu engagieren, den Wehrdienst mit der Waffe zu verweigern und einen Antrag als Kriegsdienstverweigerer zu stellen.

Ich wollte nicht alles als gegeben hinnehmen.

Es muss doch möglich sein, Engagements zu beziehen und zu repräsentieren, die Wege für menschlichere Positionen ebnen, Ziele die aus dem Dunkel kriegerischer Vergangenheiten herausstrahlten.

Wir waren in der Kaserne ungefähr fünf, sechs Matrosen, die sich eingehend mit dem Thema befassten. Zwei hatten bereits einen Antrag gestellt und warteten auf ihre Verhandlung.

„Matrose Schümann", so der Ausbildungsoffizier im Range eines Obermaaten zu mir, „auf Ihrem Fragebogen haben Sie angegeben, dass Sie Schlagzeug spielen können." Er hob den

Blick vom Papier auf seinem Schreibtisch. „Dann sind Sie bestens für eine Funkerlaufbahn geeignet. Wäre das nichts für Sie?"

„Nein, Herr Obermaat!"

„Interessiert Sie etwas anderes? Sie sind einssiebenundachtzig groß. Sie können auch zum Marinemusikkorps nach Bonn und dort als Trommler bei Staatsempfängen dabei sein. Überlegen Sie doch mal ..."

„Nein, ich möchte mich nicht verpflichten."

„Wir reden später noch mal."

Wir redeten später nicht noch einmal. Ich sah zwar noch einen freundlichen Film über die „Laufbahn 11", den seemännischen Dienst, der auf der *Gorch Fock* als Seekadett in eine Offizierslaufbahn mündete.

Aber es war schon etwas mit mir passiert.

Eines Tages herrschte große Aufregung. Feldjäger, die Polizei der Soldaten, und zivile Angestellte der Kaserne rannten aufgeregt hin und her.

Als wir verschwitzt und kaputt von einer Übung im Gelände wieder zurückkamen, verbreitete sich eine Schreckens-Nachricht. Ein Matrose hatte sich die P1, unsere Dienstpistole, in den Mund gesteckt und abgedrückt. Es war einer aus unserer Verweigerungsdiskussionrunde. Er war mit dem Druck nicht klargekommen.

Sechs Wochen nach Beginn der Wehrdienstzeit hatte ich mich entschieden.

Beim Morgenappell donnerte der Kompaniechef sein tägliches „Meldungen und Gesuche vortreten!" über den Hof. Aus der Reihe von insgesamt rund 120 Mann traten wir hervor. Wir waren vier Matrosen mit den unterschiedlichsten Anliegen. Ich war der dritte in der Reihe. Die beiden vor mir hatten sich offensichtlich krank gemeldet, denn ihnen wurde befohlen abzutreten und sich im Krankenrevier zu melden.

„Matrose Schümann", stellte ich mich herzklopfend dem diensthabenden Obermaat vor, nahm Haltung an und legte dabei grüßend die Hand ordnungsgemäß an die Mütze und die linke Hand an die Hosennaht, „hiermit stelle ich den Antrag zur Anerkennung als Kriegsdienstverweigerer". Ich zog einen Brief aus der Hosentasche und übergab ihm mein vorbereitetes und formloses Schreiben.

Gott sei Dank. Das war raus, der Antrag war übergeben. Jetzt gab's kein Zurück mehr.

„Das hätten Sie auch bei mir im Dienstzimmer machen können", meinte der Obermaat freundlich und völlig verwandelt. Wahrscheinlich kam ihm das auch nicht jeden Tag unter.

Wer damals im zivilen Leben seinen Antrag auf Anerkennung stellte, musste Monate auf seine Verhandlung warten. Wer allerdings bereits seinen Wehrdienst angetreten hatte und sich zur Ausbildung in der Kaserne befand, stand unter besonderer Kontrolle. Natürlich mochten die Verantwortlichen es nicht, wenn sich unter den Wehrpflichtigen „zersetzendes Potential" befand. Die notwendige Verhandlung wurde daher schon am übernächsten Tag festgesetzt: In genau 14 Tagen sollte ich mich in Ausgehuniform im ersten Stock des Hauptgebäudes beim diensthabenden Offizier melden.

Doch was sollte ich bis dahin tun?

Wie sollte ich mich verhalten?

Was war mit der Waffe?

Zu unseren Aufgaben zählten die Wachrunden am Kasernenzaun. Erst wenige Monate zuvor war es in Lebach zu tödlichen Überfällen auf die dortige Kaserne gekommen. Unseren Wachgang hatten wir daher mit dem geladenen G3 durchzuführen.

Was folgte, war eine ernsthafte Konfliktsituation, denn das Tragen eines geladenen Schnellfeuergewehres konnte einem in der Verhandlung als Inkonsequenz ausgelegt werden. Ergo lehnte ich die Waffe ab, musste aber trotzdem an der Wachpatrouille teilnehmen und bekam dafür einen Gummiknüppel in die Hand gedrückt, was bei meinen Matrosenkameraden für unglaubliche Heiterkeit sorgte.

Das im Grundgesetz verankerte Recht auf Wehrdienstverweigerung erforderte eine Gesinnungsprüfung vor Militärs und zivilen Personen. Das waren Förster oder ähnliche Amtsträger. Im Prinzip gab es drei Möglichkeiten, einen Antrag zu stellen: Die erste fußt auf einer politischen Argumentation (ein nahezu aussichtsloses Unterfangen), die zweite galt der religiösen Lebenshaltung (wie gesagt: Uwe hatte damit kein Problem), der dritte Weg ist die weltlich-moralische Begründung.

Ich sollte vorher meine Beweggründe nach diesen Kriterien angeben und entschied mich wahrheitsgemäß für die weltlich-moralische Variante.

Unter „Anerkannten" draußen und nicht anerkannten Verweigerern in der Kaserne fand ein emsiger Austausch statt. Argumente und Sprachregelungen wurden verworfen, wieder überprüft und im Rollenspiel für die bevorstehende Verhandlung auf ihre Tauglichkeit überprüft.

Dann kam mein Tag.

Neun Uhr. Erster Stock, Hauptgebäude, Ausgehuniform „Erste Geige" und feuchte Hände.

Ich betrat einen zum Gerichtssaal umgebauten Raum. Links vor einem Fenster saß ein Offizier, der offensichtlich für das Protokoll zuständig war, vor einer Schreibmaschine. An den Quertischen erkannte ich den Bataillonschef und Kommandeur der Kaserne, einen zivilen Beamten – es war tatsächlich der Eckernförder Förster – einen Dienststellenbeamten vom Kreiswehrersatzamt aus Hamburg und meinen Zugführer, den freundlichen Obermaat.

Ich durfte an einem kleinen Tisch allein Platz nehmen.

Zunächst wurden die Personalien abgefragt und abgehakt. Dann war mein Zugführer dran und schilderte mein soldatisches Persönlichkeitsbild.

Er wies darauf hin, dass ich im P1-Wettbewerb der Kompanie zu den besten Schützen zählte und er bedauerte, dass immer wieder soldatisch geeignete Wehrpflichtige seinen Zug verlassen würden. Das klang zwar schmeichelhaft, war aber meinem Ziel zu dieser Stunde nicht unbedingt dienlich.

Der Kommandeur, ein General, sprach mir, in Vertretung für meine Generation schlechthin, grundsätzlich die Urteilsfähigkeit ab, den moralischen Sachverhalt für so eine Entscheidung überhaupt zu erkennen und zu werten. Mir würde, im Gegensatz zu ihm, der zusammenhängende Überblick fehlen. Ein neues oder anderes Denken konnte er sich nicht vorstellen.

Dann kamen die Fragen.

Später fanden zwar immer noch Verhandlungen dieser Art statt, die nun folgenden Fangfragen aber wurden verboten.

Der Förster und der Mann vom Kreiswehrersatzamt teilten sich die Befragung. Nach belanglosem Frage- und Antwortspiel über Hobbys, Freundin, Segeln, Schiffe, Freunde und andere dem eigentlichen Kern der Angelegenheit schwer zuzuordnende Inhalte, kam der Mann aus Hamburg zur Sache:

„Matrose Schümann, Sie gehen mit Ihrer Freundin im Park spazieren. Plötzlich kommen aggressive Menschen auf Sie und Ihre Freundin zu und werden handgreiflich. Wie verhalten Sie sich?"

Was für eine bescheuerte Frage, dachte ich, aber ich war aus unseren Verweigerungsdiskussionskreisen vorgewarnt und vorbereitet.

„Naja", suchte ich nach Worten, „ich würde solche Situation vermeiden wollen."

„Wie? Sie gehen nicht in dunkle Parks?"

Allgemeine Heiterkeit folgte dem Einwand des Försters.

„Ich gehe Konfrontationen gern aus dem Weg", fiel mir als weitere Antwort ein und dachte: Was für ein absurdes Frage- und Antwortspiel!

Der Mann aus Hamburg fuhr fort:

„Matrose Schümann, stellen Sie sich vor, Sie sitzen hinter der Flugabwehr am Rande der Stadt, in der Ihre Familie und Ihre Freunde leben. Feindliche Bomber kommen auf die Stadt zu mit dem Ziel, sie zu bombardieren. Sie haben die Chance, die feindlichen Angreifer mit Ihrer Flak aufzuhalten. Wie verhalten Sie sich, Matrose Schümann?"

Da war sie!

Das war die Frage, auf die ich vorbereitet war. Das waren die perversen Inhalte, die wir in unseren Diskussionen immer wieder in allen Varianten durchgespielt hatten. Mal war es die Freundin im Park, mal die kleinen Geschwister am Strand, die von bösen Fremden angegriffen werden und du stehst daneben.

Es war mucksmäuschenstill im Raum. Staub wirbelte völlig unbeteiligt im Sonnenlicht, das durch die Fenster schien. Von draußen hörte man entfernt einen Zug im Gleichschritt.

Ich sagte: „Mich würde die direkte Schuld am Tod der Menschen im Flugzeug mehr belasten als die Mitschuld am Tod der Menschen in der Stadt!"

Das saß!

Die Verhandlungsführer sahen sich an, nickten und schickten

mich vor die Tür. Eine halbe Stunde stand ich auf dem Flur, sah aus dem Fenster den Jungs bei der Formalausbildung zu – korrektes Grüßen stand auf der Tagesordnung – und drehte dabei meine Mütze mit dem langen Schleifenband in den immer noch feuchten Händen.

Der Schreibmaschinenoffizier forderte mich auf, wieder in das Verhandlungszimmer zu kommen. Der Mann vom Kreiswehrersatzamt machte keine langen Umstände.

Ich stand und wartete.

„Matrose Schümann, Sie sind vom allgemeinen Wehrdienst befreit und werden ab sofort aus der Bundeswehr als Matrose ohne Dienstgrad entlassen. Der Beschluss ist unanfechtbar. Geben Sie Ihre Ausrüstungsgegenstände und Kleidung umgehend in der Kleiderkammer ab. Sie haben die Kaserne bis heute fünfzehn Uhr zu verlassen."

Es folgte eine Begründung, die kurz und erwartungsgemäß war. Normalerweise hat die Bundeswehr noch eine Einspruchsfrist von vier Wochen. Mit dem Stempel „unanfechtbar" in meinem Wehrpass war das jedoch nicht mehr möglich.

Der Kreiswehrersatzamtmann schloss die Akte.

Der Förster und der General schüttelten die Köpfe.

Ihre Welt bekam täglich mehr Risse.

Noch am Vormittag hatte ich meine sämtlichen Marine-Klamotten samt Helm, Stiefeln, „Erster Geige" und sonstigem Equipment wieder in der Kleiderkammer abgegeben. In Jeans und kariertem Hemd ging ich zu der Stube, die mir sechs Wochen ein Dach über dem Kopf geboten hatte, grüßte die von der Formalausbildung zurückkehrenden Kameraden meines nunmehr ehemaligen Zuges und verabschiedete mich.

Ich packte meine privaten Dinge in meine Reisetasche und meldete mich offiziell ab. Die dafür notwendigen Papiere hatte ich in der Hand, als ich, innerlich aufgewühlt, das letzte Mal durchs Kasernentor schritt. Sechs Wochen Grundausbildung bei der Marine waren für mich hiermit zu Ende. Ich setzte mich in meinen schwarzen VW 1500, schob eine Kassette in den Kassettenrecorder und drückte auf Start: *In the Year 2525 ...* sangen *Zager and Evans* zum Abschied aus Eckernförde.

Jetzt wollte ich erst einmal ein paar Mark verdienen. Gleich am nächsten Tag fragte ich bei den *Norddeutschen Nachrichten* nach und wurde netterweise gleich wieder angeheuert. Die gute alte Setzerei hatte mich wieder. Das erste Halbjahr mit Seefahrt und Marine schien vorerst abgeschlossen.

Was für ein Jahr!

Am Nachmittag des gleichen Tages erschien mein Vater in der Setzerei. Er hatte ein Einschreiben in der Hand, das mir galt: Eine Einberufung zum Ersatzdienst im Hamburgischen Krankenhaus Edmunsthal-Siemerswalde in Geesthacht.

Ich sollte mich bis fünfzehn Uhr bei der Oberin des Hauses melden. Das war nicht mehr zu schaffen. Also rief ich die Verwaltung an und teilte mit, dass ich am nächsten Morgen pünktlich da sein werde. Die Reaktion war gelassen. Es würde reichen, wenn ich bis nachmittags einträfe.

Das ging ja gut los.

Ich packte bei den NN wieder meine spärlichen Sachen und verabschiedete mich von den Kollegen, um den Rest der achtzehn Pflichtmonate (immerhin minus sechs Wochen bei der Marine) im Ersatzdienst abzuleisten.

Der Tod auf „15“

&

Die Oberin des Krankenhauses, so eine Art Kompaniechef für die Mitarbeiter der pflegenden Einheit, begrüßte mich am nächsten Nachmittag freundlich in ihrem Büro im Hauptgebäude des Krankenhauses. Das Hamburgische Krankenhaus *Edmundsthal-Siemerswalde* war eine ehemalige Mottenburg, eine Hochburg für Tuberkulose-Kranke, deren Langzeit-Therapie den Tb-Kranken einen oft monatelangen Aufenthalt abverlangte. Doch die „Motten", so nannte der Volksmund die Lungenkrankheit (wegen der Tb-Dichte erhielt der Altonaer Stadtttteil Ottensen im 19. Jahrhundert auch den Namen „Mottenburg"), waren auf dem Rückzug. Das Hamburger Krankenhaus auf schleswig-holsteinischem Boden wurde an die Krankenhausbetriebe der Hansestadt angegliedert und bekam auf den nicht mehr ausgelasteten Tb-Stationen Patienten fürs Innere, Männer und Frauen.

Die freundliche Oberin erläuterte mir Funktion und Hierarchie der Genesungsanstalt und erklärte mir meinen Job, den ich auf Station 2 im *Susannenhaus* zu übernehmen hatte.

Das Krankenhausgelände war ein Bilderbuchpark. Inmitten von kleinen Kieferwäldchen und Rhododendron-Büschen lagen die verschiedene Häuser mit ihren Stationen. Das Büro der Oberin lag im Haupthaus. Das *Susannenhaus* – es gab noch das *Kurthaus* und das *Hanshaus* – war das größte. Die Oberin ging mit mir durch die verträumten Wege vom Haupthaus zum *Susannenhaus*, um mir mein Zimmer zu zeigen. Unterm Dach waren die Zimmer für die Ersatzdienstleistenden, die sich kurz *Edls* nannten, untergebracht.

Mein Zimmer (das Wort Stube hatte ich mir gleich wieder abgewöhnt) war ein Doppelzimmer mit einem Durchgang. Mein Mitbewohner sollte demnächst eintreffen.

Man nahm es offensichtlich nicht ganz so genau wie bei den Jungs in Eckernförde. Der liberale Wind gefiel mir. Ich hatte die zwischenmenschliche Kommunikation im nichtmilitärischen Stil schon fast verlernt.

Die Bettwäsche lag bereit. Ein Stuhl, ein kleiner Tisch und ein zweitüriger Nussbaumschrank standen mir für die nächsten sechszehn Monate zur Verfügung. Außerdem übergab mir die Oberin zwei weiße Anzüge und zwei weiße Kittel, die man mit einem Band am Rücken zusammenknoten musste.

„Wenn Sie Ihre Sachen eingeräumt haben, ziehen Sie sich bitte um und melden sich bei Schwester Elisabeth, das ist die Stationsschwester auf Station 2", gab mir die Oberin zu verstehen, „die wird Ihnen alles weitere erzählen."

Damit verabschiedete sich die pflegerische Leitung und ließ mich in meinem neuen Heim mit meinen Gedanken allein.

Der sensationelle Ausblick aus den Gauben der Dachfenster vermittelte einen guten Eindruck über das ganze Krankenhausgelände. Dass das Krankenhaus an ein Sanatorium erinnerte war logisch, denn schließlich war es zu Tb-Zeiten der klassische „Zauberberg" gewesen.

Gut, rein in die weiße Schlabberhose, die weiße Jacke übers T-Shirt geknöpft, und ich hatte meine neue Uniform an.

Unsere Dachbodenetage lag im dritten Stock. Mit einem gigantischen Aufzug, der in seinen Ausmaßen auch für Krankenbetten geeignet war, fuhr ich in den zweiten Stock zur Station 2. Ich stellte mir Oberschwester Elisabeth als Blondine mit blauen Augen vor, so ein Typ wie Britta auf der *TS Hamburg*.

Wenn ich geahnt hätte ...

In der Mitte der jeweiligen Stationen lag das Dienstzimmer strategisch so platziert, dass die Schwestern und Pfleger stets zügig die Krankenzimmer erreichen und den Überblick behalten konnten.

Auf dem langen Flur herrschte Ruhe. Ich ging zum Dienstzimmer, das einen Vorraum und ein Hinterzimmer hatte. Im Vorraum traf ich auf zwei deutlich ältere Schwestern, die mit dem Bereitstellen von Medizin beschäftigt waren, sich dabei unterhielten und mich schließlich mit einem strengen Blick über den Brillenrand musterten.

„Wen haben wir denn da?“, sagte die eine Schwester.

„Guten Tag, mein Name ist Klaus Schümann”, stellte ich mich vor und konnte mir gerade noch rechtzeitig den „Matrosen“ verkneifen, „ich bin Ihr neuer Ersatzdienstleistender und soll mich bei Schwester Elisabeth melden.”

„Willkommen, junger Mann, ich bin Schwester Margot”, sagte Schwester Margot und gab mir die Hand, „und das ist Schwester Irmgard.” Sie deutete auf ihre Kollegin.

„Und ich bin Oberschwester Elisabeth”, kam es herrisch aus dem Hinterzimmer. Ein grauhaariger miesepetrig dreinblickender Feger erschien im Türrahmen. War wohl nichts mit meiner blonden Vorstellung.

Oberschwester Elisabeth hätte sich vermutlich prächtig mit dem Eckernförder Förster und dem Kommandeur der Kaserne verstanden, denn sie machte mir als erstes klar, dass sie von Nichtskönnern auf ihrer Station nicht viel hielt.

Die Oberschwester setzte sich hinter ihren Schreibtisch und ich stand davor. Margot und Irmgard stellten weiter ihre Medizin. Elisabeth erklärte mir, dass ich von sieben Uhr morgens bis dreizehn Uhr, und von sechszehn Uhr bis zwanzig Uhr Stationsdienst habe.

„Und jedes zweite Wochenende ist ab Freitagmittag frei", schob sie hinterher als hätte ich das große Los gewonnen.

Der Tag begann mit Bettenmachen, Urinflaschen leeren und den Bettlägerigen auf die Pfanne helfen. Außerdem seien auf Station 2 noch die Hälfte Tb-Patienten, da müsse jeden Morgen die Sputumbecher eingesammelt und zum Sputumkocher in den Keller gebracht werden.

„Sputum was ...?", stammelte ich.

„Am besten Sie fangen mit dem Spülen der Enten an", gab die Oberschwester ihre erste Anweisung, „Schwester Margot zeigt Ihnen den Spülraum."

Margot nahm sich meiner an und ging mit mir über den Flur ein paar Türen weiter. Sie öffnete die Tür eines WC-Raums, der einen Schrank für Pfannen und Urinflaschen, sprich: Enten, hatte und Spülbecken, in denen man Pfanne und Flasche zum Reinigen reinklemmen konnte, samt Inhalt versteht sich.

Meine Nase feierte das Erlebnis.

Margot schickte mich zunächst auf „die 17", um dort die Flaschen einzusammeln und mich im Spülraum ans Werk zu machen.

Es gelang mir, ohne nennenswerte Vorkommnisse den ersten Nachmittag auf Station 2 im *Susannenhaus* zu überstehen. Meine Arbeitskollegen, die drei Schwestern, waren allesamt kurz vor der Pensionsgrenze und hatten offenbar an ihrem Lebensfrust schwer zu tragen. Eine missbilligende Interpretation stand mir als jungem Greenhorn natürlich nicht zu.

Um zwanzig Uhr war Schluss, es gab nur noch die Übergabe an Schwester Christa, die Nachtwache. Ich war gespannt und auf alles vorbereitet, wer da nun erscheinen würde und spontan begeistert als die Nachtschwester den Vorrraum des Dienstzimmers betrat.

Oberschwester Elisabeth stürzte sich gleich auf Christa, ignorierte mich und schüttete gleich ihre Anmerkungen zu schwierigen Patienten über die Nachtschwester.

Schwester Christa imponierte mir kräftig als sie sich gar nicht um Elisabeths grundsätzlich vorwurfsvollem Redeschwall kümmerte, sondern mich mit freundlichen Worten begrüßte und mir die Hand gab.

Elisabeth zickte mit den Augen, sagte aber nichts.

Christa war ein freundliches Wesen von Anfang dreißig. Sie nahm die Theatralik des elisabethanischen Führungsstils offenbar nicht so ganz ernst, denn sie zwinkerte mir nach der Übergabe zu und hatte damit spontan meine Sympathien.

Na also, dachte ich auf dem Weg zum Fahrstuhl, es gibt doch noch nette Menschen. Ich hatte mir auftragsgemäß etwas zum Futtern von der Station mitgenommen und gönnte mir ein einsames Abendessen auf meinen Zimmer. Ich hatte einen kleinen Plattenspieler und ein paar meiner Lieblings-Langspielplatten von zuhause mitgebracht und untermalte meine anschließende kleine Lesestunde mit *Days of Future passed* von den *Moody Blues*.

Was würde wohl mein Mitbewohner für ein Typ sein?

Der nächste Morgen begann pünktlich um sieben mit hungrigem Magen. Doch vor dem Frühstücken war Bettenmachen angesagt. Die Nachtwache hatte mit dem Waschen der Patienten um fünf Uhr begonnen, sonst wäre sie einfach nicht fertig geworden. Zu zweit – Schwester Margot und ich – begannen wir in einem Fünf-Betten-Zimmer am Ende des Flures. Irmgard und Elisabeth starteten am anderen Ende.

Bettenmachen, das klingt so harmlos, hat es aber in sich. Bettlaken, Gummitücher und Katheter wollten berücksichtigt, gewechselt oder gereinigt werden. Fünf kranke Männer, teilweise ans Bett gefesselt, können um sieben Uhr morgens trotz Nachtwachenwäsche ganz schön übel riechen.

Das geöffnete Fenster lässt nur zögernd frische Luft herein und bemüht sich, den Uringeruch und die Ausdünstungen der Nacht abziehen zu lassen. Als wäre diese Vielfalt für die Außenwelt nicht zugelassen.

Meine Nase war neugierig.

Nach dem dritten Bett hatte ich die Handgriffe verstanden und bemühte mich, mit Schütteln, Ziehen und Glätten mich dem Rhythmus von Margot anzupassen. Es gelang, sie schien zufrieden zu sein.

Mit den Patienten waren hier und da kleine Gespräche möglich. Für viele war ich eine Abwechselung. Wo kommst du her? Wie lange bleibst du?

Nachdem wir unsere Seite des Flures bettentechnisch wieder auf Vordermann gebracht hatten, war Zeit zum Frühstücken. Vom Treppenhaus ging ein Personalraum ab, der für Patienten verboten war. Dort traf sich das Pflegepersonal von allen Stationen zum Frühstücken und Mittagessen. Einer musste allerdings immer auf Station bleiben, falls etwas Dramatisches anstand.

Nach dem Frühstück kam die Stationsärztin, um mit Elisabeth die bevorstehende Visite zu besprechen. Visite war täglich, einmal die Woche war Oberarztvisite. Dann ging Elisabeth höchst wichtig mit der Stationsärztin und dem Oberarzt auf

Tour. Manchmal war auch Chefarzt-Visite. Das war dann immer der organisatorische Oberhammer und Elisabeth zeigte sich schon Tage zuvor sehr dünnhäutig.

Eine Besonderheit war das Einsammeln der Sputumbecher, das nun zu meinen morgendlichen Pflichten zählte. Beim Sputumbecher handelte es sich um einen Porzellanbecher mit Metalldeckel. In den Becher spuckten die Tb-Kranken nachts ihren Auswurf. Weil das hoch infektiös war, musste da ein Deckel drauf.

Mit einem länglichen Drahtkorb, der bis zu zwölf Sputumbecher fassen konnte, zog ich meine Runde und tauschte volle Becher samt Deckel gegen leere und desinfizierte Becher mit Deckel aus. Mit dem Drahtkorb samt Becher voller Auswurf machte ich mich dann mit meinem großen Fahrstuhl auf den Weg in den Keller. Dort wartete Axel, der Sputumkocher, auf mich und meine Lieferung.

Axel war ebenfalls ein älteres Semester. Er ging stets leicht gebeugt und trug zu seinem weißen Pflegeranzug dunkle Augenringe, die ihm ein interessantes Äußeres verliehen. Auch die Erfindung des Kamms muss an ihm vorübergegangen sein.

Ich frage mich, ob er wohl jemals den dunklen Susannenhauskeller mit den unzähligen Türen und Gängen verlassen hat? Mühelos hätte er mit seinem Job und Aussehen in einem Fellini-Film einsteigen können. Er bewies durch seine Existenz, dass die Realität wieder einmal schräger ist als die Phantasie kreativster Regisseure.

Ich war immer gern bei Axel im Keller.

Wir hatten stets etwas zu plaudern und er erzählte mir von den vergangenen Zeiten des Krankenhauses.

In seinem kleinen Büro hing eine große Holzuhr mit Antiquaziffern in Bahnhofsuhrengröße. Auf die Uhr war ich scharf und fragte ihn, wo er die her hat. Sie musste schon ziemlich alt sein.

„Wenn du mir irgendeine funktionierende Wanduhr besorgst, kann du sie haben", murmelte er beim Bechersortieren und fluchte über Patienten, die nachts den Becher nicht richtig trafen.

Ein paar Tage später hatte ich bei Hertie in Geesthacht eine Wanduhr in Form eines maritimen Steuerrads mit Tampen zum Aufhängen erworben. Für 20 Mark. Bei 120 Mark Monatssold ein strammer Preis.

Ich brachte sie Axel, der zufrieden knurrte und mir die wunderschöne Holzuhr überließ. Ich habe sie heute noch. Sie hängt in meinem Gartenhaus und erinnert an Axel und die Sputumbecher.

Axel und der Keller hatten in der Nähe aber noch ein anderes lohnenswertes Ziel, dem meine gesteigerte Aufmerksamkeit galt. Hier unten war auch der Leichenkeller. Nie hatte ich eine Leiche gesehen und musste bei der Vorstellung, hinter der Tür liegen Tote, schaudern. Und doch hatte der Eingang zur Leichenhalle eine magische Anziehungskraft.

Ich sollte sie früher kennenlernen als mir lieb war.

Zur Mittagspause fuhr ich mit dem Fahrstuhl ins Dachgeschoss, um mich für eine Stunde aufs Ohr zu hauen. Als ich mein Zimmer betrat, saß da ein langhaariger Mensch mit sanften Augen.

„Hallo", meinte er leise. „Ich bin Rüdiger, komme aus Flensburg und soll hier wohnen."

Wir erzählten uns unsere Geschichte und waren nach kurzer Zeit bei meinen Schallplatten angekommen. Rüdiger war ein absoluter Blues-Fan und meine LPs mit *Big Bill Broonzy, Howlin' Wolf, Robert Johnson* und *John Lee Hooker* ließen ihn auftauen. Er musste sich ja auch so fremd fühlen wie ich am ersten Tag auf *Edmundsthal-Siemerswalde.* Rüdiger wurde dem *Kurthaus* zugeteilt. Der Nachteil: Er musste bei Wind und Wetter durch den Park, denn das *Kurthaus* lag auf der anderen Seite des Geländes.

Eines Morgens kam ich zum Dienstantritt auf meine Station. Mein Verhältnis zu Elisabeth war inzwischen deutlich angespannt, zumal ich die Schwestern und Oberschwestern der anderen Stationen beim Essen näher kennengelernt hatte. Mir war, als hätte ich mit meiner Station 2 die Strafstation für Lebenslängliche erwischt und überlegte mir schon, wie ich auf eine andere, freundlichere Station wechseln konnte.

Ich wollte gerade meinen Job mit dem Bettenmachen beginnen, als Elisabeth mich mit schneidender Stimme in ihr Dienstzimmer rief:

„Wir haben einen Exitus auf 15, der Alte aus Wien. Geh' hin und rasiere ihn, falls da noch Angehörige auftauchen und ihn sehen wollen!"

Schluck! Da war er nun, der Tod.

Die erste Leiche meines Lebens wartete auf mich.

Und rasieren sollte ich sie auch gleich.

Es gab einen Karton mit alten Rasierapparaten, die von Verstorbenen und deren Angehörigen zurückgelassen wurden. Ich nahm einen Apparat heraus und machte mich mit gemischten Gefühlen auf den Weg zu Zimmer 15. Vorsichtig, als ob ich stören könnte, öffnete ich die Tür und fand den alten Herrn aus Wien, den ich vom Bettenmachen natürlich kannte. Die Nachtschwester hatte ihm die Hände auf den Bauch gefaltet. Das Flügelhemd trug er noch. Es roch eigenartig in dem Zweibettzimmer. Es roch nach Tod, der hat auch einen Geruch.

Das zweite Bett war leer, das Zimmer wurde gern als Sterbezimmer genutzt.

Ich schloss den Rasierapparat an die Steckdose an und begann das tote Gesicht zu rasieren. Der Mann aus Wien trug einen Dreitagebart und keine Zähne mehr. Es hatte sich wohl nicht gelohnt, sie ihm noch einmal einzusetzen.

Ich hatte meine Schwierigkeiten, den zahnlosen und leicht eingefallenen Mund zu rasieren. Außerdem hatte ich Schweiß auf der Stirn, denn schließlich war ich mit der Leiche allein im Zimmer. Nach einer Weile hatte ich es geschafft. Er sah jetzt ganz manierlich aus.

Schwester Margot kam ins Zimmer als ich den Apparat ausstellte.

„Dann wollen wir ihn mal binden", meinte sie und zeigte mir, wie man mit einer Mullbinde das Kinn hochbindet. Sie umwickelte den Kopf und verknotete schließlich die Enden, dass es aussah, als trüge der Tote ein Schleifchen auf dem Kopf.

„Mit dem Binden des Kinns wird verhindert, dass der Kiefer bei einsetzender Leichenstarre aufgesperrt bleibt“, erklärte Margot, die das offensichtlich nicht zum ersten Mal tat, sachlich.

„Was macht denn das auch für einen Eindruck?", schob sie ihren Erläuterungen noch hinterher, als hätte sie einen verkrümelten Tisch gesäubert.

In der Nacht hatte ich Albträume von Tod, Feuer und Hölle, hörte meine Wiener Leiche lachen und wachte verschwitzt und erleichtert am nächsten Morgen auf.

Der Tod beschäftigte mich fortan mächtig. Wenn irgendwo ein Sterbezimmer belegt war, schlich ich drum herum, um zu sehen, wie weit der Mensch auf seinem Weg bereits war.

Ich war völlig fasziniert und wollte unbedingt erleben, wenn „er", der Tod, kam.

Bei einem Transport mit einer Sauerstoffflasche, die ich für

Elisabeths Ohren zu hart auf den Boden stellte, eskalierte derweil das Missverhältnis mit der Oberschwester. Ich wurde bei der Oberin vorstellig und bat um Versetzung auf eine andere Station.

Das ging einfacher, als ich dachte.

Bereits am folgenden Morgen war ich auf Station 1, einer Frauenstation, bei meiner neuen Oberschwester namens Hedwig eingeteilt. Dort wunderte man sich, dass ich es überhaupt so lange bei Elisabeth ausgehalten hatte. Sie war als Drachen im ganzen Haus bekannt.

Die Stimmung auf Station 1 war ungleich besser. Die Abteilung war größer und hatte demzufolge auch mehr Personal. Als erstes lernte ich Karin, die dralle Hilfsschwester und Frau Kuschel, die Putzfrau, kennen. Sie zeigten mir die Station, wobei die Logistik mit Spülraum und Spülbecken, Dienstzimmer, Sterbezimmer und Personal-WC ähnlich wie oben war. Es gab aber mehr Patientenzimmer.

Oberschwester Hedwig war nur wenig jünger als Oberschwester Elisabeth, charakterlich aber eher das Gegenteil. Sie war ausgesprochen gut gelaunt, hatte einen liberalen Führungsstil und war auch sehr freundlich zu mir, was zwangsläufig meine Motivation erhöhte. Es gab noch drei weitere Schwestern auf der Station, die alle – bis auf Schwester Helga – ebenfalls älteren Datums waren.

Schwester Helga war in meinem Alter. Sie lebte mit ihrer kleinen Tochter auf dem Gelände in einer Schwesternwohnung, machte mit mir zusammen die Betten und für mich ging die Sonne auf.

Wir waren insgesamt sechs Ersatzdienstleistende. Boffo, der zappelige und stets gut gelaunte *Edl,* wohnte mit Klaus Behrendt in einem Zimmer zusammen. Mit Klaus Behrendt verstand ich mich prächtig, also tauschten wir die Zimmerbelegung. Ich zog zu Klaus und Boffo zu Blues-Rüdiger. Holger, der Kfz-Mechaniker und Manne, der Koch aus Bayern, bewohnten das dritte Zimmer. Alle hatten den Kriegsdienst verweigert, ich war der einzige, der soldatische Erfahrungen einbrachte.

Es war klar, dass Manne hin und wieder für uns das Kochen übernahm. Klaus Behrendt hatte die beste Musik und der Rest organisierte die Getränke. Die feucht-fröhlichen Abende waren sehr beliebt und Susanne, die Tochter des Krankenhaus-Apothekers, kam ebenso wie Schwester Helga gern zu unseren geselligen Abenden.

Es gab nur ein Problem:

Oberschwester Elisabeth bewohnte in dem Dachgeschoss eine kleine Zwei-Zimmer-Wohnung.

Unsere Lautstärke war so etwas wie ein natürliches Problem. Aber Mädchen auf dem Flur und in den Zimmern, die auch noch gelegentlich lachend und nur im Höschen bekleidet über die Etage liefen, das ging zu weit. Elisabeth beschwerte sich bei der Oberin. Doch die hatte etwas mehr Verständnis und brachte uns mit einem freundlichen „Übertreibt nicht!" auf die richtige Schiene.

Die Wochen und Monate gingen ins Land. Freunde haben uns immer wieder auf unserem Dachboden besucht, ansonsten beherrschte der Pflegedienst auf den jeweiligen Stationen unseren Alltag. Alle vierzehn Tage fuhren einige von uns übers Wochenende nach Haus. Bis auf Manne aus Bayern war an diesen Tagen immer irgendeiner weg.

Der Chefarzt auf *Edmunsthal-Siemerswalde* war Dr. Sick. Er hatte uns nicht nur zu verstehen gegeben, dass wir eine durchaus notwendige Hilfe im Pflegeaufwand des Hauses seien, er bot uns auch eine einjährige Ausbildung mit staatlichem Abschluss an. Das haben drei von uns gern angenommen, denn wir waren neugierig und wollten mehr wissen: Boffo, Klaus B. und ich starteten die interne Ausbildung.

Der Stationsjob faszinierte mich, je mehr ich in den medizinischen Alltag eintauchen konnte. Ich hatte zwischenzeitlich sogar den Gedanken im Kopf, noch irgendwie ein Medizinstudium auf die Reihe zu bekommen, das Thema aber wieder verworfen. Klaus Behrendt hatte es Jahre später als einziger umgesetzt. Er ist heute einer der führenden Drogenärzte an der Suchtklinik in Hamburg-Ochsenzoll.

Die einjährige Ausbildung beinhaltete theoretischen Unterricht bei der Oberin und Vorträge in der Bibliothek des Haupthauses bei Chefarzt Dr. Sick. Den Abschluss bildete nach einem Jahr eine Prüfung, gemeinsam mit ausgebildeten Schwestern und Schwesternhelferinnen, vor einem Prüfungsausschuss aus Kiel.

Mein Prüfungsthema waren die Decubitusprophylaxe und die Funktion der Geschlechtsorgane. Ich bestand mit „befriedigend" und bekam eine Urkunde als examinierter Pflegehelfer in die Hand gedrückt.

Immerhin.

Zu meinen Fähigkeiten zählte mittlerweile auch das Spritzengeben. Intravenös war uns zwar nicht gestattet, aber die intramuskuläre Injektion, was ohnehin pausenlos vorkam, war meine Sache. Wer beim intramuskulären Spritzengeben daneben traf, hinterließ blaugrüne Flecken auf Gesäß oder Muskel der Betroffenen und hatte demzufolge nicht die Sympathie der verfärbten Patienten.

Auf unserer Station 1 hatte mir Pfleger Bruno, ein kräftiger

Glatzkopf kurz vor der Pensionierung, weitere Praxis vermittelt. Außerdem hatte er den Schlüssel zum Leichenkeller, und immer, wenn irgendwo in einem der Häuser ein *exitus* gemeldet wurde, waren Bruno und ich auf dem Weg, um die Leiche abzuholen.

Für diesen Zweck gab es eine Art Zinkwanne, die auf einer Achse lag und von zwei Fahrradreifen getragen wurde. Am Ende ragten zwei Griffe heraus, ähnlich einer Rickscha. Damit die Toten nicht allzu öffentlich durchs Gelände oder über die Stationen geschoben wurden, besaß das Gefährt noch eine längliche, halbrunde Segeltuchhaube, die über die Zinkwanne gestülpt wurde.

Eines Tages, Bruno hatte frei, rief eine Schwester vom *Kurthaus* an. Dort hatten sie einen *exitus* im Parterre auf der 1. Ich nahm den Leichenkellerschlüssel vom Haken, holte die Fahrradpritschenwanne samt Deckel aus dem Keller und machte mich mit meiner Leichenkarre auf den Weg. Im Kurthaus wirkte Klaus B. und erwartete Klaus S. schon am Eingang. Die Schwestern achteten in solchen Fällen darauf, dass Patienten, die tagsüber herumlaufen durften, nicht gerade in diesem Moment über den Stationsflur kamen.

Der Stationsarzt war noch mit den notwendigen Formalitäten beschäftigt als Klaus B. und ich den Verblichenen mit inzwischen geübtem Griff in sein Bettlaken wickelten und auf meine Karre hoben. Der Doktor gab mir den Fußzettel mit dem Namen des Toten drauf, den ich um die große Zehe des Verstorben band, damit es später keine Verwechselungen geben konnte.

Ohne Klaus B. trabte ich in meinem weißen Pflegerkittel mit meiner Leiche auf der Karre zurück zum *Susannenhaus* in meinen Leichenkeller.

Der Morgen war sehr neblig, irgendwo krächzte ein Käuzchen, Laub fiel träge von den Bäumen und ich transportierte eine Leiche zwischen den Kiefernwäldchen hindurch. Die Szene hätte man ohne Änderungen für einen Horrorfilm oder Edgar Wallace Krimi übernehmen können.

Ich konnte mir in dieser aberwitzigen Situation ein leichtes Schmunzeln trotzdem nicht verkneifen.

Wir hatten drei bis sechs Abgänge die Woche. Zu Brunos Fähigkeiten zählte das Legen von Kathetern. Deshalb war er häufig beschäftigt und ich hatte irgendwann den Job mit dem Leichenkeller übernommen. Das Krankenhaus zählte nicht zu den modernsten. Auch wenn die Verwaltung sich alle Mühe gab, mit dem medizinisch-technischen Fortschritt mitzuhalten, so sah man doch an einigen Stellen, dass der Zahn der Zeit fröhliche Urständ' feierte.

Das tat er auch in meinem Leichenkeller. Der rund 30 Quadratmeter große Raum hatte keine Kühlfächer mit Schüben, wie man das aus den Kriminalfilmen kennt. Meine Leichen lagen auf dreifach übereinander stehenden Stahlliegen.

Axel, der Sputumkocher, half mir, falls keine andere Hilfe zur Hand war, die Leichen auf die Liegen zu verteilen. Dort blieben sie in ihr Laken eingewickelt und wurden zusätzlich mit einem weißen Tuch abgedeckt. Ich verschloss die Tür und fuhr mit dem dicken Fahrstuhl wieder auf meine Station, wo ich den Schlüssel an das dafür angebrachte Brett hängte.

Die Toten mussten natürlich auch abgeholt werden. Das übernahmen die Firma „Takt & Pietätlos", wie die Leichenbestatter der Bestattungsunternehmen sich selbst gern nannten. Und das lief so ab: Am Eingang des Geländes befand sich ein Pförtnerhäuschen. Wenn ein Leichenwagen anrollte, ließ der Pförtner seine Zeitung sinken, schob seine Scheibe beiseite und wartete auf den Namen, den ihm der Bestatter aus dem Auto zurief. Dann griff er zum Telefon und rief auf meiner Station an und sagte meistens nur:

„Pförtner hier! Takt & Pietätlos für Meier, Wilhelm."

„Okay, den hab' ich."

Das war für mich der Marschbefehl, mich wieder mit meinem Schlüssel auf den Weg in den Keller zu begeben, um einen Verstorbenen zur Überführung an die Bestatter zu übergeben.

Meistens kamen „die Schwarzen", wie wir sie gern nannten, mit einem Ford Transit-Transporter, der zwei Särge, machmal sogar vier, auf einmal transportieren konnte.

Ich stand dann an der Leichenabholtür nach draußen und wartete auf den Wagen. Meine Leiche hatte ich inzwischen schon lokalisiert, mehr als sechs oder sieben auf einmal hatte ich nie im Keller.

Kam der Bestatter allein, half ich ihm, den Sarg in den Leichenkeller zu tragen. Die wiederverwendbaren Transportsärge waren meistens ziemlich ramponiert, bestanden aus schlichtem schwarzen Holz und hatten praktische Schnappverschlüsse. Sie wurden nur für Überführungen gebraucht, wie zum Beispiel vom Krankenhaus zum Friedhof, wo der Verblichene dann in den für ihn vorgesehenen Sarg gebettet wird. Ich hatte das weiße Abdecktuch schon abgenommen und wickelte die Leiche aus dem Laken heraus. Der Bestatter und ich trugen Plastikhandschuhe und hoben den Toten, nackt, wie er auf die Welt gekommen war, in den Überführungssarg, der mit Holzwolle und schlichtem Papierdekor ausgeschlagen war. Die Totenwäsche wanderte in einen Extrakorb. Der Bestatter stülpte den Sargdeckel wieder drüber und verschloss ihn mit den Schnappverschlüssen, deren metallisches Klacken durch die Kellerräume hallte. Gemeinsam trugen wir den Sarg durch den dunklen

Flur hinaus und hoben ihn draußen in seinen Transporter. Es gab noch ein wenig Papierwechsel und der Job war erledigt.

Für eine Überführung kassiert der Bestatter natürlich eine Gebühr. Und daher war die korrekte Begleitung mittels der Papiere für den Umsatz unabdinglich.

Auch der Tod ist schließlich nur ein Geschäft.

Eines Tages meldete der Pförtner wieder einmal „Takt & Pietätlos" an. Es dämmerte schon und der Herbsthimmel zeigte sich bedeckt. Ich empfing den Leichenfahrer am Kellereingang, er war allein. Also fasste ich mit an.

„Der Sarg ist aber schwer!", wunderte ich mich.

„Halt bloß die Klappe, da ist schon einer drin", ächzte der Bestatter in seinem grauen Kittel und sah mich fordernd an. „Mein Wagen ist voll, aber den will ich noch mitnehmen".

Zwei Tote in einem Sarg war zwar schwerstens verboten, wurde aber immer wieder mal gern gemacht.

„Na gut, wenn's denn sein soll", murmelte ich achselzuckend und wuchtete mit ihm zusammen den Sarg aus dem Ford-Transit über den dunklen Flur in meine kleine Leichenhalle.

Wir stellten ihn auf dem Boden ab und er ließ die Schnappverschlüsse springen.

Wir öffneten den Deckel – im Sarg lag eine Leiche.

In meinem Stahlregal deutete ich auf den ausgewählten Toten und legte mit dem Bestatter die weitere Leiche – den Kopf zwischen die Beine, sonst passt sie nicht – in den schwarzen, abgestoßenen Überführungssarg. Der Bestatter überprüfte noch einmal korrekt den Fußzettel meines Toten und verschloss den Sarg wieder mit lautem Schnappen.

Anschließend wuchteten wir den Sarg mit seiner doppelten Belegung in den ebenfalls ramponierten Ford-Transit zurück.

Ich bekam 20 Mark für die schweigende Hilfe. Der Bestatter

war in diesem Fall der Unternehmer selbst und kassierte den Weg von Geesthacht zu irgendeinem Hamburger Friedhof gleich zweimal, obwohl er nur einmal fuhr.

Einen Toten rasieren, ist eine Sache. Eine besondere Aufgabe fiel mir zu, wenn Angehörige den Verblichenen noch einmal sehen wollten. Das erforderte Vorbereitungen. Als erstes wurde die Leiche in das Billardzimmer geschoben, das bei ausgebuchtem Haus auch schon mal als Sterbezimmer dienen musste. Ich schob einen pietätvollen Paravent vor den Billardtisch und richtete das Bett raummittig aus.

Der Leiche die Haare zu kämmen war nicht das Problem. Ich nahm ihr die Kinnbinde ab, die Leichenstarre hatte bereits für einen geschlossenen Mund gesorgt. Die Hände faltete ich so gut es ging vor dem Bauch, wenn sie nicht ohnehin schon in dieser Haltung zu finden waren.

Das sah immer ganz manierlich aus.

Erschwerend kam manchmal hinzu, dass der Leichnam im dunklen Anzug oder bestem Abendkleid seine letzte Ruhe finden sollte.

Dann schritten wir zur Ankleide.

Nun zog man einer Leiche nicht Hose und Jackett oder das perlmuttbesetzte Abendkleid so an, wie wir das von uns Lebenden kennen. Mit einer kräftigen Schere, von der Art wie Heckenscheren sind, schnitten wir Jacket und Hose oder Kleid von hinten auf, stülpten die Kleidung dann schlicht über die Arme und stopften den Rest gut geglättet unter den Körper. Vernünftig arrangiert sah das perfekt und würdig aus.

Im Sommer hatte das Haus große Probleme mit den Beerdigungsunternehmern. Es waren heiße Wochen und die Leichenhalle hatte außer der natürlichen Kellerfrische keine Kühlung.

Als die Temperaturen sich oberhalb der 30 Grad Celsius einpendelten, weigerten sich die Schwarzen, Leichen aus dem Keller des Krankenhaus abzuholen, denn dort roch es inzwischen unangenehm süßlich.

Die Verwaltung geriet in helle Aufregung. Das Problem war schließlich bekannt, es musste also endlich etwas mit der Leichenhalle geschehen.

Tage später und nach einigen Umbauarbeiten wurde eine neue Leichenhalle eröffnet, die sich neben dem *Kurthaus* befand und ursprünglich so etwas wie ein Vorratslager war. Der Koch der Hauptküche wohnte in einem Wohnhaus nebenan im Obergeschoss und hatte nun nicht mehr die Vorräte als Nachbarn, sondern eine Leichenhalle mit neuer und funktionierender Kühlung.

Ich hatte weiterhin Schlüsselgewalt und die vertrauten Etagenmöbel waren auch die gleichen geblieben.

Als wir wieder einmal eine unserer netten Beisammenkünfte auf unserer Etage feierten, waren meine Blankeneser Freunde aus den frühen Schultagen dabei: Claus Deimel, Gerd Marwedel und Joachim Sewald. Zu fortgeschrittener Stunde entdeckte Claus den Zweitschlüssel zur Leichenhalle, der in meinem Zimmer mit einem Holzstück versehen an einem Nagel an der Wand hing.

Er wollte unbedingt mal einen Toten sehen. Wir haben uns spät in der Nacht auf den Weg gemacht, aber nur einen kurzen Blick in die neue Halle geworfen.

Oberschwester Hedwig hatte einen Verehrer unter den Langzeitpatienten. Helmut hatte schlohweißes Haar, war so um die Siebzig und ein Vertreter der alten Schule, der mit sattem Charme unsere Hedwig umgarnte.

Auf Station 1 war die Liebelei der beiden Herrschaften ein offenes Geheimnis.

Hedwig, auch schon deutlich ergraut, wies die liebevollen Frotzeleien des Personals mit leichter Röte im Gesicht von sich. Zu dem Patienten hatte ich ein freundschaftliches Verhältnis. Helmut ließ nicht locker und informierte mich stets über den Stand der Dinge.

Eines Tages hatte er gewonnen:

Als wir nach einer Kaffeepause im hinteren Dienstzimmer die Tassen beiseite räumten und nur noch Hedwig und ich im Zimmer waren, hielt sie mich am Arm fest:

„Helmut hat mich zu sich nach Hause eingeladen, nach Harburg. Ich möchte ihn besuchen, kommst du mit und kannst du mich fahren?“

„Klar mache ich das. Wann soll's denn sein?” antwortete ich.

„Morgen, am Freitag.”

Einige Langzeitpatienten konnten schon mal ein Wochenende nach Hause. Das hatte auf die Endbehandlung der Motten keinen negativen Einfluss.

Also startete ich am nächsten Tag gegen Mittag mit Hedwig nach Harburg zu ihrem Verehrer. Helmut hatte Kaffee und Kuchen parat, scherzte in bewährter Manier mit Hedwig und mir herum und bat mich im passenden Moment, mir doch ein wenig die Sehenswürdigkeiten von Harburg anzusehen.

Ich verstand.

Am Abend war ich zurück, holte eine glückliche Hedwig von einem noch glücklicheren Helmut ab und fuhr mit meiner Oberschwester wieder nach Geesthacht.

Frühe Erfahrungen

&

Die Zeit als Pflegehelfer und Obmann der Leichenhalle hat mich sehr geprägt. Ich habe die Toten nicht gezählt, aber ich konnte insgesamt sechs Mal dabei sein, als ein Mensch sein Leben aushauchte und in den Tod hinüberglitt.

Die Buchhändler in Geesthacht hatten sich möglicherweise schon über mich gewundert. Denn stets fragte ich nach Werken über Sterben und Tod. Arthur Schopenhauers Behauptung, dass der Tod das bessere Leben sei, hatte mich in meiner Verklärung über das Jenseits begeistert, und so besorgte ich mir laufend Einschlägiges aus diesem Genre.

Ich war ein junger Mann von zwanzig Jahren und erlebte diese Grenzbereiche sehr intensiv und nachhaltig. Alpträume kamen nicht mehr vor, die Faszination über den Tod war siegreich.

Meinen Schritt zur Wehrpflicht-Alternative habe ich nie bereut. Ich lernte in dieser Zeit auch so abgedroschene Worte wie „Reife" abzulegen und durch den nüchternen Begriff „Informationsvorsprung" zu ersetzen. Denn den nahm ich für mich in einigen Teilen des Lebens in Anspruch.

Ich erinnerte mich noch oft an einen Patienten, der später auf der Station starb. Er war ehemaliger Marinesoldat, Kaptiän zur See. Als ich ihm steckte, dass ich sechs Wochen bei der Marine verbracht hatte und nun meinen Ersatzdienst hier ausüben würde, hatte er nicht viel Verständnis für meine Entscheidung. Wir haben beim Bettenmachen und Pfanneleeren viel geredet und unsere Positionen ausgetauscht.

Er taute langsam auf und wurde nachdenklicher. Ich kam ihm entgegen mit freundlichen Klischees aus dem soldatischen Leben an Bord, die ihm gefielen. Ich grüßte militärisch zum Bettenmachen und räumte am Abend seine Urinflasche ein, in dem ich die Bootsmannsmaatenpfeife imitierte und „Ruuuuhe im Schiff" durch sein Zimmer rief.

Er liebte diese Spielchen.

Kurz bevor er starb, hielten wir uns die Hände. Er flüsterte noch, dass er nicht wisse, welcher Weg richtig sei. Aber meiner könne auf keinen Fall verkehrt sein. Ich war ziemlich getroffen, obwohl mir sonst ein Patiententod nicht sehr nahe ging. Es gab immer diese professionelle Distanz, die die Emotionen auf Abstand hielt. Bei ihm nicht.

Es gab noch zwei weitere Sterbefälle, die mich besonders trafen. Das eine war ein Patient, der schwer unter seiner Krankheit litt. Eines Morgens, wir waren gerade mit unserer Bettentour gestartet, kamen wir in sein Zweibettzimmer, das er allein bewohnte und fanden ihn auf dem Fußboden. Er hatte sich mit seinem Bademantelgürtel an einem Schrank aufgehängt. Ich wusste, dass er keine Lust mehr hatte. Oft genug hatte er vom Tod gesprochen und seinem „letzten Ausweg“. Keiner von uns hätte je gedacht, dass er es eines Tages tatsächlich tun würde.

Was für ein Tod, an einem simplen Schrank mit dem Bademantelgürtel sein Leben zu beenden ...

In einem anderen Fall war es ein sehr junger Mann, der mit Anfang vierzig unter den Händen der Stationsärztin und des Oberarztes starb. Ich hatte im Hintergrund irgendwelche Helferarbeiten zu verrichten. Die Ärztin meinte: „Das war's denn wohl", und zog die Decke über den Körper. Wir standen alle etwas betreten herum.

Dann begann die Ärztin den Oberarzt vollzutexten, dass sie sich auf die Party am Abend freue, wer noch alles käme und so weiter. Dabei war sie völlig hektisch und präsentierte den Umstehenden eine absolut unangemessene Reaktion auf das gerade Geschehene.

Ich musste lange über diese perverse Situation, den verstorbenen Mann und seinen in dieser Situation ins Nebensächliche gerückten Tod nachdenken.

Wer mit nicht alltäglichen Situationen konfrontiert wird, schafft sich seine Ventile, seinen Ausgleich oder seinen Ausweg. Das ist normal. Als ich mit Klaus B. für Heiligabend den Spätdienst übernommen hatte, passierte ein Notfall, bei dem einer Patientin ein Darmbruch drohte. Der Bauch blähte sich auf. Der diensthabende Arzt konnte letztlich helfen.

Bei Kerzenschein im Dienstzimmer scherzten wir noch am Abend über den wachsenden Bauch, und hatten Tränen vom Lachen in den Augen, als eine Schwester meinte, dass sie wohl morgens wie ein Luftballon an der Decke hängen würde.

Stress auf der Station und die Todesnähe, alles am Heiligen Abend, hatte sich bei uns auf die Psyche gelegt und war nur noch durch makabre Heiterkeit zu ertragen. Wir hatten unser Ventil, achteten aber sehr darauf, dass kein Unbeteiligter diese aberwitzige Atmosphäre und unsere schrillwitzige Situation mitbekam.

Zu den beliebten Jobs zählten spontane Aushilfsdienste, wenn irgendwo ein Mitarbeiter erkrankte oder woanders gebraucht wurde. Das war zum Beispiel der Fahrservice zur Röntgen-Abteilung.

Es gab einen cremefarbenen VW-Bus älteren Datums, der nur auf dem Gelände für Patientenfahrten eingesetzt wurde. Wir *Edls* hatten zwar alle einen Führerschein, durften die Patienten aus versicherungstechnischen Gründen jedoch nicht fahren. Aber wir waren gern die Begleiter, denn der Fahrer saß hinterm Lenkrad und blieb da auch sitzen.

Boffo und ich waren dran mit Röntgenfahrten. Wir gönnten uns unsere Scherze und begrüßten grundsätzlich jeden Patienten, der, im Bademantel gewandet, in seinem Krankenzimmer auf uns wartete, mit den Worten:

„Herr Commerzienrat, wir sind dann bereit für die Jagd?" oder „Wenn Frau Hofrätin dann soweit ist, könnten wir."

Die Patienten liebten es.

Wir versprühten mit unseren Sprüchen Humor und Lebensfreude, die uns hauptsächlich die Damen der Frauenstation mit zurückgehaltenem Pudding, Apfelsinen oder Schokoladenkeksen dankten.

Zu unserer Spezialität zählte auch das synchrone Mitsprechen im Röntgenzimmer: „Tief einatmen – nicht mehr atmen – weiter atmen!", witzelten Boffo und ich hinter der Tür mit der Röntgenassistentin gemeinsam, die drinnen die Patienten dirigierte.

Der absolute Spitzenjob war allerdings der Beifahrer bei einer Verlegung in ein anderes Krankenhaus. Dafür hatten wir einen Krankenwagen, der auch ein Blaulicht für die sogenannten „Sonderfahrten" mit sich führte.

Mein Tag kam auch da irgendwann. Der für diesen Zweck ausgebildete Fahrer Naujoks und ich hatten eine Patientin ins AK Wandsbek zu bringen. Die alte Dame war eigentlich gut drauf, stellte keinen Notfall dar und freute sich über ein wenig Abwechselung.

Die konnte Naujoks bieten, denn aus heiterem Himmel stellte er auf der Landstraße zwischen Geesthacht und Bergedorf plötzlich das Blaulicht an. Mit deutlich mehr Tempo, Martinshorn und zuckendem Blau kamen wir weitaus zügiger durch den einsetzenden Berufsverkehr.

„Huch", meinte die alte Damen, die hinten auf der Trage lag, „was Sie alles mit mir anstellen!"

Rechtzeitig vor dem Erreichen des AK Wandsbek stellte Naujoks das Blaulicht wieder aus. Die Blaulichtfahrt konnten wir nur machen, weil der hauseigene VW-Bus zwar alle Notfallvorrichtungen hatte, aber die Fahrt mit Sonderfunktion nicht – wie im normalen Rettungswagen – als Sonderfahrt aufzeichnete. Niemand hat's gemerkt, und uns hat es großen Spaß gemacht.

Auf freiwilliger Basis, sozusagen aus Motiven der Fortbildung heraus, gab es noch eine nicht jedem von uns zusagende Möglichkeit der Dienstzeit: die Aushilfe in der Pathologie. Ich wollte das wissen und erleben und meldete mich.

Der zuständige Pathologe, eine gedrungene Figur mit kräftigen, behaarten Armen und einem mongolischem Gesichtsausdruck, – auch er erfüllte mühelos die Mindestanforderung, die Fellini im Casting vorgab – wusste, wovon er sprach. Er konnte, während er einen Leichnam sezierte, uns Laien (wir fühlten uns natürlich schon fast kollegial mit im Boot) erläutern, was er gerade tat und was der Sinn seiner akribischen Untersuchung war.

Es war wieder einmal ein Ur-Erlebnis für die Nase, deshalb bekam ich einen Mundschutz, der mit etwas Nasenfreundlichem beträufelt war. Wer von sensibler Natur war, hätte bereits beim Anblick der kräftigen und vielfältigen Werkzeuge zum Öffnen von Körpern und Körperteilen geschwächelt.

Ich schwächelte, hielt aber durch.

Auf einem glänzenden Nirostatisch, der mich spontan an meine Abwaschorgien auf der *TS Hamburg* erinnerte, sollte die Sezierung stattfinden. Der Pathologe öffnete mit einem Y-Schnitt den Brustkorb der vor uns liegenden männlichen Leiche.

Sein Ziel war die Lunge.

Leichte graue Ränder, die aussahen wie grau angebrannte Ecken, waren der fehlende Beweis für Lungenkrebs. Die Computertomographie war Ende der 1960er-Jahre noch unbekannt.

Der Pathologe verteilte Gewebeproben auf Röhrchen, Nierenschalen und Reagenzgläschen aller Art und bat mich, mit einer chromglänzenden Kelle Restflüssigkeiten aus dem Körper zu schöpfen. Eine Leiche blutet ja bekanntermaßen nicht mehr, trägt aber noch Wasser in sich.

Ich tat wie befohlen und stopfte anschließend den durch die Organentnahme entstandenen Hohlraum im Oberkörper des Mannes mit Zellstoff aus. Unter der Haut befand sich eine gelbliche Fettschicht, die, je nach Körperbau, eine unterschiedliche Dicke aufwies. Mit einer leicht gebogenen Nadel, die in ähnlicher Form auch Teppichnäher und Segelmacher verwenden, wurde der Y-Schnitt im Brustkorb durch die Fettschicht wieder vernäht.

Ich hatte das Handwerkliche des Nähens vor ein paar Jahren mit Hans zusammen auf der *MS Widar* von Matrose Jochen gezeigt bekommen und nannte die fertige Arbeit anerkennend „eine saubere Bootsmannsnaht".

Die Dienstzeit in der Pathologie dauerte knapp zwei Stunden. Die Begeisterung für einen weiteren Einsatz fehlte mir allerdings.

Nicht ganz freiwillig waren hingegen die Nachtwachen. Wir wurden zwar gefragt und hätten theoretisch auch nein sagen können. Doch was tun, wenn eine Nachtschwester ausfiel, der Ersatz woanders gebraucht wurde und einfach keiner da war, der die Nacht als zweiter Mann übernehmen konnte. Es gab 3,75 Mark (pro Nacht!) Sonderzahlung und ein wenig Obst für die *Edls* bei Übernahme der Nachtwache. Ein Angebot, bei dem keiner nein sagen konnte.

Eine Nachtwache wurde in der Regel von zwei Schwestern geschoben, weil es für eine allein nicht zu schaffen war. Fehlte eine, waren wir natürlich kein vollwertiger Ersatz, aber fast.

Neben der gebuchten Erfahrung, hatte so eine Nachtwache auch besondere Werte. Lange Gespräche mit der Nachtschwester und Zeit zum Lesen, wenn es denn auf Station 1 ruhig blieb.

Und manchmal kam auch die Liebe nicht zu kurz ...

Der Abschied

&

Tuberkulose ist ansteckend. Man muss sich schon vorsehen. Für bestimmte Tätigkeiten, wie das Einsammeln der Sputumbecher, gab es den weißen Mundschutz mit Gummiband, um ihn hinter die Ohren zu klemmen. Denn immerhin war das der Schleim der Patienten mit einer offener Tb, also extrem ansteckend.

Chefarzt Dr. Sick kam mit seiner Ausbildung dem Ende entgegen. Er war ein Anhänger der Psychosomatik und hat uns speziell auf diesem Gebiet viel erzählt.

„Letztlich kann ich sogar der Tuberkulose eine psychosomatische Ursache nicht absprechen", dozierte der Chef in der Krankenhaus-Bibliothek und sah dabei aus dem Fenster.

Als der zivile Ersatzdienst in Geesthacht seinem Ende entgegenging, war es Zeit für eine ausführliche Abschluss-Untersuchung. Die sollte am Tag nach dem letzten Arbeitstag im schleswig-holsteinischen Eutin stattfinden. Dort befand sich die zentrale amtsärztliche Untersuchungsstelle, die auch die Mitarbeiter der Pflegedienste in regelmäßigen Abständen zu untersuchen hatte. Uhrzeit und Adresse für den nächsten Morgen hatte ich im Kopf, jetzt wollte ich mich nur noch vernünftig von den einzelnen Stationen verabschieden.

Die Ersatzdienstler hatten eine Sonderrolle im Krankenhaus.

Sie waren nicht angestellt, nicht richtig ausgebildet, manchmal humorvoll bis an die Grenze zur Albernheit, dann wieder diskussionswütig mit das System an sich in Frage stellenden Ansätzen. Sie waren stets hilfsbereit und hatten ihre soziale Funktion begriffen, nie hatte einer seinen Dienst versäumt. Bei den Patienten waren „die, die nicht zur Bundeswehr wollten“, sehr beliebt.

Es mag daran gelegen haben, dass die Ersatzdienstleistenden – meistens gut gelaunt – immer Zeit für einen kurzen Schwatz fanden, was der Arbeitsdruck dem angestellten Pflegepersonal kaum gestattete.

Für Kritiker des Krankenhaussystems kam deutlich sichtbar hinzu: Ersatzdienstleistende deckelten das schon an sich kranke System im Bereich der Personalplanung und des Kostendrucks. Sie wurden mit 120 Mark im Monat vom Bund bezahlt und waren schon längst für den notwendigen pflegerischen Einsatz im Krankenhaus zum kalkulierten Bestand geworden.

Und das nicht nur in diesem Haus.

Und sie hatten ein Enddatum, einen Abgang von der Bühne des teilweise Absurden. Nicht mit 65 Jahren, sondern nach maximal 18 Monaten.

Dieser Tag im Frühjahr 1971 war mein letzter. Die Herzlichkeit, mit der ich von Patienten, Schwestern, Mitarbeitern des Pflegepersonals und – in gebotener Zurückhaltung – auch von den Ärzten verabschiedet wurde, ging an die Nieren.

Chefarzt Dr. Sick hoffte, uns alle eines Tages als Koryphäen in der Lungenheilkunde oder zumindest doch als Stationsarzt auf *Edmundsthal-Siemerswalde* wiederzusehen.

Es gab Küsschen, kleine Geschenke und herzzerreißende Szenen des Abschieds. Und es gab Sekt und Cognac. Auf meiner Runde durch die Stationen und Abteilungen im *Susannenhaus,*

Kurthaus, *Hanshaus* und im Hauptgebäude trank ich überall ein Gläschen Sekt und hier und da einen kleinen Cognac dazu, der war gerade angesagt. Ich ließ mir für die Zukunft alles Gute wünschen und versprach, immer mal wieder vorbeizukommen.

Die Mischung war offenbar neu für meinen Kopf.

Zu später Stunde schoben mich meine Mitbewohner auf dem stationseigenen Toilettenstuhl in den großen Fahrstuhl und warfen mich in meinem Zimmer auf das erstbeste Bett.

Alkohol spielte bei uns unterm Dachgeschoss keine herausragende Rolle. Natürlich tranken wir mal ein Bier oder auch zwei oder machten eine Flasche Wein leer.

Doch das war auch schon alles. Ein guter Joint wurde gern mal genommen, aber das hielt sich in Grenzen. LSD hatten wir auch mal getestet, es wurde ein schräger und schriller Abend, der bei *Blues from Laurel Canyon* mit Altmeister *John Mayall* und einem Schachspiel mit brennenden Kerzen als Figuren endete. Immerhin hatte *Woodstock* gerade stattgefunden und der Film *Easy Rider* war in die Kinos gekommen.

Hartes Rauschgift war für uns kein Thema, dazu wussten oder ahnten wir zuviel. Die Neugier brachte uns noch einmal dazu, Valium 5 intravenös in die Oberschenkel zu spritzen, um das „Schlafergebnis zu überprüfen".

Ich schlief in der Nacht 12 Stunden durch.

Am Morgen nach meinem Sekt-Cognac-Finale tackerten draußen zwei Spechte in den Bäumen – wir nannten sie Black & Decker – und ich hatte das Gefühl, sie hämmerten an meinen Kopf. In mir schnurrte der dickste Kater, den ich je erlebte. Manne hatte am nächsten Tag frei und konnte mich nach Eutin zur Abschlussuntersuchung fahren. Die Tuberkulose war mir erfreulicherweise ferngeblieben, mein Promillewert jedoch war noch recht deutlich und ließ den untersuchenden Arzt beim Abschlussgespräch beide Augenbrauen hochziehen.

Zurück in Geesthacht und ein paar Kaffeetassen später packte ich meine Siebensachen ins Auto und fuhr ein letztes Mal über die Landstraße von Geesthacht nach Bergedorf. Es war ein traumhaft bunter Himmel und aus meinem Kassettenrecorder, der wegen des besseren Klangvolumens mit einem gigantischen alten Radio, das fast den ganzen Rücksitz einnahm, verbunden war, ertönten die *Hollies* mit ihrem *He ain't heavy, he's my brother.* Es war wie ein Filmabspann:

Sie sahen ...

Die Verhaftung

Südfrankreich, die Côte d'Azur und die französische Mittelmeerküste bis Spaniens Grenze waren beliebtes Ziel der Reisen per Anhalter gewesen, die ich in frühen Jahren mit Gerd Marwedel unternommen hatte.

Später, als Joachim Sewald einen goldbraunen Käfer sein Eigen nannte, sind wir den Zielen treu geblieben, nur eben mit dem alten Käfer und nicht mehr per Anhalter. Eigentlich war das das jährliche Ferienziel, wobei die Übernachtungen mangels Kasse meistens auf Wiesen oder unter Bäumen stattfanden.

Ich war noch in Geesthacht, als wir wieder einmal beschlossen, Südfrankreich einen Besuch abzustatten. Joachim hatte ein nagelneues Auto, ein hellblaues VW-Cabrio, damit wollten wir beide nach Perpignan in Südfrankreich, oder wohin uns der Weg auch immer führte.

Ulli war ein Arbeitskollege von Joachim, der beim Telegrafenamt jobbte. Ulli wollte auch mit.

Wir kamen zügig voran und hielten uns in Frankreich auf den Landstraßen, zumal das Autobahnnetz noch nicht so besonders ausgebaut war. Wir hatten nur ein paar Tage und wollten die Zeit genießen. Irgendwann fuhren wir über eine idyllische Brücke. Unter uns wuselte das Flüsschen Ardèche und nur zwei Kilometer weiter gab es ein kleines Dorf. Eine wundervolle Atmosphäre, die uns sofort fesselte. Wir kauften in dem Dorf ein paar Baguettes, ein wenig Käse und ein paar Flaschen Rotwein und kehrten über die Brücke zurück, um einen Zugang zum Fluss zu finden.

Wir fanden ihn und beschlossen, nicht nur ein Picknick zu machen, sondern einfach ein paar Tage hierzubleiben. Es gab eine kleine Höhle in den Felsen direkt am Fluss, wo wir unsere Schlafsäcke ausrollten und es uns zu dritt gemütlich machten. Das Wetter war sonnig und sehr warm. Wir schwammen pausenlos im Fluss herum, klönten und schwatzten am Lagerfeuer und genossen die Freiheit unter dem Sternenhimmel.

Joachim hatte eine Vorliebe für Haschisch, das wir zur späten Stunde gern am Feuerchen in einer Pfeife genossen. Sein Vorrat war gering, er hatte nur ein paar Gramm dabei, die er, in Stanniolpapier eingewickelt, in seiner Hosentasche trug.

Ich konnte dem Stoff nicht allzuviel abgewinnen.

Erst wurde ich albern, dann todmüde – später verzichtete ich auf den Genuss.

Die Zeit ging ins Land und die Rückfahrt stand an. Wir klappten das Cabriodach auf und wollten wieder über die Landstraßen nach Deutschland zurück.

In Besançon, einem Städtchen nahe der Grenze, standen zwei Mädchen am Straßenrand und trampten. Es stand außer Frage, dass die beiden zu uns ins Auto mussten. Wir hielten an und die Mädchen stiegen ein. Sie wollten bis Mulhouse, dem Grenzort, mitfahren.

In Mulhouse angekommen, brachten wir die Mädels noch nach Hause, sie wohnten bei ihren Eltern, und verabschiedeten uns. Es war später Nachmittag als wir den Grenzübergang erreichten. Ein dunkelhäutiger Zollbeamter stoppte uns, fragte nach den üblichen Waren und ob wir Rauschgift dabei hätten.

„Nein, haben wir nicht“, sagte ich.
Ich saß am Steuer und Joachim neben mir. Ulli war hinten auf den Rücksitzen eingeschlafen und schreckte hoch.
„Fahren Sie bitte mal vor das Gebäude“, wies mich der Franzose an und deutete mit dem Finger auf das Zollgebäude.
„Ach du Scheiße!“, murmelte Joachim als ich den Wagen in einer großen Kurve vor das Haus fuhr.
Wir mussten aussteigen und wurden in einen Vorraum gebeten. Nach einer Woche Ferien am Ufer der Ardèche sahen wir aus, wie man eben nach einer Woche am Ufer eines Flusses aussieht. Braungebrannt, unrasiert, mit ein wenig aufgebrauchten Klamotten am Körper.
Wir sollten unsere Taschen leeren und taten wie befohlen.
Unser Zollbeamter hatte Verstärkung bekommen. Zwei Beamte standen um uns herum und verfolgten jede Bewegung. In den Hosentaschen hatten wir nichts Bemerkenswertes. Ein Taschenmesser, ein Taschentuch, Kleingeld, Streichhölzer, das war's eigentlich schon. Der Beamte schüttelte die Taschentücher auseinander und bei Joachim fiel ein kleines Stanniolpapierpäckchen in die Schachtel mit seinen Habseligkeiten.
„Ah oui, qu'est-ce que c'est?“ triumphierte der Zöllner und hob es an seine Nase.
Haschisch!
Später berichtete er uns, er hatte den Geruch schon in der Nase gehabt, als ich das Fenster für die Passkontrolle runterkurbelte.
Joachim und sein Stoff!
Nun hatten wir den Salat. Wir wurden in ein anderes Zimmer gebeten und mussten uns nebeneinander setzen. Dann wurden wir mit Handschellen aneinander gekettet und sollten warten. Wir warteten ungefähr drei Stunden, bis aus dem na-

hegelegenen *Palais de la Justice* ein für dieses Delikt zuständiger Beamter erschien und uns verhörte.

Plötzlich erläuterte er uns, dass das Cabrio beschlagnahmt sei und Joachim als Besitzer des Autos und des Rauschgifts und ich als Fahrer nach Mulhouse in den *Palais de la Justice* abtransportiert werden würden.

Ulli konnte gehen.

Er druckste eine Weile rum, wenn das seine Eltern mitkriegen, oh Gott, oh Gott, was für eine Katastrophe, und so weiter und so fort.

„Jaja, ich weiß schon, was du meinst“, sagte ich zu ihm, „hau' ab, wir kriegen das schon hin!“

Ulli machte einen Satz und verschwand über die Grenze nach Deutschland. Ich habe ihn nie wiedergesehen.

Joachim und ich wurden in einen Transporter verfrachtet und nach Mulhouse gebracht. In einer Registratur warteten wir lange auf das, was nun passieren sollte.

Ein Flic saß hinter seinem Schreibtisch und zog mit dem Lineal immer wieder Striche in sein Wachbuch. Sonst war es still und nichts passierte.

Plötzlich wurde die Tür aufgerissen und zwei Beamte holten uns zum Fotografieren ab. Ein abenteuerliches Gerät erwartete uns. Wir mussten abwechselnd auf einem Holzstuhl Platz nehmen, der auf einer Art Holzschiene stand. Einige Meter weiter hatte der Fotograf seinen Apparat auf dieser Schiene stehen. Daneben gab es einen Hebel, mit dem er den Stuhl, auf dem ich saß, zunächst für die Frontalaufnahme und danach für die Seitenansicht meines Konterfeis drehen konnte. Um den Hals trug ich ein Nummernschild, wie im Kriminalfilm.

Als die Aufnahmen fertig waren, konnte ich gehen.

Joachim musste bleiben.

Ich stand vor dem *Palais de la Justice* und überlegte, was zu tun war. Es wurde dunkel, der Abend zog ins Land.

Also erst einmal muss ich hier weg, dachte ich bei mir und machte mich zu Fuß auf den Weg ins Zentrum der Stadt. Ich umrundete den *Palais de la Justice* und schlug den Weg zum Bahnhof ein. In der Hosentasche hatte ich noch umgerechnet zehn Mark, das war alles. Ich kaufte mir erst einmal ein Baguette und etwas zu Trinken und setzte mich auf eine Bank in dem kleinen Park vor dem Bahnhof.

Joachim hatte ich noch zurufen können, dass ich am nächsten Morgen in den Justizpalast kommen wollte; aber was ich dann tun sollte, wusste ich auch nicht.

Ich verbrachte die Nacht auf meiner Parkbank und musste mich schon etwas deutlicher gegen die Annäherungsversuche eines Schwulen wehren, der offensichtlich Notstand hatte.

Das Draußenschlafen hatte ich ja nun schon drauf, das Draußenaufwachen aber immer noch nicht. Zerbeult und mit schmerzenden Gliedern vom Parkbankholz und zerstochen von französischen Mücken brachte ich meinen Körper langsam wieder in eine aufrechte Haltung und hatte ganz plötzlich die rettende Idee: die trampenden Mädels!

Die einzige Adresse, die ich hier wusste, die einzigen Menschen, die ich hier kannte. Irgendwie müssten die doch helfen können, zumindest sprachlich, denn mein Französisch hatte irgendwann seinen Geist aufgegeben.

Ich kämmte mir die Haare, putzte mit Mineralwasser die Zähne, prüfte den Geruch meines Hemdes (ich trug ein Unterhemd mit Todeskreuz aus der Krankenhauswäscherei) und machte mich auf den Weg.

Die Straße fand ich wieder, das Haus auch. Es stand nur ein Name an der Klingel.

Ich nahm allen Mut zusammen und drückte den Klingelknopf.

Ein Mann erschien an der Haustür und beäugte mich misstrauisch. Ich sagte auf Französisch, dass ich aus Deutschland sei und mit meinem Freund Pech gehabt hätte und dass ich seine Töchter, wie ich annahm, von gestern kennen würde, weil wir sie mitgenommen hatten und überhaupt ...

Da erschienen die beiden Mädchen von gestern in der Tür und erkannten mich gleich wieder. Sie klärten ihren Vater auf und alle baten mich ins Haus. Die Familie saß beim Frühstück und es duftete nach frischen und warmen Croissants.

Ich wusste gar nicht mehr, wie gut so etwas riechen kann.

Ich bekam von der Mutter eine Tasse Kaffee und zwei Croissants und durfte die ganze Geschichte erzählen.

„Ihr hättet mich wenigstens mal probieren lassen können!“, lachte der Vater und versprach, mir zu helfen. „Allors, gehen wir erst einmal zum Justizpalast.“

Der Mann war Handelsvertreter in Sachen Whisky und fuhr einen roten Ford Mustang.

Ich war beeindruckt.

Immer noch lachend fuhr er mit mir beim Gerichtsgebäude vor und wir betraten das Haus.

Er diskutierte mit allen möglichen Leuten und Beamten und irgendwann saßen wir in einem Zimmer Joachim gegenüber, der wiederum überrascht war, wie locker ich inzwischen drauf war. Ich stellte ihn dem Whiskyvertreter vor und Joachim berichtete, was er in den vergangenen Stunden erlebt hatte. Mir fiel sofort auf, dass sie ihm die Haare geschnitten hatten.

„Das war das erste, was sie mit mir gemacht haben. Die Haare kurz. Danach wurde ich in eine Gemeinschaftszelle verfrachtet und verbrachte die Nacht mit Dieben und Mördern.“

Er war nicht sonderlich erbost darüber, vermutlich fand er den Aufenthalt ganz unterhaltsam.

„Allors“, meinte unser Retter, „ich habe jetzt 300 Franc Kaution für ihn bezahlt, damit er hier wieder rauskommt. Ihr müsst gleich noch zu einer Anhörung, und dann wird es irgendwann einen Prozess geben. Aber ihr könnt nach Hause, ob ihr dann hier vor Gericht erscheint ist eure Sache. Aber besser nicht. Das Auto ist beschlagnahmt, dafür wollen sie 2.000 Mark Gebühren haben, sonst bleibt es hier. Mehr kann ich nicht für euch tun.“

Wir bedankten uns überschwenglich und ich versprach, die 300 Francs aus Deutschland zurückzuzahlen.

„Das Auto ist neu“, meinte Joachim, „das muss mit. Wo kriege ich bloß 2.000 Mark her?“

Das war ein großes Problem. Was tun?

Zunächst einmal musste ich in Geesthacht anrufen, dass meine Wiederkehr ein paar Tage länger dauern würde.

„Ich bin hier vorübergehend aufgehalten worden“, schob ich am Telefon noch schnell nach.

Dann hatten wir unseren Termin zur Anhörung. Ein Pflichtverteidiger war anwesend und ein Dolmetscher. Der Pflichtverteidiger warf uns erstmal ein Päckchen Gauloise auf den Tisch und meinte dann, er würde das schon alles klären. Auch ich sei als Fahrer in diesen Fall verwickelt, erklärte er, und würde mit angeklagt werden. Der Fall wird aber erst nächstes Jahr verhandelt und er würde das schon machen.

Und ob wir ihm 400 Franc pro Klient anzahlen könnten?

Konnten wir natürlich nicht.

Der Pflichtverteidiger brachte ein wenig Licht in das Drama. Zwischen Marseille und Hamburg waren offensichtlich größere Rauschgiftbewegungen registriert worden. Drei junge Männer allein in einem Auto, das auch noch nach Haschisch riecht, das konnte nicht gutgehen. Und den Wagen hatten sie beschlagnahmt, weil sie ihn erst einmal völlig auseinandernehmen wollten, ob da nicht irgendwo die Kilos versteckt waren. Und ohne die 2.000 Mark Beschlagnahmegebühren würde das Cabrio hier bis zum St. Nimmerleinstag stehen bleiben.

Wir unterschrieben ein französisches Protokoll, bekamen unsere Ausweise wieder und wurden mit der Aufforderung, zur Verhandlung zu erscheinen, wieder entlassen. Damit war die Sache mit der Polizei und der Justiz erledigt.

Doch was sollten wir nun mit den Jungs vom Zoll machen?

Ich hatte eine Idee. Meine Freundin in Hamburg entstammte einer Familie, die man als vermögend bezeichnen konnte. Ich traute mich und rief in Hamburg an (die letzten Centimes gingen dabei drauf), erklärte ihr die ganze Geschichte und erläuterte ihr die aktuelle Situation.

„Kannst du 2.000 Mark telegrafisch an das Hauptpostamt Mulhouse senden? Du bekommst sie zuhause sofort wieder“, fragte ich sie, „sonst sind wir hier ziemlich aufgeschmissen.“

Sie half, das Geld sollte am nächsten Tag kommen.

Wir verbrachten die Zeit solange auf den Parkbänken, die ich ja nun schon kannte.

Der französische Postbeamte studierte eingehend meinen Personalausweis, verglich immer wieder mein Konterfei mit dem Foto und zahlte mir schließlich, mit immer noch misstrauischen Blicken, den Betrag in Franc aus. Beim Zoll händigten sie Joachim das Auto wieder aus. Alles war okay, er bezahlte, bekam irgendwelche Stempel und wir konnten fahren.

Der Albtraum war zu Ende.

Unsere Schulden bei meiner Freundin und bei dem hilfreichen Whiskyvertreter hatten wir umgehend bezahlt, nachdem wir wieder in Deutschland waren. Die Angelegenheit, so hofften wir, wäre damit zu Ende.

Doch es gab noch ein kleines Nachspiel:

Ein gutes Jahr später klingelte es bei meinen Eltern in Blankenese an der Haustür. Ich war gerade zuhause und öffnete die Haustür. Zwei unauffällige Herren standen vor der Tür und baten um Einlass. Sie waren vom Rauschgiftdezernat, hatten eine Akte dabei und wollten meinen Werdegang überprüfen. Das war unglaublich!

Ich stand in der Datei der Rauschgifthändler?!

Ich klärte die Situation, so gut es ging, und konnte dem Auftritt sogar noch etwas Humorvolles abgewinnen – vor allen Dingen als die Beamten vom R-Dezernat das Foto von uns aus dem französischen Holzstuhl im *Palais de la Justice* hervorholten.

Leider durfte ich es nicht behalten.

Das Spiel mit den Buchstaben

&

Noch während der Zivildienstzeit hatte ich mich beim Deutschen-Entwicklungs-Dienst (DED) beworben, um als Schriftsetzer irgendwo auf dieser Welt mein Wissen weitergeben zu können. So nannte ich es jedenfalls offiziell, doch eigentlich war ich wild entschlossen, weiteres von der Welt zu sehen. Ich wollte wieder los.

Den DED hatte ich schon fast vergessen und wohnte mittlerweile in einer eigenen kleinen Wohnung an der Blankeneser Hauptstraße, der ehemaligen Drogerie Laich.

Da kam dieser Brief vom DED und stellte – nach einer gewissen Einarbeitung und Ausbildung – einen zweijährigen Einsatz in einer Druckerei in Kabul, Afghanistan, in Aussicht.

Die arabische Welt reizte mich sehr, doch ich hatte mich gerade zur Fachoberschule für Grafik und Gestaltung angemeldet, um Grafik-Design zu studieren.

Ich entschied mich für Hamburg und begann, die Welt des Grafischen näher kennenzulernen. Schließlich hatte ich als gelernter Schriftsetzer ein paar deutliche Vorsprünge, was Typographie und Satzbau betrafen.

Alles lief in geregelten Bahnen. Ich jobbte stundenweise bei Kröger und auf der Gerontologischen in Rissen, denn immerhin war ich Setzer und Pflegehelfer. Beide Jobs brachten genügend zusammen, um kommod das Studium durchzuziehen. Ich war 21 Jahre alt, eine Freundin hatte ich nicht, aber Freunde jede Menge.

Eine Faschingsparty sollte im *Winterhuder Fährhaus* stattfinden, das damals noch als derber Veranstaltungstempel von sich reden machte. Wir waren zu dritt und trafen recht schnell auf eine Gruppe von Krankenschwestern und Kindergärtnerinnen aus dem Eppendorfer Krankenhaus.

Ingrid hatte dunkle, lange Haare und war Erzieherin im Kindergarten des UKE. Sie gefiel mir. Wir wagten ein paar Tänze, schwatzten Belangloses und verabredeten uns für den nächsten Tag am Dammtor-Bahnhof, um dort irgendwo eine Pizza zu essen.

Ingrid kam aus der Gegend um Warburg und wollte die Großstadt erleben. Später am Abend zeigte sie mir ihr Zimmer im Schwesternheim des UKE.

Neun Monate später, am 4. Dezember 1971, wurde unsere Tochter Jana Alexandra geboren.

Ingrid zog zu mir in die Blankeneser Hauptstraße, in die alte Drogerie. Dort hatten wir ein Kinderzimmer hergerichtet und waren plötzlich eine kleine Familie.

Das mit dem Studium ging natürlich nicht mehr. Die Haushaltskasse signalisierte Handlungsbedarf, also warf ich das Handtuch und ging wieder auf Jobsuche.

Bei Kröger in Blankenese wollte ich nicht wieder antreten. Es hatte sich mittlerweile eine Menge getan: Der Fotosatz war im Entstehen und IBM hatte ein Schreibsatzgerät mit dem Namen *Composer* entwickelt, mit dem man über auswechselbare Kugelköpfe in verschiedenen Schriften, vorzugsweise auf hochweißem Barytpapier, „setzen" konnte.

Ich fand einen Job bei *Sprinty Sofortdruck* und arbeitete mit einem Kollegen in der zentralen Setzerei der Schnelldruckkette in Barmbek.

Das Gehalt war ansehnlich und der Job machte Spaß, war vielfältig und abwechslungsreich. Fortan war statt Blei nun Papier das tägliche Arbeitsmaterial des Setzers. Die in Schwarz zu Papier gebrachten Buchstaben, Zeichnungen und Abbildungen wurden später im Ganzen abfotografiert und auf eine Kunststofffolie übertragen, von der im Offsetdruck vervielfältigt werden konnte.

Ein simples Verfahren, das nicht nur die Druckwelt revolutionierte. Es verführte auch Laien zum Umgang mit Layout und Schrift, und so sah das dann eben auch aus.

Für die Fachwelt war es eine grauenhafte Zeit.

Doch für einen ausgebildeten Typographen bot die technische Entwicklung dieser Tage ein weites Feld für völlig neue Gedanken. Wann hatte sich schon mal ein Schriftsetzer selbstständig gemacht? Seit Gutenbergs Zeiten, in denen die Früh- oder auch Wiegendrucker genannten Jünger der Schwarzen Kunst ihre *Inkunabeln* der erstaunten Welt zur Kenntnis gaben, war der gemeine Setzer nichts weiter als ein, wenngleich entscheidendes, Rädchen im großen Getriebe der Vervielfältigung von Gedanken, Glauben, Manifesten, Ideologien, Religionen, Wissenschaftlichem, Poetischem und nicht zuletzt auch Werbung.

Die neue Technik, die Abkehr von der beweglichen Letter, bot sensationelle Möglichkeiten. Das Handwerk des Setzens erfuhr eine Revolution wie sie später nur noch bei der Einführung des Internets erreicht wurde.

In meinem Kopf grübelte ich über die verschiedenen Möglichkeiten selbstständigen Schaffens. Die zwei Semester an der FOS Grafik und Gestaltung hatten schließlich auch ihre Spuren hinterlassen. Ich hatte, auch durch die täglichen Anforderungen in der *Sprinty*-Zentrale, grafisch ein gutes Händchen.

Das waren die Zutaten einer möglichen Perspektive, die mir durch den Kopf ging, wenn ich nicht gerade mit meiner kleinen Krabbel-Tochter, einem quietischigen und blond-blauäugigem Wonneproppen, den Turm zu Babel aus Papprollen nachbaute oder ein Spanplattenungetüm als neue Langspielplattenschrankwand zimmerte, wobei sie die Schrauben sortierte.

Unser Wohnzimmer war der ehemalige Verkaufsraum der Drogerie und besaß nach vornheraus zum Fußweg eine große Schaufensterscheibe. Von diesem Raum wollten wir eine Dusche samt WC abtrennen.

Mit der mir eigenen Blauäugigkeit machte ich mich daran, eine Wand aus Ytong-Steinen zwischen unseren Verkaufsraumwohnzimmer und unserer künftigen Nasszelle „hochzuziehen". Kurz bevor ich den Schlussstein setzte, fiel die ganze Ytong-Wand in sich zusammen.

Das war insofern ein Schlüsselerlebnis, als ich endlich erkannte, dass das Heimwerkeln und Handwerken nicht meine Sache sein konnte.

Ingrid trug meine mangelnde Begabung mit Fassung, zumindest äußerlich, denn ihr Vater, mein Schwiegervater, war natürlich ein perfekter und überaus begabter Schrauber. Ein freundlicher und ebenfalls überaus geschickter Nachbar, ein späterer Zahnarzt, griff entscheidend ins Geschehen ein, degradierte mich zum Hiwi und baute unsere Nasszelle – bis auf die notwendige Klempnerhilfe – fachlich korrekt zu Ende.

Ingrid und ich heirateten 1972 und machten damit meine Mutter glücklich, für die wir nun endlich eine „richtige Familie" waren. Ansonsten nervte sie uns durch permanente Glücksbeihilfe in Form von unangeforderten Ratschlägen.

Meine Eltern wollten ihren Sohn letztlich glücklich und zufrieden sehen. Meine Kindheit war es.

Ich war ein Kind, das sich entfalten konnte. Mein Bruder war zwölf Jahre älter, ich kam „aus Versehen" hinterher und sollte eigentlich Inge heißen und das dazu passende Geschlecht haben.

Meine Kindheit, die für mich – nach den ersten Jahren in Altona – als Vierjähriger in Blankenese begann, spielte sich auf einem einzigen großen Abenteuerspielplatz ab: die Gegend vom Elbufer bis zum Wald im Klövensteen war unser Revier.

Es waren herrliche Zeiten, die ich jedem Kind wünsche. Meine Eltern, relativ alt im Vergleich zu den Eltern der Freunde, ließen mich gewähren und gaben mir dadurch Freiheit.

Und jetzt war ich Vater.

Die Waschbrett-Basis

&

Zu Schulzeiten war ich vom Musikunterricht befreit. Musikunterricht klang ein wenig übertrieben, es hätte Singen heißen müssen, mehr fand nämlich nicht statt.

Ich konnte nicht singen.

Gegen Ende der Schulzeit ersetzte ein jüngerer Lehrer, ein gewisser Herr Schulz, den bisherigen Singlehrer als Musiklehrer. Er trug merkwürdige Sandalen und zog meine Musikunterrichtsbefreiung sofort zurück. Ich musste zum Singen kommen und bei ihm die Tonleiter nachsingen. Er stellte fest:

Ich konnte tatsächlich nicht singen.

Aber er entdeckte ein gewisses Rhythmusgefühl und forderte mich zur allgemeinen Erheiterung aller Mitschüler und zum wohlwollenden Nicken des Lehrkörpers zum Dirigieren des Schulchores auf.

Eine von diesen merkwürdigen kunsthandwerklichen Holztrommeln sollte ich außerdem zur Begleitung von Frühlingsliedern schlagen. Natürlich war das ausgesprochen peinlich vor meinen grinsenden Freunden, sollte aber noch seine Bedeutung bekommen.

Von den *Beatles* war noch nichts zu hören. *Elvis* war da, ein wenig *Cliff* und *Little Richard, Chuck Berry* und, auf der anderen Seite, *Chris Barbers Jazzband,* die *Dutch Swing College*

Band, Papa Bue's Viking Jazzband oder auch die Hamburger *Jailhouse Jazzmen.* Ich musste mich nur entscheiden: Höre ich das Erstere, bin ich Rocker und habe andere Klamotten und eine andere Frisur zu tragen als die „Exis", das waren die Existentialisten, die Jazzer also.

Bei uns in der Klasse herrschten die „Exis" vor. Der Grund hatte einen Namen und der hieß *Lonnie Donegan.* Der war der Herr der Skiffle-Musik, jene mit Waschbrett und Teekistenbass ins Blut gehenden Songs wie *Does your Chewing-Gum loose its flavour* ... oder *Steamboat Bill.*

Claus spielte das Gitarrenbanjo, Gerd die Gitarre, Konrad den Teekistenbass und ich – ob der rhythmischen Begabung – versuchte mich auf dem Waschbrett. Die erste Band stand.

Musiklehrer Schulz verfolgte in seinen Sandalen das Geschehen und machte mir Mut.

Dann organisierte er, finanziert aus den Beiträgen des Schulvereins, eine *Hi-Hat.* Das ist ein Teil eines Schlagzeug-Sets, bei dem man mit dem Fuß zwei Becken zusammenklingen lässt und dabei gleichzeitig mit dem Schlagzeugstick swingen kann.

Ich war infiziert! Sandalen-Schulz organisierte auch noch einen Kontrabass für Konrad, aber das Instrument fruchtete bei ihm nicht. Mich ließ das Schlagzeug-Thema nicht mehr los.

Ich wollte unbedingt ein Drummer werden.

Während meiner Lehrzeit hatte ich endlich genügend Geld gespart, um mir ein erstes gebrauchtes Schlagzeug (noch mit Naturfellen!) zu kaufen. Ich hatte den Fotografen Manfred Deutelmoser (er hieß wirklich so) kennengelernt. Er spielte Saxophon und sein Onkel, Erhard Richter, spielte diese Farfisa-Orgel mit einem grottenschlechten Sound.

Wir trafen uns zum gemeinsamen Abspielen von gängigen Schlagern, nannten uns *Hardy-Richter-Combo* und hatten auch gleich einen Auftritt bei der Arbeiterwohlfahrt irgendwo elbaufwärts.

Die Tanzmusik war grauenhaft, machte aber Spaß und wurde hervorragend bezahlt. Vor allen Dingen war sie mit ihren unterschiedlichen Rhythmen und Stilrichtungen eine gute Schule für den Trommler.

Zu meiner Lieblingslektüre zählten die Kleinanzeigen am Sonnabend im *Hamburger Abendblatt*. Dort fand ich eines Tages in einer dreizeiligen Anzeige unter „Verschiedenes", dass die Formation *Tequillas* einen Schlagzeuger suchte.

Ich traute mich und bekam den Job.

Die Band war größer und hatte eine Sängerin namens Christa. Der Bassist war ihr Mann.

Die Auftritte wurden mehr, die Qualität stieg. Wir spielten auf Schützenfesten, Firmenfeiern, Hochzeiten, Tage der offenen Tür, gaben kostenlos Konzerte im Gefängnis *Santa Fu* und verdienten bis zu 500 Mark pro Musiker und Abend. Ich mochte unsere Tanzmusik nicht hören, aber es machte Spaß, sie zu spielen.

Wir schleppten inzwischen Unmengen an Technik vom Übungsraum – einem Heizungskeller in Stellingen – zum Auftrittsort und spät in der Nacht wieder zurück. Es gab manche Stunde im Morgengrauen, in der ich mir beim Schleppen von Trommeln, Ständern, Beckentaschen und Koffern schwor, im nächsten Leben Triangel oder Querflöte zu spielen.

Eines Sonnabends wanderte mein Blick wieder einmal gewohnheitsmäßig über die Kleinanzeigenspalten in der Rubrik „Verschiedenes", eine ganz wunderbare und sehr unterhaltsame Ansammlung von Wünschen, Nöten und Angeboten. Da entdeckte ich eine Anzeige, die sofort meine Aufmerksamkeit erregte:

Deutsches Zentrum in Torrance, Kalifornien/USA
sucht Hamburger Stimmungskapelle
für einen 5-wöchigen Auftritt

Das galt uns!

Ich gestaltete ein Plakat im DIN-A3-Format und textete die Vorzüge und Besetzung der *Tequillas* auf das Poster, so dass es wie ein Ankündigungsplakat aussah, faltete es in einen Umschlag und schickte die überaus selbstbewusste Bewerbung an die angegebene Adresse in Kalifornien.

Beim nächsten Übungsabend kündigte ich vollmundig einen fünfwöchigen Auftritt in Los Angeles an und erläuterte den offenen Mündern der Band die Hintergründe. Christa und die Jungs gaben mir mit Zeigefinger und Stirn zu verstehen, was sie von den Erfolgsaussichten meiner Idee hielten.

Vierzehn Tage später meldete sich das Direktionsbüro aus *Alpine Village,* einem deutschen Zentrum in Torrance, Los Angeles, und teilte mir mit, dass sie die *Tequillas* aus Hamburg gern verpflichten möchten. Ein Reisebüro aus München würde sich wegen der Einzelheiten noch telefonisch bei mir melden. Ich bräuchte nur den anhängenden Vertrag zu unterzeichnen, zurückzusenden und alles wäre in Butter.

Ich griff zum Telefon und startete die Telefonkette, damit alle Bandmitglieder schnell darüber nachdenken konnten, ob wir das auch wirklich wollten.

Ich musste Ingrid überzeugen. Schließlich hatte sie ein Wörtchen mitzureden. Natürlich hatten wir über die fünf Wochen Amerika unterschiedliche Vorstellungen, denn sie würde mit Tochter Jana zurückblieben. Mein Jahresurlaub würde dabei draufgehen, und überhaupt ...

Der Rest der Band hatte am spontan vorgezogenen Übungsabend zugesagt. Ich unterschrieb den Vertrag und schickte ihn nach LA zurück:

Amerika, wir kommen!

Die Tequillas bestanden aus fünf Musikern und Christa, der Sängerin. Wir sollten Hamburg-Atmosphäre schaffen, also übten wir das gängige Liedgut und Christa sang mit Inbrunst: *Seemann, deine Heimat ist das Meer*. Ich bekam ein Mikrophon hinters Schlagzeug, das auf Hall getrimmt war. Bei *Junge, komm' bald wieder*, war ich mit Sprechgesang dran:

„Ich weiß noch wie die erste Fahrt begann, ich schlich mich heimlich fort als Mutter schlief...", der Chor der anderen untermalte meine Worte dramatisch.

So wollten wir's machen.

Muckie, unser Saxophonist, hieß eigentlich Tripudjio Gulliarso und war Indonesier. Ob er mitkommen konnte, hing davon ab, ob er ein Visum bekäme. Der terroristische Hintergrund spielte damals noch keine Rolle, die Sorge der USA galt dem unerlaubten Dableiben und Arbeiten im Land der unbegrenzten Möglichkeiten. Doch es gab keine Probleme mit Muckies Papieren und er bekam sein Visum.

Mit einem geliehenen VW-Bus, einem Pkw und 36 Kisten und Koffern voller Instrumente, Verstärker, Kabel und Mikrofonen machten sich sechs Musiker an einem Sommertag des Jahres 1973 auf die Autobahn nach Frankfurt, um mit der Lufthansa einen Flug nach Los Angeles anzutreten.

Es war gleichzeitig der erste Flug meines Lebens.

In LA wurden wir in einem Motel untergebracht, zu zweit in einem Zimmer. Die Manager der Anlage *Alpine Village* stellten uns einen *Stage Wagon,* einen Siebensitzer Chevrolet-Kombi, zur Verfügung. Wir hatten Reise, Unterkunft und Verpflegung frei und bekamen jeder noch 100 Dollar die Woche als Taschengeld auf die Hand. Dafür sollten wir bis auf montags an sechs Tagen die Woche Musik im Hauptrestaurant abliefern. Die Gage war zwar nicht die Welt (der Dollar stand bei 2,80 DM), aber wir waren da, am Ziel unserer Träume.

Sonnabends zogen wir mit dem gesamten Equipment auf eine große Bühne im Bierzelt. Hier hatten wir abends und am Sonntag, zusätzlich zum Abendkonzert, auch noch den Frühschoppen zu bestreiten.

Wir lernten schnell unglaublich viele Leute kennen, vor allem ehemalige Deutsche. Es war Sitte, dass vor der Band auf der Bühne ein großes Bierglas stand. Dort steckten die Gäste bei Gefallen oder Sonderwünschen ihr Trinkgeld, ihren Tip, hinein.

Als Christa das erste Mal *Lili Marleen* gesungen hatte, füllte sich der Tip-Becher mit Zehner- und Zwanziger-Dollarnoten, begleitet von dem Wunsch, wir möchen doch bitte noch einmal *Lili Marleen* spielen.

Der Lale Andersen-Song und die Nummer *Seemann, deine Heimat ist das Meer,* wurden zu unseren Klassikern in Amerika. Muckies sensationelles Saxophon-Solo beim *Red River Rock* mochten sie nicht so gern – so blieben wir also im maritimen Rahmen.

Alpine Village war eine *Mall* mit gigantischem Parkplatz, vielen Restaurants mit deutscher Küche, deutschen Geschäften und natürlich deutschen Bierhäusern. Hauptsaison war zum Oktoberfest, wenn halb Amerika kam. Die Anmutung der gesamten Anlage war so, wie man sich in den USA eben Deutschland vorstellt. Es war alles höchst bayerisch. Die Band, die vor uns abreiste, kam aus dem Schwabenland, das ging gerade noch. Aber Hamburg oder Norddeutschland war musikalisch noch nie vertreten gewesen.

Der Mananger der Anlage, ein Amerikaner, verriet mir, dass wir aufgrund meines eigenmächtigen Plakatentwurfs als Bewerbung unter siebenunddreißig anderen Gruppen ausgewählt wurden. Das gefiel ihnen. Nur mit dem Namen *Tequillas* hatten sie so ihre Probleme, denn Mexiko ist nicht weit. Also tauften sie uns kurzerhand in *Reeperbahn-Kadetten* um und die Show ging ab. Wir wurden sogar im Werbefernsehen angekündigt: *„This evening live entertainment at Alpine Village, directly from Germany – The Reeperbahn-Kadetten...“*.

An freien Tagen fuhren wir ins mexikanische Tijuana oder nahmen die achtstündige Autofahrt nach Las Vegas in Kauf. Dort kündigten die Billboards den bevorstehenden Auftritt von *Elvis Presley* im *Las Vegas Hilton* an.

Wir natürlich hin, es war aber völlig ausverkauft.

Vor dem Hotel bot mir ein Ticketverkäufer einen Hörplatz an, für 50 Dollar. Ich lehnte ab und ärgere mich bis heute über diese dämliche, von Geiz und falscher Sparsamkeit geprägte Absage. *Elvis* in Las Vegas, und ich war dicht dran gewesen.

Wir hatten im *Flamingo-Inn* übernachtet und mussten am nächsten Morgen wieder zurück nach LA. Als wir am frühen Abend durch das lichtzuckende, quirlige Las Vegas schlenderten, kamen wir auch am *Las Vegas Hilton* vorbei. Eine Gruppe stand rechts vom Haupteingang auf der Auffahrt, rundherum standen Menschen und fotografierten.

In der Mitte des Pulks stand er: Elvis Presley. Er war aus einer Limousine ausgestiegen und ging ins Hotel.

Elvis! 20 Meter von mir entfernt! Ich hatte ihn gesehen!

Ich stellte mir spontan vor, sein Schlagzeuger hätte sich den Arm gebrochen und es wäre gerade in ganz Las Vegas kein Ersatz aufzutreiben. Nur der Trommler der *Reeperbahn-Kadetten* aus Hamburg wäre hier und hätte zufällig ein wenig Zeit ...

Wir nutzten unsere fünf Wochen zu hundert Prozent und waren in jeder freien Minute mit unserem Stage Wagon Chevrolet unterwegs. Das Teil schluckte bis zu dreißig Liter. Was keine Rolle spielte, denn wir durften einmal frei tanken und der Sprit kostete eh nicht viel.

Die Zeit raste nur so dahin. Zu unserem Auftritt im Zelt hatten wir eine Vorgruppe, ein Duo. Das spielte bayerische Volksweisen auf die volkstümliche Art, „in Tesa-Moll“, wie Erwin, unser Gitarrist zu sagen pflegte.

Das Duo bestand aus Vater und Tochter, er spielte Keyboard, sie Gitarre. In einschlägigen Kreisen mussten sie bekannt sein, denn die beiden hatte schon ein gutes halbes Dutzend Langspielplatten vorzuweisen.

So etwas macht in Musikerkreisen immer schweren Eindruck.

Eines Morgens saß ich in der Spielpause mit dem Vater bei einer Maß Bier in unserem Bierzelt. Wir klönten über Deutschland im Allgemeinen und über Hamburg und Bayern im Besonderen. Plötzlich wechselte er ganz unverwandt das Thema:

„Kannst du dir vorstellen bei uns als Schlagzeuger mitzuspielen? Bleib einfach hier, wir haben jede Menge Auftritte, verdienen gutes Geld und eine neue LP wollen wir auch machen. Außerdem”, er nahm einen kräftigen Schluck aus dem Krug, „hat meine Tochter auch noch keinen Mann. Und wir drei als Trio, das wäre doch die Nummer. Was ist? Hast du Lust?”

„Äh ...”, mein Gott, was sollte ich denn nun sagen?

Seine Tochter war mir doch ein wenig zu folkloristisch. Und im Übrigen – ich war schließlich verheiratet.

„Also, ich bin verheiratet, vielen Dank für das Angebot.”

„Das ist doch kein Hindernis”, fuhr er fort.

„Nein, nein, das geht nicht”, fing ich mich wieder ein. „Ich habe eine kleine Tochter und die bayerische Musik ist nicht so unbedingt meine Welt.“

Die letzte Bemerkung ließ er gelten und wünschte mir viel Glück auf meinem weiteren musikalischen Weg.

Das Musikerverhalten war in Los Angeles anders, als ich es von zuhause kannte. Trotz unterschiedlichster Stilrichtungen und Größenordnungen hielten die Musiker untereinander kollegialen Kontakt. Immer wieder ergab es sich, dass wir von unerwarteter Seite angesprochen wurden. Mich packte die Ehrfurcht, als ich eines Abends in einer Bar zufällig mit dem Drummer von Dusty Springfield zusammensaß und ins Gespräch kam. Wir plauderten über den Springfield-Hit *Sun of a preacher man* und den Erfolg der Sängerin. Der Kollege berichtete aus dem Band-Alltag mit Frau Springfield als hätte ich gerade gestern in Chicago als Schlagzeuger ausgeholfen und würde die Macken der Dame kennen.

Mir kam es vor, als säßen wir seit sechs Monaten an der Bar und täten nichts anderes.

Das Leben in Torrance/Los Angeles gefiel uns. Der Morgen begann nach dem Aufstehen im Swimmingpool. Zum Frühstücken fuhren wir nach Alpine Village und ließen es uns gut gehen. Wir besuchten Disneyland, die Studios von Hollywood, die Strände von Malibu und amüsierten uns königlich. Rechtzeitig zum Auftritt waren wir „on stage“, schraubten hier und da an der Anlage herum und reparierten fällige Kleinigkeiten.

Längst kannten wir die Mädchen im Service, von denen einige aus Deutschland kamen. Alle trugen erwartungsgemäß ein Dirndl, das in blau, rot oder grün mit ebenfalls erwartungsgemäßem Ausschnitt daherkam. Sie brachten uns anfangs Cola und Wasser und zu späterer Stunde die eine oder andere Maß Bier.

Als Schlagzeuger war es für mich schon entscheidend, bei Auftritten dieser Art nicht allzufrüh mit den Bierchen anzufangen. Hat man erst einmal ein paar Krüge im Bauch, werden die Arme bleischwer und schränken logischerweise das rhythmische Wirken ein. Und das kann ganz schön nach hinten losgehen, von den bösen Blicken der Musikerkollegen einmal abgesehen.

Unsere freien Montage waren in der Regel ausgebucht. Denn immer wieder wurden wir von Gästen, die meisten waren deutschstämmig oder hatten irgendeine besondere Vorliebe für „good old Germany", zum Barbecue nach Hause eingeladen. An anderen Tagen häuften sich die Einladungen zum Mittagessen.

Wir lebten wie die Made im Speck.

Deutsche Musiker aus Hamburg waren 1973 Exoten und schmückten durchaus die Barbecueparty am Simmingpool. Solche Leute machten Eindruck auf die Freunde des Gastgebers.

Auf einer dieser Partys lernte ich einen älteren Herrn kennen, der am Zweiten Weltkrieg als Marine teilgenommen hatte. Er hatte seitdem keine nennenswerten Kontakte mit Deutschen gehabt und zeigte sich interessiert an meiner Generation. Er wollte wissen, ob mein Vater Soldat war und wo er im Einsatz war.

Ich konnte nicht viel Spektakuläres berichten, denn mein Vater hatte den Leuten in Norwegen das Fahren von Lastwagen beigebracht und mich später immer mit der Frage genervt, was ich machen würde, wenn mein Dieselmotor bei 25 Grad minus nicht anspringt?

John, der ältere Ex-Marine, amüsierte sich. Ich wollte wissen, was er im Zweiten Weltkrieg gemacht hat und wo er gewesen war?

„Omaha Beach", waren seine Worte, bei denen ihn sofort das Lächeln verließ und er ernsthaft wurde.

John war am 6. Juni 1944 bei der Landung der Alliierten in der Normandie dabei. Die Verluste der Amerikaner am Strandabschnitt *Omaha Beach* waren besonders hoch. Er buchte sein Überleben als Lotteriegewinn ab, denn links und rechts starben seine Freunde im Kugelhagel der deutschen MG-Nester.

Als mir einfiel, dass wir im kommenden Jahr den 30. Jahrestag haben, war ich doch ganz froh, dass mein Vater sich um Dieselmotoren bei minus 25 Grad gekümmert hatte und nicht in der Normandie am Atlantikwall Soldat gewesen war.

John erzählte viel. Seine Frau, die die Geschichten sicherlich alle auswendig kannte, hörte auf, seine Berichte auszubremsen. Ich hatte den Eindruck, es war ihm wichtig, einem jungen Deutschen seine Geschichte zu erzählen.

Wie immer, wenn Eindrücke, Erlebnisse und Erfahrungen in dichter Reihenfolge aufeinander fallen, komprimiert sich die Zeit. So war es auch für uns. Der letzte Auftritt wurde zum großen Spektakel mit vollem Zelt und vielen neuen Freunden. Für die Hans Albers-Serie hatten wir uns in Hamburg richtige *Elbsegler* als Kopfbedeckung gekauft. Nach der letzten Nummer warfen wir unsere Mützen auf ein Zeichen ins Publikum, das kreischend nach den Hamburger Klassikern griff.

Fast so wie Elvis, wenn der sein Seidenhalstuch ins Publikum warf.

Nach fünf Wochen war unser Job zu Ende. Wir packten unsere sechsunddreißig Kisten und Koffer wieder zusammen und flogen heimwärts. Im Gepäck hatte ich nicht nur neue außergewöhnliche Erfahrungen, sondern auch eine Fransenjacke aus Wildleder für Jana, einen Wildlederponcho für Ingrid und einen Hut für mich von meinem Großeinkauf in Mexiko.

Der eigene Weg

&

Im Februar 1974 holte ich mir eine Gewerbeanmeldung. Ich wusste jetzt, wie meine Zukunft auzusehen hatte. Ich wollte Druckvorlagen für die aus dem Boden schießenden Schnelldruckereien herstellen. Die konnten zwar alle drucken, hatten aber keine Ahnung von Grafik und Satz.

Am 1. März 1974 eröffnete ich offziell meinen Betrieb und nannte ihn *Grafische Werkstätten Klaus Schümann.* Die Rechnung ging auf. Ich fuhr mit meinem gebrauchten VW jeden Tag in die Stadt, um meine Aufträge abzuholen oder fertiggestellte Arbeiten abzuliefern.

Und noch etwas passierte: Gegenüber unserer Blankeneser Drogerie-Wohnung hatten sich ein paar Jungs einen Laden gemietet. Sie wollten eine Zeitung herausbringen, die den Namen *Hauptstraße* tragen sollte. Ich kannte sie flüchtig und wurde umgehend vorstellig, um ihnen zu sagen, dass eine Zeitung hier in Blankenese nicht ohne mich gehe.

Als Mann vom Fach für Seitenumbruch und mit Zugriff auf einen IBM-Composer war ich ihr Mann und mischte mit. Claus Eggers und Nick Eckhardt stellten die Redaktion dar, die im Laufe von einigen Wochen mit Thomas Schwieger, Erdmann Wingert und Jan Mordhorst zu einem Team wurde.

Ideen waren da, die redaktionellen Inhalte schwankten zwischen anspruchsvoll am Leser vorbei („Eine verlorene Jugend") und unaufgeregter Volontär-Thematik („Neulich auf Butterfahrt").

Der Anzeigenverkauf schwächelte ähnlich dem Blattverkauf am Kiosk, doch der Elan war ungebrochen. Das ärgerliche und lästige Problem lag im Kaufmännnischen. Dummerweise kostete alles Mögliche Geld und der kollektive Hang zur Geselligkeit drückte sich in mehrstündigen Redaktionssitzungen bei Helga und Uwe Schell in der alten Kneipe *Zur Linde* deutlich aus.

Die *Hauptstraße* erschien zunächst 14tägig im DIN A4-Format, wandelte sich aber nach kurzer Zeit zu einer achtseitigen Zeitung im halben Zeitungsformat und kostete am Kiosk eine runde Mark.

Ich war begeistert dabei und gleichzeitig auf dem Weg der Selbstständigkeit. Mein geleaster IBM-Composer verschlang eine Monatsmiete von 650 Mark. Das war mehr als unsere zwischenzeitlich neu bezogene Wohnung am Kapitän-Dreyer-Weg bei Andreas Ruffmann kostete.

Meine Auftragslage war recht gut. Aber meine Familie wuchs, Ingrid wurde wieder schwanger. Ich konnte mir die Zeiten bei der *Hauptstraße* nicht mehr leisten. Ich musste Umsatz machen und mich um weitere bezahlte Aufträge kümmern. Meine Eltern, samt Verwandtschaft, schlugen die Hände über dem Kopf zusammen – das zweite Kind ist unterwegs und der Mann macht sich selbstständig, in diesen Zeiten.

Die Wohnung am Kapitän-Dreyer-Weg war ruhig, freundlich, aber zu klein. Und mein kleines Unternehmen – an einem Schreibtisch im Schlafzimmer untergebracht – brauchte die Nähe zu den Kunden. Wir packten unsere Siebensachen und zogen nach Eimsbüttel in die Wrangelstraße 32. Dort war der

Weg zu den Kunden näher, ich hatte in der geräumigen Altbauwohnung ein kleines Arbeitszimmer, Jana ein eigenes Kinderzimmer und für das Baby stand ebenfalls noch ein kleiner Raum zur Verfügung.

Gemeinsam mit Töchterchen Jana, sie sollte in ein paar Wochen drei Jahre alt werden, dekorierte und malte ich das künftige Babyzimmer für unsere zweite Tochter. Meine frisch gerollten Wände in sattem Gelb verzierte Jana in einem unbeachteten Augenblick spontan mit orangefarbenen Klecksen, aus denen ich wunderschöne orangene Blumen zauberte, die innerhalb der Familie ihre Zustimmung fanden.

Am 5. November 1974 wurde Nadine Valeska geboren.

Ich war bei der Geburt nicht dabei. Als Jana geboren wurde, war die Teilnahme des Vaters im Kreißsaal noch eine Seltenheit und wir waren gar nicht auf die Idee gekommen (ich hatte an dem Abend einen Auftritt mit den *Tequillas* und mich per Telefon über den Stand der Dinge informiert, es gab einen Tusch für den Schlagzeuger als ich die Nachricht verkündete), bei Nadine war man diesbezüglich schon weiter.

Aber sie war eine Kaiserschnittgeburt und da kann nun mal niemand dabei sein.

Nach einer Woche im Krankenhaus holte ich Frau und Kind nach Hause. Die kleine Nadine trug ich einem gefalteten Kopfkissen in unsere Eimsbüttler Wohnung und Jana hatte jetzt eine kleine Schwester. Das Eimsbüttler Leben war bunter als das Blankeneser. Ein Kindergarten mit Vorschule war nicht weit weg und die Grundschule Wrangelstraße auch nicht.

Der Job entwickelte sich weiter und ich tauschte das Arbeitszimmer mit dem Wohnzimmer, denn dort war wesentlich mehr Platz für Leuchttische, Composer und meine Sammlung von Letraset-Abreibebuchstaben, mit denen sich wunderbar Überschriften aufs Papier rubbeln ließen. Den Einsatz von Fotosatz konnte ich mir noch nicht leisten, außerdem wurden ständig neue Entwicklungen angeboten.

Meine Leistungen sprachen sich rum. Die Szene entdeckte mich, bevor ich sie kannte.

Programmzettel für die Programmkinos standen ebenso auf meinem Produktionsplan wie die Ankündigungen der vielen Bands im *Logo* an der Grindelallee. Ich war die Adresse für Programmzettel, Handzettel, Plakate und Prospekte.

Mein größter Kunde jedoch war GOVI. GOVI-Chef Frank Wiegand, der später bei den Hamburger Liberalen auf dem Karriereweg war, bestellte bei mir die monatliche Liste mit Plattentiteln, ein DIN A6-Heftchen, bis zu 48 Seiten stark. Und GOVI-Schallplatten entwickelte sich heftig.

GOVI schaltete ganzseitige Anzeigen in den Musikzeitschriften des Landes, produziert vom *Atelier Schümann,* wie mein Unternehmen nach dem Umzug in die Wrangelstraße nun hieß. Die Liste wurde umfangreicher, die Anzeigen wurden mehr – es wurden sogar halbe Seiten im *Stern* gebucht, die ich zu produzieren hatte.

Ich belieferte weiter meine Druckereikunden und fand noch Zeit, einen eigenen Prospekt über meine Dienstleistung auf die Reihe zu kriegen, eine Art Unternehmensdarstellung, die ich an ausgewählte Adressen verschickte.

Die Europazentrale von *Asahi Optical,* später PENTAX, meldete sich und wurde zu einem wichtigen und langjährigen Kunden.

Mein Wohnzimmer wurde zu eng. Außerdem prallten Familienbetrieb und Unternehmensaktivitäten mehr und mehr aufeinander. Das *Atelier Schümann* musste raus aus der Wrangelstraße. Aber ich musste auf die höheren Kosten achten. In der

Eimsbüttler Lutterothstraße hatte ein kleiner Lebensmittelladen geschlossen. Der Laden war extrem günstig und hatte sogar Platz für eine Dunkelkammer, um eine Reprokamera zu installieren.

Ich klebte meine Buchstaben an die Schaufensterscheibe und hatte mein erstes externes Atelier. Ingrid fiel zuhause das Dach auf den Kopf, sie kam mit Nadine im Kinderwagen mit und kümmerte sich um die bescheidene Buchhaltung, während Jana im Vorschulkindergarten weitere Erfahrungen sammeln konnte.

Irgendwann kam das Thema Garten. Ingrid war der Meinung, die Mädchen müssten unbedingt einen Garten angeboten bekommen, eine Altbau-Etagenwohnung im verkehrsdichten Eimsbüttel sei nicht die Zukunft.

Gut. Wir zogen um.

Nach Norderstedt in ein Reihenhaus.

Doch zuvor mit der Firma aus dem wiederum zu klein gewordenen Lebensmittelladen in eine attraktive Büroetage der *Halleschen Versicherung* an der Hoheluftchaussee.

Dort bildete ich mit Rechtsanwalt Walter Wellinghausen, dem späteren Staatsrat unter Innensenator Ronald Schill, eine Bürogemeinschaft mit gemeinsamem Fotokopierer. Und ich gab eine Stellenanzeige in der *Hamburger Morgenpost* auf:

Schriftsetzer für Composer gesucht

Die Aufträge hatten sich vervielfacht. Ich brauchte Hilfe, und zwar fachkundige.

Derweil stellten Ingrid und ich fest, dass die Mädchen alles andere brauchten, aber keinen Garten. Sie spielten mit Vorliebe samt Dreirad und den Nachbarskindern auf den Parkplätzen und den Wegen vor den Eingangstüren. Die Gärten lagen derweil im tiefen Dornröschenschlaf. Das Reihenhaus nervte, es war ein orientierungsloser Fehlgriff.

Ich machte mich wieder auf Wohnungssuche.

Wieland Vagts, einer der Inhaber der Musikkneipe Logo und mein Kunde, gab mir einen Tipp in Harvestehude. Ich rief die angegebene Telefonnummer an und landete bei Uschi Obermeier, der ehemaligen Kommunardin.

Sie lud mich zum Tee ein. Ich inspizierte die Wohnung, die sie mit ihrem Freund Dieter Bockhorn bewohnte. Die große Wohnung war für uns viel zu teuer.

Er war nicht da.

Den Tee gab es trotzdem.

Und ich bekam ein halbes Dutzend Fotoalben zu sehen, die die vielen Fotos der Hochzeiten beinhalteten, die Uschi Obermeier mit ihrem Bockhorn in den Kulturen dieser Welt vollzogen hatte. Auf der Straße zeigte sie mir noch ein gigantisches Wohnmobil, mit dem sich die beiden auf den Weg nach Mexiko machen wollten, um „on the road" zu leben.

Mein Gott, ich fühlte mich so spießig.

Also weiter auf Wohnungssuche.

Nach bereits einem halben Jahr in Norderstedt kündigten wir dem erstaunten Vermieter und zogen wieder aus. Und wir hatten richtig Glück.

Die großzügigen 6-Zimmer-Wohnungen an der Isestraße waren unser Traum. Ich fand exakt so eine in der Zeitung und wir fuhren eine Stunde vor dem verabredeten Termin in die Isestraße 65. Der Makler war schon dort und besprach mit den Mietern, zwei ältere Herrschaften, die in ein Heim ziehen wollten, noch irgendwelche terminlichen Details. Ich kannte den Mietpreis.

Wir liefen im Schnelldurchgang durch die Wohnung und sagten dem Makler sofort, dass wir diese Wohnung liebend gern hätten.

Der Makler erkundigte sich nach meinem Lohn. Als ich meinte, ich sei selbstständiger Grafiker mit einer eigenen Firma, fragte er nicht weiter nach und wir hatten die Wohnung. So einfach ging das! Unglaublich!

Nach einer knappen Stunde klingelten pünktlich die Bewerber und wurden, weil schon vermietet, wieder weggeschickt. Es gab verständlicherweise einige böse Worte von den verärgerten Interessenten.

Geschult in Sachenpacken und Umzug zogen wir wenig später in die Isestraße und fühlten uns pudelwohl. Die Töchter hatten jede ihr eigenes Zimmer und einen langen Flur zum Hin- und Herlaufen. Drei ineinander übergehende Wohnräume mit wunderschönen Schiebetüren lagen zur Straße hin. Die U-Bahn auf ihrem Viadukt direkt vor unserer Nase bewies die Großstadt und gehörte einfach dazu. Und unter der U-Bahn war Dienstag, Freitag und Sonnabend Wochenmarkt – zwei Mal hatte ich mein Auto dort geparkt, wo um 6 Uhr morgens der Marktaufbau begann. Jedes Mal wurde mein VW abgeschleppt und ich konnte ihn am Innocentiapark wieder abholen.

Der Weg zum Atelier in der Hoheluftchaussee war zu Fuß mühelos zu meistern. Kindergarten und Schule für die nun eintretende enscheidende Phase der Töchter problemlos erreichbar.

Auf meine Stellenanzeige meldete sich Achim Gieseke. Er war gelernter Setzer und kannte den Umgang mit dem Composer durch Sprechblasensatz. Den Job hatte er in seiner bisherigen Firma gemacht, bis ihm die Sprechblasen in Comics zum Hals heraushingen.

Er wollte gefordert werden und war mein Mann.

Wir verstanden uns gut, ich zahlte ihm ein ordentliches Gehalt, schenkte ihm zu Weihnachten einen nagelneuen Videorecorder und stellte zum Frühling einen BMW als Firmenwagen zur Verfügung.

Wir fuhren zusammen zur *CeBit* nach Hannover, um neue Techniken zu inspizieren und uns nach einem geeigneten Fotosatzsystem umzusehen. Ich entschied mich für das US-Unternehmen *Compugraphic* und bestellte eine Fotosatzmaschine, die mächtig wie ein solider Eichenschreibtisch war, nur schwerer, und satte 75.000 DM kostete. Die Setzmaschine hatte eine rotierende Trommel, auf die man maximal zwei Negativ-Schriftscheiben montierte. Während des Setzens auf der Tastatur fuhr ein Kathodenstrahl durch den negativen Buchstaben und belichtete den Schatten auf lichtempfindliches Fotopapier, das als Rolle eingelegt war. Auf einem Bildschirm konnte man den Fortgang verfolgen.

Es dauerte nicht lange und wir bestellten die zweite, kleinere Maschine und ein Titelsatzgerät für große Lettern. Wir setzten immer auf Papier, um die Schriftstreifen oder -Fahnen dann am Leuchttisch zu fertigen Seiten oder anderen Druckvorlagen zusammenzumontieren. Das Ergebnis nannte man Reinzeichnung.

Und die Räume an der Hoheluftchaussee wurden zu klein.

Es fehlte einfach an Platz.

Wegegabelungen

&

Ingrid und ich hatten mit 24 Jahren geheiratet, sie war fünf Monate älter als ich. Als wir 23 Jahre alt waren wurde Jana geboren, drei Jahre später kam Nadine auf die Welt. Ingrid wurde unzufrieden mit der Rolle als Hausfrau und Mutter. Die Stimmung kippte und wir trennten uns. Für die Kinder hatten wir vereinbart, dass sie alle 14 Tage das Wochenende bei mir verbringen würden.

Mit dem Atelier waren wir zwischenzeitlich in die Eimsbütteler Straße 32 gezogen. In einem Gewerbehaus hatten wir eine Etage gemietet, die großzügig geschnitten war und neben der erforderlichen Dunkelkammer, der Setzerei und einem Montageraum sogar noch Platz für ein repräsentatives Besprechungszimmer bot.

Nur rund fünfzig Meter weiter mietete ich mir eine Eineinhalb-Zimmer-Wohnung in einem neugebauten Apartmenthaus. Gemessen an den knapp sechs Zimmern in der Isestraße nannten Jana und Nadine sie immer nur die „Miniwohnung".

Ingrid und ich ließen uns scheiden. Sie ging ihren beruflichen Weg weiter und machte nach der Ausbildung als Erzieherin und Sozialpädagogin noch den Abschluss als Diplom-Psychologin.

An einem Pfingstwochenende hatte mein Bruder – zu dem ich

heute bedauerlicherweise keinen Kontakt mehr habe – meine Töchter und mich zu sich und seiner Familie nach Großburgwedel bei Hannover eingeladen. Wir fuhren hin, um zwei familiäre Tage zu verbringen. Am ersten Abend wollte Dirk, der Sohn meines Bruders, mir die Szene in Hannover zeigen. Mein Bruder und seine Frau wollten zuhause bleiben, Jana und Nadine schliefen bereits im Gästezimmer.

In einer Altstadt-Kneipe lernte ich Dagmar kennen, es war der 20. Mai 1980. Zwei Jahre später zog sie nach Hamburg und wurde meine Frau. Mich zog es wieder gen Westen und ich mietete uns eine große Wohnung in Othmarschen.

Sie war ähnlich der Wohnung in der Isestraße, die ich auch noch zu zahlen hatte. Es war knapp, aber es funktionierte.

Anfang der Achtzigerjahre bekam ich das Angebot, eine 500 Quadratmeter große Etage der Sprinkenhof AG in der Glashüttenstraße im Karolinenviertel zu mieten, eine Druckerei war direkt darunter. Und bezahlbar war es auch noch.

Das war doch perfekt!

Endlich einmal Platz für die Unternehmensentwicklung.

Das neue Atelier hatte 17 Zimmer, einen Lastenaufzug und bot alles, was das Herz begehrte. Mit den neuen Räumen kamen neue Aufträge und neue Mitarbeiter, zehn waren es inzwischen.

Achim Gieseke kündigte eines Tages. Er wollte sich selbstständig machen und den gleichen Weg gehen wie ich. Er hatte mittlerweile einen größeren BMW-Dienstwagen. Ich nahm die Kündigung an, bat ihn um die Wagenschlüssel und beurlaubte ihn ab sofort. Es war ein trauriges Bild, ihn mit einer Plastiktüte und seinen Habseligkeit davontrotten zu sehen. Es war sein Wunsch, er hat es so gewollt. Jahre später traf ich seine Frau auf einer Veranstaltung.

Achim Gieseke hatte kein Glück gehabt, er hatte sehr viel Schulden und starb nach wenigen Jahren an einer Bauchspeicheldrüsengeschichte.

Dirk, mein Neffe, wollte in Hamburg Soziologie studieren, folgte aber als Aushilfe fasziniert dem Geschehen im Atelier und schmiss eines Tages das Studium über den Haufen, um bei uns mitzuarbeiten.

Johanna Wunderlich kam aus Bayern und arbeitete sich im Atelier zur Betriebsleitung hoch. Sie hatte die Aufträge unter Kontrolle und achtete streng auf Termineinhaltung. Sie ging eines Tages, um beruflich andere Wege zu beschreiten.

Auf eine Stellenanzeige zur Empfangssekretärin meldete sich ein gutes Dutzend Bewerberinnen. Drei Damen bestellte ich zum Vorstellungsgespräch, eine davon fiel gleich aus. Die beiden anderen waren denkbar, aber welche? Ich entschied mich für die Kleinere und sagte einer Bewerberin aus Rissen ab. Meine Favoritin hatte sich aber auch anderenorts beworben und war plötzlich nicht mehr zu haben.

Was nun?

Ich griff zum Telefon und rief die Rissenerin an, der ich gerade abgesagt hatte. Sie hieß Patricia Schröder.

Patricia startete wenig später am Empfang und ist heute Prokuristin und Gesellschafterin in der Atelier Schümann GmbH Agentur für Unternehmenskommunikation.

Geselligkeit und Kommunikation waren schon immer Triebfedern meines Schaffens. Auf dem großen Flur des Ateliers ließen sich doch wunderbar Feste ausrichten. Was folgte war das knapp zehn Jahre immer am ersten Freitag im Oktober stattfindende „Bier bei Schümann". Bis zu 200 geladene Gäste, Kunden und Freunde des Hauses, kamen zu dem überaus beliebten Treff ins Karoviertel.

Musikalisch ging es mit speziell engagierten Bands hoch her, sogar die 17 Mann starke Formation *Transatlantic Bigband* hatte auf einem „Bier bei Schümann"-Abend aufgespielt. Das Bier floss in Strömen, Häppchen und Bohnensuppe standen als Untergrund reichlich zur Verfügung.

Die *Hamburg-Mannheimer Versicherung* war mit der PR- und der Werbeabteilung Kunde. Zum Bierabend erschienen manchmal bis zu zehn Gäste nur von der HM. Und der Humor dort war derb. So brachten sie zu einem Bierabend kartonweise Konfetti aus den Lochern der Versicherungsgesellschaft mit, nur um den ganzen Flur damit zu dekorieren.

Es war eine Mega-Party.

Hawaiianische Strömungen

&

Träume, Sehnsüchte und Ziele kennen wir alle. Vielschichtig sind die Vorstellungen, mit denen sich ein jeder durch Alltag und Gewohnheit träumt. Meine Sehnsucht hatte einen Namen und hieß Hawaii. Die Palmen, die Wellen, die Strände, die Musik, die vermeintlich leichte Art des Seins mit dieser gebündelten Exotik, die auf dem alten Kontinent ihresgleichen sucht.

Hawaii erleben, das war meine große Sehnsucht. (Mittlerweile war ich dreimal dort und empfinde die Elbvororte als schönsten Fleck der Erde).

Silvester 1979 flog ich mit Henning Grüneberger, einem Freund jener Tage, wir hatten beide eine Scheidung hinter uns, über Los Angeles und Honolulu auf die Hawaii-Insel Maui. Wir hatten nichts gebucht und bekamen auf dem winzigen Flughafen der Insel den Tipp, nach Lahaina zu fahren.

Lahaina ist ein alter Walfänger-Ort mit idyllischem Hafen, kleinen Geschäften, einem gewaltigen *Banyan-Tree* und dem *Pioneer Inn Hotel,* einem komplett aus Holz errichteten Bau. Das Hotel hatte einen Innenhof voller Blumen und exotischer Pflanzen mit Pool und Restaurant.

Und es hatte eine angeschlossene Kneipe, das *Old Whalers Inn,* ebenfalls komplett aus Holz, mit Walfang-Gerätschaften einer vergangenen Epoche an den Wänden.

Der bärtige Barmann bot Budweiser vom Fass, eine kleine Bühne und jeden Abend Live-Musik mit zwei bis drei Musikern, die satte Songs zum Abhängen lieferten – *hang loose,* wie die Szene auf den Inseln das komode Nichtstun mit winkend hervorgerecktem kleinen Finger und Daumen nennt.

Wir buchten uns ein hölzernes Doppelzimmer und genossen, von der langen Anreise erschöpft, den Blick auf das quirlige Treiben in Lahaina. Mit einem gemieteten Toyota untersuchten wir die Insel, beobachteten kaum zu beschreibende gigantische Wellenberge und eine unglaubliche Surferszene.

Ich hatte ständig die Songs der *Beach Boys* im Ohr.

Silvester feierten wir zweimal.

Die elf Stunden Zeitunterschied nach Hamburg ließen uns um ein Uhr mittags auf das Jahr 1980 in Deutschland anstoßen. Abends hatten wir uns zu einer *New Years Eve-Party* im *Old Whalers Inn* angesagt. Zuvor stand ein gepflegtes Nachmittagsbad im Pazifik an.

Wir hatten mit unserem Toyota eine Bucht gefunden, die wie eine Doppelseite im Hawaii-Fotoband aussah. Schneeweißer Sand, donnernde Wellen, blauer Himmel, hier und dort einige Surfer, die ihr kurzes Wellenreiter-Brett mit einer Schnur ums Fußgelenk sicherten.

Mit einigen Mühen tauchten Henning und ich unter den Wellen hindurch, um in der dahinter befindlichen sanfteren Dünung ausgiebig zu schwimmen.

Es gelang schließlich und wir genossen schwimmend Mauis Gewässer.

Als ich mich zur Küste umdrehte, sah ich den schmalen weißen Streifen mit seinen grünen Palmen vor blauem Himmel.

Ich machte mich daran, wieder zurückzuschwimmen und kam nicht voran. Ich machte kräftigere Schwimmstöße, kraulte mit lang ausholenden Armen, aber der weiß-grüne Küstenrand kam irgendwie nicht näher. Entfernte er sich sogar?

Jetzt bloß keine Panik!

Ich drehte mich auf den Rücken und versuchte auf diese Art näher zu kommen, doch ich hatte keine Chance. Ich sah mich nach Henning um, er war einige Meter neben mir und kämpfte ganz offensichtlich den gleichen Kampf. Wir waren in eine Strömung geraten, die uns eher aufs Meer hinaustrug als an den heiß ersehnten Palmenstrand. Wir versuchten uns gegenseitig zu beruhigen, doch ein mehr als mulmiges Gefühl schlich sich in den nassen Körper.

Da sah ich in Rufweite einen Surfer auf seinem Brett liegen. Sein Ziel waren die sich brechenden Wellen weiter vorn Richtung Strand.

Ich rief ihn laut:

„Hey! Hey! Please, can you help us?"

Wahrscheinlich ahnte er gleich was los war: Touristen, die die Küstenströmung nicht kennen. Er trug lange Flossen, lag bäuchlings auf seinem Surfbrett und kam mühelos zu uns rüber. Einem weiteren Surfer, der ebenfalls mit paddelnden Flossen an seinen Füßen angeschwommen kam, hatte er ein Zeichen gegeben, dass hier zwei Schwimmer in Gefahr geraten waren.

Ich hielt mich mit den Händen vorn an seinem Brett fest, während er mit kräftigem Fußpaddeln die Ufernähe ansteuerte. Henning hing bei dem anderen Surfer genauso unter seinem Brett.

Ermattet, wohl auch ein wenig blass, sanken wir schließlich in den weißen Strandsand. Wir ärgerten uns über uns selbst. Wie konnte man nur so dämlich sein? Nirgends waren Schwimmer hinter den Wellen zu sehen.

Spätestens das hätte uns eine Warnung sein müssen.

„Mein lieber Scholli ...", stöhnte Henning. „Das hätte aber mächtig ins Auge gehen können!"

„Die haben hier alle Flossen an den Füßen und wir Idioten springen einfach so rein...", keuchte ich erleichtert und formulierte hinterher gleich eine Headline: „Grüneberger und Schümann Silvester vor Hawaii ertrunken!" – „Lass' uns auf das neue Jahr anstoßen!"

Henning und ich stiegen in die Klamotten, schlichen zu unserem Toyota und fuhren ein wenig stiller als sonst in unser Hotel zurück.

An der *Tourist-Information* gab die Amerikanerin Julie Auskunft. Sie hatte eine dunkelblonde Angela Davis-Frisur, eine dieser kleinlockigen Wolken, die das ganze Gesicht umrahmen. Die *Tourist-Information* war nichts weiter als ein schlichter weißer Tresen auf dem Boardwalk vor dem *Pioneer Inn*. Wir hatten schon den einen oder anderen Flirt mit Julie gehabt. Sie empfahl uns, unbedingt den Vulkan *Haleakala* (das „Haus der Sonne", sagen die Hawaiianer) anzusehen. Wir überredeten sie, uns einfach auf der Tour zu begleiten.

Der *Haleakala* ist ein stiller Vulkan, man kann vom Rand des Kraters in eine atemberaubende Schale hineinsehen, aber nur bis mittags. Jeden Nachmittag füllt sich der Krater von der anderen Seite mit weißen Wolken, als schütte jemand Watte oder Schlagsahne in eine Schüssel. Ein wunderbares Naturschauspiel. Julie und ich kamen uns auf dem Berg ein wenig näher und wir verabredeten uns für den Abend.

Henning hatte ein Mädel aus Fairbanks, Alaska, kennengelernt. Gemeinsam nahmen wir ein paar bunte und fruchtige Cocktails mit viel Ananas, die hier ohnehin überall dabei war.

Die wenigen gemeinsamen Tage verbrachten Julie und ich zusammen. Julie war Jüdin und fand es sehr spannend, einen Deutschen kennenzulernen. Wir haben die Abende auf der Kaimauer vor dem *Old Whalers Inn* durchdiskutiert und auf unsere Geschichte zurückgeblickt.

Julie fuhr einen alten VW-Bus. Ihr Onkel war über den Umstand, dass sie ein deutsches Auto fuhr, so erbost, dass er den Kontakt zu ihr abgebrochen hatte. Sie konnte das nicht verstehen. Und dass sie nun hier auf der Kaimauer mit einem Deutschen sitzt und ihn später im hölzernen Hotelzimmer lieben würde ...

Julie lachte und freute sich:

„Wie schön, dass das Leben weitergeht."

Wir blieben noch ein paar Tage auf Maui.

In Los Angeles hatten Henning und ich meine alte Wirkungsstätte als Schlagzeuger besucht und auf dem Rückweg wollten wir unbedingt noch nach San Francisco. Dafür blieben dann nur noch zwei Tage.

Julie schenkte mir zum Abschied das Buch: „Die Möwe Jonathan" von Richard Bach und meinte: „Flieg' heim und pass' auf dich auf. Wir werden uns nie wiedersehen."

Le'chaim in Israel

&

Ich stand am Abfertigungsschalter des Münchner Flughafens in der Schlange. Es dauerte etwas länger, denn hier wurde *El Al* abgefertigt, die israelische Fluggesellschaft. Die Kontrollen waren schärfer, die Bewachung auch. Der Flieger war auf dem Rollfeld von Panzerwagen umgeben, Wachsoldaten beobachteten streng die Bewegungen rund um die Maschine.

Es war mein erster Flug nach Israel, der erste von vier weiteren, die noch folgen sollten. Ich stand mit meinem Gepäck in einer kleinen Abfertigungshalle. In der Reihe vor mir wurden die Koffer geöffnet und kontrolliert. Geräte wie Rasierapparate mussten angeschlossen und den Kontrollmenschen vorgeführt werden. Spraydosen wurden auf ihre Funktion überprüft. Es roch nach Parfümerie und Schweiß.

Ich hatte alle Zeit der Welt und beobachtete neugierig das Geschehen. In Tel Aviv wartete Dagmar mit ihrer Freundin Doris auf mich. Sie waren bereits eine Woche vor mir in die Ferien nach Israel geflogen.

„Können Sie mir einen Gefallen tun?", sprach mich eine dunkelhaarige Mittdreißigerin von der Seite an. „Ich habe soviel Gepäck und ich sehe, dass Sie nur eine Tasche bei sich haben. Wenn Sie einen Koffer von mir übernehmen könnten, bräuchte ich nichts nachzahlen."

Na, die Frau hatte Humor.

In mir klingelten sämtliche Alarmglocken. Das war doch genau die Situation, vor der gerade bei Israel-Reisen immer wieder gewarnt wurde: Gepäck nicht aus den Augen lassen und kein fremdes Gepäck mitnehmen! Was hatte man da schon alles gehört? Rauschgift, zwanzig Jahre Knast und andere Horrorgeschichten. Ich fühlte mich etwas überrumpelt und sah sie mir genauer an. Sie war hübsch, trug eine schwarzgerandete Brille und ich meinte, einen leichten französischen Akzent herausgehört zu haben.

„Wollen Sie mir eine Bombe unterschieben oder ist da das Kokain drin?", versuchte ich zu scherzen. Sie lächelte.

„Nein, nicht die Spur. Außerdem, ich fliege ja auch mit."

Nach einer Selbstmordattentäterin sah sie nicht aus. Lächelnd wartete sie auf meine Antwort. Die Reihe rückte vor und ich kam in Entscheidungszwang, wollten wir verdächtige Diskussionen auf Höhe der Kontrolleure vermeiden.

Ich sah ihr noch einmal in die Augen, als stünden dort die Anworten auf meine Zweifel.

„Na gut, welcher ist meiner?"

„Der hier. Und vielen Dank."

Ich übernahm einen ihrer ganz normalen Koffer und war kurze Zeit später auch schon mit der Kontrolle dran. Mit meiner kleinen Tasche, wenig Klamotten, einen Rasierapparat hatte ich nicht, war der Beamte schnell fertig. Meinen Bart hatte ich mir mit 21 Jahren beim Zivildienst in Geesthacht stehen lassen und ihn erst 35 Jahre später an Bord der *MS Europa* im Hafen von Honolulu wieder abgenommen.

Er tippte auf den seit eben zu mir gehörenden Koffer, doch meine kurze Bekanntschaft, deren Namen ich noch nicht einmal wusste, meinte souverän zu mir:

„Lass mal, ich mach' das schon", und öffnete den Koffer. Ich schielte in die offene Kofferschale und entdeckte zauberhafte Unterwäsche und jede Menge Kinderkleidung.

„Sie gehören zusammen?" wollte der Beamte wissen.

„Jaja", sagte sie schnell, und bewies mir damit ganz offensichtliche Erfahrungen auf diesem Spezialgebiet.

Ich grinste vor mich hin.

Es ging schnell und alles war ohne Beanstandung. Die Koffer machten sich auf ihren eigenen Weg. Wir hatten noch genügend Zeit bis zum Aufruf.

„Ich heiße übrigens Ruth", stellte sie sich nun vor.

„Mein Name ist Klaus", anwortete ich. Komischerweise gaben wir uns jetzt die Hand.

„Darf ich dich auf einen Kaffee einladen?", fragte Ruth.

„Prima Idee."

Wir schlenderten nach der Passkontrolle an einen Kaffeestand und holten uns jeder einen Becher.

Ruth zahlte.

Wir steuerten eine kleine Sitzecke an und erzählten uns unsere Geschichte. Sie war eine gebürtige Deutsche, in Paris aufgewachsen und mit einem Russen namens Victor verheiratet. Sie hatten zwei Kinder und wohnten in einer netten Gegend von Tel Aviv. Und ich müsste als Dank für die kleine Hilfestellung unbedingt zum Abendessen kommen. Sie würde sich sehr freuen, Victor und die Kinder sowieso.

Ich versprach zu kommen und notierte mir Adresse und Telefonnummer. Der Flug wurde aufgerufen, wir gingen zum Einchecken und winkten uns kurz zu.

Wir hatten Glück. Im Flugzeug saßen wir wieder nebeneinander, so dass wir uns während des Fluges weiter darüber unterhalten konnten, was jeder von uns so macht, denkt und wie er lebt. Ich berichtete ihr von Dagmar und dass wir demnächst zusammenziehen wollten. Ich müsste sie unbedingt mitbringen, wenn ich zum Besuch erscheine. Und damit auch nun gar nichts mehr schiefging, machten wir gleich einen Termin für die kommende Woche aus, denn ich wollte nur zehn Tage in Tel Aviv bleiben.

Dagmar und Doris holten mich am Flughafen ab. Die Einreiseprozedur dauerte in Israel mindestens so lange wie die Ausreisezeremonie. Deswegen spottet der Vielflieger bei dem Kürzel *El Al* gern mit *Every landing Always late.*

Ich wurde im wahrsten Sinne des Wortes verhört, befragt was ich hier wolle und warum und wieso. Ruth hatte mir meinen, ihren, Koffer schon am Band wieder abgenommen. Der Besitzerwechsel war nun ja nicht mehr vonnöten. Ich gab den Einreisebeamten alle Antworten und durfte das Land betreten.

Tel Aviv erschien mir wie eine amerikanische Stadt im mittleren Westen. Auch die grünen Richtungsschilder waren mit den amerikanischen identisch, sah man von den hebräischen Schriftzügen ab.

Die Faszination Israel begann bei mir wie so oft mit den Menschen. Wir wohnten im *Hotel Commodore,* direkt am *Dizzengoff Square* im Zentrum Tel Avivs.

Der Rezeptionist des Hauses war ein älteres Semester und hörte auf den urdeutschen Namen Hermann. Hermann war gebürtiger Hannoveraner, aber in Brasilien aufgewachsen. Als er 1967 mit einem Freund in einer Züricher Hotelbar saß, begann in Israel der Sechs-Tage-Krieg. Ermuntert durch eine weltweite Solidarität versprachen sich die beiden an der Bar: „Nächstes Jahr in Jerusalem!"

Hermann flog nach Israel, von seinem Freund war jedoch keine Spur. Hermann blieb in Tel Aviv und wurde Rezeptionist im schlichten Drei-Sterne-Hotel *Commodore.* Er konnte fließend deutsch, hebräisch sowieso, englisch, portugiesisch, spanisch und ein wenig arabisch. Er war gesellig, trinkfreudig, voller Humor und unterhaltend. Nachdem wir mit Sightseeing den Tag verbrachten, war abends Hermanns Runde das Erlebnis an sich.

Vor dem Hotel gab es einen kleinen Platz mit einigen schattigen Bäumchen, einer kleinen Gastronomie und einem Chinesen als Nachbarn. Ein großer verwarzter Tisch an der Hotelwand war Hermanns Reich. Nur zu gern reihten wir uns in die Runde und staunten über das Sprachenwirrwarr und die abenteuerlichen Leute, die sich hier unter dem Himmel von Tel Aviv zum abendlichen Gläschen zusammenfanden.

Im Laufe der Woche lernte ich einen dauerkiffenden US-Piloten kennen, der den Weg aus Vietnam zurück in die Heimat nur bis Tel Aviv geschafft hatte. Zu seiner Rechten saß stets der desertierte Oberst einer iranischen Panzereinheit, der nach dem Abgang des Schahs seine Zukunft nicht bei den Mullahs sah.

Der Chinese von nebenan, der Köche hatte und selbst nur gelegentlich nach dem Rechten sah, verließ sich auf seine Frau, die den Service und die Kasse machte.

Er hatte eine Schwäche für Kuckucksuhren und fragte mich als erstes, ob ich eine dabei hätte, woraufhin Hermann mit seiner Hand eine Wischbewegung vor seinem Gesicht machte und mich dabei ansah, als sei er der einzig Normale im Mittelmeerraum.

Ali war eigentlich Jordanier, lebte aber als Araber in Israel, daher hatte er keinen jordanischen Pass und den israelischen sowieso nicht.

Er konnte gut deutsch, weil er mal in Berlin als Kellner gearbeitet hatte. Diskutiert wurden die weltweiten Sportergebnisse, die politische Lage, der Wasserpreis und die Baader-Meinhof-Attentate.

Die Sprachenvielfalt an Hermanns Tisch beim *Hotel Commodore* am *Dizzengoff Square* in Tel Aviv war ohne Beispiel und ein Erlebnis für sich. Deutsch kam eher selten vor, es sei denn, Hermann sagte irgendeine Sauerei über den Chinesen oder den kiffenden Amerikaner, die keiner genau hören sollte. Englisch war zwangsläufig gut vertreten. Es gab aber auch bizarre Momente, wenn die chinesiche Aushilfskraft nebenan auf hebräisch von einem Gast befragt wurde, schließlich in Mandarin herüberrief und seinen Chef irgendetwas erzählte, antwortete der in Englisch, was Hermann mit den Worten quittierte: „Sprich deutsch, wir haben Gäste!", und zu mir mit einem donnernden *Nastarowje* das Glas erhob und auf den Weltfrieden trank. Der Chinese dachte, Hermann gäbe einen aus, bestellte eine Runde Reisschnaps bei seiner Frau und zankte sich später mit Hermann auf Hebräisch über die Zeche, die Hermann für Whisky gern übernommen hätte, aber doch nicht für den „Mekong-Grappa".

Hermann verkörperte den Kosmopoliten, der mühelos in allen Kneipen dieser Welt als Zentralfigur antreten könnte. Er war eine Mischung aus John Wayne, Hans Albers und Inge Meysel.

Ich habe ihn in späteren Jahren auf meinen Reisen nach Israel immer wieder getroffen und ihn dabei nur einmal nachdenklich und traurig erlebt. Moshe Dayan, Israels Militärheld mit der Augenklappe und Führer des Sechs-Tage-Krieges, war gestorben. Der Mann war in Israel überaus beliebt.

Hermann war sehr betroffen.

Wir saßen an einem Bartresen und Hermann bestellte zwei Whisky mit Wasser. Seinen Spruch, „Vorsicht mit dem Wasser,

Wasser ist sehr teuer!", den er stets dem Barkeeper zu sagen pflegte, ließ er diesmal weg. Die Drinks kamen und schmeckten fürchterlich. Der Barkeeper war völlig durcheinander, er hatte statt Wasser Wodka in den Whisky gekippt.

Hermann verzog keine Miene. Er hob erneut das Glas, sah sich das Getränk nachdenklich eine Weile an und meinte schließlich: „Auf Moshe, dann trinken wir eben einen UNO-Cocktail, amerikanisch-russisch. Ich finde, das ist angemessen!"

Ali, der Jordanier, hatte angeboten, uns durch die Westbank und die Jerusalemer Altstadt zu führen. Gegen ein kleines Entgelt versteht sich. Wir nahmen sein Angebot dankbar an und verabredeten uns für den folgenden Tag.

Wie sinnvoll Alis Führung war, merkten wir spätestens bei den Händlern der Altstadt, die erst nach Alis heftigen arabischen Flüchen von uns abließen. Ali erklärte uns den *Felsendom,* die *Al Aksa-Moschee,* die *Via Dolorosa* und die Klagemauer. Er durfte nicht überall mit hin. Und schon gar nicht an die Klagemauer.

Die Brisanz und Anspannung war fast körperlich spürbar. Felsendom und Klagemauer sind schließlich für beide Religionen von zentraler Bedeutung. Archäologen wähnen unter den Mauern der Klagemauer weitere Reste von Herodes' Tempel. Erste Sichtungen in den Gängen an der linken Seite der Klagemauer hatten schon stattgefunden, als ein Aufschrei durch die muslimische Welt ging.

Wir besuchten die Grabeskirche und ich wunderte mich über den Trubel und das Gedrängel. Was muss hier Ostern, Pfingsten oder Weihnachten los sein?

Die Grabeskirche wurde von den Griechisch-Orthodoxen bewacht und verwaltet. Im Inneren der Kirche befindet sich eine kleine Kapelle, die eigentliche kleine Grabesstätte. Der Eingang ist eng und nur wenig Menschen können den Raum gleichzeitig betreten. Umso verwirrender fand ich den Umstand, dass hier, in einem der Epizentren des christlichen Glaubens, griechisch-orthodoxe Schwestern standen und schnöde Lose zum Verkauf anboten, wo in der Blankeneser Kirche doch noch nicht einmal in die Hände geklatscht wird.

Wir fuhren mit einem Leihwagen nach Bethlehem.

Ich geriet durch einen merkwürdigen Zufall mutterseelenallein in die kleine Grotte der Geburtskirche. Eine Reisegruppe hatte gerade die Grotte mit dem sternenfömigen Bodenmosaik, an der die Krippe gestanden haben soll, verlassen, und die andere Gruppe war noch nicht in der Kirche. Ali war mit den beiden Mädels auch noch draußen.

Ich genoss den Augenblick und besann mich an der angeblichen Jesus-Geburtsstätte des Unfriedens in der Welt. Ich war völlig allein an einem der zentralsten Punkte des Christentums. Mir gefielen die wenigen Minuten und ich atmete die Ruhe und den Geist des Augenblicks ein.

Ein ganz wunderbarer Moment.

Doch ich bin auch hier mit meinem Glauben und meinen Zweifeln nicht weitergekommen. Einerseits prägt mich eine starke Wissenschaftsgläubigkeit, andererseits trifft mich die religiöse Mystik schon, und ich nehme sie auch gern an. Weil ich manchmal nicht weiß, was ich glauben soll, habe ich mir meinen eigenen Glauben zurechtgelegt.

Allerdings stehe ich zur Kirche meines Kulturkreises. Es ist die einzige Chance, den Unfriedensstiftern zu begegnen. Wenn wir unsere Religion nicht hätten, was sollen wir dann Islamisten anworten?

Wir besichtigten Hebron auf der Westbank, aßen saftige

Früchte in Jericho, der ältesten Stadt der Welt, und bestaunten den Kamelmarkt in Beer-Sheba. Wir badeten im Toten Meer – es funktioniert tatsächlich mit dem Zeitunglesen und auf dem Rücken schwimmen – und wir fuhren mit der Seilbahn hinauf nach *Massada,* Israels historischer Pflichtstätte, nicht nur für Soldaten und Schulklassen. Hier hatten die Juden, seinerzeit belagert von den Römern, den Selbstmord der Kapitulation vorgezogen.

Unser Abend bei Ruth war da. Doris hatte schon ihren Rückflug nach Deutschland angetreten. Dagmar und ich nahmen uns ein Taxi und ließen uns zu meiner Kofferbekanntschaft fahren.

Hermann hatte noch hinterhergerufen: „Und seid sparsam mit dem Wasser!"

Victor war Schriftsteller, er schrieb und übersetzte philosophische Texte und ebensolche Artikel für Fachzeitschriften. Er trug eine Brille, deren Gläser seine Pupillen auf ein Vielfaches vergrößerten, dunkle schüttere Haare und einen Spitzbauch zu seinem ansonsten schlanken Körper. Und er war angenehm freundlich und ein wunderbarer Gastgeber.

Wir tranken Tee zur Begrüßung, aßen russisch-hebräisch koscher und tranken israelischen Carmel-Wein. Natürlich gingen wir die Koffernummer noch einmal durch und Ruth erzählte noch einmal ausführlich, dass sie bei den Eltern in Paris war, die sie mit Geschenken für die Kinder überhäuft hätten, und deshalb eben ein Extra-Koffer her musste.

„Wie schön, dass du eingesprungen bist", meinte Victor in bestem Deutsch, „es wird sonst doch immer arg teuer".

Die beiden kleinen Kinder zankten sich über irgendetwas und gifteten sich auf hebräisch an. Ruth beruhigte auf französisch und Victor unterhielt sich weiter auf deutsch mit uns.

„Wir können uns auch russisch unterhalten", zwinkerte er Ruth zu und hob das Glas. Dann erklärte er mir, dass nur in dieser Straße Tel Avivs, in der sie leben, rund 120 Dialekte und Sprachen angewandt werden.

„Da muss man halt einige parat haben, sonst verläufst du dich", lachte er.

„Le'chaim", antwortete ich auf hebräisch und prostete der Runde zu.

Ältere Menschen konnte man in Tel Aviv gut auf deutsch ansprechen. Denn die meisten sprachen eher deutsch als englisch. Im Bus nach Jerusalem saß ich einmal neben einer älteren Frau, die irgendwann mein Deutsch aufgeschnappt hatte, und mich auf deutsch ansprach. Wir schwatzten über Gott und die Welt und plötzlich zeigte sie mir ihre eintätowierte Auschwitz-Nummer auf dem Unterarm.

Ich war irritiert, doch sie ging völlig unaufgeregt mit ihrer Markierung um, sie blieb sehr freundlich und berichtete, wie es ihr ergangen war.

Warum fühlte ich mich bloß für einen Moment schuldig?

Ali bestand darauf, uns seine Familie vorzustellen.

Wir fuhren in ein kleines Dorf auf der Westbank, eine halbe Autostunde von Jerusalem entfernt. Ein paar armselige Häuser standen an einen Sandweg gedrängt. Viele Araber standen vor ihren Häusern und unterhielten sich. Einige schraubten an Autos herum, andere saßen vor einem kleinen Laden an einem Tisch und tranken Tee.

Ali ließ mich den Wagen anhalten.

Wir stiegen aus und betraten eines der bräunlichweißen Häuser. Ein großer Raum empfing uns, ein Fernseher dröhnte übersteuert mit arabischen Liedern vor sich hin. Auf dem Boden lagen viele kleine Teppiche, vor den Wänden luden Polster zum Sitzen ein.

Ali begrüßte seine Eltern und seine Großmutter, indem er die Hand küsste und sie anschließend zur Stirn führte. Einige Kinder tollten um uns herum und bestaunten den Besuch. Wir wurden vorgestellt und gebeten, Platz zu nehmen. Ali erklärte, woher wir kämen und dass er für uns den Reiseleiter machen würde. Die Familie blickte uns freundlich an. Der Tatsache, dass wir keine Israelis waren, galt schon mal eine erste Sympathiewelle.

Die Mutter servierte heißen Tschai, dazu gab es Apfelsinen und Pampelmuse. Als die Großmutter sah, wie umständlich ich die Früchte pulte, gab sie Ali lachend den Befehl, mir die Pampelmuse wegzunehmen.

Sie übernahm für mich das Abschälen, was sie ganz offensichtlich nicht das erste Mal tat und wofür ich sehr dankbar war. Wir spürten trotz der offensichtlichen Armseligkeit eine in unserem Kulturkreis leider verloren gegangene Gastfreundschaft und verabschiedeten uns mit einem merkwürdigen Gefühl der Hilflosigkeit.

Für die Rückfahrt bekamen wir Feigen mit auf den Weg.

Kubanische Würde

&

Zu Beginn der 80er-Jahre galt das Reiseziel Kuba noch als völlig exotisch. Individualreisen waren schlichtweg nicht möglich, man konnte nur mit einer organisierten Gruppenreise Fidel Castros Insel besuchen.

Der *Klönschnack* war gerade geboren, als ich mit Dagmar auf die Idee kam, Kuba zu besuchen. Wir schlossen uns einer Reisegruppe an und flogen über Ost-Berlin mit *Interflug* nach Havanna. Zunächst sollte die Gruppe, die netterweise, neben uns, nur aus einem Ehepaar aus Koblenz und der Frau eines Taxi-Unternehmers aus Berlin bestand, ein paar Tage im *Havanna Libre,* dem ehemaligen *Havanna Hilton,* verbringen.

Das kubanische Touristenbüro hatte uns für die Dauer unseres Gesamtaufenthalts von drei Wochen einen Dolmetscher an die Seite gegeben. Man kann auch sagen: einen Aufpasser.

Pablo hatte die Karibikinsel noch nie in seinem Leben verlassen. Er war Ende zwanzig und sprach sehr gut deutsch. Das hatte er an der Universität von Havanna studiert. Zu Anfang war er über die Offenheit, die wir in politischen Fragen und gesellschaftlichen Problemen an den Tag legten, unangenehm berührt und verwundert.

Im Laufe der Zeit öffnete er sich und wurde zutraulicher.

Mit einem Kleinbus lernten wir die Insel, die Menschen und

das kubanische Leben kennen. Das Touristenprogramm bestand vorwiegend aus Improvisation, denn irgendetwas fehlte immer. Wer mit einer neugierigen Erwartungshaltung aufwarten konnte, entdeckte den sozialistischen Charme organisatorischer Mängel. Zu dieser Zeit beherrschten die mittlerweile schon rar geworden US-Straßenkreuzer der späten 50er-Jahre noch massenhaft die Straßen der Insel.

In *Varadero* war ein erstes Hotel fertiggestellt worden. Dort sollten wir ein paar Tage Badeurlaub verbringen. Abends spielte ein Trio die Musik der Insel. An der Bar gab es *Moquito* und allerlei Rumsorten. Knapp waren Getränke wie Coca Cola, die gern mit Rum gemixt wurden. Und darauf hatten es insbesondere die in Vielzahl anwesenden Russen abgesehen. Sehr zum Ärger des Barpersonals, denn die Russen hatten kein Geld und zahlten mit dem Touristen-Peso, der offiziell eins zu eins mit dem Dollar getauscht werden musste, den russischen Freunden aber im wesentlich günstigeren Tauschverhältnis überlassen wurde.

Die Westtouristen hatten Dollars. Und für die Dollars blieb die Cola unterm Tresen, die Russen zogen wieder ab und uns bot man die Cola wie den edelsten Champagner an.

Nicht weit entfernt befand sich die *Villa Dupont,* die gerade erst als Restaurant für alle geöffnet hatte. Sie gehörte früher dem Inhaber des französichen Chemie-Unternehmens gleichen Namens. Ein paar Kilometer weiter östlich war Schluss. Militärisches Sperrgebiet. Dort, in Guantanamo, saßen paradoxerweise die Amerikaner in einer abgeteilten Ecke Kubas, die zwanzig Jahre später zu weltpolitischer Bedeutung gelangen sollte.

Die kubanische Stadt Trinidad besaß eine Art Konzertmuschel, wie wir sie bei uns von Kurkonzerten kennen, nur kleiner. Dort trafen sich Abend für Abend die älteren Herren der Stadt zum Musizieren. Sie forderten die Jüngeren auf, es ihnen gleichzutun. Das machten sie schon immer so. Wer vorbei kommt und Zeit hat, und das hat hier jeder, der macht mit und singt die unzähligen Strophen des Mädels aus Guantanamo, der *Guantanamera,* sehnsuchtsvoll mit.

„Insgesamt gab es rund 140 Strophen", berichtete Pablo, unser Dolmetscher, „aber heute kann man wohl eine Null dranhängen, denn immer wieder dichtet irgendjemand eine neue Strophe hinzu."

Als ich die frühe Variante des *Buena Vista Social Clubs* in Trinidad hörte und gleichzeitig zwei auf dem Boden liegende Bongos erkannte, war ich nicht zu halten.

Ich nahm den freien Platz ein und trommelte nach Herzenslust mit den alten Kubanern die Songs, die sie seit Jahrzehnten spielten. Meine Gage war ihr Lächeln, als sie heraushörten, dass ich als Europäer durchaus in der Lage war, den kubanischen Rhythmus zu begleiten.

Zurück in Havanna kam ich auf die blauäugige Idee, mich um ein Interview mit *El Presidente* zu bemühen. Ich hatte den naiven Gedanken, einfach dort anzurufen und um fünfzehn Minuten für ein Gespräch mit einem deutschen Magazin zu bitten.

Pablo, nach den drei Wochen ohnehin völlig verwirrt von unseren liberalen Vorstellungen und Lebensweisen, hatte sich spontan als Dolmetscher angeboten, sollten meine Bemühungen von Erfolg gekrönt sein.

Ich telefonierte mit einem Beamten in der Deutschen Botschaft von Havanna, einem Herrn Mertens, und äußerte mein Begehren.

„Ja", meinte er, „da müssen Sie sich einreihen. *Associated*

Press, United Press Internatial, Reuters und andere sind vor Ihnen dran. Wie viel Zeit haben Sie denn ...? Und außerdem dürfen Sie als nicht gemeldeter Journalist auf Kuba nicht arbeiten. Lassen Sie bloß niemanden Ihren Presseausweis sehen!"

Naja, meinte ich später zu Pablo, wir haben es wenigstens versucht.

Ohne kubanische Zeitungen wollte ich nicht wieder abreisen. Das amtliche Organ ist die *Granma,* benannt nach dem Motorboot, mit dem Fidel Castro 1957 von Florida aus die kubanische Revolution begann. Man kann es im Museum von Havanna besichtigen.

Ich stoppte also einen Straßenzeitungsverkäufer und bat ihn um eine Ausgabe der aktuellen *Granma.* Er gab sie mir und verlangte umgerechnet zwei Pfennig. Ich hatte die Summe nicht annähernd als Kleingeld und er konnte nicht wechseln. Ein älterer Herr, perfekt im ein wenig zerknitterten Anzug, hatte die Szene beobachtet, gab dem Zeitungsjungen eine Münze, lehnte meine Ausgleichsversuche dankend und lächelnd ab und meinte: „Schön, dass Sie uns jetzt besuchen. Kommen Sie doch einfach wieder. Wir freuen uns darüber."

Der Klönschnack

&

In Blankenese gab es eine kleine Druckerei mit dem Namen Schulz. Wir waren uns gegenseitig Kunde und Auftraggeber. Ich bekam Satzarbeiten, Bernd Schulz, Chef der Druckerei, nachdem der alte Schulz abdankte, bekam Druckaufträge aus dem Atelier Schümann.

An einem regennassen Januar des Jahres 1983 saßen wir beim Chinesen an der Waterloostraße in Eimsbüttel. Wir besprachen unsere laufenden Projekte beim Mittagessen, Nr. 128, Ente süßsauer.

„Bernd, was hältst du von einer Zeitschrift für Blankenese? DIN A4-Format, als Monatsmagazin?"

„Und wie willst du das finanzieren?"

„Mit Anzeigen."

„Ich mach' mit", sprach Bernd und die Idee wurde Realität. Noch im Januar saß ich hinter der Tastatur und tippte auf den Setzmaschinen verschiedene Namen ein.

Wie konnte die Zeitschrift heißen?

Was passt nach Blankenese?

Blankeneser Seemannsgarn – viel zu lang, klingt bescheuert. Ich löschte die Zeilen auf dem Bildschirm und tippte *Blankeneser Nachrichten,* auch doof. *Das Elbohr,* nee. *Das Elbvorohr,* albern, der *Klönschnack* – hm, das könnte gehen. Ich ließ den Schriftzug *Klönschnack* auf dem Schirm stehen, markierte die Buchstaben und gab als Befehlskette die Schrift *Avantgarde bold* und die Modifikation 31 Grad kursiv ein – der Schriftzug für das neue Magazin war geboren.

Und so sieht er bis heute aus.

Mein eigentlich studierender Neffe Dirk sprang auf den Zug und übernahm die Anzeigenabrechnung. Die Computerwelt hatte inzwischen Einzug in die Agentur und den noch jungen Verlag gehalten. Dirk erarbeitete Software-Programme, um das Abrechnen von Anzeigen und Provisionen für die mitwirkenden Anzeigenverkäufer zu vereinfachen. Regelmäßig fanden Verkaufs- und Redaktionsbesprechungen statt, die gelegentlich den Agenturbetrieb störten.

Oft wurden erst nach Feierabend die Papierfahnen der redaktionellen Inhalte des neuen Magazins *Klönschnack* beim Seitenumbruch geklebt.

Überschriften, die inzwischen Headlines hießen, wurden abgesetzt und ebenso wie die Fahnen und gesetzten Anzeigen mit flüssigem Wachs aus einem Wachsautomaten von hinten eingewalzt. Das hatte den Vorteil, dass man klebende Papierspalten jederzeit wieder abheben und neu montieren konnte. Das ganze Geschehen nannte man einen Klebeumbruch. Die fertigen Seiten mit den angehefteten Bildern brachten wir nach Blankenese zu Bernd Schulz, der die Fotos rastern musste und die Seiten dann für den Offset-Druck vorbereitete.

Mit 18.000 Exemplaren begann der *Hamburger Klönschnack* am 1. März 1983 als Magazin für Blankenese und Umgebung. Bis zum September 1983 erschien das Blatt alle zwei Monate, danach kam der *Klönschnack* monatlich in die Haushalte.

Verlagsgeschäftsführer waren Bernd Schulz, mein Neffe Dirk und ich. Der Verlag nannte sich vollmundig Autorenteamverlag (ATV).

Bernd Schulz druckte Heft für Heft und stundete zunächst die fälligen Rechnungen, die sich im Laufe der ersten Jahre trotz Zwischenzahlungen auf rund 160.000 DM ansammelten. Mit dem Ausscheiden von Bernd und Dirk Ende der 80er-Jahre übernahm ich auch die aufgelaufenen Schulden.

Bernd sah seine Zukunft bei den Baptisten. Er verkaufte die väterliche Druckerei und verschwand von der Bildfläche.

Dirk wurde zum Unternehmensberater in der Firma seines Vaters, meines Bruders, und verschwand ebenfalls von der Bildfläche.

Ich tilgte den Namen Autorenteamverlag und gab dem *Klönschnack* eine größere Auflage und neue Impulse. Wir druckten jetzt jeden Monat 30.000 Exemplare bei Kröger in Wedel. Mein alter Lehrbetrieb hatte seine *Norddeutschen Nachrichten* längst an Axel Springer verkauft, sich aus dem Verlagsgeschäft zurückgezogen und eine moderne Großdruckerei in Wedel aufgebaut. Da tauchte ich, der ehemalige Lehrling der Buch- und Verlagsdruckerei, als Kunde wieder auf.

Seit Ende der 80er-Jahre druckt Kröger nun den *Hamburger Klönschnack,* wie der volle Name des Magazins korrekt lautet.

Die Auflage ist bei stolzen 60.000 Exemplaren angekommen.

Die Trommler

&

Musikalisch hatte ich mein Mitwirken bei den *Tequillas* längst abgeschlossen. Es wurde eines Tages einfach zu viel des Guten, immer wieder vom *Festival der Liebe* und dem *Jungen mit der Mundharmonika* zu sülzen, und Christas *Seemann deine Heimat ist das Meer* konnte ich auch nicht mehr hören.

Mein Schlagzeug stand in einem Abstellraum der Firma rum. Verkaufen wollte ich das Teil nicht, man weiß ja nie, was noch so passiert.

Eines geselligen Tages traf ich auf einer Geburtstagsparty bei Jan Schleifer in Blankenese Max Krause wieder, meinen ehemaligen Nachbarn aus der Hauptstraße. Der Banjospieler hatte einen guten Freund, den Amtsrichter Jochen Cassel. Und der spielte Klarinette. In der Nachbarschaft wohnte auch ein Bassist namens Rüdiger Vermehren, der auch ganz wunderbar die Tuba blasen konnte. Flugs fanden wir uns zum gemeinsamen Jazzen zusammen. Als Übungsraum war die Agentur in der Glashüttenstraße vorzüglich geeignet. Und weil wir im Karolinenviertel das gemeinsame Jazzen übten, bekam die Dixielandband den Namen *St. Caroline's Jazzband.*

Segeln und Jazzen gehen in Hamburg traditionell, und in den Elbvororten erst recht, Hand in Hand, und demzufolge hatten wir auch zügig unsere Auftritte bei geselligen Anlässen in den Clubhäusern des Blankeneser oder Mühlenberger Segel-Clubs. Die Gagen waren, gemessen an meiner Tanzmusikvergangenheit, mehr als dürftig. Aber es war ein Vergnügen mit den Jungs abzujazzen und die ganz alten Erinnerungen aus Schulzeiten mit Klassikern wie *St.James Infirmery, Basin Street Blues* oder *Bill Baley* wieder aufleben zu lassen.

Verwirrt hatte mich lediglich der Umstand, dass Jazzer beim Spielen auch gern sitzen, was ja eigentlich dem Schlagzeuger vorbehalten ist. Aber das gehörte zum demonstrativen Abhängen an Jazzabenden genauso dazu, wie das unvermeidliche Schmalzbrot, das Bier, die Weste und der rechte vorgestrecke Fuß der Zuhörer, die damit unentwegt im Rhythmus wippen. Mehr Bewegung war nicht drin, schließlich ist Dixieland eine ernsthafte Angelegenheit.

Die Band mauserte sich, Baldur Freiwald und Max Walter Herr – Musiker haben manchmal komische Namen – kamen zu den *Caroline's* hinzu.

Baldur war ein Tausendsassa. Er blies eine wunderbare Trompete, beherrschte aber auch Gitarre und E-Bass und den hin und wieder notwendigen Gesang. Max Walter spielte Bariton-, Tenor- und Sopransaxophon.

Die *St. Caroline's Jazzband* erlebte ihre Hoch-Zeit, musste immer öfter im Stehen auftreten und spielte sich fast in den Rausch.

Aber eben auch nur fast.

Es kam wie so oft im Leben, die Band spielte sich auseinander und das Jazzen war auf Dauer auch nicht zu ertragen.

Ich wohnte mit Dagmar in der Rosenhagenstraße in Othmarschen, wir waren mittlerweile verheiratet. Sie arbeitete als Altenpflegerin auf der Gerontopsychiatrie im Albertinenhaus.

Mit meinen Kenntnissen und Fähigkeiten des schlichten Pflegehelfers konnte ich den Patienten im Haus, wenn ich Dagmar gelegentlich mal vom Dienst abholte, Interessantes abgewinnen, denn Demente waren mir in meiner pflegerischen Laufbahn damals selten über den Weg gelaufen. Dagmar hatte einen wechselvollen Dienst mit Spät- und Frühschichten. Der Job machte ihr Spaß und sie stand kurz vor der Beförderung zur Stationsleitung.

Wenn wir zum Wochenendeinkauf in die Waitzstraße schlenderten, führte uns unser kleiner Spaziergang bei Optiker Schoneweg vorbei, bei dem Dagmar brillentechnisch vorstellig geworden war. Ich kam mit in den Laden, als sie ihre bestellte Sehhilfe abholen wollte.

Der Optiker hieß Jörg Dancker, spielte Gitarre und wir hatten unser Thema. Er berichtete mir von einigen Freunden mit denen er gemeinsam musizieren würde. Als Stilrichtung nannte er Cajun- und Countrymusik. Nachdem ich mich als Drummer geoutet hatte, meinte Jörg, dass sie sich *Country'Vival Ltd.* nannten und ohne Verstärker vor sich hin zupften, ein Schlagzeug daher wie eine Dampframme beim Briefmarksammeln erscheinen müsste.

Aus seinen Worten meinte ich aber doch ein gewisses Interesse herauszuhören und schlug einen gemeinsamen Testabend vor, den der zurückhaltende Optiker aber freudig annahm.

Nach ein paar klärenden Telefonaten mit seinen Musikerkollegen erschien Jörg mit seinen Mannen, Manfred Vesper, Dieter von Bargen und Eckardt Krebs, zum musikalischen Antesten in meinem Atelier in der Glashüttenstraße, dem alten Wirkungsfeld der Jazzer.

Um es vorweg zu nehmen: Mein Schlagzeug, wie ich fand, zurückhaltend touchiert, erschlug den Müsli-Sound der zupfenden und sanft schlagenden Musikanten vollkommen. Wir hatten nun zwei Möglichkeiten. Die eine lautete: „Schön, dass wir mal drüber gesprochen haben", und gehen wieder unserer Wege.

Die andere hieß: „Wir brauchen Mikrofone und Verstärker und legen richtig los!"

Die letzte Möglichkeit wurde ausführlich diskutiert, kalkuliert und noch am Abend beschlossen. Die Band *Country'Vival Ltd.,* die ihren Namen aus dem Wortspiel mit „Country" und „Revival" in „begrenzter" (Ltd.) Art und Weise begründete, hatte einen Schlagzeuger und ich war wieder mal Bandmitglied.

Nachdem die notwendigen Gerätschaften angeschafft waren und mit Jürgen Maaß eine bärenstarke Leadgitarre hinzugekommen war, ging die Lucy richtig ab. Am E-Bass und als Gesangsverstärkung ergänzte Jürgen Trzaska die Frontline.

Der VW-Bus des *Klönschnack* wurde am Wochenende zum Band-Transporter, denn die Boxen, Verstärker, Monitore, Mikrofonständer, Kabelkoffer und das komplette Schlagzeug-Set lagerte praktischerweise in der Agentur und wurde dort nach dem Üben nur kurz in eine kleinen Abstellkammer zurückgeschoben. Die wiederum war nur wenige Schritte vom hinteren Ausgang, und damit zum Lastenaufzug, entfernt. So konnten wir bequem das Zeug aus dem zweiten Stock an die Rampe des Hauses bugsieren.

Atelier Schümann war seit einigen Jahren Ausbildungsbetrieb und hatte immerhin drei ausgebildete Schriftsetzer mit der Fachrichtung „Systemtechnik" hervorgebracht. Einer von ihnen war Mike, der nicht nur die Bandklamotten in den Bus schleppte, er wurde auch unser erste Roadmanager, kurz *Roadie* genannt.

Die Auftritte der Band wurden mehr und mehr. Die Gagen

toppten mittlerweile sogar die Größenordnung der legendären *Tequillas*. Und weil kaum einer *Country'Vival Ltd.* richtig aussprechen, geschweige denn schreiben konnte, suchten wir uns einen neuen Namen. Den fand Manfred, unser Frontmann. Er spielte Autoharfe, Ukulele, Gitarre, Fiddle und sang außerdem mit Inbrunst und Überzeugung.

Wir trafen uns zur Namensfindung bei *Schlag* in Nienstedten, am Tisch gleich rechts, und hatten die bei Namensfindungen zunächst offenbar notwendigen albernen Vorschläge wie *Manfred und die Kulturbeutel* beim dritten Bier bereits abgehakt, da warf Manfred den Namen *Fisherman's Friends* auf den Tisch und wir bestellten vor Freude noch eine Runde.

Der war's.

Atelier Schümann entwarf umgehend die notwendigen Plakatvordrucke für die anstehenden Auftritte – noch mit dem Zusatz „ehemals *Country'Vival Ltd.*", damit unsere Fans auch wussten, wer am Abend aufspielen sollte.

Bei *Schlag,* der häufig auch spät nachts nach einem Auftritt noch frequentierten Nienstedtener Kneipe, traf ich eines Tages auf Kai Buttschaft. Kai war nicht nur Tischler und kräftig, er war auch zuverlässig und trinkfreudig und erfüllte damit optimale Voraussetzungen für den *Roadie*-Job bei *Fisherman's Friends.* Kai war nach kurzer Zeit so etwas wie der siebte Mann der Band.

Die sechsköpfige Formation hatte spannende Auftritte. Wir spielten im Travemünder Maritim-Hotel für eine Computerfirma und kassierten die fetteste Gage, die wir je hatten. Wir spielten im CCH und ärgerten uns über den Veranstalter, der sich im Laufe des Abends mit der Kasse aus dem Staub gemacht hatte.

Wir spielten bei Schlag in Halle A und in der Linde in Halle

B. Wir spielten live im NDR-Fernsehen, weil Stade 1000 Jahre alt wurde (Gotthilf Fischer animierte im Vorprogramm), und wir spielten hinterm Deich in der Audeichkate.

Und wir spielten auf der dänischen Insel Romö, links oben, gleich hinter Sylt.

Die Insel ist nur mit der Fähre erreichbar. Im Fährhafen warteten wir auf die Abfahrt, die wegen der Hochsaison auf sich warten ließ. Die Jungs packten ihre Instrumente aus und spielten akustisch für die wartenden Dänen und Touristen. Ganz Dänemark sang mit und war begeistert.

Im Gemeindezentrum des Hauptortes traten wir auf.

Der Laden war voll, die Dänen auch.

Irgendeiner wollte Kai ans Leder und quatschte ihn mehr als dumm von der Seite an. Kai, bemüht, im Dunstkreis der spielenden Band keinen Zoff zuzulassen, nahm den Dänen untern Arm, verließ den Saal ordnungsgemäß durch die Eingangstür und legte ihn draußen vor dem Gemeindezentrum in einer Hagebuttenhecke wieder ab.

Die nach später Stunde rotäugigen Dänen machten fortan und noch am nächsten Morgen einen großen Bogen um Kai.

Ich glaube, die Geschichte erzählen sie sich da oben heute noch.

Mit Michael Lüth gewannen wir einen Keyboarder hinzu, die Musik wurde rockiger, die Band lauter, die Zelte größer und die Abende länger. *Fisherman's Friends* erlebte seinen Zenit. Eine CD musste her.

Wir machten einen Live-Mitschnitt beim Klönschnackfest auf dem Blankeneser Marktplatz. Kein geringerer als der Tontechniker Thomas Kukuck zeichnete für Aufnahme und Mische verantwortlich, hatte jedoch keinen Einfluss auf die musikalische Qualität.

Das erste (und letzte) Album der *Fisherman's Friends* ging bei unseren Live-Auftritten für rund 30 DM über die Bühnenkante und verkaufte sich moderat. Noch heute sind einige Dutzend im Verlagsarchiv zu finden.

2001 war Schluss für mich. Ich stieg aus und beschloss, nur noch Musik zu hören – von einigen Party-Nummern mal abgesehen. Ich besaß zwei komplette Schlagzeug-Sets. Eines vermachte ich dem Blankeneser Gospel-Chor, das andere Drum-Set von *Sonor* bekam die Behindertenschule am Hirtenweg.

Als Walter Weber eines Tages den Auftritt des Rocksatirikers Django Edwards in der Strafanstalt Fuhlsbüttel drehte, zählte ich zum Team.

Das Kulturprogramm von *Santa Fu* findet in einem ordentlichen Saal statt, der auch als Kirche genutzt wird. Kurz vor Auftritt dürfen die Gefangenen den Saal betreten.

Der Andrang war groß und der Saal füllte sich schnell. Einige der Jungs kannte ich noch flüchtig durch die *Fisherman's Friends*-Auftritte. An den vorderen Tischen, gedeckt mit Kaffeekannen und -Tassen, nahm die Prominenz Platz und begrüßte uns: der RAF-Mann Peter-Jürgen Boock, die St. Pauli-Größen Ringo Klemm und Armin Hockauf und andere Vertreter gemischter krimineller Anlässe. Ein unscheinbarer Insasse, im Knast wohl eine nur untergeordnete Rollen spielende Figur, bat mich um ein kleines Gespräch. Er hätte demnächst Freigang und suchte einen Praktikumsplatz für ein Jahr, ob ich ihm helfen könne.

Der Mann hieß Wolfgang, war in der Knastzeitung aktiv und bekam bei uns den Job.

Er hatte irgendetwas mit Betrug und Unterschlagung auf dem Kerbholz und befand sich in der Resozialisation.

Für die Kulturschiene bei *Santa Fu* zeichnete sich Armin Hockauf, ein verurteilter Mörder, unter den engagierten Insassen aus. Nur fehlte es an Möglichkeiten und Gerätschaften, um Live-Engagements, die alle kostenlos organisiert wurden, einigermaßen stilvoll über die Bühne zu bekommen.

„Kannst du uns mit Equipment aus deiner Band aushelfen?"

„Jaja, das kann ich schon machen." Ich fühlte mich ein wenig übertölpelt.

Wolfgang, mein *Santa Fu*-Praktikant würde sich darum kümmern. Ich gab Hockauf meine Telefonnummer und vergaß die Angelegenheit wieder.

Tage später klingelte das Telefon.

Armin Hockauf rief aus *Santa Fu* an.

„Alter, wir haben Nina Hagen! Kannst du uns eure Lichtleiste leihen, damit wir ein bisschen Atmosphäre haben?"

„Ja gut, okay. Wie kriegen wir das Teil zu euch?"

„Wolfgang bringt es rum. Deine Frau und du sind Gäste. Ich habe euch angemeldet. Ihr solltet dabei sein."

Die Lichtleiste ist ein etwa 2,50 Meter langer Kasten, in dem sich ein halbes Dutzend bunter Strahler befindet, die mittels einer kleinen Konsole zum Flackern, An- und Abschwellen oder zum Strahlen gebracht werden. *Fisherman's Friends* benutzte sie bei Auftritten, um die Bühne showmäßig in ein wenig bunt ausgeleuchtetem Licht erscheinen lassen, nicht unbedingt eine Light-Show, die Nina Hagen vielleicht erwartete.

Wir fuhren hin, mit Wolfgang und unserer Lichtleiste.

Vor dem *Santa Fu*-Haupteingang stand tatsächlich der Tour-Bus von Nina Hagen samt Band. Die Kollegen hatten schon das notwendige Hagen-Equipment durch die Kontrollen auf die Bühne geschafft. Unsere Lichtleiste kam anstandslos durch alle Türen.

Die Beamten kontrollierten Taschen und Handtaschen, die Personalausweise blieben am Eingang beim Pförtner.

Nina Hagen war gut drauf, scherzte rum und lieferte dann eine prächtige Show für die Jungs im Knast ab. Die Stimmung war gigantisch, der Sound ganz passabel und die Beleuchtung erinnerte an Elfriedes Witwenball – mit der kleinen Lichtleiste von *Fisherman's Friends*.

Die Klönschnackfeste

&

Blankenese, die Hauptstadt der Elbvororte, ist ein überaus beliebtes Fleckchen Erde. Man wohnt hier nicht ganz billig – was sich auch an den Mieten und den Immobilientarifen mühelos ablesen lässt – und genießt das Leben in vollen Zügen.

Fast.

Stadtteilfeste hatten in Hamburg gute Tradition und riefen immer häufiger an sommerlichen Wochenenden zu fröhlichem Miteinander. Der Ortsamtsbereich Blankenese, immerhin ein Bereich von Rissen im Westen bis Flottbek im Osten und Lurup im Norden (im Süden fließt die Elbe), kannte in seinen Grenzen ein Fest der Heiterkeit und Ausgelassenheit für seine Bürger und Bewohner bisher nicht.

Dieser Umstand und die grundsätzliche Neigung zur Geselligkeit war für uns eine Steilvorlage, das Defizit auszugleichen. Im Juni 1984, der *Klönschnack* war gerade mal ein Jahr alt, fand zum ersten Mal das „Klönschnack-Sommerfest" auf dem Blankeneser Marktplatz statt.

Nicht nur die behördliche Seite, in Form von Ortsamtsleiterin Ingrid Harpe und Ordnungsamt-Chef Thomas Hoffmann, zeigte sich kooperativ und dem Unternehmen zugetan. Auch unsere Leser nahmen das Angebot dankbar an und füllten den Marktplatz bis zum Anschlag.

Essen und Trinken, Musikhören und Tanzen, Leute treffen und Klönen waren die wesentlichen Aktivitäten, die die Menschen aus den Elbvororten an die gastronomischen Stände holten.

Die Klönschnackfeste sprachen sich rum, der Platz wurde von Jahr zu Jahr voller. Es trafen sich alte Bekannte, die sich längst aus den Augen verloren hatten. Und es trafen sich Menschen, die sich mochten und kurz darauf den Bund der Ehe eingegangen sind. Das Fest auf dem Platz stand im Zentrum der Leichtigkeit des Seins und erfreute alle Beteiligten und die vielen tausend Besucher gleichermaßen.

Fast alle.

Der Sonnabend gehörte bis 15 Uhr noch den Wochenmarktbetreibern. Marktmeister Walter Nissen, ein bärbeißiger Aufsichtsbeamter mit eingefrorenem Lächeln, zeigte sich zwar kooperativ, doch seine Schützlinge, von ihm gebeten, bitte zügig ihre Stände abzubauen und den Platz zu verlassen, damit die Leute vom *Klönschnack* aufbauen könnten, ließ einige Marktfritzen kalt. Immerhin waren wir in ihrem Revier aktiv, das gefiel ihnen, aus welchen Gründen auch immer, überhaupt nicht und sie zeigten es demonstrativ.

Die Freiwillige Feuerwehr Nienstedten zimmerte eine Bühne auf drei nebeneinander an den Rand des Platzes abgestellte dreiachsige LKW-Hänger, die die Baumschulchefs Bernd und Lorenz von Ehren jahrelang zur Verfügung stellten.

Der Feuerwehr füllten wir zum Ausgleich die Mannschaftskasse und den von Ehrens gilt noch heute mein Dank.

Spanplatten, Dachlatten, Bohrmaschinen, halbe Hähnchen, einige Kisten Bier und ein Karton Riesling – vom Weinhändler Bernd Rudolph mal eben schnell vorbeigebracht – sind die Bestandteile des Bühnenaufbaus gewesen. Feuerwehrleute, Zuschauer, Kai und ich amüsierten uns voller Vorfreude auf den nächsten Tag. Doch die Feuerwehr hatte eines Tages keine Lust mehr, mit zwanzig Mann zur Übung „Bühne aufbauen" auszurücken und beendete die nur auf Zuruf vereinbarte Zusammenarbeit mit dem *Klönschnack*.

Schade eigentlich, war der Bühnenbau der FFN doch schon Showteil an sich und hatte für alle etwas Folkloristisches. Freudig erkannten wir indes, dass die für die Jahre danach organisierte professionelle Aluminium-Bühne nicht nur ruckzuck aufgebaut war, sie zeigte sich in der Abrechnung auch günstiger als die Feuerwehrspanplattenbaumschulenlastwagenbühne aus Nienstedten.

Das Musikprogramm der Klönschnackfeste konnte sich sehen lassen. Immerhin spielten hier live: Die *Lords,* die *Beatles Revival Band, Truck Stop,* Rolf Zuckowski, *Old Merrytale Jazzband,* die *Strandjungs,* eine *Abba-Revival*-Band, natürlich *Fisherman's Friends,* die *Blues Brothers*-Truppe, auch gleichzeitig meine Lieblingsband, *Black Brothers and the Bad Bones,* und auch lokale Größen.

Wir ließen Dudelsackformationen und Spielmannszüge durch Blankenese marschieren, holten das Heeresmusikkorps auf den Blankeneser Marktplatz und starteten das Klönschnackfest stets mit einer Morgenandacht auf Plattdeutsch. Und die hielt Propst Herwig Schmidtpott, der als einziger Geistlicher des Niederdeutschen mächtig war.

Die Gastronomie zahlte eine Standmiete, mit der wir Kosten und Gagen tragen konnten. Die ersten Jahre zahlten wir dazu, danach machten wir erfreulicherweise Gewinne.

Das Fest war sehr beliebt und Gastronomen aus dem In- und Umland wollten einen Platz haben.

Da waren wir nachtragend, wer von Anfang an dabei war,

wurde zuerst befragt, die heimischen Wirte sowieso. Veteranen der Klönschnackfeste waren die Schlags aus Nienstedten, Bernd Rudolph und der „Tabletteur“ Hein Wiese aus Blankenese.

Nachts fegte eine Schmutzgang Platz und Rabatten wieder sauber, und nicht selten war Blankeneses Zentrum am Montagmorgen sauberer als am Sonnabendmittag.

2001 war Blankeneses Jubeljahr, der Kalender und alte Urkunden verlangten nach einer 700-Jahrfeier. Neben den unzähligen Feierlichkeiten der gemeinschaftlichen Organisatoren auf dem Marktplatz mit Festzelt, Umzügen und Attraktionen am Elbufer wollten wir den „Ball der Blankeneser” in der Führungsakademie der Bundeswehr veranstalten. Das war mit dem Kommandeur, Konteradmiral Rudolf Lange, so vereinbart. Bis zu 1.200 Gäste sollten in den repräsentativen Räumlichkeiten der Akademie teilnehmen können.

Der Termin stand, das Programm auch.

In der Führungsakademie wechselte der Kommandeur, Konteradmiral Lange ging und Generalmajor Beck kam. Verwaltungsebenen machten den neuen Chef an der Manteuffelstraße darauf aufmerksam, dass das, was der *Klönschnack* dort plane, so nicht ginge.

Ich wurde zum Rapport in die Führungsakademie bestellt und sah mich in einem Konferenzraum an meine Eckernförder Wehrdienst-Verweigerungs-Verhandlung erinnert. Das Klima war sachlich und deutlich. Generalmajor Beck bemühte sich, die Angelegenheit zu retten und ich bemühte mich, den Sachverhalt zu verstehen.

Und das war gar nicht so einfach.

Das unternehmerische Wirken innerhalb der Führungsakademie weicht deutlich von den Vorstellungen der privaten Wirtschaft ab, oder anders ausgedrückt: Es ist gar nicht möglich. Doch, das muss man den Verantwortlichen hoch anrechnen, sie waren motiviert zu helfen und fanden Möglichkeiten, die Vorschriften einzuhalten und den Blankenesern trotzdem ihren Ball in der „FüAk" zu ermöglichen.

Um weiterhin als Veranstalter aktiv zu bleiben, wurde ich kurzerhand zum Sonderbeauftragten der Führungsakademie für die Festivitäten zur 700-Jahr-Feier Blankeneses.

Dass ein ehemaliger Wehrdienstverweigerer als „Sonderbeauftragter" mehrfach bei Kaffee und Kuchen mit dem Kommandeur der Führungsakademie zu Planungsgesprächen zusammenkam, hatte schon etwas Skurriles.

Das restlos ausverkaufte Fest fand schließlich an einem sehr schwülen Julisonnabend statt. 1.200 Gäste schwoften und amüsierten sich bei drückender Hitze, mit einem erlösenden Gewitter kurz vor Mitternacht.

1988 in der DDR

&

Schlag in Nienstedten bedeutete für mich, ebenso wie die alte *Linde* in Blankenese: eine richtige Stammkneipe. Diese Art von Kneipen haben es an sich, dass unter den Gästen immer wieder aufs Neue die merkwürdigsten Ideen geboren werden.

Es gab unzählige Beziehungskisten und ebenso viele Trennungen und Scheidungen, die ihr angemessenes Finale auf Barhockern oder an Stammtischen fanden. Es wurde gelacht und es wurden Tränen vergossen. Es wurden Firmen gegründet, Grundsteine für Fusionen gelegt, Pleiten beschlossen und Kredite beantragt.

Es gab im Prinzip keinen Lebensstrang, der nicht geeignet war, bei *Schlag* oder in der *Linde* aus der Taufe gehoben zu werden. Die Wirtsleute könnten ganze Alben davon singen.

Peter Fieck, Regisseur in den Diensten des NDR, war für die Lebenshilfe-Folgen „Die Kriminalpolizei rät“ zuständig und rekrutierte gern seine Darsteller bei *Schlag*.

Einmal war ich dran und durfte einen Hausbesitzer spielen, in dessen Haus gerade eingebrochen worden war. Ich hatte eine Charakterrolle mit Text.

Ich sollte zu „meiner Frau“, die Darstellerin kannte ich nicht, sagen: „Ich glaube, ich rufe jetzt erst einmal den Versicherungsfritzen an!“

Das Ganze dauerte einen Vormittag, machte viel Spaß und brachte 50 Mark aus der Statistenkasse.

Reiseziele waren auch so ein Kneipenthema. Schwer angesagt war, wer die Kanareninsel Gomera als Ziel für einen dreiwöchigen Sommerurlaub gebucht hatte. Die Insel war ideologisch einwandfrei und als Pädagogenziel für den problembewussten Urlauber ohne Alternative.

Dieser Umstand hatte zur Folge, dass die Touristenflut auf Gomera zwar die gleiche war wie auf Mallorca – was als Reiseziel überhaupt nicht ging –, die Touristen sich nur nicht als Touristen fühlen mussten und dies durch alternative Individualität zum Ausdruck bringen wollten.

Sie sahen also alle aus wie Touristen, die auf Gomera ihren Urlaub verbringen.

Dass die Zusammensetzung der Kneipengäste erfreulicherweise quer durch die Gärten der Soziologie ging, fand sich auch in den Urlaubswünschen wieder. So kippten durchaus der Lukenfiez von Schuppen 72 und der Chirurg vom UKE ihr Bier gemeinsam am Tresen.

Diskutiert wurde entweder der Tabellenstand der Bundesliga oder das Angebot der Küche (Tafelaufschrift in der *Linde:* „Die Linde empfiehlt heute: ... woanders essen zu gehen!"), bei dem Nienstedtens Manfred Schlag mit seinen Künsten durchaus eine in diesem Genre nicht erwartete Qualität bewies.

Donnerstags ist Dellentag, das war so eine Art „Frikadellenessen für den Frieden". Da gibt's bei *Schlag* „Delle an Senf" zur Ferien- und Friedensdiskussion.

Existentialisten, die zwar nicht mehr so hießen, aber immer noch schwer unter ihrer Intellektualität litten, aßen zwar ihre Frikadelle, blieben in den Ferien aber grundsätzlich zuhause.

Wahrscheinlich, weil sie so viel zum Nachdenken hatten.

Als an einem typischen Dellen-Abend die Urlaubsziele zwischen Malediven und Neuwerk, Gomera und Florida diskutiert wurden, saß ich mit dem Nienstedtener Dachdecker Michael Berding am Stammtisch.

Wie immer, wenn eine Kneipen-Diskussion ihrem humoristischen Höhepunkt nahe kommt, gab es besonders schräge Einwürfe.

„DDR! Das ist doch mal was völlig anderes", warf irgendeiner in die völlig verrauchte Runde.

„Das stimmt. Da würde ich gern mal hin," nahm Michael Berding das Thema ernsthaft auf. Ich stimmte ihm zu.

„Aber man kann nicht einfach hinfahren", wandte er ein.

„Ich habe einen Onkel um tausend Ecken in Zwickau. Ich könnte ihm schreiben, dass er uns eine Einladung schickt. Damit können wir einreisen", sagte ich.

Wir stellten uns noch die abenteuerlichsten Dinge über die DDR vor und ließen der Phantasie freien Lauf. Ende der 80er-Jahre hörte die Welt 30 Kilometer weiter östlich, bei Lauenburg, nicht nur in der Kneipe auf.

Danach kam nichts mehr.

Niemandsland.

Nach der obligatorischen Phase des Überdenkens von Plänen, die in der Kneipe geschmiedet wurden, beschlossen wir, die DDR zu bereisen.

Ich schrieb einen Brief an Onkel Max und bat ihn, für Michael und mich eine Einladung zu formulieren, die uns eine Einreise in die DDR und einen Besuch bei ihm in Zwickau ermöglichen würde.

Onkel Max wurde sofort aktiv. Rund 14 Tage später besaßen wir eine offizielle Einladung in die DDR mit einem Einreisepapier des Bezirks Zwickau. Onkel Max hatte noch einen persönlichen Brief beigelegt, in dem er mich bat, doch bitte acht Quadratmeter Badezimmerfliesen mitzubringen.

Das sollte kein Problem sein.

Im Oktober 1988 machten wir uns in einem schwarzen BMW auf den Weg über Herleshausen in die DDR.

Ob die Zeit günstig war, ließ sich noch nicht beurteilen. Es herrschte Unruhe im Land. Mehrere Flüchtlinge hatten auf ihrer Auslandsurlaubsreise über Ungarn das Land verlassen. Das hatten wir in Hamburg gerade noch mitbekommen.

Wir hatten die Fliesen als „Geschenke, keine Handelsware" ordnungsgemäß deklariert und von den Vopos noch einmal die Auflage bekommen, auf direktem Weg nach Zwickau zu reisen.

Dort hätten wir uns bei einer Stadtvertretung umgehend anzumelden. Und auf unserem Eingangsstempel standen Datum und Uhrzeit der Einreise.

Als wir die Grenzanlagen und die Kontrolle samt unseren Badezimmerfliesen hinter uns hatten, waren wir auch von den Informationen abgeschnitten.

Etwas war mir in der DDR sofort aufgefallen.

Der Arbeiter- und Bauernstaat ist der einzige Staat der Welt mit einem eigenen Geruch. Gleich hinter der Grenze beginnt er und wenn man rausfährt, hört er sofort danach wieder auf. Er ist sehr intensiv und zählt zu den Gerüchen, an die man sich mit ein wenig Anstrengung sogar erinnern, und die man möglicherweise sogar herbeiriechen kann.

Acht Quadratmeter Badezimmerfliesen sind ganz schön schwer. Der BMW hing tief beladen hinten durch.

Trotzdem hatten wir beschlossen, Zwickau über Nebenstraßen zu erreichen. Schließlich wollten wir was zu sehen bekommen. Natürlich verfuhren wir uns hoffnungslos, denn die Beschilderung der DDR war für den verwöhnten bundesrepublikanischen Autofahrer ungewohnt, zumal sie in vielen Fällen gar nicht vorhanden war.

In dörflicher Gegend nach der Straße nach Zwickau zu fragen, hatte jedes Mal einen kleinen Auflauf, besonders junger Leute, zur Folge, die das Auto unglaublich spannend fanden. Nach mehreren Stunden des Herumirrens erreichten wir im Dunklen die genannte Straße in Zwickau.

Onkel Max und seine Frau warteten schon auf uns.

Michael und ich trugen die Badezimmerfliesen in die Wohnung im dritten Stock eines heftig heruntergekommenen Altbaus mit Ofenheizung.

Die Straße, die Stadt, das Treppenhaus, die Ofenheizung und die Luft allgemein – alles roch anders, nach DDR eben. Meine Nase freute sich über die unerwarteten sächsischen Erlebnistage.

Die beiden hatten ein Gästezimmer für uns hergerichtet und wir klönten den Abend über die merkwürdige Stimmung im Land. Wir verbrachten den nächsten Tag zusammen, meldeten uns bei irgendeinem offiziellen Volksvertreter an, gingen zusammen essen und verabschiedeten uns wieder von Onkel Max und seiner Frau.

Auf nach Dresden!

Es gab im Oktober 1988 so gut wie keine oder nur ganz wenige Hotels. Aber es gab das Hotel *Bellevue,* direkt an der Elbe, gegenüber der Semperoper gelegen. Das Haus auf Weltniveau hatte nur einen Fehler, es war ausgebucht. Lediglich die Carl Maria von Weber-Suite war noch frei, 450 Mark. West!

Michael und ich sahen uns an. Klar, das machen wir. Wir buchten die Suite und ließen es uns gut gehen.

Am nächsten Tag hatte ich Geburtstag und einen Schnupfen.

Im Bierkeller des *Bellevue* bestellte ich mir einen heißen Tee und kam mit dem Barkeeper ins Plaudern. Michael schlief noch.

Der Barkeeper war sauer. Eben hatte er erfahren, dass der geplante Betriebsausflug seiner Abteilung nach Ungarn von irgendeinem Hotelkombinatsvorsitzenden verboten worden war. Der Barkeeper ließ seinen ganzen Frust über die Zustände der DDR ab.

Wir hatten beide mitbekommen, dass die osteuropäischen Urlaubsländer wie Ungarn zunehmend als Fluchtpunkt in den Westen genutzt wurden. Das konnten sich die Betriebe nicht mehr leisten.

Mein Barkeeper schimpfte über Honecker, Krenz und die ganze Scheiße im allgemeinen. So könne es auf keinen Fall weitergehen.

Ging es ja auch nicht.

Michael und ich fuhren über Leipzig, Meißen und Bitterfeld wieder Richtung Bundesrepublik. Die Sehenswürdigkeiten waren nicht sehenswürdig, vieles war grundsätzlich versifft und heruntergekommen.

In Leipzig gönnten wir uns ein Mittagessen in *Auerbachs Keller* – immerhin Goethes Stammkneipe.

Die Stimmung vor der Leipziger Nikolaikirche war sehr merkwürdig. Unauffällig auffällige Geheime standen an allen möglichen Ecken herum und sahen uns mit ihren Röntgenblicken an. Am Abend waren wir wieder raus aus der Stadt, Richtung Hamburg.

Michael Berding, ein an sich positiver und geselliger Mensch, besaß einen unauffälligen Hang zur Schwermut. Gern philosophierte er beim Rotwein über sein vorzeitiges Lebensende. So richig nahm ihm das keiner ab. Als seine Dachdeckerei in Schwierigkeiten geriet und ihn die Schulden zu sehr drückten, nahm er sich eines Tages das Leben.

Kai fand ihn.

Walter Weber

&

Irgendwann erschien Herbert Duwe in der Agentur. Wir hatten einen Job gemeinsam erledigt und plauderten über Gott und die Welt. Herbert war Kameramann und drehte Industrie- und Werbefilme. Er hatte den wachsenden *Klönschnack*-Erfolg beobachtet und meinte, die Zeit sei reif für das *Klönschnack*-Fernsehen. In Nienstedten hätte sich gerade ein Typ selbstständig gemacht, der beliefert private Fernsehsender wie *RTL* und *Sat1* mit „Blaulicht-Bildern" von Unfällen und brennenden Häusern. Herbert berichtete, dass der Mann Walter Weber heißt und ein komplettes Studio mit Schnittplätzen an der Dörpfeldstraße sein Eigen nannte. Ich müsste ihn unbedingt kennenlernen.

„Jaja, man kann ja mal ein Bier zusammen trinken“, antwortete ich, eher weniger interessiert. Immer wieder gibt es jemanden, der zwar eine sensationelle Idee hat, momentan aber nicht so richtig weiterkommt, und somit gingen noch ein paar Wochen ins Land, bis ich schließlich mit Herbert in die Dörpfeldstraße fuhr und Walter Weber kennenlernte.

In einer kleinen Villa wirbelten Walter und Eyk Friebe, sein Kameramann, zwischen Telefonen, Kabeln und Monitoren herum. Aus einer Ecke schnarrten Polizeifunk und Feuerwehr mit den neuesten Einsatzmeldungen um die Wette.

Walter verdiente sein Geld mit aktuellen und bewegten Bildern über die Verkehrs-, Feuer- und sonstigen Horrormeldungen der Stadt. Es galt, stets schnell vor Ort zu sein, wenn irgendwo was auch immer für eine Katastrophe passiert war und die Einsatzkräfte von Polizei und Feuerwehr ihr Blaulicht anwarfen.

Walters Lieblingsszene war stets, wenn die Feuerwehren und Peterwagen mit zuckendem Blaulicht um die Ecke kamen. Bewiesen diese Aufnahmen doch, dass er wieder einmal vor Eintreffen der Rettungskräfte am Ort des Geschehens war.

Die privaten und öffentlichen Sender kauften ihm das Material für die abendlichen Nachrichtensendungen ab. Und so fanden sich dann Walters Videos Abend für Abend und je nach Bedeutung auf lokalen Formaten oder in der Tagesschau wieder.

Unablässig klingelte irgendein Telefon.

Walter hatte stets die neueste Entwicklung der Mobilfunkforschung als erster in der Hand. Von schnellen Informationen war er schließlich abhängig.

Wir beschnupperten uns kurz und beschlossen zusammen, *Klönschnack*-TV auf die Reihe zu bringen. Eine Video-Ausgabe, verteilt über die vier Jahreszeiten, sollte für 19,80 DM den Elbvororten schmackhaft gemacht werden. Ein buntes Allerlei aus Kultur, Politik, Gesellschaft, Sport – und natürlich Katastrophen – finanzierten wir mit selbstgedrehten Werbespots ortsansässiger Unternehmen.

Der Aufwand stand in keinem Verhältnis zum finanziellen Ergebnis, es machte aber einen unglaublichen Spaß. Die vier 1990 erschienen *Klönschnack*-TV-Videos (je eine Stunde Programm) hatten ihren Charme und eine teilweise unfreiwillige Komik in den Werbespots, sie verkauften sich mäßig bis gut und zählen heute zu gesuchten Raritäten.

Walter und ich freundeten uns an und zogen wie „Waldorf und Statler“ aus der Muppetshow durch die Szene. Marlies, seine Frau, und Dagmar verstanden sich gut und die Unternehmen florierten voran.

Zum geselligen Abend bei *Dakota-Uwe* am Othmarscher Bahnhof kamen Walter und ich eines Abends ein paar Stunden zu spät, Dagmar und Marlies warteten äußerst genervt.

Walter wollte die Zugaben von Luciano Pavarotti im Derbypark drehen und brauchte für Ton, Stativ und Mikro noch einen Assistenten. Eyk drehte irgendwo anders, also sprang ich ein. Wir standen mit Kamera und Mikrofon zwischen Reihe eins und Pavarotti und er gab *O sole mio* drauf, einen Meter von unserer Kamera entfernt.

Wahnsinn!

Bei der Abfahrt mit Walters VW-Bus nach Othmarschen drängte sich der Verkehr von rund 15.000 Besuchern. Es war hoffnungslos, rechtzeitig beim verabredeten Treffpunkt in Othmarschen zu sein.

Noch heute buche ich diesen Abend als nicht unentscheidend für das was folgte:

Walter trennte sich von Marlies und ließ sich kurz darauf scheiden.

Seine zweite Ehe war perdu.

Das Alkoholgespenst

&

Dagmar und ich hatten viele Termine gemeinsam, sofern sie sich mit Job und Privatleben vereinbaren ließen. Ich weiß nicht mehr, wann es war, und ich weiß auch nicht, wie es anfing. Irgendwann registrierte ich, dass Dagmar häufig zuviel Alkohol trank. Ich nahm mir vor, das Geschehen genauer zu beobachten.

Als ich meine Befürchtungen bestätigt sah, gab es natürlich Auseinandersetzungen. Es war eine unschöne Zeit und sie sollte noch wesentlich unangenehmer werden.

Dagmar bunkerte bald darauf auch zuhause Flaschen. Wir hatten getrennte Schlafzimmer. Sie versteckte zunächst Wein- und später Wodkaflaschen zwischen ihrer Kleidung.

Unsere Gespräche führten wir sachlich oder Türen werfend. Sie befand sich zwischen Leugnen des Problems oder Flucht aus der Konfrontation. Meine Nase hatte die eigentümliche Mischung zwischen ihrem Parfüm und Alkohol längst gesichert registriert und mit Alarmreaktionen versehen gespeichert.

Ein guter Bekannter, ein über Jahrzehnte trockener Alkoholiker, half bei den Anonymen Alkoholikern mit Beratungen aus. Ich besuchte ihn zuhause und beschrieb die Entwicklung mit Dagmar.

Er warf mir die Realität vor die Füße: „Wenn ein Alkoholiker keine Selbsterkenntnis hat, ist es so gut wie aussichtslos, ihn zu erreichen", zuckte er mit den Schultern.

Es wurde schlimmer. Ich floh so oft ich konnte aus der Othmarscher Wohnung. Ich habe mir später viele Vorwürfe gemacht. Doch ich wusste nicht mehr weiter. Die Situation wurde immer unerträglicher, ich musste unbedingt aus dieser Ehe raus.

Weihnachten 1992 hatten wir Dagmars Eltern in Hannover besucht. Heiligabend kamen wir spät am Abend nach Hamburg zurück. Wir fuhren noch in die *Linde,* um alte Bekannte zu treffen.

Das war Tradition.

Am späten Weihnachtsabend drängelten sich Hundertschaften, in Smoking oder Holzfällerhemd, nettem Kleidchen oder ausgebeulter Cordhose, zur obligatorischen Weihnachtsfeier der Szene an der Dockenhudener Straße.

Nach Mitternacht kam eine alte Bekannte aus Grundschultagen mit ihrer Schwester in die rappelvolle *Linde* – Gisela und Christiane Holzhäuser.

Der Tresen mit Helga und Uwe Schell im völlig überforderten Service war für eine Bierbestellung unerreichbar. Der hilflose Blick der Schwestern, die eben noch die Mitternachtsmesse in der Blankeneser Kirche besucht hatten, galt erst den Wirtsleuten und dann mir. Wir grüßten uns, wünschten uns ein paar schöne Weihnachtstage und ich nutzte meine Körpergröße und mein Lächeln, um bei Helga zwei frisch gezapfte Weihnachtsbierchen aus der Reihe der trinkbereiten Getränke zu schnorren.

Für den 27. Dezember war ein *Fisherman's Friends*-Konzert angesagt, denn die *Linde* feierte ein rundes Jubiläum.

Mit der mir eigenen Sensibilität bat ich Gisela, an dem Abend zum Feiern vorbeizukommen.

Hätte ich damals das introvertierte und feinsinnige Wesen meiner künftigen, dritten, Ehefrau geahnt, wäre ein russischer Rauchtee im *Witthüs* angemessener und passender gewesen. Aber ich war ahnungslos, fand sie sehr sympathisch und bat sie ernsthaft in die verrauchte, versiffte, laute, derbe Kneipe mit der dröhnenden Band und den nicht gerade leisen Darbietungen des Schlagzeugers.

Gisela kam in die Linde. In den Spielpausen versorgte ich sie mit Bier – sie trank zwei – und unsere Gespräche drehten sich um Grundschulzeiten in der Frahmstraße. Sie war eine Klasse tiefer gewesen, bei der unnachahmlichen Wilma Glenewinkel, die ihre Schüler mitunter schwer verdauliche Poesie auswendig lernen ließ.

Immerhin hatten wir uns für den nächsten Tag zum Tee bei *Witthüs* im Hirschpark verabredet, um in Ruhe über persönliche Schicksalswege zu reden.

Dagmar hatte über die Weihnachtstage frei gehabt. Der Alkohol machte sie von Tag zu Tag wesensfremder. Ich fragte mich, ob ihre Kollegen am Arbeitsplatz ahnungslos waren? Kurz darauf verbrachten ihre Eltern ein Wochenende bei uns. Wir wollten am Sonnabendvormittag in die Stadt, bummeln und shoppen. Durch die halbgeöffnete Tür ihres Zimmers sah ich, wie Dagmar an ihrer Kleiderschranktür stand und einen ordentlich Schluck aus einer Wodkaflasche nahm. Anschließend scherzte sie mit ihrer Mutter und zeigte sich von der unauffällig gutgelaunten Seite.

Freunde waren der Meinung, sie trinkt gern einen; aber mehr sei es wohl nicht.

Ich hatte versucht, beim Abendessen zuhause (was eigentlich

nicht mehr stattfand) oder in Restaurants die Abende ohne Alkohol zu überstehen.

Es ging nicht.

Ich versuchte es deutlicher:

„Du bist eine schwere Alkoholikerin! Du bist krank! Du musst auf eine Entziehung!"

„Jaja, du nervst!"

Es ging auch um mein Leben. Und so ging es nicht weiter. Auf keinen Fall! Ich hatte bereits öfter mit Trennung und Auszug gedroht. Entweder sie nahm es nicht ernst oder sie glaubte mir nicht.

Die Liebe war längst dahin.

Ostern 1993 nahm ich ein paar persönliche Sachen und verließ die gemeinsame Wohnung. Walter hatte mir eine Dachwohnung im ruhigeren Teil der Waitzstraße angeboten. In dem Haus seiner Mutter hatte er sein inzwischen auch deutlich angewachsenes Nachrichtenstudio mit dem Namen RTC-TVNews untergebracht. Ich war unglaublich erleichtert und richtete mich in den beiden Zimmern so gut es ging ein.

Die Gedanken kreisten um Dagmar. Zweifel kamen auf, hatte ich richtig gehandelt? Was konnte ich noch tun? Was musste ich tun? Wann merkt sie selbst, was los ist?

Sie bekam eine Leberzirrhose und musste ins Krankenhaus. Ich besuchte sie dort, hoffte auf einen heilsamen Schock und informierte ihren Bruder, denn die Eltern sollten auf gar keinen Fall etwas wissen. Tage später wurde sie wieder entlassen.

Alkoholismus ist eine der teuflischsten Krankheiten die es gibt. Der Befallene erkennt die Wahrheit nicht und die Sucht, die Gier, ist zerstörerisch.

Am 5. April 1994 rief Dagmars Bruder gegen 9 Uhr morgens im Verlag an:

„Ich habe eine traurige Nachricht. Dagmar ist tot...!"

„Was, wie?"

Ich war wie vor den Kopf geschlagen.

Ich wusste gar nicht, was ich sagen sollte und suchte nach Worten:

„Ich will sie in Erinnerung behalten, wie sie war", antwortete ich völlig sinnlos und legte auf.

Ich lief ein paar Minuten in meinem Büro auf und ab und rief wieder in der Othmarscher Wohnung an.

Ihr Bruder war dran.

Ich sagte nur: „Ich komme sofort!"

Als ob es ein Notfall wäre.

In der Wohnung lag Dagmar im Fernsehzimmer. Ihr Gesichtsausdruck war friedlich, sie hatte die Arme hinter ihrem Kopf verschränkt und lag ausgestreckt auf den Liegepolstern des Zimmers. Ihre Brille hatte sie noch auf.

Sie war tot, ganz eindeutig.

Er, der hier anwesende Tod, kam mir vertraut vor. Ihr Bruder und Dagmars zwischenzeitlicher neuer Lebensgefährte, er wohnte bei ihr, berichteten.

Der Freund war abends ins Bett gegangen, Dagmar hätte noch ferngesehen. Am Morgen lag sie immer noch dort und sei ihm irgendwie komisch vorgekommen. Da habe er schnell den Bruder angerufen. Der Bruder lebt in Bremen und war zufällig auf der Autobahn in der Nähe Hamburgs unterwegs und kam sofort vorbei.

Sie hatten bei 112 angerufen und warteten, was nun passiert.

Die Polizei kam und befragte uns.

„Wer sind sie?"

„Ihr Lebensgefährte, ich wohne hier", sagte er.

„Ich bin der Bruder, und bin sofort hergekommen."

Eine Polizeibeamter kontrollierte unsere Personalausweise, der andere fragte mich:

„Und wer sind Sie?"

„Ich bin der Ehemann."

Fragende Blicke.

Ganz offensichtlich war die Situation nicht alltäglich.

Jeder von uns erklärte seinen Teil zum gesamten Sachverhalt. Die Gerichtsmedizin kam, sie legten Dagmar in einem Überführungssarg und trugen sie aus dem Haus. Wir haben nicht hingesehen.

Die Beamten fuhren wieder ab.

Mit dem Bruder fuhr ich zum Bestatter Seemann nach Blankenese und wir regelten das Notwendige. Ich war zwar der Ehemann, aber getrennt lebend.

Auf der Traueranzeige rückte ich in der Riege der Hinterbliebenen ganz nach unten.

Am Abend zog ich mit Walter Weber um die Häuser. Ich betrank mich sinnlos und Walter passte auf mich auf.

Ich war jetzt ein Witwer.

Die Trauerfeier fand auf dem Blankeneser Friedhof statt. Familie, Freunde, Arbeitskollegen, Sonnenbrillen, Kondolenzlisten, Blumen, Reden, Kerzen und Schluss.

Auf Wunsch der Familie wurde meine zweite Ehefrau verbrannt. Die Urne wurde anschließend anonym auf einer eigens dafür eingerichteten Wiese in Hannover vergraben.

Aus den Augen, aus dem Sinn.

Zügig wurde ich mit den Erbangelegenheiten konfrontiert. Dagmar hatte rund 50.000 DM auf ihrem Girokonto, sie hatte ihr Gehalt während unserer Ehe nur selten angerührt und es über die Jahre sparen können. Außerdem stand ihr die Hälfte einer Eigentumswohnung in Hannover zu.

Das fiel nun gesetzlich mir zu.

Die Familie forderte, dass ich die Erbschaft ausschlagen sollte. Ich hätte mich damit kaum wohlgefühlt und unterschrieb – sehr zur Erleichterung meines ehemaligen Schwagers – die notwendigen Papiere.

Wir sahen uns nicht wieder.

Blankenese

&

Gisela und ich waren uns in den letzten Monaten erfreulicherweise nähergekommen. Sie hatte eine 14-jährige Tochter namens Myria aus einer länger zurückliegenden Beziehung, der Vater war verstorben. Sie wohnte mit ihrer Tochter bei der Mutter in einer relativ großen Doppelhaushälfte der Familie in Blankenese.

Wir waren uns einig.

Wir wollten zusammenziehen.

Eine erste gemeinsame Wohnung fanden wir am Mühlenberger Weg. Eine schickes Penthouse-Apartment mit Dachterrasse.

Eine Woche vor meinem Umzug in die neue Wohnung, Gisela und Myria wollten mit ihren Sachen nach und nach hinzukommen, hatte ich mich von den beiden zu einem Skiurlaub in die Dolomiten überreden lassen. Ich wollte mir zu Fuß die Gegend ansehen, wenn die Mädels mit Ski und Snowboard auf den Pisten unterwegs sind.

Wintersport ist nicht mein Ding.

Ich hasse es.

Wir fuhren ins italienische Cavalese, wo eine Seilbahn die Skifahrer mit ihren klobigen Schuhen, sperrigen Gerätschaften und den kreischend-bunten Survival-Outfits in die Ruhe der Berge entließ.

Es war die Seilbahn, deren Seile Jahre später von einem tieffliegenden US-Kampfjet zerrissen wurden und 42 Urlauber zu Tode kamen.

Für mich gab es wundersame Zusammenhänge mit unglaublichen Unglücken.

1979 flog ich mit der *Pan Am* von London nach Miami, Flug Nr. 103. Der selbe Jumbo mit dem Namen „Maid of the seas" stürzte 1988 über dem irischen Lockerbie ab und riss 275 Menschen in den Tod.

1980 flog ich mit einer Boeing der lokalen hawaiianischen Fluglinie *Aloha Airways* von Kahului auf Maui nach Honolulu. Jahre später flog diesem Flieger während des Fluges das halbe Dach davon. Der Flug ging als „Cabrio-Flug" in die Geschichte der Flugzeugunglücke ein. Eine Stewardess wurde dabei aus der Maschine gezogen und starb, die Passagiere überlebten die Landung ohne Dach angeschnallt.

Ich will diese Beziehungen zu späteren Unglücken nicht werten, oder gar irgendetwas daraus interpretieren, aber bemerkenswert sind sie allemal.

Der Winterurlaub in Cavalese war zu Ende. Wir fuhren wieder nach Hause, zunächst ins Haus der künftigen Schwiegermutter. Die begrüßte uns und meinte, ich solle sofort meinen Bruder anrufen.

Es klang irgendwie dramatisch.

Ich griff im Flur zum Telefon und wählte die Nummer:

„Unsere Mutter ist tot!", sagte mein Bruder.

Sie hatte die letzten Jahre nach dem Tod unseres Vaters im *Rosenhof* in einem schönen kleinen Apartment gelebt. Sie litt unter der vermeintlich ständigen Einsamkeit, obwohl meine Töchter und ich sowie mein Bruder und seine Kinder sie regelmäßig besuchten.

Sie war abends zu Bett gegangen, eingeschlafen, und am 17. März 1994 nicht mehr aufgewacht.

Der nächste Tag hatte es in sich. Wir mussten die Beerdigung unserer Mutter regeln und ich wollte von meiner Dachwohnung in Othmarschen in die Blankeneser Penthouse-Wohnung ziehen. Doch damit nicht genug.

Agentur und Verlag verließen nach über zehn Jahren das Karolinenviertel, um einen Neubau in der Blankeneser Auguste-Baur-Straße zu beziehen.

Der Umzug war ebenfalls für diesen Tag angesetzt.

Meine Siebensachen hatte ich ruckzuck in die neue Wohnung gefahren, die passten in zwei Touren mit dem Volvo. Das Gespräch bei Bestatter Seemann folgte. Der Firmenumzug, lange geplant, ließ sich nicht mehr verschieben. Doch die Mitarbeiter hatten alles im Griff, der Tag verlief ohne nennenswerte Zwischenfälle.

Elf Jahre nach Gründung des Lokalmagazins *Klönschnack*, verlegte der Klaus Schümann Verlag seinen Firmensitz nach Blankenese. Fortan gab es für Leser den *Klönschnack* zum Anfassen. Vom ersten Tag an besuchten uns *Klönschnack*-Leser, gaben Tipps, hatten Forderungen, stellten Ansprüche, lobten, kritisierten und bestanden auf Veröffentlichung von Jubiläen, Geburtstagen, Beschwerden, Anfeindungen, übler Nachrede und Liebeskummer.

Die prallbunte Welt einer Lokalzeitschrift, deren Redaktion an der Glashüttenstraße noch das entfernte Dasein auf Abstand erlebte, fand sich plötzlich am Empfang, gleich hinter der Eingangstür, wieder.

Wunderbar, da war das Leben, da war die Vielfalt der Meinungen. Das waren die Leute, von denen Adenauer dereinst gesagt hatte: „Nehmen Sie die Menschen, wie sie sind, andere haben wir nicht!"

Der *Klönschnack* erweiterte seinen Seitenumfang, Anzeigen wurden gut verkauft, der Umsatz stieg und auch die Auflage. Wir waren mittlerweile bei 50.000 Exemplaren monatlich angelangt. Und das Schöne: Die Leute warteten am Monatsanfang auf die neue Ausgabe. Das Heft wurde von Monat zu Monat beliebter.

Die Verkaufsmannschaft auf Provisionsbasis wurde zu teuer. Ich trennte mich von den freien Mitarbeitern und griff auf die Bewerbung einer Anzeigenverkäuferin zurück, die ich seit ein paar Tagen auf dem Tisch hatte.

Cordula Stein hatte Erfahrungen, ein positives Auftreten und eine Besonderheit: Wenn ich sie haben wollte, müsste ich ihren Hund Max akzeptieren, der sei immer dabei und niedlich sowieso.

Ich akzeptierte Max, stellte Cordula ein und wir hatten einen Redaktionshund, dem wir die Eigenschaft, beim Klingeln an der Verlagstür zu bellen, leider nicht abgewöhnen konnten.

Die Lärmreihenfolge: Haustürklingel und Hundekläffen war irgendwann so in den Köpfen drin, dass es zu bemerkenswerten Verhaltensweisen kam. War Cordula auf Akquisitionsbesuch, mit Max natürlich, und es klingelte an der Verlagstür, übernahmen wir stellvertretend für Max das normalerweise folgende Gebell.

Dieser Umstand wurde so selbstverständlich, dass sich niemand mehr wunderte, wenn jemand hinter seiner Tastur saß und tippte und plötzlich vor sich hin bellte.

Der tote Freund

&

Walter und ich machten uns gegenseitig mit unseren Job vertraut. Er wollte aber nie wieder schreiben. „Ich bin leergeschrieben", war die Standardaussage des ehemaligen Polizeireporters der *Bild*-Zeitung, *Welt*-Redakteurs und *Morgenpost*-Chefredakteurs.

Die einzigen Texte, die Walter noch schrieb, waren Faxe an die TV-Redaktionen: „Mord in Altona" zum Beispiel. Stets mit ein paar Beschreibungen zum Sachverhalt, sofern bekannt, doch der wichtigste Satz stand immer am Ende der Nachricht: „Wir haben Bilder!"

Walter und ich hatten wieder geheiratet. Er seine Renate und ich meine Gisela. Beide waren wir nun das dritte Mal eine Ehe eingegangen.

Wir fuhren zusammen auf die Karibik-Insel Antigua und verbrachten romantische Stunden an einer einsamen Bucht mit kleinen Apartmenthäusern, Palmen, weißem Strand, zwei Restaurants, einer Bar und wenig Menschen. Wir genossen die sternefunkelnden lauen Abende und Nächte und schmiedeten Pläne.

Mit dem Unternehmen RTC Medien, das wir als GmbH gründeten, sollten Reportagen für Print und TV entstehen. Außerdem wollten wir die Möglichkeit testen, mit *Klönschnack*-

TV bei den Privaten ein Zeitfenster zu bekommen und dort mit einem hanseatisch geprägten Gesellschaftsmagazin auf Sendung zu gehen.

Wir hatten also zwischen *Caipirinha* und *Budweiser* einiges zu besprechen. Abwechslung bot ein aus Hamburg auf die Karibikinsel mitgebrachtes Schlauchboot, welches, ordentlich zusammengefaltet, immer noch eine stattliche Sonderfracht darstellte und zudem bei der Einfuhr auf Antigua mit 300 Dollar Zollgebühren belegt wurde. Das Schlauchboot war nicht unser Zeitvertreib. Walter war von Otto Waalkes und dessen Manager, Hans-Otto Mertens, gebeten worden, das Gummiboot mitzunehmen, denn in der Bucht von *English Harbour,* dem Eldorado aller Segler, lag die *Harry Hirsch,* Ottos Segelboot.

Dort wurde unser Mitbringsel schon erwartet.

Eine junge Engländerin, die die *Harry Hirsch* während der Abwesenheit des Eigners bewachte und bewohnte, nahm das Boot in Empfang und lud uns spontan zu einer Spritztour ein.

Die Engländerin, ihr Freund, ein Student aus den USA, und wir vier setzten Segel und Ottos Schiff rauschte durch die Karibik.

Ich war zwar mal Decksjunge gewesen und immerhin zwei Mal zur See gefahren, aber – mir wurde schlecht.

Nachdem auch Walters Gesicht eine eher grüne Farbe annahm, traute ich mich, auf mein Unwohlsein hinzuweisen.

Den Frauen ging es prima, den anderen beiden sowieso.

Nach einer guten halben Stunden schrägen Pflügens durch tiefblau-schäumende Gewässer fuhren wir auf Walters und meinen Wunsch hin mit Motorkraft wieder in die flachen und ruhigen Gewässer der Bucht ein. Der Magen beruhigte sich, Walter und ich nahmen wieder an der Kommunikation teil. Wir badeten ein wenig vom Boot aus und besuchten danach hungrig und durstig die spaßigen Musikkneipen am Kai. Dabei amüsierten wir uns königlich und stellen fest, dass das Leben an Land irgendwie angenehmer ist.

Wenige Wochen nach der Rückkehr saß Walter bei mir in Blankenese am Schreibtisch und berichtete, dass seine Blutwerte irgendwie nicht stimmen würden. Er sei hier in der Nachbarschaft beim Arzt und müsse das nun weiterhin überprüfen lassen.

Einige Tage später hockten wir mittags beim Italiener und Walter erklärte, dass man bei ihm Leukämie diagnostiziert hätte.

„Scheiße! Und was jetzt?"

„Ich muss irgendwie die Werte wieder hochkriegen, wir arbeiten daran."

Walter war kein John Wayne. Er gab sich markig, zeigte aber eine leichte, bisher nie dagewesene Nervosität, Anfälligkeiten. Berufliche Pläne waren nun in die zweite Reihe geraten. Walter kam mehrmals die Woche, immer nach dem Besuch beim Doktor in Blankenese, in mein Büro, nahm sich wortlos die Zeitungen, bestellte sich eine Tasse Kaffee und schwieg erstmal.

Ich ließ ihn sitzen, erledigte Telefonate oder tippte auf meiner Tastatur herum.

Nach rund fünf Minuten war er dann soweit und klärte mich über den aktuellen Verlauf der Krankheit auf. Walter hatte mittlerweile alles über Blutkrebs und dessen Verlauf gelesen. Dabei war er auf eine Spezialbehandlung in den USA aufmerksam geworden.

Er flog rüber und ließ sich sehr kostspielig behandeln. Die Werte gingen wieder hoch, seine Stimmung mit.

In Hamburg gab es einen alternativen Heiler, Walter vertraute sich auch ihm an und berichtete mir ganz nüchtern, alle Wege, die irgenwie Hilfe versprachen, zu nutzen. Die Therapien waren teuer, das Geld war da.

RTC-TVnews hatte mittlerweile fast 100 Mitarbeiter, der Laden brummte, noch. Wenig später bewegte er sich schon talwärts, Walter kümmerte sich verständlicherweise um seine Krankheit.

Die Werte wurden wieder schlechter.

„Lass uns nach Fort Lauderdale fliegen, nur wir beide, ohne unsere Frauen", forderte Walter mich eines Tages auf.

Renate ist die Tochter des *Admiral's Cup*-Seglers Hans Otto Schümann, mit dem ich nicht verwandt und nicht verschwägert bin, aber als lieben und netten alten Herrn kennengelernt habe. Lustigerweise heißt sein Sohn Klaus Schümann. Der ist Mediziner, wir trafen uns mal auf einem Familienfest.

Hans-Otto hatte seinen Kindern rechtzeitig das Erbe ausgezahlt. Renate verfügte über einige Mittel und liebte Immobilien. Im fernen Fort Lauderdale, Florida, hatte sie von einem chinesischen Kaufmann eine große Villa an der *Waterfront* erworben. Elf Zimmer, zwei Garagen, kleiner Vorgarten mit Palmen, großer Garten mit Swimmingpool und ein Anlegesteg mit kleiner Pier zur Wasserseite.

Ich klärte die Termine in Agentur und Verlag und flog mit Walter für 12 Tage in die USA, nach Fort Lauderdale.

Wir wollten reden. Dachte ich.

Das Haus war mehr oder weniger leer. Es standen zwei schräge bunte Sessel samt der dazugehörigen bunten Couch im zentralen Wohnzimmer. Es gab eine Alarmanlage, einen gigantischen Fernseher, eine große Wohnküche und – das Wichtigste – einen dicken, fetten Kühlschrank. Das zweitwichtigste stand im Wohnzimmer vor der bunten Sitzgruppe: eine CD-betriebene und beleuchtete *Wurlitzer*-Musikbox von ungeheuren Ausmaßen. E2 war die Titelmelodie aus dem Coppola-Film *Der Pate* und C4 gehörte Louis Armstrong und seiner *Wonderful World.* Walter hatte noch ein alte paar CDs von zuhause mitgebracht, ein bißchen Freddy Quinn und was man sonst noch brauchte.

C4 drückte Walter morgens um kurz vor sieben, wenn er im aufsteigendem Dunst des Pools seine Runden schwamm.

Natürlich befanden sich Lautsprecher auf der Terrasse und die nächsten Nachbaren waren weit weg. Louis Armstrong weckte mich und ich gab ihm recht: wahrhaftig eine *wonderful world.* Bevor ich ins Wasser sprang, drückte ich schnell E2 und hinterher Freddys *Die Gitarre und das Meer.*

Der Tag konnte kommen.

Das drittwichtigste Gerät des Hauses an der Waterfront war ein Grill mit Walters Nachnamen. Der *Weber-Grill,* so eine Art Marktführer der Grillnation Amerika, hatte einen festen Platz auf der Terrasse und wollte während unserer Zeit täglich bedient werden.

In der Doppelgarage stand ein feuerwehrrotes *Ford Mustang*-Cabrio.

Nach den musikalisch unterhaltsamen Runden im Pool setzten wir uns in den *Mustang* und fuhren die zwei, drei Meilen zum Frühstücken an einer der Hauptstraßen. Der Frühstücksladen war den ganzen Morgen gerammelt voll.

Von der Decke hingen mehrere Fernseher, die einheitlich über die Entwicklung der letzten Baseball-Spiele berichteten. Bestens gelaunte, junge und ältere Service-Kräfte in einheitlichen Outfits rannten mit Tabletts voller Kaffeebecher, Toasts, Ham and Eggs, French Fries, Hashed brown potatoes und den unvermeidlichen Pancakes von Tisch zu Tisch, um die durcheinander schnatternden Gäste zu bedienen.

„Hey, Folks", sagte Minnie, so ihr Namensschild, zur Begrüßung, während sie den Tisch von den Spuren unserer Vorgänger beseitigte.

Walters Englisch war nicht zwingend erwähnenswert. Deshalb überließ er mir gern die Bestellung. Wagte er es einmal selbst, haperte es, trotz korrektem Satzaufbau, an der Aussprache. Ich fiel ihm nicht ins Wort und ließ ihn machen, bis der Service und ich wussten, was er wollte.

Wir liebten diesen Frühstücksladen und beobachteten die Gäste, die im Overall, in Shorts und T-Shirt oder in Uniform mit Revolver, Funkgerät und Handschellen den Kaffee am Tresen abholten.

Über Leukämie, Zukunft und Walters Psyche hatten wir noch kein Wort verloren.

Es gab gelegentlich einen Blickkontakt, der mehr als tausend Worte sagte:

Sag nichts!

Wir sahen uns abends den Animationsfilm „Ameisen" auf dem Riesenfernseher an und fuhren morgens wieder in unsere Frühstücksbude. Wir amüsierten uns wie kleine Jungs, denen die Welt offenstand und für die Probleme nicht nur keine Rolle spielten – sie hatten auch keine Chance in unseren Köpfen.

Walter liebte technisches Spielzeug.

Seine Handy-Flotte war bemerkenswert und auch sonst zeigte er immer wieder Schwächen für technischen Schnickschnack. In Fort Lauderdale gab es zwei Technik-Kaufhäuser von immenser Größenordnung, ein Grauen für alle Frauen. Wir verbrachten ganze Vormittage in diesen Tempeln der Erwachsenenspielzeuge, probierten hier aus, drückten dort einen Knopf und bedauerten die Jungs, die mit ihren Damen durch die Reihen ziehen mussten. Karton- und tütenbeladen mit Radiokopfhörern, Haustelefonen, Minidaddelautomaten und ein paar neuen CDs zur Erweiterung der Grundausstattung der *Wurlitzer,* traten wir nach Stunden wieder ins blendende Sonnenlicht.

Wir besuchten Otto Waalkes' Manager Hans-Otto Mertens, der ebenso wie Otto ein paar Straßen weiter eine Villa an der Waterfront besaß.

Bei Hans-Otto Mertens gönnten wir uns einen deutlichen Drink und fuhren zu einem dieser großen Steakhäuser, um DIN A4-große Fleischstücke mit kindskopfgroßen Backkartoffeln und einem Salatblatt zu essen.

Wir scherzten beim Essen, aber auch zu dritt waren Blutwerte, Chancen und Perspektiven der Krankheit kein Thema.

Ich hatte akzepiert, dass Walter die Tage in Florida genießen, seinen Spaß haben wollte und wenigstens für diese Zeit nicht mit dem drohenden Dunkel, dem heimtückischen Blutkrebs, konfrontiert werden wollte. In seinen nächtlichen schlaflosen Stunden hatte er mit sich allein bestimmt genug zu grübeln.

Wir gingen Einkaufen und machten eine Party zu zweit.

Der Weber-Grill gab alles, Herr *Wurlitzer* tönte mit C4 und E2, die Sonne strahlte und das Poolwasser glitzerte. Walter grillte gigantische Steaks, die wir mit schrägen Barbecue-Saucen und gesunden Salaten an der kleinen Poolbar verspeisten.

Die Nacht gehörte den Clubs.

Lauderdales Hauptstraße bot Abwechslung ohne Ende und war nur fünf *Mustang*-Minuten vom Pool entfernt.

Die den Amerikanern eigene Mischung aus Restaurant, Live-Musik und Bar faszinierte uns. Wir setzen uns an einen Tisch und bestellten uns ein Sirloin-Steak mit Smashed Potatoes und einem frischen Budweiser aus dem Hahn.

Vorn spielte die Band *Louie Louie,* ein Stück, das auch zum Repertoire von *Fisherman's Friends* gehörte. Walters musikalische Neigung galt neben der *Wurlitzer* höchstens noch einem Stehgeiger. Mit ihm konnte ich das Abspielen dieses Songs nicht weiter besprechen. Ich rief also in Hamburg bei Jörg Dancker an, dem Gitarristen unserer Band:

„Hör mal, sie spielen unser Lied", rief ich ins Telefon und hielt das Handy in Richtung Bühne, damit er sich an Sound und Song erfreuen konnte.

„Wie schön", meinte Jörg, als ich mein Ohr wieder dran hielt, „aber weißt du eigentlich, dass wir hier vier Uhr morgens haben?"

„Oh, shit. Aber ich dachte, du solltest das wissen".

Mit einer traurigen und nachdenklichen Leichtigkeit verlief die Auszeit in Fort Lauderdale. Manchmal verrieten Walters Augen, wo die Gedanken waren.

„Kümmere dich um Laura!"

Völlig unvermittelt erwähnte Walter seine Tochter Laura, die er mit Marlies zusammen hatte.

Ich sah ihn an und nickte.

Wollte er noch etwas sagen?

Nein, stattdessen kam die Nummer mit dem Van: Walters großer Traum war eines dieser Pkw-Ungetüme, die es nur in den USA zu geben scheint. „Mit beleuchtetem Trittbrett!" Das müsse sein.

Nach zwölf Tagen setzen wir uns wieder in den Flieger und flogen heimwärts. Auf dem Hamburger Flughafen trennten sich unsere Wege, Walter sagte zum Abschied:

„Danke, dass wir nicht weiter darüber gesprochen haben!"

Tags darauf hatte er Termin bei seinem Arzt und kam anschließend, wie üblich, zum Zeitunglesen und Kaffeetrinken in den Verlag. Unvermittelt begann er über seine Blutwerte und den Verlauf der Krankheit zu sprechen, als hätten wir gestern das gleiche Gespräch eben erst beendet.

Zwölf Tage Frieden, Lachen, Blödeln und Leben waren, wie aus einer anderen Welt, nur noch Vergangenheit.

Walter flog danach noch ein paar Mal mit seiner Frau oder der ganzen Familie rüber. Wir waren früher auch schon zu viert für ein paar Tage in dem Haus zum Urlauben.

Eines Tages entdeckte ich unter dem E-Mail-Eingängen eine Nachricht von Walter aus Fort Lauderdale (ich habe die Mail vom 31.7.2000, 8:00 Uhr, immer noch auf meinen Rechner): „Ich habe mir ein Auto gekauft – mit Trittbrett, das beleuchtet ist! ww".

Im Betreff stand: Endlich!

RTC-TVnews sollte durch einen Verkauf gerettet werden. Die Aufkäufer wollten die Firma samt Schulden frei von Beteiligungen erwerben. Heinz Bruder, unser gemeinsamer Steuerberater, und ich waren als Gesellschafter bei der RTC Medien GmbH beteiligt.

Für meine 25.000 DM-Beteiligung erhielt ich einen Euro und war draußen. Der Weg für Walter zur Befreiung von Altlasten war gerechnet. Er hatte neue Pläne, bei denen wir später die verlorene Beteiligung wieder auffangen könnten.

Seine Leukämie schleppte sich nun schon vier Jahre hin. Er war wieder in Florida, als es ihm plötzlich sehr schlecht ging. Nur mühsam konnte er mit Renate den Rückflug antreten. Kaum in Hamburg gelandet, kam er sofort ins Altonaer Krankenhaus.

Die Besuchsmöglichkeiten waren eingeschränkt, doch ich

stand auf der Liste und durfte rein. Er sah schlecht aus und sprach davon, dass er nun wisse, wie seine berufliche Zukunft aussehen würde.

Renate und ich gingen auf eine Tasse Kaffee in die Waitzstraße und sprachen über das Unumgängliche:

Am 1. August 2002, 14 Tage, nachdem er aus Florida zurückkam, starb Walter Weber.

Der Tag schüttete Regen in solchen Dimensionen vom Himmel, dass Keller, Parkhäuser und Geschäfte voll Wasser liefen. Einige Straßen wurden zu Wildwasserbächen. Hamburg hatte eine solche Regensintflut lange nicht erlebt.

Als hätte sich die Welt jetzt von Walter verabschiedet.

Walter hätte wunderbare Katastrophenbilder drehen können.

Renate und ich saßen bei Bestatter Seemann und besprachen die notwendigen Dinge. Ich fühlte mich schon als Stammkunde.

Anschließend trafen wir Blankeneses Pröpstin, Malve Lehmann-Stäcker, die Walter auch gut kannte. Ihr Mann, Jürgen, hatte bei RTC den Fuhrpark unter Kontrolle gehabt. Wir besprachen mit ihr den Ablauf der Trauerfeier.

Das große Finale fand in der Blankeneser Kirche statt. Das Gotteshaus war bis zum letzten Platz gefüllt. Die Familien und Freunde hatten die vorderen Reihen besetzt, Renate mit fünf Kindern, Hans-Otto Schümann mit Frau Engelke, Mitarbeiter und Freunde aus der Firma, Gisela und ich.

Die Medienszene war vertreten, auch Otto Waalkes war gekommen. Als letzter stürmte der damalige Innensenator Ronald Schill die Kirche.

Wir fragten uns später, wo da der Zusammenhang war.

Malve hielt eine einfühlsame Ansprache.

Es wurde auch gesungen. Sie bestand darauf.

Mit Nils Seemann, dem Bestatter, hatte ich unsere Musikwünsche besprochen. Zum Ende kam C4 aus den Lautsprechern der Kirche – *What a Wonderful World*.

Die gute Tradition der Zusammenkunft nach einer Trauerfeier pflegten wir bei *Schlag*. Das Wetter war prima, die Stimmung ganz okay, der Garten und Halle B voller Menschen.

Walter hätte es gefallen.

Horst Janssen

&

Ich griff wieder einmal zum Telefonhörer und wählte die Telefonnummer in Blankenese. Die Nummer konnte ich inzwischen auswendig, denn es war nicht das erste Mal, dass ich bei Horst Janssen anrief, um bei dem Maler, Zeichner und Schreiber ein Interview für den *Hamburger Klönschnack* zu ergattern. Stets meldete sich irgendein Adlatus und vertröstete mich aufs Neue, und natürlich sei der Meister derzeit nicht erreichbar.

Doch dieses Mal hatte ich Glück:

„Wer spricht?"

Ich hatte tatsächlich Horst Janssen selbst am Telefon.

„Hier ist Klaus Schümann vom *Klönschnack*. Ich hätte gern ein Interview mit Ihnen. Können wir uns treffen? Gern bei Ihnen."

„Du hast fünf Minuten. Dann bist du hier, oder es wird nichts mit deinem Interview!"

„Aber ich komme aus der Stadt, das ist in fünf Minuten nicht zu schaffen."

„Das ist dein Problem!"

Der Mann hatte Humor.

Ich legte den Hörer auf und wählte den Anschluss von Christoph Guhr, einem Fotografen in Blankenese, den ich noch aus *Hauptstraßen*-Zeiten kannte.

„Christoph, ich hab' Janssen! Aber wir müssen jetzt sofort

hin. Ich fahre gleich los, wir treffen uns bei ihm vor der Haustür!"

„Okay, ich komm' dahin."

Wenn man schnell durchkommt, braucht man eine gute halbe Stunde aus dem Karolinenviertel bis zum Mühlenberger Weg. Ich kam zügig durch und bog nach knapp 20 Minuten von der Elbchaussee zu Janssens Haus ab.

Christoph war bereits da und wartete in seinem Auto auf mich. Gemeinsam gingen wir auf die Gartenpforte des Hauses zu.

Wir konnten beide unser Glück kaum fassen. Da stehen die Kulturzeitschriften Europas nach einem Interview Schlange, und der kleine *Klönschnack* bekommt einen Termin.

Was für ein Leckerbissen.

Ich drückte den Klingelknopf.

„Aaaah, die Leute vom *Klönschnack* sind da", tönte eine Stimme von oben.

Auf dem Balkon stand Horst Janssen im Bademantel, ein Gläschen in der Hand, prostete uns zu und kam herunter, um uns die Haustür zu öffnen.

Janssen bat uns in sein Wohnarbeitsatelier.

Ein geniales Chaos beherrschte die Szene.

Sein auf Wiederholung programmierter Kassettenrecorder dudelte unablässig Brian Ferrys *A Hard Rain's A-Gonna Fall.* Am Fenster stand ein großer Schreibtisch, geliebte und gelebte Unordnung auch hier.

Eine Weinflasche, Gläser, Aschenbecher und allerlei Papiere zierten den Arbeitsplatz. Vor dem Schreibtisch hing ein drahtverknüpftes lebensgroßes Gerippe an einem Ständer. Die Regale waren vollbepackt mit Büchern, Zeitungen, Zeitschriften und allerlei Sammelsurium.

Dilettanten lieben die Ordnung, Genies überblicken das Chaos, schoss es mir durch den Kopf.

Janssen stellte den Recorder ab und forderte mich auf, ihm gegenüber auf einem hölzernen Drehstuhl vor seinem Schreibtisch Platz zu nehmen. Ich setzte mich auf das bunte Kissen, das den Stuhl schmückte und schaltete mein Diktiergerät ein, um das nun folgende Gespräch aufzunehmen.

„Und du hast zu tun", bemerkte er noch zu Christoph, der dabei war, einen Film in die Kamera einzulegen, „mach' deine Arbeit ordentlich!"

Ich hatte auf der Fahrt nach Blankenese überlegt, worüber rede ich mit Horst Janssen? Welche Fragen soll ich ihm stellen?

Meine Vorbereitungszeit war gleich Null.

Aber natürlich war Janssen präsent. Seine Ausstellungen füllten Galerien und Kunsthallen. Seine Werke erzielten Höchstpreise und die Kunstschickeria fand es total schick, wie Janssen die Welt verarschte. Seine Eskapaden machten in Blankenese zwar nicht wie das Lauffeuer, aber dennoch zügig die Runde. Und in Fachkreisen der schreibenden Zunft, soviel hatte ich gehört, galt Janssen als das *enfant terrible* in Sachen Frage und Antwort.

Doch was sollte schon passieren?

Dass er uns beschimpft und maßregelt, dass er abhebt und sich einen Scheißdreck um meine Fragen kümmert? Wie auch immer, ich hatte mir vorgenommen, mit schlichten Fragen zu beginnen.

Janssen hatte seinen Platz am Schreibtisch eingenommen und erst einmal die Gläser gefüllt. In das Glucksen der Weinflasche fragte ich ihn, ob er sich überhaupt einen anderen Beruf als den des Künstlers vorstellen könne.

„Schreiben!"

„Schriftsteller?"

„Bin ich inzwischen!"

Damit war der Teil des Gesprächs erledigt und wir probierten den sehr angenehmen Weißwein.

Im weiteren Verlauf des Gesprächs ging Janssen auf seine Ehrenmitgliedschaft beim PEN-Club International ein und nannte mich in diesem Zusammenhang einen Provinzaffen.

Hiermit hatte er, journalistisch betrachtet, auch nicht ganz unrecht.

Er vermutete beim *Klönschnack* einen „Hauptmacker" und hatte auch gleich einen parat: den Maler Volker Detlef Heydorn, der in Blankenese lebte und mit seinen Bildern beachtliche Erfolge erzielte.

„Der malt immer nur Duckdalben ..."

„Volker Detlef Heydorn hat mit dem *Klönschnack* nichts zu tun."

„... bei stiller See, die sich spiegeln. Im *Klönschnack* immer abgebildet. Jede Menge." Und dass der nun mal nicht an einem wie ihm klingeln könne, schob er sogleich hinterher:

„Du hast hier echt einen verkleinerten, einen sehr verkleinerten, aber dennoch, Dostojewski vor dir. Merk dir das!"

„Mögen Sie sich eigentlich selbst?"

„Insbesondere meine Macht und meine Herrlichkeit und alles dieses, was die Götter mir mitgegeben haben. Kurzum alles, was mich um einen Millimeter über euch erhebt."

Draußen begann es zu regnen.

Es war schummrig im Zimmer, vor uns brannte eine Schreibtischlampe. Christoph fotografierte wie besessen. Janssen gestikulierte, zog an der Zigarette und blies den Rauch mit spitz gekräuseltem Mund und weit aufgerissenen Augen wieder aus. Immer wieder beugte er sich über seinen Schreibtisch, griff sich das Gelenk der Schreibtischlampe und stülpte den kleinen runden Lampenschirm mit der brennenden Birne wie ein Hut über seinen Kopf. Christoph frohlockte, die Bilder würden sensationell werden.

„Was empfinden Sie bei dem Gedanken an den Tod?"

„Weißt du was die einzige Sicherheit ist? Das einzige Zuhause?", war seine Gegenfrage und gleichzeitig seine Antwort.

Unversehens wechselte er das Thema und wurde plötzlich politisch:

„Ich spreche jetzt von den Grünen, für die habe ich mich eingesetzt bis zum Es-geht-nicht-mehr. Inzwischen ist das für mich alles Nazifolklore, also auch Joschka Fischer ist für mich nur noch ein kleiner Sabbelphilipp. Und ich war mit diesen Jungs verschwägert, wie du das nachlesen kannst in meinen drei Aufsätzen."

Er gönnte sich einen Schluck Wein und holte tief Luft:

„Dies ist jetzt die Korrektur: Ich bin es nicht mehr!"

Janssen schimpfte noch über den Kirchentag („Ich musste ihn ertragen!"), die Politik im Allgemeinen und zerrte schließlich die Kommerzialisierung der Kunst ans Licht.

„Heute morgen habe ich gehört, dass meine Holzschnitte von 1957 bei Hauswedell je Druck 18.000 Mark gebracht haben. Das ist über fünfundzwanzig Jahre her, als ich die Holzschnitte machte. Da ich ja nun einundneunzig Jahre alt werde, kann ich mir ausrechnen, dass jeder Fetzen, den ich dir schenke, wiederum diese Wertsteigerung hat. Möchtest du gern ein paar Radierungen aus meinem Hinterzimmer holen? Tu es doch mal! Nimm sie mit! In zwanzig Jahren brauchst du keine Rente mehr. Du brauchst nur zehn Radierungen, die du jetzt abschleppst. Und ich gebe dir jetzt das Plazet. Du schleppst sie ab, und dann hast du schon deine ganze Rente."

Ich habe keine Ahnung, mit welchem Gesichtsausdruck ich diesen Sätzen folgte.

Ich blieb sitzen.

Janssen griff zum Glas, nahm wieder einen kräftigen Schluck und steckte sich eine Zigarette an.

Ich war platt.

Hatte er mich doch tatsächlich aufgefordert, mich an seinen Werken zu bedienen und zehn Radierungen auszusuchen. Zehn Janssen-Werke! Das wäre sicherlich eine Rentenversicherung. Ich rutschte auf meinem Kissendrehstuhl hin und her. Doch ich hatte Skrupel. Meine Erziehung verbot mir, während des Interviews einfach aufzustehen, in sein Hinterzimmer zu gehen und mich mit Kunstwerken zu versorgen.

„Sind Sie ein Clown, die Symbolfigur für maskierte Trauer?", fragte ich und hoffte insgeheim, er würde auf das Angebot mit den Radierungen noch einmal zurückkommen.

„Ich bin höher als der Clown. Könnt ihr euch das mal merken?"

Ich dankte für das Gespräch und stand auf. Christoph hatte unablässig fotografiert und alle Filme verballert.

„Schreib' unter die Fotos: ‚Er ist der letzte Autarke'!", trug Janssen mir auf.

Er hatte während des Gesprächs auf seinem Schreibtisch Zeichnungen und Texte angefertigt. Die Uferlinie aus Blankeneser Sicht in seinem typischen Federstrich signierte er mit seinen Initialen und schenkte mir das Papier.

Auch den Zettel mit Marginalien zum Interview und Texten nahm ich dankbar an. Von den Radierungen war keine Rede mehr.

„Geh' mal an meinen Sekretär", forderte Janssen mich auf und wies auf ein englisches Möbel an der Seitenwand.

Ich ging hin.

„Zieh' mal die obere Schublade auf."

Ich zog die große Schublade an den zwei Griffen auf und erschrak. Vor mir lagen wirr durcheinander haufenweise Geldscheine, vorwiegend 500- und 1000-DM-Scheine, garniert mit ein paar 100-DM-Scheinen.

„Nimm' mal einen 500er raus und gib' sie deinem Fotografen. Und du", sagte er zu Christoph, „machst mir ein paar Abzüge von deiner Knipserei."

Christoph schluckte und sagte erst mal gar nichts.

„Nein, warte!"

Janssen stoppte mich mit einer schnellen Handbewegung.

„Leg' den mal wieder rein und gib' ihm einen 1000er!"

Ich legte den 500er zurück und zog mit spitzen Fingern einen 1000-DM-Schein aus dem ungeordneten Geldhaufen heraus, schob die Schublade wieder zurück und gab Christoph den „Riesen".

„Mach' mir ein paar schöne Abzüge!"

„Die sind in Schwarzweiß", meinte Christoph zögerlich, als befürchtete er, dass die 1000 Mark nun zuviel wären.

„Das will ich hoffen."

Wir verabschiedeten uns, oder wir hatten es zumindest vor. Doch Janssen hatte bereits wieder den Kassettenrecorder eingeschaltet.

Brian Ferry legte wieder los: ... *and it's Hard's Rain A-Gonna Fall ...*

Der *Klönschnack* war in diesen Tagen noch in den Kinderschuhen. Als das Gespräch im Mai 1987 erschien, gab es schon ein wenig Aufregung über das Interview an sich und dass es uns überhaupt gelungen war, den Meister zu einem Gespräch zu bewegen. Wenige Tage nach Erscheinen fanden sich Zitate – mit Quellenangabe, versteht sich – in der *Welt* und anderen Tageszeitungen wieder.

Hans in Afrika

&

Hans Duncker, einer meiner Schulfreunde aus Grundschultagen und späterer Seemannskollege als Schiffsjunge auf dem Erzfrachter *MS Widar,* schloss nach der Schule eine Ausbildung als Speditionskaufmann ab, die sein Leben verändern sollte.

Die Firma Hermann Ludwig sandte ihn schon früh in die Welt. Nach Umwegen landete er über Australien in Johannesburg, Südafrika. Er heiratete dort ein zweites Mal – seine erste Frau war verstorben. Karin, eine Deutsche, die in Südafrika aufgewachsen war, hatte noch Eltern im Schwäbischen.

Nach einer langen Zeit ohne Kontakt traf ich Hans eines Tages auf dem *Nienstedtener Jahrmarkt* wieder. Er war für ein paar Tage in Hamburg, seine Mutter lebte noch in Nienstedten, in seinem Elternhaus. Der Rückflug stand kurz bevor und wir verabredeten uns für das nächste Mal, wenn er wieder nach Deutschland kommen wollte.

Karin und Hans kamen zu einem Besuch an die Elbe und wir hatten Themen ohne Ende.

Mittlerweile waren die beiden von Johannesburg nach Kapstadt umgezogen und besaßen ein schmuckes Anwesen in Constantia, was so etwas wie das Blankenese von Kapstadt darstellt.

Wenige Monate später waren Gisela und ich auf dem Weg

nach Südafrika, um die Dunckers in Kapstadt zu besuchen. Die beiden Kapstädter zeigten sich als herausragende Gastgeber und zeigten uns ihre Stadt. Wir lernten Freunde, afrikanisches Essen und die ungeheuren Entfernungen und Weiten des Landes kennen. Wir sahen die Elendsviertel am Rande der Stadt und ahnten die soziale Problematik, sofern man in vierzehn Tagen davon etwas mitbekommt. Die Apartheid war längst abgehakt, der ANC, Mandelas südafrikanische Kraft, am Zug, das Land in die Zukunft zu tragen.

Und wir lernten den südafrikanischen Wein kennen und schätzen, traumhafte Weingüter in uralten Gemäuern mit wundervollen Tropfen verschönten eine herrliche Zeit am Kap der Guten Hoffnung.

Unsere Kontakte wurden wieder häufiger. Blankeneser Neujahrsempfang, Ball der Blankeneser, Klönschnackfest, Geburtstage – Hans kam mal eben die rund zwölf Stunden von Kapstadt nach Frankfurt hochgeflogen und war dabei.

Es war wieder Zeit für einen Gegenbesuch in Kapstadt.

Mittlerweile hatte sich der Bekanntenkreis der beiden Afrikaner in den Elbvororten ausgeweitet. So war es also eine logische Konsequenz, dass die neuen Freunde der Einladung der Dunckers nach Südafrika folgen wollten. Sechs Paare machten sich auf den Weg. Wir hatten eine Woche Kapstadt gebucht und wollten danach in den Busch, ins Abenteuer.

Meinen Geburtstag feierten wir bei Hans und Karin im Garten in Constantia. Selten hatte ich einen so großen Grill gesehen, selten so zartes Filet gegessen, selten so schöne Weine dazu getrunken und selten so gefroren. Im Oktober ist Frühling auf der südlichen Erdhalbkugel, also auch in Südafrika. Aber irgendwie hat da keiner dran gedacht, es war jedenfalls saukalt und begann auch noch zu regnen.

Der Wein wurde immer besser und das Wetter immer uninteressanter. Die abendliche Szene im Garten und am Pool hatte trotz aller Umstände etwas Besonderes, ich genoss den Abend unterm Tafelberg.

Unser gemeinsames großes Abenteuer sollte zwei Tage später beginnen.

Die Dunckers besaßen eine Lodge im tiefsten Buschland, westlich des *Krüger National Parks* und südlich von Simbabwe gelegen, befand sich das Resort *Olifant River*.

Dort wollten wir hin.

Zunächst flogen wir mit vierzehn Leuten und in zweieinhalb Stunden von Kapstadt nach Johannesburg. Dort hatte Hans bereits für uns zwei VW-Busse gemietet, die die Reisegruppe in den Busch bringen sollten.

Mit je sieben Personen besetzten wir die Busse, die rechts das Lenkrad hatten und per Schaltung mit der linken Hand bedient werden wollten. Etwas ungewöhnlich für den deutschen Autofahrer, aber es ging.

Nachdem das Gepäck auf die Busse verteilt war, startete unser kleiner Konvoi nach Norden in den Busch Südafrikas. Die ersten Stunden verbrachten wir auf der Autobahn, die ein zügiges Vorankommen garantierte. Die Stimmung in den Bussen war bestens. Neueste Witze kursierten, die Landschaft wurde kommentiert und das Wetter dabei verflucht.

Irgendwann kamen wir ins Gebirge.

Wir waren schon lange von der Autobahn abgefahren und befanden uns auf einer Art kleinen Bundesstraße, die uns höher und höher aus dem Flachland heraustrug. Es wurde immer kälter und Nebel kam auf. Die langen grünen Täler, die Felsen, Berge und die rote afrikanische Erde verschwanden mehr und mehr im milchigen Weiß des Nebels.

Bei der nächsten Pause wühlten ein paar Damen unserer Gruppe ihre Koffer nach wärmenden Jacken durch, denn draußen war es kalt, während in den VW-Bussen die Heizung lief.

Man kann in der Abgeschiedenheit nicht einfach mal so auf die nächste Tankstelle warten.

Wir falteten die Karten auseinander, um zu kontrolllieren wo wir waren. Hans kannte die Strecke natürlich und wusste, wo sich Tankstellen befanden, wieviele Kilometer das waren und ob und wann wir demzufolge wo zu tanken hätten.

In den Weltkarten der Flugzeugsitztaschen sind die roten Verbindungslinien zwischen den Punkten wie Frankfurt und Kapstadt nur ein paar Zentimeter lang.

Jetzt, wo ich hier im Pullover mit Hans die Gebietskarte nördlich von Johannesburg aufgeschlagen hatte, waren die vor uns liegenden 165 Kilometer bis zur nächsten Tankstelle schon mehr als 30 Zentimeter lang. Für uns Städter und verwöhnten Elbvorortler nicht gerade die Elbchaussee, aber ein wundervolles Abenteuer.

„Alle wieder einsteigen“ rief Hans, „wir müssen weiter!“ Claus Seemann, der Senior der Blankeneser Bestatter, saß mit seiner Frau Ulla bei Hans im Bus und war Ziel afrikanischer Weisheiten:

„Was soll uns schon passieren? Schließlich habe wir ja unseren Bestatter dabei!“

Außerdem saßen Holger und Elke Stein aus Nienstedten und Magrit und Hans, Giselas Cousine aus der Schweiz mit ihrem Freund bei Hans im Bus. Bei mir saßen Karin und Gisela und der Nienstedtener Optiker Jörg Dancker mit Ehefrau Marlene und die Nienstedtener Friseurin Gisela Lohse mit Ehemann Peter im warmen Transporter.

Die unverwüstlichen weißen VW-Busse quälten sich die nebligen Berge weiter rauf. Zu Kälte und Nebel gesellte sich für die nächsten zwei Stunden noch ein anhaltender Regen.

Die Stimmung in den Bussen sank, es wurde merklich ruhiger.

Die Afrika-Vorstellung der Reisenden hatte nun gar nichts mit der um uns herum herrschenden Wirklichkeit zu tun. Da war nichts mit satter Sonne, weitem Himmel im endlosen Blau und afrikanischer Landschaft bis zum Horizont. Von Tieren ganz zu schweigen.

Nix, nur Regen, Kälte und Nebel.

Doch wie im richtigen Leben hatten auch unsere Berge ein Ende. Es ging wieder abwärts. Zunächst hörte der Regen auf, dann verschwand der Nebel, erst zaghaft, als müsse man ihm auf die Sprünge helfen, dann war er ganz weg. Schließlich brachen die Wolken auseinander und der erste Sonnenstrahl traf die tropfnasse Straße, auf der wir monoton dahinrollten. Der Gegenverkehr war bescheiden, zwei- oder dreimal donnerte ein Lkw an uns vorbei.

Das war alles.

Die Landschaft war vermutlich schon die ganze Zeit atemberaubend, hätten wir sie nur gesehen. Jetzt endlich bot sich uns ein wunderschönes afrikanisches Bild.

Die Straße, die links und rechts breite Flächen mit der unvergleichlichen roten Erde aufwies, durchschnitt weite Landschaften.

Die Luft war zwar wieder wärmer, aber noch deutlich von angenehmen Temperaturen entfernt.

Erste Anzeichen von Landwirtschaft deuteten auf eine nahe Kleinstadt, die auch auf unserer Karte verzeichnet war. Wir näherten uns Feldern, Hütten und Häusern und durchfuhren ein Art Ansiedlung mit einem kleinen Zentrum, unglaublich vielen

Menschen auf den Straßen und einem bunten Treiben, wie es eben nur Afrika bietet.

Kurze Zeit später erreichten wir *Pilgrims Rest,* ein Dorf mit einer ehemaligen Goldmine, einem Restaurant und einem kleinen Hotel.

Wir parkten die Busse, holten an der Rezeption die Schlüssel und brachten das Gepäck auf die Zimmer, die Hans vorbestellt hatte. Die Damen wollten sich „frischmachen" und wir erst einmal die Kneipe testen.

Das Dorf hatte nur wenige Häuser und einige Haupthäuser, allesamt aus Holz und nicht nachgemacht, sondern echt aus den mehr oder weniger glorreichen Minentagen. Auch unser Hotel zählte zu den größeren Häusern, das eine Art Boardwalk, einen hölzernen Fußsteg, vor dem Haus hatte. Durch eine schlichte Tür an der Seite der Rezeption betraten Jörg, Peter, Hans Duncker und ich die Kneipe und waren erstaunt.

Hinter einem Tresen stand eine breit lachende Afrikanerin, die uns freudig begrüßte. In einer Ecke bollerte ein schwarzer gußeiserner Ofen vor sich hin. Der Laden war gut beheizt und der Tresen erinnerte an John Wayne's Lieblingskneipe.

Wir bestellten bei der überaus freundlichen pechschwarzen Frau mit den blendendweißen Zähnen ein Bier und schoben uns die Gläser auf dem blankgewienerten Tresen in bester Westernmanier einander zu.

Nach rund sieben Stunden Fahrt schmeckten die Biere vorzüglich, die Stimmung hob sich rasch. Das erste Abenteuer war überstanden, jetzt knurrte der Magen.

Den Abend verbrachten wir im Hotelrestaurant, wo es ein sensationelles afrikanisches Büffet gab, wie ich es in seiner wohlschmeckenden Vielfalt und Menge noch nie gesehen, erlebt oder gar gegessen hatte.

Ich nehme mal an, die Vielfalt aus Lamm, Schwein, Rind, Bohnen, Kartoffeln, jeder Menge Soßen und Gemüsesorten war auch entsprechend kalorienreich. Besonders gefiel mir *Pap,* ein wohlschmeckender afrikanischer Maisbrei.

Satt abgefüllt und schnatternd saßen wir am Tisch und besprachen die Reise und wie es Morgen weitergehen sollte.

Plötzlich erschien das ungefähr achtköpfige Kochteam des Restaurants, das aus Männern und Frauen bestand, und begann den anwesenden Gästen hüftschwingend, klatschend und lautstark afrikanische Lieder vorzutragen.

Die Küche war schließlich fertig und aufgeräumt, die Gäste hatten gegessen, also war es an der Zeit zu singen.

Ein genialer Abend.

Am nächsten Tag brachen wir rechtzeitig nach dem Frühstück auf, um unser Ziel, *Olifant River,* zu erreichen. Ein letzter Stopp an einer Versorgungsstation war nötig.

Wir erreichten einen belebten Platz mit einem kleinen Einkaufszentrum, tankten die Busse voll und machten uns daran, unsere Besorgungen zu organisieren. Es war die letzte Chance für einen Einkauf. Brot, Bier, Wein, Kartoffeln, Eier, Gemüse, Wasser, Kaffee, Tee, Öl, eben halt alles, was 14 Personen in den nächsten acht Tagen so zu essen und zu trinken gedachten.

Wir fanden den Eingang des Resorts. Ein Wildhüter bewachte die staubige Sandstraße. Ein Wachgebäude und eine Schranke verhindern das direkte Einfahren. In dem mehrere Quadratkilometer großen Areal befinden sich rund 80 Lodges, die bis zu 20 Autominuten voneinander entfernt sind.

Das Gebiet ist sehr weitläufig, wird von einer Eisenbahnlinie und einem Fluss, dem *Olifant River,* durchschnitten und hat einen kleinen Flugplatz, der aus einer großen Fläche aus roter Erde und sonst nichts besteht.

Befahren darf die Wege nur, wer bei dem Eingangswildhüter ein Papier unterschreibt, dass er dies auf eigene Gefahr unternimmt. Die Busse bekamen kleine Aufkleber mit der Nummer der Logde, zu der sie während des Aufenthaltes im Resort gehören.

Zu Fuß gehen ist nicht erlaubt, das ist einfach zu gefährlich, denn hier sind die „Big Five“ zuhause, das tierische Quintett aus Elefant, Löwe, Leopard, Nashorn und Nilpferd.

Wir hatten alle notwendigen Papiere beisammen und andere unterschrieben.

Das Befahren dieser Art Wildreservate haben die Autoverleihfirmen eigentlich untersagt. Wir fuhren trotzdem mit unseren Bussen durch die Schranke, um an der Lodge das Gepäck abzuladen, und die Busse dann wieder zurückzubringen.

Hans hatte einen Landrover am Haus stehen, damit könnten wir das organisieren. Wir stellen uns dem Abenteuer und machen uns auf den Weg, die letzte knappe Stunde, so Hans, durch den Busch zu bewältigen.

Zunächst hatte der Sandweg einen Zustand, wie er mir von meinem Feldweg 91 im Klövensteen durchaus bekannt ist, also auch mühelos befahrbar. Der Busch war hier ein grau-brauner Busch.

Von Frühling war nichts zu spüren, die Temperaturen frisch. Graues Gestrüpp starrte um uns herum und wir folgten dem gelb-roten Sandweg, der sich bizarr durch die unwirtliche Landschaft wand. Mittlerweile hatte der Zustand des Weges die uns geläufigen Strukturen der Zivilisation längst verlassen und wand sich die Ufer ausgetrockneter Flußbetten hinab und auf der anderen Seite wieder hinauf. Schlaglöcher, Senken, Hügel und wieder neue Flußbetten umrundend und durchfahrend schlichen wir mit Schrittgeschwindigkeit unserem Ziel entgegen. Schließlich wollten wir die Busse ohne Beschädigungen zurückgeben.

Plötzlich stoppte Hans vor mir.

Wir sahen uns um. Vorn rechts kreuzte ein kleines Rudel Impala-Antilopen den Weg, gleich darauf trotteten einige Zebras hinterher.

Das erste Mal sah ich so etwas nicht im Fernsehen, sondern live.

Ein ganz wundervolles Erlebnis.

Die ungewohnte Landschaft aus ständig präsenten grauen Zweigen, Bäumchen und Büschen vertrieb jeden Orientierungssinn. Hans fuhr vorneweg, ich folgte und hatte keine Ahnung mehr wo ich war, lediglich oben und unten konnte ich noch nachvollziehen.

Unversehens tauchte aus der Eintönigkeit ein Vordach auf. Wir rumpelten unsere Busse zwischen ein paar Bäume, und stiegen aus.

Stille.

Unter dem Vordach stand, geschützt unter einer alten Plane, der Landrover. Gleich dahinter stand die Lodge der Dunckers, ein massives Holzhaus, das drei Paare von uns beherbergen sollte. Susanne und Ulli, ein Freundespaar der Dunckers, hatten hier auch eine Lodge. Sie waren schon in ihrem Haus und wollten die anderen vier Paare unterbringen.

Wir gingen ins Haus und bewunderten die Räumlichkeiten mit den Schlafzimmern, einem großen Wohnraum mit offener Küche und einer Terrassentür, die Hans aufschob, um uns den Blick zu gönnen.

Das war der Moment, in dem Afrika sich zeigte.

Das Holzhaus war an einen Hang gebaut. Die Terrasse, von Holzpfeilern gestützt und gut zwanzig Meter breit und sechs

Meter tief, gab einen Blick frei, wie ich ihn noch nie gesehen hatte!

Vor mir lag ein weites Tal, grau-grün in den Farben, durchsetzt mit Felsen, Bäumen und einem sich weit dahinwindenden Flussbett in der Mitte, hier und da von Felsbrocken und kleinen Landzungen unterbrochen.

Landschaft bis zum Horizont!

Das musste das Paradies sein!

Breite und sehr kommode Holzmöbel luden zum Verweilen, ein großer Tisch stand zum Essen bereit. Wir hatten beschlossen, dass im Hause Duncker gemeinsam gegessen wird und die Truppe vom anderen Haus per Landrover zu den Mahlzeiten erscheint, denn Dunckers Freunde hatten auch einen Jeep, einen Japaner.

Während sich alle über das Auspacken, Einräumen und unvermeidliche „Frischmachen" hermachten, befreite Hans den Landrover von der Plane. Heraus kam ein uralter Jeep ohne Dach, der seine besten Jahre ganz offensichtlich hinter sich hatte. Vorn rechts war ein Sitz auf dem Kotflügel platziert, auf dem ein Tierfänger mit Fangseil seinen Arbeitsplatz hatte, um Antilopen oder ähnliches zu fangen. Der alte Landrover hatte eine Fünfgangschaltung und konnte, nach Zuschaltung, auch mit Allradantrieb genutzt werden. Um die Pedale zu treten, bedurfte es ebenso eines kräftigen Tritts, wie der Schalthebel einen kräftigen Arm verlangte. Ganz ohne Zweifel war das das Auto, das für unsere Ausflüge bereitstand.

Ich konnte es gar nicht abwarten.

Mit dem Landrover organisierten Hans, Peter und ich die Rückführung der Busse an den Wildhüterposten. Mitarbeiter der Autovermietung wollten sie dort abholen und sie in acht Tagen dort wieder hinstellen.

Wir saßen nun zu dritt im Landrover und gönnten uns auf der Rückfahrt zum Haus einen kleinen Abstecher. Hans kannte einen Platz, der fast sicher Wildtiere bot.

Langsam rollte unser Jeep durchs Gebüsch und erreichte den kleinen baumumsäumten rotsandigen Platz, der im rötlichen Abendlicht eine wunderbare Atmosphäre verströmte.

Und da sahen wir sie: drei Breitmaulnashörner standen wie Panzer in der Abendsonne und fraßen gelangweilt am spärlich wachsenden Gras. Und wir hatten keinen Fotoapparat und keine Videokamera dabei, aber alle Sinne der Wahrnehmung.

Ein unvergleichlicher Augenblick. Hans stellte den Motor ab, tiefe Stille umgab uns, die nur durch das schmatzend-grunzende Geräusch der Dickhäuter und ein wenig Vogelgekreische unterbrochen wurde.

What a wonderful world.

Das Wetter wurde nicht besser, im Gegenteil. Es wurde saukalt im Busch und begann immer wieder zu regnen. Klamottentechnisch waren wir auf Sommer und Sonne eingestellt, doch hier war es kühl und regnerisch wie ein versiffter Novembertag in Büsum.

Die eben noch wohlgestylten Nienstedtener Damen verwandelten sich in zwiebelmäßig eingewickelte Marktfrauen. Über Pullover und zusammengeraffte Jacken und Schals schlugen sie noch eine Wolldecke aus dem Haus um den frierenden Körper und nahmen zweifelnd im Expeditionsjeep Platz.

Wir hatten uns auf zwei Jeeps verteilt, wobei der Landrover von Hans natürlich der beliebtere war. Ulli, der Freund von Hans aus dem weit entfernten Nachbarhaus fuhr einen neuen Toyotajeep ohne den Charme eines Wildjägers.

Hans trug einen langen „Spiel-mir-das-Lied-vom-Tod-Mantel“ und einen breitkrempigen Hut. Alle sieben unserer Gruppe passten, in Jacken, Decken und Mützen eingehüllt, mühelos in den Landrover. Die letzte Reihe saß leicht erhöht und hatte einen guten Überblick.

Die Jeeps hatten Funk an Bord und waren mit einer weiteren Wildhüterstation im Gebiet verbunden. Wir meldeten uns mit unserer Lodge-Nummer und gaben an, dass wir auf einer Buschtour unterwegs waren.

Wir waren bereit für die Wunder Afrikas: Elefanten standen urplötzlich auf unserem Weg und sind grundsätzlich mit Vorsicht zugenießen. Giraffen, Gnus, Nashörner, Impalas und Warzenschweine zeigten sich auf unserer Tagestour mit Kaffeekanne, Keksen und warmen Wolldecken – die etwas andere Kaffeefahrt.

Da wir mit den Jeeps auf unterschiedlichen Pfaden unterwegs waren, trafen wir uns selten. Wir waren per Funk in Kontakt und hatten uns gegenseitig Tierentdeckungen gemeldet. In der Nähe einer Wassertränke trafen wir auf den Toyotajeep. Eine gewisse Komik hatte das Gefährt mit seinen Passagieren schon. Eingewickelt hockten die Sieben, teilweise auf der hinteren Hochbank, und rieben sich die Augen nach Wildtieren.

Gisela Lohse saß hinten und hatte einen Hut mit ihrem Schal auf dem Kopf festgezurrt – Tante Tuti in Afrika.

Eine gewisse Heiterkeit blieb nicht aus.

Wir trennten uns wieder und rollten weiter mit unserem Gefährt durch die graue Einsamkeit der Buschlandschaft.

Plötzlich meldete sich die Wildhüterstation auf unserem Funkgerät. Hans nahm das Sprechteil in die Hand und meldete sich:

„Fiftyeight, fiftyeight, yes please!“

„Lions!“

Der Wildhüter, der mit seinem Jeep täglich Patrouille fuhr, hatte Löwen entdeckt.

Er beschrieb die Stelle im Busch, wo wir die Gruppe finden könnten. Wer in der Stadt eine Wegbeschreibung abgibt, orientiert sich an Häusern, Straßenecken, Tankstellen und anderen uns allen geläufigen Punkten. Im Busch funktioniert eine Wegbeschreibung nach anderen Gesetzen, die mir allerdings verborgen blieben.

Hans wendete den Landrover und wir fuhren zu der Stelle, die der Wildhüter beschrieben hatte. Er drosselte das Tempo von unseren maximal 20 Stundenkilometer auf Schrittgeschwindigkeit, bog um eine weitere Kurve und da lagen sie.

Drei Löwinnen mit einigen kleinen Löwen dösten nur wenige Meter neben uns unter grauen und blattlosen Zweigen auf Afrikas roter Erde. Er, der König, lag weiter weg im grauen Wirrwarr der Büsche.

Löwen in freier Wildbahn!

Hans stellte den Motor ab und ich hielt die Szene mit meiner Kamera so lange fest, bis ich genug aufgenommen hatte. Dann genoss ich den Moment und beobachtete das mächtige Gähnen der Löwenmutter. Die Kleinen sahen uns neugierig an, keiner machte Anstalten sich zubewegen. Offenbar hatte es gerade gut geschmeckt.

Nach einer guten halben Stunde starteten wir den Motor und machten uns auf den Rückweg zur Lodge. Wir hatten den wichtigsten Vertreter aus Afrikas Tierwelt hautnah in freier Wildbahn erlebt, ein bemerkenswertes Ereignis.

Ein Problem begann spät am Abend.

Da wir zusammen essen wollten, musste der Trupp aus Ullis Haus später in der Nacht die 20 Minuten durch den Busch in Kauf nehmen. Nachts im Busch bedeutete unbekannte Geräusche links und rechts, funkelnde Augen aus elender schwarzer Dunkelheit und krachende Ankündigungen, wenn ein Elefant plötzlich den Weg kreuzen wollte.

Diese bevorstehende Rückkehr war nicht jedermanns Sache und lastete beim Abendessen wie drohendes Unheil auf der Stimmung der Nachbarhausbewohner, zumal sie eine unfreundliche Begegnung mit einem gigantischen Elefantenbullen bereits hinter sich hatten, die Ullis Frau, Susanne, mit zügigem Schalten in den Rückwärtsgang entschärfte.

Die letzten zwei Tage brachten uns das Wetter, das wir von Afrika erwartet hatten.

Die Sonne schien und wärmte das graue Buscheinerlei auf. Erstes Grün zeigte sich und wir wussten sofort, was uns die ganze Zeit, dank des kühlen und windigen Wetters, erspart geblieben war – Insekten. Scharenweise kamen große und kleine Ameisen, undefinierbare Käfer, grauenhafte Motten und bedrohliche Spinnen aus ihren Erdlöchern hervorgekrochen.

Aufregung gab's beim Abendessen auf der Dunckerschen Holzterrasse: Ein Käfer in der Größe einer Zigarettenschachtel krabbelte über unseren Tisch mit dem Abendessen.

Dem Genuss des unglaublichen Sonnenuntergangs über dem Tal von *Olifant River,* den wir beim Abendessen erleben durften, hat es nicht geschadet.

Wir bekamen unsere Busse wieder, luden das Gepäck ein starteten die Rückfahrt. Neun Stunden hatten wir bis Johannesburg Airport eingeplant, ohne Übernachtung. Die alte Formation, Hans vorneweg, ich hinterher. Und dann hattten wir ein Problem. Hans fuhr statt nach Süden immer streng nach Norden. Als das erste Schild auf die Grenze Simbabwes aufmerksam machte, war Panik angesagt.

Umdrehen, Gas geben, die Zeit lief.

Wie die Besessenen trieben wir unsere VW-Busse durch Buschland, Landstraßen, über die Nebelberge, die Autobahnen und die Airport-Zufahrt und erreichten gerade noch rechtzeitig vor Abflug den Terminal. Hans und ich fuhren die Busse zügig zur Autovermietung zurück und ließen uns per Shuttle wieder zu den anderen in die Abflughalle bringen.

Da fiel Peter ein, dass er eine Tasche im Bus hatte liegen lassen. Die Nerven lagen blank. Hans rannte los, fand den Bus, fand die Tasche und kam zurückgerannt.

Aufruf nach Frankfurt.

Tschüss Hans, tschüss Afrika. Und bis bald!

Schon im Herbst 2007 – dem afrikanischen Frühling – war ich mit Gisela wieder in Kapstadt. Hans wurde 60 Jahre alt. Die Woche vor dem großen Geburtstag nutzten wir, um diesmal die Gardenroute mit dem Auto abzufahren.

Auf 1.600 Kilometern gab es beeindruckende Landschaft.

Unendliche Weiten und immer wieder die großen Landschaften bis zum Horizont.

Was für ein Land.

Fünf Mal habe ich mittlerweile den Kontinent bereist und das für mich Faszinierende entdeckt, kennengelernt und vereinnahmt – den Geruch.

Afrikas Luft riecht himmlisch.

Natürlich nicht die in den Städten. Und wer auf Afrikas roter Erde steht, den nussigen Geruch ferner Feuer in der Nase spürt und mit der afrikanischen Luft einsaugt, weiß, was ich mit himmlisch meine.

In Afrika auf roter Erde sterben, das wär's. Aber auf der Erde verwesen, nicht eingegraben.

Nienstedtener Zentralgewinn

&

Als Zwölfjähriger gewann ich einmal eine *Tom- und Jerry-*Sammelmappe. Mein Name stand sogar mit vielen anderen Namen in einem der Comichefte unter den Trostpreisgewinnern. Das Glücksspiel ist ansonsten nicht meine Sache. Anfällig zum Zocken bin ich schon gar nicht.

Ich ärgere mich die Krätze über leichtfüßig rausgeschmissenes Geld. Meine Krämerseele feiert im Genre der Spieler und Zocker ihre Stärke.

So aus Jux und Dollerei füllte ich jedoch hin und wieder einen Lottoschein aus und gewann auch mal 23,50 DM. Ich hatte kein System, keinen Rhythmus und schon gar keine besonderen Zahlen oder Lieblingszahlen.

Ich spielte nach Lust und Laune.

Im Sommer 1997 fand ich einen vier Wochen alten Losabschnitt in meinem Portemonnaie. Es war ein Sonnabendmorgen, ich wollte Brötchen holen und sah nach, ob ich Kleingeld bei mir hatte.

In Nienstedten hatte Angela Boelter einen Zeitungskiosk mit Lottoannahmestelle übernommen. Dort hatte ich vier Wochen zuvor meine Kreuzchen gemacht. Es war Zeit, das Ergebnis meiner Kreuzchen einmmal zu überprüfen.

Ich betrat mit meiner Brötchentüte den Laden und gab ihr

mein rosarotes Lottoticket, damit sie es in ihrem Lottoapparat prüfen lassen konnte. Sie schob das Los in den Prüfer und auf der Leuchtschrift erschien ein Text:

„Zentralgewinn!”, stand dort blinkend zu lesen.

„Hey!”, rief sie aus, „da hast du mindestens 1000 Mark gewonnen!“ Sie starrte mich mit offenem Mund an.

„Wir dürfen nur bis 1000 Mark auszahlen”, erklärte sie mir dann relativ sachlich, „was darüber ist, muss man in der Lottozentrale abholen.”

„Aber wieviel habe ich denn gewonnen?” Ich freute mich schon über zwölf- oder gar fünfzehnhundert Mark.

Oder noch mehr?

Angela Boelter war neu im Geschäft. Sie befand sich noch in der Lottoannahmestellenschulung und wusste nicht, wie man das feststellen konnte. Zumal mein Los vier Wochen alt war.

„Moment“, meinte sie und griff unter den Ladentisch.

Sie hatte ein Lottopapier, auf dem alle Zahlen, Quoten und sonstigen Gewinne veröffentlicht waren. Das fischte sie hinterm Tresen hervor und wir sahen uns die Tabellen mit den Angaben der Woche und der soundsovielten Ausspielung an. Dann fanden wir die Zahlen und kontrollierten sie mit meinem Abschnitt.

Ich hatte nur einen richtig!

„Da kann doch ‘was nicht stimmen”, bemerkte Angela folgerichtig und verglich, inzwischen ebenso aufgeregt wie ich, Zahlen und Tabellen noch einmal genau. Doch sie kam zu dem gleichen Ergebnis.

Ich hatte nur eine Zahl richtig angekreuzt.

„Komisch ...”, meinte sie, während ich meine knapp 2.000 Mark, auf die die Summe bei mir im Kopf schon angestiegen war, schon wieder davonfliegen sah.

Wir starrten beide weiter auf das Lottopapier als warteten wir auf eine Erleuchtung.

Und die kam Angela:

„Das ist *Spiel 77!* Du hast die kompletten Zahlen von *Spiel 77* richtig! Du hast das *Spiel 77* gewonnen!"

Sie freute sich richtig. Ich nahm das Papier, verglich und freute mich mit.

„Aber was heißt das? Was habe ich denn nun gewonnen?"

„Es gibt einen Notdienst für Lottoannahmestellen, da rufe ich jetzt mal an und frage", sprach sie und wählte schon die Nummer. Zwischendurch kamen Kunden, kauften Zeitungen und legten ihr Geld in die Tresenschale. Sie hatten natürlich keine Ahnung, was für ein Drama sich hier gerade mitten in Nienstedten abspielte.

Der Laden war leer, als Angela am Telefon die entscheidende Frage stellte und blass wurde.

„Du hast den Jackpot gewonnen", ächzte sie dramatisch und legte den Hörer auf.

„Äh, wie? Was? Und wieviel ist das?"

Mein Herz begann zu klopfen, ich strapazierte die Brötchentüte mit meinen Händen, warf sie auf den Tresen und starrte die Lottoannahmestellenbesitzerin Angela Boelter an wie den ersten Menschen.

Die Frau bei der Lottoannahmestellennothilfe wusste nicht wieviel, es müssten aber mindestens 333.000 Mark sein!

Jetzt wurde ich blass.

Angela Boelter gratulierte hocherfreut. Im Gegensatz zu mir zeigte sie eine aufgeregte Röte auf den Wangen.

Ich nahm meinen rosaroten Zettel wie das roheste Ei meines Lebens in die Hand und schob ihn höchst vorsichtig in meine Brieftasche zurück. Ich griff meine lädierte Brötchentüte und verließ den Laden. Beim Lebensmittelhändler kaufte ich eine Flasche Champagner vom Feinsten und brachte sie Angela, bevor ich mit mindestens 333.000 Mark im Kopf und den Brötchen unterm Arm wieder nach Hause fuhr.

Immer wieder überprüfte ich, ob die Brieftasche mit dem kleinen rosaroten Zettel noch in der Jacke steckte.

Gisela war noch oben im Bad, ich tänzelte durchs Wohnzimmer und drehte Julio Iglesias auf, den ich am liebsten nur im Sommer höre und wegen seiner Sehnsuchtsmusik auch sehr schätze.

„Uund der Wiiind ssssingt sein Lied ...“, schwelgte Herr Iglesias. Ich tanzte mit mir selbst als Gisela durch die Küche kam und fragend dreinschaute:

„Was ist denn mit dir los?”

„Sugar in the Morning!”, rief ich aus und nahm sie in den Arm, um meinen Tanz zu Julios Gesang durchs Wohnzimmer – unelegant wie immer – fortzuführen. Schließlich erzählte ich lachend die Geschichte.

Die Freude war natürlich groß.

Tja, aber wieviel ist das nun wirklich.

Schon manch' Lottogewinner sah bei sich Millionen auf dem Konto und dann waren's nur 136,80 Mark. Ich fuhr zu einer Lottoannahmestelle nach Blankenese und stellte beiläufig die dumme Frage, dass ein Bekannter beim *Spiel* 77 den Jackpot gewonnen hätte, und wieviel das wohl wäre.

„Keine Ahnung! Das kommt drauf an, was drin ist, aber mindestens 333.000 Mark”, erklärte der Lottoannahmestellenchef und bediente für mein Gefühl viel zu gleichgültig weitere Kunden.

Ich zog davon und litt das ganze Wochenende unter Spekulationen zwischen 136,80 und zehn Millionen Mark. Erst am

Montag würde ich die Summe erfahren, wenn ich bei der Lottozentrale in der City Nord vorstellig werden würde. Aber 333.000 Mark sind ja nun schließlich auch nicht ohne.

Am Sonnabendabend eröffnete in Blankenese das *Weinhaus Röhr* im ehemaligen und direkt nebenan gelegenen *Salto* seinen Zweigbetrieb unter dem Namen *Rudolph* und bat die geschätzten Freunde und Bekannten zum Eröffnungsschoppen oder Bierchen.

Gisela und ich hatten uns mit Walter und Renate verabredet und nahmen einen übersichtlichen und strategisch günstigen Platz am Tresen ein. Ich hatte Gisela versprochen, nur Walter von meinem Glück zu erzählen und ansonsten natürlich die Klappe zu halten.

Allerdings war mir nicht nach Bier oder Weinschorle, ein oder zwei Gläschen Champagner schienen mir deutlich angemessener.

Um die nicht zu schnorren oder gar mit dem Edelgetränk öffentlich aufzufallen, organisierte ich mit Kerstin, der Tochter des Hauses, eine diskrete Lieferung in unsere vier Gläser. Wir haben mehrere Flaschen Champagner geschafft, die ich natürlich ebenso diskret bezahlt habe.

Aber die Feier war nötig und die Diskussionen drehten sich bei uns nur um die Summe.

Wie viel war im Topf?

Am Montagmorgen fuhr ich, nach einer zugegebenermaßen unruhigen Nacht, fröhlich-aufgeregt in die City Nord, parkte meinen Wagen ordnungsgemäß vor dem eindrucksvollen Bürohaus mit den großen rotgelben Buchstaben *Nordwest Lotto Hamburg*.

Ich betrat den architektonisch unauffälligen Bau und fuhr mit einem Fahrstuhl in das ausgeschilderte Stockwerk. Eine freundliche Dame saß hinter einem Empfangstresen und begrüßte mich.

„Guten Tag“, grinste ich breit wie ein Honigkuchenpferd, „ich habe im Lotto gewonnen.”

Sie gab mir einen Zettel und bat mich, meine Bankverbindung aufzuschreiben und ihr mein Lottolos zu geben. Das hatte ich am Wochende korrekt ausgefüllt, vorsichtig im meine Brieftasche zurück geschoben und alle zwei Stunden nachgesehen, ob es auch noch da war.

Ich fand ihr sachliches Verhalten etwas unspektakulär, tat aber wie angeordnet. Trompetenschall wäre ja nicht nötig gewesen, aber eine ein wenig mehr der Situation angemessene Behandlung hätte den Umständen meiner Meinung nach deutlich besser Rechnung getragen.

Ich setzte mich in die unauffällige Sitzecke und die Lottofee verschwand mit meinem Zettel. Minuten später wurde es hektisch im Empfangsbereich bei *Nordwest Lotto Hamburg.*

Und dann passierte alles gleichzeitig:

Zuerst kam meine Lottofee wieder aus dem Büro gestürmt, das sie gerade betreten hatte. Hinter ihr eilte ein seriös dreinblickender Mensch im grauen Anzug auf mich zu und mit klappernden Schritten kam meine Lottoannahmestellenleiterin, Angela Boelter aus Nienstedten, die Treppe von oben heruntergeeilt.

Ich sprang aus dem Empfangsstuhl hoch und begriff die Welt nicht mehr.

Was jetzt? Alles ein großer Irrtum? Meine Nerven!

Zunächst sprachen alle gleichzeitig, dann übernahm der graue Anzug die Gesprächsleitung und stellte sich vor. Er war der Geschäftsführer und würde gleich alles mit mir in Ruhe besprechen. Die Lottofee entschuldigte sich, sie dachte, ich sei einer der vielen Gewinner, die so um die 15.000 Mark gewinnen. Die müssen dann ihre Kontonummer aufschreiben, das Los kontrollieren lassen und können wieder gehen.

Angela Boelter erklärte, dass sie zur Fortbildung in der Zentrale weilte und am Empfang hinterlassen hatte, man möge sie bei meinem Erscheinen doch bitte informieren.

„Frau ähh, können Sie bitte mal ...", bat der graue Anzug die Lottofee.

„Ich hab' schon", strahlte sie und reichte mir einen Notizklotzzettel auf dem sie mit Kugelschreiber die Gewinnsumme notiert hatte.

Ich nahm den Zettel und las:

877.833,00 DM!

Angela warf ebenfalls einen Blick auf den Zettel und gratulierte mir heftig. Die Lottofee strahlte immer noch, ich hatte wieder den Mund offen und der graue Anzug bat mich in sein Zimmer.

Dort gab es erst einmal eine Tasse Kaffee.

„Brauchen Sie beratende Hilfe? Können wir Ihnen helfen?"

„Vielen Dank", antwortete ich bemüht selbstbewusst, „ich bin selbstständiger Unternehmer, ich denke, ich kann einigermaßen mit Zahlen umgehen."

„Wir überweisen den Betrag heute oder morgen. Am Donnerstag können Sie über das Geld verfügen. Der Gewinn ist steuerfrei. Sie können damit machen, was Sie wollen", erläuterte der Geschäftsführer mir meine Zukunft mit dem satten Gewinn.

„Vielen Dank, ich kann das gut gebrauchen", stotterte ich nun atemlos meinen blödsinnigen Beitrag.

Wer kann das nicht gut gebrauchen?

„Wir möchten gern eine Pressemitteilung herausgeben, Ihr Einverständnis vorausgesetzt. Natürlich ändern wir Ihre Vita. Haben Sie etwas dagegen?"

„Nö."

„Wir machen Sie 10 Jahre jünger und schreiben, dass ein 38-jähriger Handwerksmeister aus den Elbvororten knapp 900.000 Mark mit dem *Spiel 77* im Lotto gewonnen hat. Können wir das so rausgeben?"

„Jo, einverstanden!"

Ich bedankte mich noch einmal ausführlich und verabschiedete mich artig. Im Auto rief ich erst bei Gisela und dann bei Walter an und gab die Quote durch. Singend und laut Musik hörend fuhr ich dauergrinsend im Schleichtempo nach Hause.

Für den nächsten Tag hatte sich der Filialleiter der Commerzbank Blankenese zu einem Dienstbesuch im Verlag angesagt. Er wollte dem *Klönschnack* die Bank mit den gelben Farben präsentieren und mich als Firmenkunden gewinnen.

Von der Lotto-Nummer wusste er natürlich gar nichts.

Ich besaß bei der Filiale aus Urzeiten ein Sparbuch, auf dem sich rund 100 Mark befanden und vor sich hinträumten. Diese Konto-Nummer hatte ich bei den Lottoleuten angegeben.

Ich sagte dem Filialleiter, dass ich eine geschäftliche Zusammenarbeit für nicht sinnvoll hielt, denn neben der Haspa als Hausbank gab es noch die Deutsche Bank mit der Filiale Hoheluftchaussee aus alten Tagen. Eine dritte Bankverbindung hielt ich für überflüssig, man muss ja auch nicht übertreiben.

„Aber, da Sie gerade hier sind", konnte ich mir ein Spielchen nicht verkneifen, „ich erwarte auf meinem Konto bei Ihnen am kommenden Donnerstag einen größeren Eingang, etwas mehr als 800.000 Mark."

Der Blick des Bankers veränderte sich kurz, aber er ließ sich nichts anmerken.

Am Donnerstagmorgen rief er mich gleich morgens an und gratulierte zum Gewinn.

Das Geld war also tatsächlich eingegangen.

Ich würde gleich mal vorbeikommen, sagte ich ihm und machte mich bestens gelaunt auf den Weg in die Commerzbank-Filiale in der Bahnhofstraße.

Ich bekam einen Kontoauszug mit sechs Stellen vor dem Komma und bat um 20.000 Mark Taschengeld. Wir gingen in den Keller und ich ließ mir in einem diskreten Raum das Geld aushändigen. Mein Ziel war die Wohnmeile Halstenbek, wo Gisela und ich erst vor kurzem zwei Schränkchen entdeckt hatten, die uns beide sehr gefielen, aber mit 4.000 Mark doch etwas teuer waren.

Ich fuhr hin, kaufte und zahlte bar.

Tagesgeld bei der Bank, Anschaffungen für die Firma, ein neues Auto und Überweisungen für die Kinder beschäftigten mich die ersten Tage.

Doch das beste kam noch.

Gisela und ich hatten erst wenige Monate zuvor ein schmuckes Reihenendhaus mit Riesengarten in Blankenese erworben und einen Großteil des Kaufpreises mit der Haspa finanziert. 15 Jahre abzahlen sah ich nun nicht mehr ein und besuchte die Filiale mit dem Wunsch der vorzeitigen Ablösung des Kredits.

„Macht doch mal einen Zettel. Was ist noch offen?", meinte ich zu Haspa-Chef Helge Steinmetz und erhielt zur darauf folgenden Unterschrift extra einen eleganten Füllfederhalter.

Die Haspa rechnete, verhielt sich mit der sogenannten Vorfälligkeitsentschädigung recht human und das Haus war bezahlt. Nie mehr Miete und nichts mehr abzahlen. Perfekt.

Einige Wochen später fuhr ich noch zur Deutschen Bank an die Hoheluftchaussee, machte die Konten glatt, kündigte irgendwelche Sparverträge und alle Konten gleich mit. Als zweite Bank für Verlag und Agentur kam die Vereins- und Westbank, heute HypoVereinsbank, hinzu.

Auch die Banker mit den grünen Farben waren eines Tages vorstellig geworden.

Aber ganz anders.

Der Chef der Dresdner Bank West und der Filialleiter aus Blankenese luden zum Essen ins *Dal Fabbro*. Die beiden Banker gaben sich überaus freundlich und der Chef erklärte, dass die Korrespondenz und Rechnungslegung des Verlages ohne den Hinweis auf die Dresdner Bank doch eigentlich kein Zustand sei.

Sie boten sofort und ohne Kenntnis irgendeiner Bilanz für Agentur und Verlag je ein Konto mit 25.000 Mark Dispo an.

Das fand ich nett, auch wenn ich die Konten und den Dispo nicht unbedingt benötigte.

Ich nahm dankend an und hatte plötzlich drei Bankverbindungen fürs Geschäft und zusätzlich eine private.

Die Dresdner Beziehung verlief filmreif.

Zunächst empfahlen die Analysten mir Aktien von DaimlerChrysler, der Telekom und eines japanischen Fonds „mit Zukunft".

Die Papiere floppten allesamt, in der Summe natürlich mehr als ärgerlich, in der Beratung zumindest fragwürdig.

Aber die Nummer ging noch weiter. Als ich die Dispos ungefähr hälftig in Anspruch genommen hatte, erschien plötzlich ein farbloser Firmenberater der Bank und meinte emotionslos, wie es der Job offenbar erfordert, dass die Zeiten härter wären und sie gerne den Dispositionskredit kündigen möchten.

Ich würde schon verstehen.

Ich musste das Depot mit jämmerlichem Tiefststand auflösen, um die Konten zu glätten.

Ich war stinksauer. Die Geschäftsbeziehung zur Dresdner Bank war damit erledigt.

Klatsch ist gesund, Klatsch muss rum. Ich hatte immer ein dickes Fell, wenn es denn unterhaltend ist.

Der Lottogewinn war natürlich ein beliebtes und höchst unterhaltsames Klatschthema. Die Summe, die ich gewonnen haben sollte, schwankte zwischen zwei und mehreren Millionen. Das wäre immerhin eine Größenordnung, die man am besten schweigend genießt.

Das Thema hält sich bis heute, denn, so Wirt Manni Schlag bei einem nachdenklichen Bierchen am späten Abend zum gleichen Thema:

„Der Neidfaktor liegt in den Elbvororten bei 250.000 Mark!"

Mein Gewinn war überschaubar, das Geld war angelegt, beziehungsweise ausgegeben.

Der Alltag hatte mich wieder.

Mein Gefühl sagte mir allerdings, dass ich eines Tage noch einmal zuschlagen würde. Dann allerdings in einer besser zu verschweigenden Größenordnung.

Da warte ich noch drauf.

Neid und Missgunst gehen gern Hand in Hand. In einem Landstrich, der bislang nicht unbedingt durch Sozialhilfeempfänger auffällig geworden ist, der innerhalb der Republik in der Wohnsitz-Begehrlichkeit gleich nach dem Tegernsee kommt, und der bei globaler Betrachtung einen Minderheitenstatus – ausnahmsweise mal ohne Benachteiligung – verkörpert, lässt eigentlich nur lächelnde und zufriedene Einwohner erwarten, die ihr Glück gar nicht fassen können.

Es gehört offensichtlich zur Soziologie des Sattseins, dass Pessimismus und Nörgeligkeit Neid und Missgunst in Permanenz hervorrufen. Auffällig ist die miesepetrige Grundhaltung und hohe Zank- und Streitbereitschaft schon.

Man erkennt diese in Überzahl vorkommende Spezies übrigens auch mühelos beim Autofahren.

Dr. Helmut Junge, Notar im Ruhestand, formulierte es so: „Die Blankeneser fahren Auto, wie sie sind!“

Moskauer Bilder

&

Hendrik Hertel saß bei RTC-TVNews in der Geschäftsleitung. Er war so etwas wie ein Manager im Nachrichtenhandel und sollte Walters Nachrichtenagentur auf schwarze Zahlen trimmen. Hendrik stammte aus der DDR und hatte das Land bis zur Wende als Handelsattaché in Peking vertreten.

„Nur Muster", sagte er mal zu mir, „liefern konnten wir natürlich gar nichts".

Mit seinem ausgeprägten Sinn für alles Organisatorische und soliden Beziehungen zu alten Seilschaften entstand zwischen Walter und Hendrik eine Idee, die wenige Jahre nach der Wende für weiteren Aufschwung bei RTC sorgen sollte – TV-Bilder aus Moskau. Die privaten Sender in Deutschland hatten den Bedarf und RTC sollte und wollte liefern. Dazu war es notwendig, nach Moskau zu reisen und mit den unabhängigen Journalisten, den privaten Sendern und den freien Kameraleuten Kontakt aufzunehmen.

Hintergründe liefern, Reportagen erarbeiten, Menschen und Schicksale dahinter aufzeigen, das wollten wir. Die historische Chance, Russland auf dem Weg in die Demokratie auf der Straße und beim einfachen Volk zu beobachten, das war unser Anspruch, das war unsere, wenn auch vage Vorstellung. Natürlich konnten und wollten wir das nicht hier vor Ort. Wir wollten

Kontakte aufbauen, Bildmaterial erwerben und bestenfalls fertige Reportagen und Beiträge zusammenstellen und den Sendern anbieten.

In Moskau gab es eine Organisation, die sich als eine Art Bindeglied zwischen westlichen Unternehmen, in diesem Fall speziell denen in Deutschland, neuen russischen Wirtschaftsunternehmen und den Behörden in Russland hervortat. Die Arbeit dieser Organisation war nicht nur überaus hilfreich, sie war auch schlichtweg notwendig, um überhaupt Wirtschaftskontakte zu erhalten und nicht immer verständliche behördliche Vorgaben einzuhalten.

Monatelang hatte Hendrik Hertel Vorarbeit geleistet, alte Kontakte genutzt und wurde so weitergereicht. Und er hatte einen entscheidenden Vorteil: Er konnte ein wenig russisch. Die Vorplanung war abgeschlossen, die nötigen Adressen, Telefonnummern, Namen und Kontaktpersonen notiert.

Die Reise nach Moskau stand an und Walter kniff. Es gefiel ihm nicht in das undurchschaubare Moskau zu reisen und in Hinterzimmern ohne Sprachkenntnisse mit russischen Journalisten über Bildrechte zu verhandeln. Hendrik wollte aber auf keinen Fall allein fliegen.

Wir saßen bei *Schlag* und tranken ein Bierchen als Walter die Katze aus dem Sack ließ.

„Du musst mit Hendrik nach Moskau!" sagte er zu mir und erzählte mir die ganze Geschichte. Hendrik warf sachliche Argumente ein und kam auf den Punkt.

„Wir sind zwölf Tage in Moskau und nächsten Monat wollen wir los. RTC zahlt Reise und Unterkunft, du musst nur nicken. Allein will ich auch nicht fahren. Was ist?"

„Okay, ich bin dabei."

Mit quietschenden Reifen setzte die Lufthansa-Maschine auf der Landebahn von Moskaus internationalem Flughafen *Scheremetjewo* auf. Hendrik und ich hatten die notwendigen Stempel in unseren Pässen und kamen zügig durch die Passkontrolle.

Alles erinnerte in seiner Tristheit an alte DDR-Tage. Wir nahmen unsere Reisetaschen vom Gepäckband und gingen durch den Zoll zum Ausgang. Gleich hinter den Türen standen die Abholer mit ihren Schildern, vieles in kyrillischer Schreibweise. Zwei unauffällig gekleidete Herren hielten ein Pappschild mit der Aufschrift „RTC" hoch. Unsere Kontaktleute der Organisation.

Juri Kelnikoff und Wladimir Sornarow sollten für die nächsten zwölf Tage unsere Begleiter sein. Juri sprach ganz gut deutsch, Wladimir konnte sich perfekt auf englisch verständigen. Wir gingen nach draußen und bestiegen einen Lada-Jeep, der vor der Tür an einem Parkstreifen auf uns wartete.

Der Fahrer hieß Leonid und als Dolmetscher wartete Ivan im Fond des grauen Jeeps.

Beide Wagen setzten sich in Bewegung und fuhren zum Hotel *Ramadan* Moskau. Dort angekommen verabredeten wir uns für den Nachmittag zu einer ersten kleinen Rundfahrt durch die Stadt, verbunden mit einer organisatorischen Absprache über die Gestaltung der vor uns liegenden Tage.

Für den Abend hatten Juri und Wladimir in einem bürgerlichen Restaurant mit undefinierbarer Ausrichtung der Küche einen Tisch reserviert.

Wir aßen Hühnchen mit Kartoffeln und wechselten anschließend die Gastronomie, um im einer eher rustikalen Kneipe auf die Freundschaft anzustoßen. Hendrik und ich starteten jeder mit cinem halben Liter Bier. Und das war ein Fehler.

Unsere beiden Russen tranken ausschließlich Wodka, den wir natürlich mittrinken mussten. Sie verzichteten auf Bier und boten uns beim dritten Wodka das Du an. Die Gläser klirrten und die *Nastrovje*-Rufe erfüllten unsere kleine Sitzecke. Die Wodkagläser, jedes einzelne groß wie ein Cola-Glas, leerten sich zügig.

Juri und Wladimir berichteten aus ihrer Vergangenheit. Sie waren Anfang vierzig und hatten bei der Wirtschaftsorganisation Arbeit gefunden.

„Wo habt ihr denn zuvor gearbeitet?" wollten wir wissen.

„KGB", kam als überraschende Antwort. „Wir waren als Oberste beim KGB."

Hendrik und ich waren platt. Da saßen wir in irgendeiner Kneipe in Moskau und soffen Wodka mit ehemaligen KGB-Agenten.

Juri und Wladimir berichteten weiter. Sie hätten mit ihrer KGB-Ausbildung keine Chance auf irgendeinen Job im neuen Russland gehabt. Daher wären sie richtig dankbar, dass sie bei der Wirtschaftsorganisation Arbeit gefunden hätten. Schließlich würden sie über gute Kontakte verfügen.

Juri sprach deshalb so gut deutsch, weil er als KGB-Mann in Dresden aktiv gewesen war. Einer seiner Genossen aus deutschen Zeiten war ein gewisser Wladimir Putin. Unser Wladimir wiederum war seinerzeit als KGB-Agent in Washington eingesetzt, daher sein gutes Englisch mit relativ wenig Akzent.

Der Abend endete mit großer Völkerverständigung, Verbrüderung und den in Russland unvermeidlichen Trinksprüchen. Eine, wie ich finde, überaus freundliche Einrichtung, die ich seitdem auch bei uns nur allzugern pflege.

Der nächste Morgen begann mit einem dicken Kopf in ungewohnten Ausmaßen. Als eisernen Merksatz nahm ich mir aus diesen Tagen mit: Trinke Wodka mit den Russen, aber bleibe beim Wodka! Bier war nicht nur völlig überflüssig, es brachte auch den Kopf durcheinander.

Übrigens sahen wir in den zwölf Tagen mit fundamentalistisch-geselligen Abenden nicht einmal jemanden ein Glas über die Schultern werfen, geschweige denn, dass wir es selbst getan hätten.

„Das", so Dolmetscher Ivan, „machen nur die Touristen".

Wir hatten das Bolschoi-Theater gesehen, standen staunend – vor allem Hendrik – vor dem ehemaligen KGB-Hauptquartier *Lubjanka* und hatten für den Nachmittag einen ersten Kontakt mit einem TV-Journalisten organisiert bekommen.

Wir besuchten den Mann mit unserem Dolmetscher, Juri und Wladimir waren auch dabei, in seinem „Studio", das auf einem Hinterhof lag und in zwei winzig kleinen Räumen untergebracht war. Als wir fünf vor dem kleinen Video-Schnittplatz standen, passte kein Blatt Papier mehr hinein.

Der TV-Journalist war als Polizei-Reporter unterwegs und bot Bilder von abenteuerlichen Verkehrsunfällen, Razzien und Geiselnahmen an.

Schon bei den ersten Bildern, die wir aus seinem ungeschnittenen Material zu sehen bekamen, sagte ich zu Hendrik:

„Das kannst du vergessen, das kannst du in Deutschland nicht zeigen. Die Bilder sind viel zu brutal".

Hendrik nickte stumm und folgte weiter den Vorführungen. Wir ahnten beide nicht, dass es im Laufe der Tage noch viel brutaler werden sollte.

Man mag darüber streiten, ob die Arbeit von Polizeireportern an sich einen sinnvollen journalistischen Beitrag darstellt oder nur überflüssige Sensationsbefriedigung ist.

Unser TV-Mann in der engen Stube war mit seinen Bildern

ein erstes Beispiel für die eher wenig sensible russische Mentalität. Es waren Bilder, nach denen sich sicherlich manch privater Sender, der mit US-Verfolgungsjagden oder hilflosen Menschen in reißenden Fluten sein Geld macht, die Finger geleckt hätte. Auch bei uns sind Aufnahmen von Unfällen nicht immer frei von schockierenden Szenen, doch sie werden zuvor herausgeschnitten. Sie werden nicht gesendet. Die Russen sind da weniger feinfühlig. Und das beginnt eben schon beim Drehen.

Wir verließen das kleine Studio und Hendrik versprach, sich bei Interesse wieder zu melden. Ein Betacam-Musterband bekamen wir als Kopie mit Ausschnitten in die Hand gedrückt.

Die Besuche liefen in den nächsten Tagen ähnlich ab. Die Studios waren mal größer und mal gar nicht vorhanden. Ein später geschlossener Sender war technisch weit vorn, hatte Ausmaße wie man sie aus Deutschland kannte und bat in einem Konferenzraum mit Direktor, Sendeleiter, Chefredakteur und Menschen, deren Funktion mir nicht klar war, zum Gespräch. Zuvor hatte man uns in einer Betriebsführung das Unternehmen gezeigt. An einem Moderatorentisch mit blauer Hintergrundwand, der Blue-Box, stand neben einem Tischmikrofon noch eine Flasche Wasser mit einem halbleeren Glas daneben.

Ivan übersetzte den Kommentar des Sendeleiters:

„Da hat vor fünf Minuten noch Michail Gorbatschow gesessen!"

Ich war beeindruckt und ärgerte mich außerordentlich, dass wir nicht fünf Minuten schneller gewesen waren.

Das Gespräch verlief wie viele mit den ortsüblichen Freundlichkeiten und einem Glas Wodka ab; Hendrik erläuterte unsere Interessenlage. Wir verabschiedeten uns artig mit entsprechenden Absichtserklärungen für die Zukunft.

Der nächste Termin fand in 540 Meter Höhe statt. Moskaus

Fernsehturm in *Ostankino* ist der höchste Fernsehturm der Welt. Ein nicht unbedingt Vertrauen erweckender Fahrstuhl brachte uns in das Höhenrestaurant, das als besonderen Gag einen Glasboden aufwies, über den zu schreiten schon eigenartig war. Unter uns lief der Verkehr in Ameisengröße und um wieviel Meter der Turm in dieser Höhe schwankt, habe ich vorsichtshalber lieber gleich wieder vergessen.

Unsere Gastgeber baten zum Essen mit Blick über Moskau und in die Tiefe. Als besondere Aufmerksamkeit für die Gäste „vom deutschen Fernsehen" hatten die russischen Journalisten ein Duo engagiert, das unseren Tisch mit Geige, Akkordeon und wehleidigen Volksweisen unterhielt.

Das Essen war ausgezeichnet, der Wodka schmeckte auch schon wieder und die Musik verzauberte das Gemüt.

Die Ergebnisse waren wie gehabt.

Dass die Beziehungen unserer beiden KGB-Begleiter hervorragend waren, konnten wir schon in den ersten Tagen feststellen. Doch sie sollten sich noch übertreffen.

Mit wenigen Anrufen war ein Besuch in der *Duma,* dem russischen Parlament, organisiert, für Touristen damals ein absolutes Ding der Unmöglichkeit.

Wir betraten einen mächtigen Eingang und liefen über Gänge und Flure. Juri öffnete eine Tür und wir konnten einen Blick in den großen Plenarsaal werfen. Ein Hauch von russischer Geschichte umgarnte uns, denn wenige Meter entfernt stand das Rednerpult, an dem Boris Jelzin Michail Gorbatschow vor der versammelten *Duma* maßregelte.

In den oberen Stockwerken sowie links und rechts vom großen *Duma*-Saal befanden sich die Büros der Abgeordneten und Wichtigen.

Pawel und Wladimir gingen voran, wir folgten. Pawel riss eine Tür auf und wir betraten ein winzig kleines Büro, vollgestellt mit Schreibtischen, Schränken und zwei Menschen drin. Eine Sekretärin saß gleich hinter der Tür an ihrem Schreibtisch, der andere, offensichtlich der Politiker, saß hinten am Fenster an seinem Schreibtisch.

Wir diskutierten über Pressefreiheit und Meinungsvielfalt. Ich wurde den Verdacht nicht los, dass die Planung der russischen Organisation uns ein wenig zu dick und zu bedeutend einsortiert hatte, sagte aber lieber nichts.

Der Politiker hinter dem Schreibtisch, stehend unser Dolmetscher Ivan, sitzend Hendrik und Klaus aus Deutschland, und an der Tür lehnend Juri und Wladimir – so erörterten wir die Zukunft der Pressefreiheit und die Gegenwart der Unruhe.

Der Mann am Schreibtisch erwies sich als liberal und sehr fortschrittlich, hatte aber wenig Hoffnung für die russische Presse. Er sollte Recht behalten.

Wir dankten und machten uns wieder auf den Weg. In einer Ecke öffneten unsere beiden eine weitere Tür, es war niemand drin.

„Hier residiert Wladimir Wolfowitsch Schirinowski, der Verrückte", erklärte Ivan, dem die Veränderung Russlands nicht schnell genug ging. Und Schirinowski, der bei seinen rechtsradikalen Auftritten in der *Duma* schon mal die Fäuste sprechen ließ, war für ihn ein völlig überflüssiges Hindernis.

Unter dem Parlamentssaal befindet sich ein Einkaufszentrum mit Angeboten vom Feinsten. Hier mangelte es dem russischen Politiker an nichts.

Der KGB kaufte für uns beiden eine Flasche Edel-Wodka als Geschenk und Ivan legte noch ein Döschen Kaviar hinzu. Wir waren überrascht über das große Angebot und bedankten uns herzlich für die unerwarteten Geschenke.

Juri und Wladimir fragten uns, ob wir Interesse hätten, eine Kaserne zu besichtigen. Natürlich hatten wir das. Es sei aber nicht ganz so einfach, sie bräuchten noch ein paar Genehmigungen, schließlich sei der Besuch für Ausländer verboten und für ausländische Journalisten sowieso.

Wir waren gespannt und warteten ab.

Der nächste Tag war dem Kreml vorbehalten. Hendrik und ich hatten „frei", das heißt, wir waren allein unterwegs. Wir schlenderten erst durch das Kaufhaus *Gum,* besuchten den wächsernden Lenin in seinem Mausoleum auf dem Roten Platz.

„Nicht reden, nicht stehenbleiben, zügig weitergehen!" war auf einem Schild in allen möglichen Sprachen zu lesen.

Wir besichtigten die *Uspenski-Kathedrale* mit ihren Ikonen und waren von Moskaus bedeutendstem Gotteshaus schwer beeindruckt.

Doch das Beste kam noch: Der Schatz der Zaren!

Wer jemals den Weg nach Moskau findet, muss sich den Schatz der Zaren ansehen! Alles, was ich bis dahin an Kunstschätzen dieser Welt gesehen hatte, verblasste beim Anblick der gesammelten Pretiosen. Soviel Gold, Edelsteine, Kutschen, Kronen, Zepter, Fabergé-Eier und Geschmeide aller Art hatte ich in dieser Üppigkeit und Vielfältigkeit noch nie gesehen.

Ein wahres Wunderwerk!

Die Menschheit ist den diese Kunstschätze in den Wirren der Geschichte erhaltenden Geistern zur ewigen Dankbarkeit verpflichtet.

Dass ein zarter Stolperdraht schon am Rande des Kreml nicht nur den Zarenschatz vor ungeordnetem Besuch schützt, ist nur verständlich. Wen es dort „mal eben" ins Gebüsch zieht, der kann so schnell einen Großalarm auslösen. Eine verständliche

Sensibilität ob der gelagerten Reichtümer und Kulturgüter.

„Wir können hin", sagte Juri als er uns tags darauf nach dem Frühstück im Hotel abholte.

Er stellte uns noch ein weiteren Mann vor, der als ehemaliger Offizier im Tschetschenienkrieg aktiv war. Der Mann, gerade mal Anfang vierzig, sah fertig aus. Leere Augen, emotionsloser Gesichtsausdruck.

In einer Kolonne von drei Fahrzeugen fuhren wir in eine Kaserne am Rande der 10 Millionen-Metropole Moskau. Unser Offizier hatte einen Privatwagen, trug aber ein Blaulicht auf dem Dach. Das war im Moskau dieser Tage nichts Ungewöhnliches, berichtete uns Ivan. Reiche Geschäftsleute mit Einfluss und den nötigen Beziehungen organisierten sich für ihren 7er BMW gern ein schickes Blaulicht, damit gehts halt schneller durch den Verkehr.

Wir erreichten in einer Nebenstraße den Eingang zu einer großen Kasernenanlage. Durch mehrere Tore und Türen, an Sicherheitskräften vorbei, gelangten wir in den Innenhof einer Kaserne. Offiziere bellten irgendwelche Befehle und eine Schar junger Soldaten stürmte auf die vor uns liegende Exerzierfläche. Sie trugen das quergestreifte T-Shirt unter ihrem olivgrünen Kampfanzug, stellten sich in Reihe auf, nahmen Haltung an und warfen den Kopf in der typischen russischen Art mit leicht schnippischem Gesichtsausdruck schräg nach hinten.

Der Morgenappell.

Es wurden ein paar schnelle Kommandos gewechselt und die Soldaten traten wieder ab.

Wir wurden schließlich in eine Art Offizierscasino gebeten und diskutierten mit dem Führungsstab der Einheit über Terroristen und Tschetschenen – offenbar besteht da kein Unterschied.

Doch es gab noch eine weitere Überraschung.

Der Zivilist mit den leeren Augen, ein guter Bekannter von Juri und Wladimir, hatte organisiert, dass man uns das Ausbildungslager einer russischen Antiterroreinheit vorführt. Es fehlte nur eine Unterschrift, und die traf noch in dieser Stunde in der Kaserne ein. Unterschrieben hatte ein alter Dresdner Weggefährte von Juri, der jetzt in höheren Ämtern Dienst tut.

Sein Name war Wladimir Putin.

Der KGB erzählte uns, dass die Soldaten der Antiterrorgruppe in sehr ärmlichen Verhältnissen lebten, und dass es eine große Ehre für uns sei, dass wir sie überhaupt besuchen dürften. Ein passendes Gastgeschenk wäre allerdings angemessen.

Aber was schenkt man russischen Antiterrorkämpfern?

Ivan hatte eine Idee:

„Die haben noch nicht einmal einen Fernsehapparat in ihrem Aufenthaltsraum. Das wäre doch ‘was?”

Gesagt, getan.

Um ein paar Ecken befand sich ein Kaufhaus, irgendein spezielles. Für rund 300 US-Dollar erwarben wir einen kleinen Farbfernseher, den wir als Geschenk überreichen wollten.

Über eine vierspurige Autobahn fuhren wir schließlich eineinhalb Stunden ostwärts. Moskau hörte irgendwann einfach auf, das Land war flach wie eine Flunder und der Verkehr noch rege.

Der Tschetschenien-Kämpfer hatte sein Blaulicht nicht an, aber dass er eines auf dem Dach hatte, reichte den anderen Verkehrsteilnehmern offenbar aus. Unsere Kolonne aus mittlerweile vier Autos rauschte auf der Überholspur dahin, als sei Boris Jelzin persönlich unterwegs.

Völlig unvermittelt bremste die Reihe plötzlich ab und blinkte nach links. Der Blaulichtwagen fuhr als erster auf die Gegenseite der Autobahn, bliebt dort stehen und stoppte den dortigen spärlichen Verkehr, damit unsere anderen drei Wagen die Autobahn überqueren konnten.

Wir fuhren noch eine runde halbe Stunde auf einem Feldweg entlang, bis ich plötzlich ein Flugzeug auf einem Feld entdeckte. Die Iljuschin sah merkwürdig ausgebrannt aus und entpuppte sich später als fensterloses Übungsflugzeug für die Antiterrortruppe.

Das Wetter war freundlich, wenn auch frisch. Der Mai hatte hier noch nicht die angenehmen Temperaturen wie bei uns zuhause.

Vor einem Hauptgebäude hatten die Kommandeure der Einheit auf dem Rasen ein kleines kaltes Büffet aufgebaut. Es bestand aus großen Brotlaibern, Gurken, Salami, Cola und Wodka.

Doch vor die Büffeteröffnung hatten die Verantwortlichen eine Übung der Kämpfer angesetzt.

Der Kommandeur begrüßte uns mit warmen Worten und lobte die deutsch-russische Freundschaft, Ivan übersetzte am laufenden Band. Hendrik bat mich zu antworten, damit er alles auf Video festhalten könne.

Eingedenk der russischen Vorliebe für das leicht Emotionale und ein wenig Theatralische, würdigte ich unsere Gastgeber, und sprach von großer Ehre, hier Gast sein zu dürfen und dass wir uns dessen bewusst sind.

Die anwesenden Offiziere nickten anerkennend.

Dann ging es los.

Rund zwanzig kräftig gebaute Elitesoldaten demonstrierten die Geiselbefreiung aus einem von Terroristen gekaperten Bus. Wir standen auf einer kleinen Rasenfläche und dirket vor uns war ein kleiner Sandplatz. Hierhin fuhr ein ziemlich lädierter

Bus mit Geiseln und Geiselnehmern, dargestellt von Soldaten mit ziviler Kleidung wie man sich Geiseln und Geiselnehmer eben so vorstellt.

Plötzlich knallte und ballerte es abenteuerlich, Blendgaranaten strapazierten Augen und Trommelfell und die Plastikhülsen der Übungsmunition flogen uns um die Ohren.

Hendrik und ich zogen die Köpfe ein, er filmte fleißig weiter.

Die Einheit befreite in wenigen Minuten die Geiseln und nahm die Geiselnehmer fest, wobei sich sicherlich später die eine oder andere Geisel über die Brutalität der Kameraden beschweren dürfte. Auf ein Zeichen reihten sich die Soldaten vor uns auf und nahmen wieder Haltung an.

Wir beendeten unser Klatschen und dankten für die Vorführung.

Es gab noch eine weitere Vorstellung, in der ein besetztes dreistöckiges Haus, es stand im Hintergrund des kleines Platzes und war wie das Flugzeug völlig ausgebrannt, ebenfalls von Terroristen befreit werden sollte.

Die Nummer war sehr beeindruckend, zumal die Soldaten sich mit Seilen in einem atemberaubenden Tempo vom Dach des Hauses abseilten und zügig in jedem Stockwerk die Fenster enterten und wieder die „bösen" Kameraden verhauten.

Bei der dritten Vorstellung handelte es sich um ein Nahkampftraining, vorgeführt in einheitlicher Choreographie. Mit einem großem Messer in der Hand vollführten die Elitesoldaten Purzelbäume und Rolle rückwärts, nur um im Bruchteil von Sekunden einem vermeintlichen Gegner aus jeder erdenklichen Position das Messer an die Kehle zu halten.

Hendrik filmte, ich klatschte, wir dankten.

Ich ergriff wiederum das Wort an die zwischenzeitlich wieder angetreteten Soldaten samt Offiziere und hielt eine kleine Rede, die Ivan mit einem Tonfall wie bei *Fox tönende Wochenschau* übersetzte.

Ich dankte den mutigen und überzeugenden Vorführungen, hoffte, dass ich niemals Gegner dieser bestens ausgebildeten Soldaten sein möge, gab zu bedenken, dass es für uns eine große Ehre sei, hier als Gast aufgenommen zu sein und versprach den positiven Eindruck, den wir hier gewonnen hatten, zuhause in Deutschland zu überbringen. Ferner würden wir uns erlauben, als Gastgeschenk einen Fernsehapparat zu überreichen, da wir ja schließlich „vom Fernsehen" sind.

Der leitende Offizier gab ein Zeichen, zwei Mann sprangen vor und übernahmen den großen Karton mit dem Fernseher. Einer der Soldaten, offensichtlich ihr Sprecher, trat vor und dankte in wenigen Sätzen, die Ivan eher beiläufig übersetzte, für das schöne Geschenk.

Die Truppe rückte samt Karton ab und die Offiziere baten uns ans Büffet.

Auf Cola war ich nicht so scharf. Was blieb, war Wodka, und um den wären wir eh nicht herumgekommen. Hendrik und ich hatten den Wodka vom Vorabend noch im Kopf und ahnten Fürchterliches, doch es ging seltsamerweise mühelos.

Was folgte waren Trinksprüche ohne Ende. Jeder, aber auch wirklich jeder, hob das Glas, die rund ein Dutzend Offiziere und wir sechs samt dem Offizier mit den leeren Augen, verstummten.

Es wurde wieder die deutsch-russische Freundschaft begrüßt, es wurde auf die Frauen angestoßen, auf die Ehre und die Aussprache und die Freunde und so weiter und so fort.

Eine nette Sitte.

Dabei haben sich die Teilnehmer einer solchen Runde mit erhobenem Glas in die Augen zu sehen und nach Beendigung des

Trinkspruchs stets mit *Nastrovje* zu antworten.

Es gibt allerdings auch Ausnahmen. Der klassische Ausklang einer Trinkspruchreihe ist ein Dreigespann:

Der Drittvorletzte hebt das Glas und sagt: „Auf den Frieden!", *Nastrovje,* Ansehen und so weiter. Dann kommt der Vorletzte: „Auf die Mütter!", *Nastrovje,* Ansehen und runter damit.

Aber dann kommt der letzte Trinkspruch einer Serie:

„Auf die Toten!"

Schweigen.

Nicht ansehen.

Den Blick auf den Fußboden.

Trinken.

Stille.

Kurz vor unserer Abreise nach Hamburg hatte sich bei unseren persönlichen KGB-Agenten noch ein Mann aus Militärkreisen gemeldet, der uns ganz spezielle Bilder vorführen wollte. Er könne das aber nur bei uns im Hotel machen, weil er sonst keine Gelegenheit dazu hätte. Und er würde eine VHS-Kassette mitbringen.

Ich vermute mal, unser KGB hat da irgendwie mitgewirkt. Oder die Jungs von der Antiterroreinheit.

Zur verabredeten Zeit klopfte ich bei Hendrik an die Zimmertür. Er öffnete und deutete mir mit dem Zeigefinger auf den Lippen an, dass ich still zu sein hätte.

Ich sah ihn fragend an.

Er winkte mich ans Fenster, bückte sich zu den Heizungsrippen hinunter und zeigte auf ein kleines Teil, das zwischen die Heizkörperrippen geklemmt war.

Hendrik erhob sich wieder und deutete mit den Händen auf

die Ohren. Ich konnte mir ein Lachen nicht verkneifen und schlug ihm auf die Schultern.

„Hendrik, das ist keine Wanze, das ist ein Temperaturfühler! Du hast zu viel Spionagefilme gesehen!"

Hendrik sah mich zweifelnd an, bückte sich wieder und kam verlegen grinsend wieder hoch.

„Wenn du meinst ...".

Wir warteten auf den Anruf der Rezeption, dass unser Gast eingetroffen ist.

Er war pünktlich. Hendrik hatte vom Hotel einen Videorecorder organisiert und war noch mit dem Anschließen beschäftigt. Ich öffnete und vor mir stand ein Soldat in voller Montur mit einem Barett auf dem Kopf und umgeschnallter Pistole.

Er hatte eine Aktentasche dabei, sprach gebrochen deutsch und kam gleich zur Sache. Hendrik schob die Kassette in den Recorder und drückte auf Start.

Was wir in den nächsten zwanzig Minuten zu sehen bekamen, war nicht nur außerhalb jeder menschlichen Zumutbarkeit, die Szenen sprengten auch meine Vorstellungskraft übelster und brutalster Phantasien.

Die Bilder waren ein Schock und ich erspare es mir, sie hier noch einmal zu beschreiben.

Es waren Aufnahmen aus dem Tschetschenienkrieg, laut Aussage des Soldaten sowohl erbeutete Videos der Tschetschenen als auch Aufnahmen der eigenen Militärs.

Ich zweifelte an unserer ganzen Aktion.

Wo war der Sinn für eine wertfreie Berichterstattung?

Wo der Ansatz für einen investigativen Journalismus?

Sollten wir Zulieferer, Händler, Dealer abschreckender und verstörender Fernsehbilder werden?

Werden letztendlich solche und ähnliche Bilder nur produziert, um perverse Geister zu befriedigen? Der Mensch an sich ist ein Ungeheuer.

Hendrik dankte für die Vorführung, nahm die angebotene Visitenkarte und verabschiedete den uniformierten Mann.

Wir gingen an die Bar und bestellten uns einen Drink.

Hendrik und ich saßen eine Weile da und schwiegen uns an. Zwei äußerst attraktive Damen gesellten sich links und rechts zu uns auf die lederbezogenen Barhocker und begannen im gepflegten Englisch mit einer sanften Konversation, die mit der Aussage „500 Dollar ..." endete.

Sie hätten keinen unpassenderen Moment finden können.

Der folgende Tag war unser Abreisetag. Wir wollten noch ein paar Souvenirs einkaufen. Ivan beriet uns und organisierte noch ein weiteres Döschen Kaviar. Juri und Wladimir wollten uns zum Flughafen bringen, doch vorher wollte ich noch ein Mitbringsel der besonderen Art erwerben: *Fabergé*.

In Moskau existiert weltweit der einzige Juwelier, der den berühmten Namen tragen darf. Dort wollte ich hin und eines der legendären *Fabergé*-Eier erwerben, sofern ich es bezahlen konnte. Wir fuhren mit zwei Wagen bei dem Juwelier vor und wurden höflichst bedient. Gold und Edelsteine bot *Fabergé* in diesem Laden in üppiger Auswahl schwindelerregenden Preisen an.

Als der freundliche Verkäufer mir das zweite Ei für rund 24.000 Dollar anbot, bat ich Ivan, ihn von meinen Möglichkeiten auf der eben nicht nach oben offenen Skala zu berichten.

Jenseits der Touristeneier konnte ich bei Fabergé direkt ein vergoldetes *Fabergé*-Ei mit Gestell zu einem bezahlbaren Tarif ergattern. Es steht heute auf dem Sims unseres Kachelofens und erinnert an die schönen Seiten Moskaus.

Die New York Connection

&

Atelier Schümann hatte mit seinen Räumen in der Glashüttenstraße, mitten im Karolinenviertel, nicht nur eine Etage mit sehr viel Platz auf 500 Quadratmeter, es hatte auch eine überaus zentrale Lage. Wer wollte, konnte in wenigen Minuten an allen Punkten der Innenstadt sein, war verkehrstechnisch gut angebunden und hatte darüber hinaus das Hamburger Congress Centrum direkt vor der Nase. Die Handelskammer in Hamburg empfand das wohl ähnlich, denn auf Anfrage einer US-Werbeagentur in New York teilte die Kammer den Amerikanern unsere Adresse mit. Anfang der 1990er-Jahre hatte sich ein Weltbankkongress für das Hamburger CCH entschieden. Die beauftragte Agentur in New York begleitete diese alle vier Jahre staffindende Zusammenkunft und hatte beschlossen, aus Aktualitätsgründen ein Büro in Hamburg anzumieten, und das möglichst bei einer deutschen Agentur, die technisch in etwa ähnlich ausgestattet war.

Als mich die Nachricht erreichte, war ich spontan begeistert. Zum einen roch das nach einem verdammt guten Job, und den konnten wir immer gut gebrauchen, zum anderen reizte die Aufgabenstellung einer Zusammenarbeit mit einer New Yorker Werbeagentur natürlich ungeheuer.

Ich schrieb einen Brief an die Kontaktadresse, die ich von der

Handelskammer erhalten hatte und pries die Vorzüge und Möglichkeiten meiner Agentur an. Ich erwähnte die Nähe zum CCH und erläuterte die Satztechnik unseres Hauses.

Nach wenigen Tagen erhielten wir Antwort von einer gewissen Susan Myers. Sie schrieb, dass sie in ein paar Tagen nach Deutschland fliegen würde, um sich die Lokalitäten vor Ort anzusehen. Ob das genehm wäre und ob ich Zeit hätte, ihr zur Verfügung zu stehen?

Natürlich!

Mrs. Myers war eine energische Mittvierzigerin mit Nana Mouskouri-Brille, dunklem Haar und lässigem Auftritt. Es kam ihr überhaupt nicht in den Sinn, dass es Menschen geben könnte, die die englische, oder besser gesagt, die amerikanische Sprache nicht oder nur unzureichend drauf haben.

So gut es ging parlierte ich mit ihr über den Flug, das Wetter in Hamburg und die Mentalität der Menschen an der Elbe. Nachdem ich die wesentlichen Eckpunkte des höflichen Vorabaustauschs so gut es ging beantwortet hatte – sie quittierte jeden Satz mit einem dämlichen „Yeah, I see...“ – kamen wir zum Eingemachten.

Die Technik war nicht das Problem. Wir arbeiteten mit Macintosh-Rechnern, die New Yorker auch. Was nicht überraschend war, denn damit arbeiten offensichtlich alle Agenturen dieser Welt.

Susan Myers erklärte mir, dass sie mit zwölf Mitarbeitern anrücken wollten und von Macintosh Deutschland noch ein halbes Dutzend Rechner samt Arbeitsplätze zusätzlich anmieten wollten. Wir schritten unsere Agenturräume ab und fanden Möglichkeiten mit wenigen Verschiebungen mühelos zwölf amerikanische Mitarbeiter für den vorgesehenen Zeitraum von einer Woche unterzubringen.

„Susan“, fiel sie mir ins Wort, „that’s enough.“

„Ok, my name is Klaus“, schob ich ein, „dann werde ich Ihnen ein Angebot auf der Basis ihrer Anforderungen formulieren und es Ihnen nach New York faxen.“

„Yeah, I see... that’s great“, meinte Susan zwischen zwei Kaffeeschlucken und setzte noch hinzu, dass sie davon ausginge, dass ihr Agentur-Chef ihren Empfehlungen folgen würde und wir im Geschäft seien. Sie wollte sich nun noch um Hotels und ein paar andere Dinge kümmern und zwei Tage später wieder zurückfliegen. Es würde reichen, wenn mein Angebot am dritten Tag vorliegen könnte.

Ich machte mich an die Arbeit und berechnete die Herstellung einer achtseitigen Tageszeitung für den Weltbankkongress unter Berücksichtigung der redaktionellen Zuarbeit durch die New Yorker.

Dann bedurfte es einer Kalkulation für die Anmietung wesentlicher Teile der Agenturräumlichkeiten. Ferner galt es die damals noch notwendige Belichtung und Entwicklung der täglich acht Seiten zu berechnen. Immerhin waren das für den Vierfarbprozess 32 Seiten im DIN A3-Format pro Tag, und das eine Woche lang.

Materialeinkauf und Personaleinsatz für das Wochenende waren der letzte Punkt in meiner Kalkulation.

Anbieten und abrechnen sollte ich in US-Dollar. Die Gesamtsumme belief sich auf knapp 50.000 Dollar. Ich übersetzte meine fertige Angebotsfassung ins Englische, druckte die Papiere aus und faxte sie schließlich ins New Yorker Agentürbüro an der Fifth Avenue (!).

Schon bald darauf hatte ich am späten Nachmittag Susan Myers am Telefon: „Good Morning, Klaus, we accept! I’ll send you the timetable!“

„Okay, and thank you very much“, antwortete ich erfreut und vermeldete den Erfolg meinen Mitarbeitern.

Zwei Tage vor Eintreffen der US-Delegation brachte ein Spezial-Spediteur die avisierten Rechner und Arbeitsplätze für unsere neuen „Mitarbeiter“.

Dann war D-Day.

Acht Männer und vier Frauen (inklusive Susan) erschienen am angekündigten Vormittag in den Räumen der Atelier Schümann GmbH, um für den Weltbankkongress im CCH Tageszeitungen zu produzieren.

Susan und ich stellten die Mitarbeiter untereinander vor.

Wir waren acht und von heute an für sieben Tage in der Minderheit. Mike, Patrick, Al, John, und wie sie alle sonst noch hießen, waren gut drauf, hochmotiviert, sehr mitteilsam und ein wenig laut, eben typisch amerikanisch.

Wir waren dabei und hatten am Ende des Jobs auch noch 50.000 Dollar im Sack. Was will man mehr?

Unsere eigenen Jobs liefen natürlich weiter, die Auftragslage war nicht schlecht, der Termindruck heftig und ein Arbeitstag immer zu kurz.

Kurzum, wir waren plötzlich völlig ausgelastet und mussten den Laufschritt wieder einführen.

Der erste Tag ging mit Arbeitsplatzeinrichten, Softwareladen, Kaffeetrinken und Smalltalk komplett drauf.

Mit Susan hatte ich den nächsten Tag grob umrissen. Um neun Uhr sollte die Produktion anlaufen, zwei Tage vor Kongressbeginn. Um zehn Uhr waren endlich alle da. Einige hatten sich im Karolinenviertel verlaufen, andere waren auf der „Rrieperbahn“ hängen geblieben, was Susan mit einem ärgerlichen „Yeah, I see...“ kommentierte.

„Well, let's do the job“, ordnete sie den plaudernden Erfahrungsaustausch vom Vorabend, und die US-Truppe nahm hinter den Monitoren Platz und begann zu schaffen.

Wir hatten vier Amtsleitungen in unserer Agentur. Eine Telefonleitung hielten wir frei für den Mitarbeiter, der im CCH den redaktionellen Außenposten markierte. Eine andere mutierte innerhalb von zwei Tagen zur exklusiven Anrufnummer für die New Yorker Zentrale.

Von Minute zu Minute nahm die Hektik zu und die Nerven wurden dünner.

Spät am Abend, die erste Ausgabe war bereits produziert und befand sich in der Druckerei, bat mich Al um einen Tipp, mit einer „typical kitchen". Er wollte mit seinen Kollegen unbedingt hamburgisch essen gehen, „not too far, please."

„Old Commercial Room", nannte ich spontan und grinste hinterher, „ask for Labskaus!"

„For what?"

„Labskaus", wiederholte ich, „L-A-B-S-K-A-U-S, it's typical Hamburg, you must try it!"

„What is it?", wollte Susan wissen.

„Hmm", dachte ich, wie beschreibt man Labskaus auf englisch?

„It look's like an accident."

Sie folgten meiner Empfehlung, tafelten im *Old Commercial Room* an der Englischen Planke und erfreuten sich am Labskaus.

Sie mochten es alle, gaben auf meine Nachfrage hin aber zu, dass es tatsächlich wie ein Unfall ausgesehen hatte.

Mit der Agentur und ihrer Repräsentantin Susan Myers hatte ich vereinbart, dass 10.000 Dollar vor Antritt des Jobs und nach jeweils drei Tagen weitere 10.000 Dollar auf unser Konto überwiesen werden sollten.

Das funktionierte auch ganz prima und motivierte hochgradig. Wir gewöhnten uns aneinander und produzierten in diesen sieben Tagen neben unseren laufenden Arbeiten problemlos die Periodika für den Weltbankkongress. Das Ende nahte, die Belegschaft und die Fremdarbeiter feierten einen gemeinsamen Abschied in der Agentur mit Bier und Pizza und verabschiedeten sich.

Schon für den nächsten Tag war der Rückflug angesetzt.

Ich schrieb meine Schlussrechnung, die durch weitere technische Fremdarbeiten rund 25.000 Dollar betrug, faltete das Blatt zufrieden in den Umschlag und schickte das Papier von der Glashüttenstraße an die Fifth Avenue in New York mit der Bitte um Ausgleich.

Nach vier Wochen, ich hatte mittlerweile alle anfallenden Fremdkosten beglichen, wurde ich nervös und griff erstmals zum Telefon, um Susan Myers in New York zu erreichen.

„Oh, there's no problem“, flötete Susan ins Telefon und versprach, sich darum zu kümmern.

Ich hatte fast ein schlechtes Gewissen, dass ich mit meiner deutschen Pingeligkeit nach vier lächerlichen Wochen schon die Kohle anmahnte. Aber immerhin, wir hatten ein anderes Zahlungsziel vereinbart.

Als weiterhin nichts passierte, brachte ich meinen Unmut schriftlich zum Ausdruck und mahnte wiederum den fälligen Betrag zur Zahlung an.

Nach fünf Wochen rief ich wieder an und wurde zickig. Ich sagte etwas von guter Arbeit und gutem Lohn, und dass das doch abgemacht gewesen sei. Und überhaupt, was das nun soll? Sie versprach, sich darum zu kümmern.

Ich wusste schon beim Auflegen, dass ich gerade eben verarscht worden war.

Weitere acht Wochen Warten, Telefonieren und Ärgern zogen ins Land. Mir schwoll der Zorneskamm. Ich wurde stinksauer und ballte die Fäuste. Na wartet, denen werde ich's zeigen! Doch was sollte ich tun? Offensichtlich wollten die mich am langen Arm verfaulen lassen. Das konnte man mit mir nicht machen. Der klassische Weg über unseren Hausanwalt? Geht das? Und wenn ich selbst nach New York fliege...

Nach New York fliegen?

Ich rief Gisela an und sagte „Wir machen uns ein schönes Wochenende in New York und nehmen unsere Töchter mit!"

„Bitte was machen wir?"

„Doch, du hörst richtig. Ich muss da hin und Geld abholen. Wir könnten die Mädels mitnehmen und uns ein paar schöne Tage machen. Was hältst du davon?"

Sie war dabei.

Ich buchte die Tickets für das nächsterreichbare Wochenende von Donnerstag bis Montag und zwei Doppelzimmer im *Sheraton* in Manhattan, eins für Gisela und mich, eins für die drei Mädchen.

Die Töchter zeigten sich natürlich begeistert und genossen den Landeanflug, als vom Cockpit Frank Sinatras *New York, New York* erklang. Den Nachmittag und Abend nutzten wir zum Sightseeing und zeigten den Mädels die Freiheitsstatue, den Central Park und natürlich die Kaufhäuser.

Für den kommenden Freitagmorgen hatten sie sich *Macy's* ausgesucht, der Konsumtempel fehlte noch. Gisela wollte auch mit.

Ich winkte mir ein Taxi und nannte die Nummer an der Fifth Avenue, wo meine Agenturfreunde ihren Sitz haben sollten. Ich ahnte nicht, wie lang die Straße war. Und ich ahnte auch nicht, dass Fifth Avenue nicht gleich Fifth Avenue war. Die Agentur war im nicht ganz so eleganten Bereich zu finden, um es mal vorsichtig auszudrücken.

Ich bat den Fahrer, ein Haus weiter zu halten, zahlte ein paar Dollars und ging mit meiner Collegemappe unter dem Arm die wenigen Meter bis zum Haus der Agentur zurück.

Ich verlangsamte meine Schritte, denn ich musste erst feststellen, ob es einen Portier gab. Ich wollte unter allen Umständen vermeiden, dass ein Wachmann mich nach meinem Begehren befragte und irgendwo anmelden würde, um Frau Myers oder ihrem Chef womöglich Gelegenheit zu geben, sich zu verkrümeln. Oder dass er mich gar nicht erst ins Haus lassen würde. Also schielte ich um die Ecke und entdeckte tatsächlich einen Pförtner, der in einem Glaskasten saß und irgendwelche Papiere las.

An dem Mann musste ich vorbei.

Es war von Vorteil, dass das Haus, offensichtlich Heimat mehrerer Firmen, großen Publikumsverkehr hatte. Männer und Frauen gingen grüßend rein und raus, andere fragten den Portier nach ihrem Ziel. Ich wartete, bis sich eine ältere Dame mit Hund zur kleinen Portiersklappe hinunterbeugte.

Okay, der Mann war abgelenkt. Jetzt oder nie.

Gemeinsam mit einer großen Blondinen und einem Angestellten-Typ, der mich an Jack Lemmon in *Das Apartment* erinnerte, schritt ich erhobenen Hauptes durch die Portiersloge.

Ich bemühte mich, ebenfalls mit zügigen Schritten, als täte ich seit Jahren nichts anderes als in diesem Haus zu arbeiten, den Weg ganz selbstverständlich zum Fahrstuhl zu nehmen. Dabei wusste ich nicht einmal, ob es überhaupt einen Fahrstuhl gab.

Geschafft!

Meinc beiden Mitreingeher hatten sich in keiner Weise für

mich interessiert und der Wachmann war immer noch mit der schwerhörigen alten Dame beschäftigt.

Soweit, so gut. Was jetzt?

Ich sah eine Reihe Fahrstühle und suchte den mir gut bekannten Namen der Agentur. Im Treppenhaus befand sich ein Schild mit gut zwei Dutzend Firmen, in abenteuerlicher Typographie durcheinandergewürfelt. Anhand der Buchstaben konnte ich ahnen, welches Unternehmen wohl am längsten in diesem Haus residierte.

Dann las ich den Namen, den ich suchte!

Fünfter Stock! Na also!

Ich schwor mich selbst noch ein bisschen auf wütend und zornig ein, holte mir noch einmal den Frust der unbezahlten Rechnungen samt Größenordnung ins Gedächtnis und schob mich, entsprechend gebrieft und motiviert, mit einem Schwung anderer Fahrstuhlnutzer in den erstbesten Aufzug.

Niemand hatte die Fünf gedrückt.

Ich drängelte zu den Stockwerksknöpfen, murmelte so amerikanisch es nur eben ging ein unauffälliges „xjus mi!" und drückte den abgewetzten Knopf mit der Fünf. Er leuchtete auf.

Der fünfte Stock machte einen unauffälligen Eindruck. Es gab eine Tür, auf dem der Name des Agentur prangte und vor dem Eingang einen Wasserspender für durstige Büroetagenmitarbeiter.

Jetzt kam es darauf an.

Mein Herz klopfte und ich an die Tür. Gleichzeitig drückte ich den Türgriff. Nichts tat sich. Die Tür blieb zu und keiner kam, um sie zu öffnen. Da erst entdeckte ich einen abgewetzten Klingelknopf an der Seite und drückte ihn sofort, bevor ich es mir wieder anders überlegt hätte. Es summte und augenblicklich schnarrte die Tür als Zeichen zum Aufdrücken.

Schwupps war ich drin und stand einer gestylten Agenturfrau an einem Empfangsschalter gegenüber. Sie lächelte mich an und fragte nach meinen Wünschen.

Ich nahm mein ganzes Selbstbewusstsein und mein existierendes Englisch zusammen und stellte mich als Chef der Agentur aus Hamburg, Germany, vor, der unbedingt mit Mrs. Myers, oder noch besser, mit dem Chef sprechen muss.

Und dass die Angelegenheit keinen Aufschub dulde.

Susan Myers war nicht „on duty" und der Chef habe leider überhaupt keine Zeit, meinte die Durchgestylte.

Jetzt brauchte ich mich nicht mehr um das nötigte Quäntchen Wut zu bemühen, jetzt war ich stinksauer.

Und wie.

Glaubte die dumme Nuss denn im Ernst, ich fliege mal eben nach New York, um die mir seit Wochen zustehenden 25.000 Dollar abzuholen, und um mich dann bei der erstbesten Gelegenheit von Miss Durchgestylt mit einem dahergeflöteten Satz wieder zurückschicken zu lassen?

„Listen", begann ich so, wie ich das vom Kino her kannte – James Bond hätte allerdings noch ein „Sweetheart" hintenan gefügt. Doch nach Scherzen war mir nun gar nicht. „Listen", sagte ich also, du hast jetzt zwei Möglichkeiten: Entweder du gehst jetzt zu deinem Chef und sagst ihm, dass ich hier bin oder ich mache es mir hier gemütlich!

Die Durchgestylte bekam ein ängstliches Gesicht und verschwand. Immerhin war ich schon mal drin, und wer raus will, muss wohl hier durch.

Ich wartete.

Mir wurde warm.

Mitarbeiter der Agentur saßen im Hintergrund hinter sorgfältig abgeteilten Arbeitsplätzen. Ein junger durchgegelter Bursche schritt mit Brille auf der Stirn durch den Empfang und musterte mich neugierig über seinen Brillenrand.

Sie kam wieder und bat mich, ihr zu folgen.

„Na also, geht doch!“, murmelte ich auf deutsch und schritt erhobenen Hauptes der Stylistin hinterher.

Mit einem Wortschwall des Bedauerns und der aktuell schwierigen Situation der Agenturen in New York, und seiner ganz besonders, kam der rundliche kleine Chef auf mich zu, streckte mir die Hand entgegen und hatte viel zu kurze Hosen an, die von Hosenträgern gehalten wurden. Er griff nach seinem Jackett und bat mich, den Stuhl vor seinem Schreibtisch einzunehmen.

Jetzt hatte ich ihn vor mir.

Und ich ließ erst einmal Luft ab. Dass ich so ein Verhalten überhaupt nicht kenne. Dass im alten Europa so ein Geschäftsgebaren unüblich ist und dass ich nun, bitteschön, gern mein Geld hätte.

Und jetzt kam's dicke.

Der Typ erzählte mir gestenreich von seinen aktuellen Schwierigkeiten, stöhnte über die Zahlungsmoral der Amerikaner und dass er schließlich gerade eine größe Summe vorfinanzieren musste. Ich würde schon verstehen. Und so weiter.

„Das ist aber nicht mein Problem“, sagte ich so cool wie es nur geht und musste plötzlich an eine Pokerszene mit Paul Newman in *Der Coup* denken.

Die kurze Hose dachte nach und meinte schließlich, dass sie mir einen bankbestätigten Scheck über 5.000 Dollar geben könnte. Und sie würde mir heute nachmittag bis 18 Uhr einen weiteren über 10.000 Dollar ins Sheraton bringen lassen. Das könne sie erst später, weil da noch jemand mit unterschreiben müsste.

Was blieb mir übrig?

Ich stimmte zu und drohte ihm damit, dass zwischen seinem und meinem Schreibtisch gerade mal sieben Stunden lägen und ich sofort wieder auf der Matte bin, wenn er jetzt irgendwelche Spielchen versuchen würde. Ich phantasierte noch etwas von einem Master of Law in New York, zu dem ich beste Beziehungen pflegen würde. Und wenn der erst einmal loslegt ...

Mittlerweile war eine andere Mitarbeiterin erschienen und brachte eine Mappe, der er einen länglichen Scheck der Chase Manhattan Bank entnahm, unterschrieb und mir wedelnd über seinen Schreibtisch reichte.

5.000 US-Dollar, New York, Datum und so weiter.

Na wenigstens den hatte ich.

Die kurze Hose brachte mich zum Empfang, wo mich die Durchgestylte anstarrte und offenbar nicht richtig wusste, ob ich nun ein wichtiger Mega-Kunde oder ein durchgeknallter Ausländer war.

Ich verabschiedete mich artig und fuhr ins Hotel zurück, wo ich mit Gisela und den Töchtern verabredet war. Sie waren bepackt mit *Macy's*-Einkaufstüten und kamen ebenfalls gerade erst zurück. Ich erzählte, wie mein Vormittag verlaufen war und wir hofften auf die zweite „Lieferung".

New York brummte, die Stadt gefiel den Mädchen. Wir aßen koscher in einem faszinierenden jüdischen Restaurant, kauften noch die zwingend notwendige Jeans „501" und waren zum Tee im Hotel zurück.

Ich fragte an der Rezeption, ob eine Nachricht für mich eingetroffen sein.

„Yes, Sir!", schnarrte der Schwarze an der Rezeption, drehte sich kurz um und reichte mir aus dem Regal mit den vielen Fächern einen Briefumschlag, der meine Zimmernummer trug.

Ein Scheck der Chase Manhattan Bank über 10.000 Dollar blitzte mir entgegen.

Na also.

Die noch fehlenden 10.000 sollten in vier Wochen per Überweisung eintreffen, hatte die kurze Hose zum Abschied versprochen.

Sie kamen nie.

Ich sollte noch mal rüberfliegen ...

Der Neujahrsempfang

&

Eigentlich war Walter schuld.

„Mach' doch mal einen Neujahrsempfang ...", warf er im Sommer 1994 einfach mal so ein. Patricia Schröder gesellte sich hinzu und sah mich erwartungsvoll an. Dem Geselligen durchaus aufgeschlossen, nahm ich den Gedanken auf und bat im Januar 1995 erstmals zum „Blankeneser Neujahrsempfang" in die Blankeneser Redaktion des *Klönschnack*.

Gut fünfzig geladene Gäste folgten dem Ruf in die Auguste-Baur-Straße 7, darunter auch Peter Tamm, der langjährige Springer-Vorstandsvorsitzende. Er hatte mich ein paar Jahre zuvor in sein Büro zum Kennenlernen eingeladen und lobte den *Klönschnack* mit den Worten:

„Da hatten wir bei Springer den Markt für Anzeigenblätter abgeschlossen, und dann kommt da ein Klaus Schümann durch die kalte Küche und zeigt uns, dass da doch noch 'was geht."

Kollegen aus der Medienszene und die Blankeneser Gallionsfigur Jochim Westphalen waren ebenso dabei wie ein paar Wichtige aus unserem Verbreitungsgebiet.

Kurze Zeit zuvor war Bill Ramsey nach Hamburg gezogen. Ich klingelte gleich im Hause Ramsey an, um den „Kammersänger" (Ehefrau Petra) für den *Klönschnack* zu interviewen.

Wir kannten uns noch von 1969, als wir mit der *TS Ham-*

burg in Südamerika untwegs waren, das heißt, er mich eigentlich nicht so richtig.

Wer erinnert sich schon an einen Tellerwäscher?

Ich hatte ihn im Interview gefragt, warum er nach über 40 Jahren seine deutsche Heimat, Wiesbaden, verlassen habe, um in Hamburg seine alten Tage zu verbringen. Gut, Petra wollte hierher, Hamburg ist schön und so weiter. Aber dass ihm die Schulterklopferei der Rheinländer zur Begrüßung auf die Nerven ging, schob er noch schnell hinterher, und „... hier in Hamburg geht man doch etwas distanzierter mit Prominenten um".

Bill und Petra kamen auch zum Neujahrsempfang.

Und das Fernsehen. Nicht, um über unseren Redaktions-Neujahrsempfang zu berichten.

Das Kamerateam wollte ein Feature für das Format „brisant" über Bill Ramsey machen und fragte höflich bei uns an, ob wir etwas dagegen hätten, wenn man auf unserem Empfang drehen würde.

Natürlich hatten wir das nicht, und am nächsten Tag berichtete das Fernsehen über das Leben von Bill Ramsey in der Hansestadt und zeigte einige Szenen vom *Klönschnack*-Neujahrsempfang in Blankenese, und dass der Sänger „... mühelos Anschluss an die Hamburger Gesellschaft gefunden" habe.

Meine Phantasie kam in Bewegung.

Daraus muss man doch mehr machen können...

Das Verhältnis zu den örtlichen Pastoren, zum Propst und zur Blankeneser Kirche im Allgemeinen war recht ordentlich. Wir tauschten uns aus, berichteten stets über das Gemeindeleben und stellten Gemeindevertretern sogar eine Seite im Heft zur Verfügung, die von der Fischerhaus-Redaktion bis zum heutigen Tag für Mitteilungen und Informationen genutzt wird.

Mit Pastor Helmut Plank, mit dem ich später auch die Feierlichkeiten zur Blankeneser 700 Jahre-Feier anschob, besprach ich eine mögliche Zukunft der Neujahrsempfänge und bat ihn, mir für den zweiten Donnerstag des Jahres den Gemeindesaal an der Blankeneser Bahnhofstraße für diesen Zweck zur Verfügung zu stellen. Der Geistliche hatte nichts einzuwenden und auch der Kirchenvorstand gab sein Einverständnis.

Dem Blankeneser Udo Franke, Unternehmenssprecher der Holsten-Brauerei, galt mein nächster Gedanke:

„Udo, meinst du, die Holsten könnte sich auf dem Blankeneser Neujahrsempfang unterstützend zeigen und uns mit Bier helfen?"

Die Holsten-Brauerei konnte.

Nicht nur Bier, auch das Drumherum in Form von Tresen, Gläsern, Zapfanlagen, Tabletts samt alkoholfreien Getränken lieferte fortan Udos Brauerei. Eine weichenstellende Hilfe, die als Unterstützung des Empfangs bis heute anhält.

Das Bier war geregelt, Wein sollte auch dabei sein. Damit half spontan das *Weinhaus Röhr* in Form Bernd Rudolph, der zu günstigsten Tarifen Weißwein und Rotwein zur Verfügung stellte.

Wie beschränkten die Teilnehmerzahl auf 200, das war so die Größenordnung, die der alte Gemeindesaal bequem aufnehmen konnte. Die Gäste sollten an Stehtischen den Ansprachen lauschen und später einen angenehmen und kommunikativen Abend miteinander erleben.

Reden können zermürbend sein.

Reden können zu lange dauern und Reden können durchaus auch leeres Geschwätz sein.

Auf dem ersten großen Neujahrsempfang 1996 im Gemeindesaal gab es zwar keine Neujahrsansprachen dieser Art, doch mit sechs Rednerinnen und Rednern war die Choreographie des Abends eindeutig unstimmig und die Gäste waren überfordert.

Doch die 200 Geladenen behielten die Contenance und lauschten den auserwählten Rednern des Abends: Bernd Appel als Landesvorsitzender des Bundes der Selbstständigen, Monika Lühmann als Bürgerinitiativen-Vertreterin, Helmut Plank vom Kirchenkreis Blankenese, Dr. Thomas Mirow als Senator für Stadtentwicklung und der CDU-Fraktionschef Ole von Beust richteten ihre Neujahrsansprache an die Gäste, nachdem ich kurz die Begrüßung der Redner und der Gäste vorangestellt hatte.

Als verantwortlicher Initiator des Abends stand ich während der Ansprachen in einer Ecke hinter der Bühne und schwitzte Blut und Wasser.

Mein Gott, warum müssen die Leute so lange reden?

Wieviel Zettel hat der denn da noch auf dem Rednerpult liegen? Und schließlich die große Erleichterung, als der Redner oder die Rednerin sich bei den Zuhörern für die Aufmerksamkeit bedankte. Eine Erleichterung, die auch den Saal betraf, in dem augenblicklich das große Palaver begann.

Noch heute leide ich bei gewissen Neujahrsansprachen, die zum einen nicht unbedingt das Publikum fesseln und zum anderen den inwischen pedantisch festgenagelten Zeitplan ignorieren und sich hoffnungslos ausdehnen.

Wer im geselligen Rahmen Alkohol trinkt, hat auch irgendwann Appetit. Der sollte fest in Blankeneser Händen bleiben. Das Fischgeschäft Breckwoldt entwickelte eine Fischsuppe, die als Blankeneser Fischsuppe in den folgenden drei Jahren Furore machte. Das begleitende Backwerk lieferte die Bäckerei Körner.

Die Stimmung war prächtig, die Gäste amüsierten sich, klönten, schwatzten und lernten einander sogar näher kennen, Einige waren sich seit Jahrzehnten nicht unbekannt, sind sich aber im Alltag gern aus dem Weg gegangen.

Das ist auch so eine Eigenart in diesem Landstrich: die Verschlossenheit der Menschen.

Wettbewerber unter den Gästen, die als Konkurrenten noch nie ein Wort miteinander gewechselt hatten, standen bei einem Gläschen Wein beisammen und tauschten ihre Erfahrungen aus.

Bereits nach dem ersten Gemeindesaal-Neujahrsempfang 1996 ernteten wir viel Lob für die Einführung dieser bis dato in Blankenese und Umgebung offensichtlich völlig unbekannten gesellschaftlichen Form des Zusammenkommens. Schon damals haben Freunde und Bekannte mitgeholfen, dem Unterfangen auch organisatorisch zu einem Erfolg zu verhelfen.

Manne Lütten ist nicht nur von Anfang an dabei, er steht heute noch im *Louis C. Jacob* an jedem Neujahrsempfangs-Abend hinter einem der Tresen und zapft mit Überblick das Holsten-Premium.

Natürlich haben wir das Ereignis jedesmal in der folgenden Ausgabe des *Klönschnack* auf die Seiten gehoben und ausführlich in Wort und Bild über den Empfang berichtet.

Doch auch unter die Geladenen und die, die gern dabei wären, kam Bewegung.

Es gab zunehmend Anfragen, wir möchen doch bitte diesen oder jenen Mitmenschen beim nächsten Mal eine Einladung zusenden.

Und es gab auch erste, ganz konkrete Eigenwünsche, am Blankeneser Neujahrsempfang teilzunehmen.

Wir haben uns sehr gefreut und konnten ein Jahr später bereits 300 geladene Gäste im Gemeindesaal begrüßen. 1997 ergriffen nur noch drei Redner das Wort. Die Atmosphäre war blendend, die Kommunikation erwartungsgemäß und die Kosten hielten sich in Grenzen. Ich freute mich über den zunehmenden Wunsch von Vertretern aus den klassischen Geselligkeitsfeldern Politik, Wirtschaft, Kultur und Gesellschaft, beim Empfang dabei zu sein.

1998 konnte wir den Empfang noch einmal in jeder Beziehung steigern. Diesmal folgten rund 400 Gäste in den mittlerweile prall gefüllten und bis an die Grenze des Belastbaren ausgereizten Gemeindesaal der Einladung des *Hamburger Klönschnack*.

Blankeneses Tabletteur und bekanntester Gastronom, Hein Wiese, hatte mit Manne Lütten, Bernd Rudolph und seinem Service-Team die scherzende, schwatzende und sich offensichtlich prächtig amüsierende Menge bestens im Griff.

Die Kosten stiegen, aber der Marketing-Erfolg für den *Klönschnack* erlaubte die Ausgaben.

Dann kam Pastor Helmut Plank mit einer Botschaft von Hiob:

„Der Gemeindesaal wird abgerissen, ihr müsst euch einen neuen Veranstaltungsort suchen".

Atelier Schümann, die Agentur für Unternehmenskommunikation hatte schon Jahre zuvor das Hotel *Louis C. Jacob* als Kunden gewonnen. Achaz Reuss, der Creative Director der Agentur, mit vollem Namen Heinrich Achaz Prinz Reuss Graf von Plauen, zählt zu den wenigen Typographie-Größen Deutschlands und war schon immer scharf darauf, das *Louis C. Jacob* als Kunden zu gewinnen.

Als wir die ersten Hausprospekte und Bankettmappen für

das Premium-Haus in Auftrag hatten, übernahm Achaz erst einmal die Typographie der Holzbuchstaben, die noch heute an der Fassade des Hotels prangen, und digitalisierte daraus ein Alphabet mit allen Ziffern und Zeichen.

Fortan hatte das *Louis C. Jacob* seine Hausschrift.

In regelmäßigen Abständen saßen Direktor Jost Deitmar, Marketing-Chef Christoph Hoffmann, Achaz Reuss und ich zu Gesprächen beisammen.

Ein inzwischen legendäres Briefing fand bei einem Bierchen mit Spargel und Schinken in *Beeses Biergarten* am Hochrad statt. Das Wetter optimal, die Stimmung kreativ und der Nachmittag stressfrei.

Wir hatten gerade Wichtiges über die aktuellen Arbeiten abgehakt, als Jost Deitmar die entscheidende Frage stellte:

„Was machst du denn jetzt mit dem Neujahrsempfang?"

„Wir haben noch nichts", antwortete ich und zählte ein paar Einrichtungen auf, die im Prinzip aber nicht geeignet waren.

„Vielleicht *Sagebiel* oder das *Schulauer Fährhaus,* aber das ist auch schon alles hier draußen," resümierte ich wenig hoffnungsvoll. Wir unterhielten uns über die Situation der Gastronomie und der nicht vorhandenen Veranstaltungsräume im Westen der Millionenstadt.

„Mach' es doch bei uns!", schob Jost den Satz des Tages unvermittelt dazwischen.

„Was?"

„Na, den Neujahrsempfang".

„Hahaha", lachte ich ernsthaft, während Christoph das Bier abstellte und Achaz auf halben Wege zum Mund mit dem noch vollen Glas innehielt.

„Nein", meinte Jost völlig sachlich, „ich meine das ganz im Ernst".

„Jost, wer soll denn das bezahlen? Wie stellst du dir das vor. Ich kann nicht 400 Leute ins *Louis C. Jacob* einladen! Das sprengt nun wirklich alle Vorstellungen und vor allen Dingen unsere Kasse!"

„Lass' uns das doch mal im Einzelnen durchgehen", sagte Jost und ließ nicht locker.

Immer noch zweifelnd ging ich Tage später mit Hoteldirektor Jost Deitmar den Ablauf eines solchen Abends noch einmal durch. Gut, die Holsten-Brauerei wäre wieder dabei, aber was noch?

Jost Deitmar hatte seine eigenen Vorstellungen und sah auch eine Chance für das Hotel.

Wir trafen uns danach noch einige Male, um den ersten Empfang im *Hotel Louis C. Jacob* einzutüten. Vor allem galt es, Horst Rahe mit seiner Familie, die Eigentümer des Hotels, ebenfalls von der Veranstaltung in seinem Hause zu überzeugen.

Das Konzept ging auf.

Ein halbes Jahr später bat der *Hamburger Klönschnack* erstmals zum „Blankeneser Neujahrsempfang" in das *Hotel Louis C. Jacob* an die Elbchaussee nach Nienstedten. Ganz ohne Zweifel erhielt die gesellschaftliche Bedeutung ab diesem Moment einen gewaltigen Schub. Wir erweiterten den Gästekreis über ganz Hamburg und luden kommunikationsfreudige Meinungsbildner, Mäzene, Politiker, Prominente und Wirtschaftsvertreter ein, die spontan das Ambiente und die Veranstaltung schätzten.

Mit dem Weingut *Dr. Bürklin-Wolf* im pfälzischen Wachenheim hatte Bernd Rudolph einen weiteren Sponsor für den Abend eingebracht.

In Nienstedten konnte Schlachtermeister Rolf Hübenbecker

für den Empfang begeistert werden, der bis heute seinen Beitrag leistet, dass sich das Buffet biegt.

Unsere Kosten beliefen sich aber dennoch auf mehr als 20.000 Mark für den Abend. Wir brauchten dringend kostensenkende Zusatzeinnahmen.

Ich sann über Möglichkeiten und Spielregeln nach, den Aufwand zu senken oder eine Einnahmemöglichkeit zu finden, und erfand die Gästliste als kleine *Klönschnack*-Ausgabe im Brieftaschenformat mit allen Gästen – und mit Anzeigen.

Es funktionierte. Die Gästeliste ist heute ebenso traditioneller Bestandteil wie die Neujahrsansprachen.

Horst Rahe war noch nicht hundertprozentig überzeugt, dass der Blankeneser Neujahrsempfang in seinem Haus eine Zukunft haben könnte. Gisela und ich luden Wera und Horst Rahe zum Abendessen ein. Wir trafen uns im *Flic Flac,* unterhalb des Goßlerhauses. Ich informierte Horst Rahe lückenlos über Hintergründe, Gästestrukturen, Rednerplanungen und Sponsorenzusagen.

Er stimmte schließlich zu.

Als Hauptsponsor hatte die Hamburger Sparkasse rechtzeitig das Potential erkannt. Die Vereinbarung mit der Haspa ist in trockenen Tüchern, das Kreditinstitut zählt heute, neben Mercedes-Benz, zu den festen Hauptsponsoren.

Hapag-Lloyd-Kreuzfahrten bot an, eine Luxus-Kreuzfahrt auf der *MS Europa* zu verlosen. Ich wollte diese Möglichkeit mit einem sozialen Beitrag verbinden und organisierte insgesamt drei Preise: ein Abendessen in *Jacobs Restaurant*, einen attraktiven zweiten Preis und als Hauptpreis die Luxus-Kreuzfahrt auf der *MS Europa.*

Die Bäckerei Körner lieferte weiterhin das Naschwerk für die Stehtische. Nienstedtens Stimme, der Promi-Schlachter Rolf

Hübenbecker, zeigte sich sehr engagiert und machte sofort klar, dass der Empfang mit seiner Unterstützung rechnen könne. Seit den *Jacob*-Tagen zählt „Hübi" mit seinen Lieferungen zu den handfesten Sponsoren für die Küche.

Natürlich zeigt auch das *Jacob* Flagge und beweist seine Professionalität nicht zuletzt durch eine perfekte Organisation.

Verbunden mit dem Namen *Louis C. Jacob* bekam der Blankeneser Neujahrsempfang eine Hamburgweite Bedeutung. Die zunehmenden „Bewerbungen" um eine Einladung nahmen teilweise skurrile Formen an. Ganze Lebensläufe erreichten die Redaktion. In den Briefen wurde dargestellt, dass der eine Einladung begehrende Absender entweder auf Blankeneser Wurzeln oder auf entsprechende Bedeutung im Berufsleben verweisen konnte.

Oscar Wilde, dessen Formulierungen ich sehr schätze, schrieb einst: *„Zur sogenannten guten Gesellschaft zu zählen ist eher langweilig, aber davon ausgeschlossen zu werden, ist eine Katastrophe"*. Damit beschrieb er möglicherweise die unangenehme Situation für die Gäste, die im Folgejahr keine Einladung bekamen.

Natürlich konnten wir den drängenden Wünschen nicht nachkommen. Es wurde rotiert und in dem einen Jahr mal 120 Leute ausgelassen, dafür 120 andere eingeladen.

Doch die Zahl der Teilnehmer wuchs trotzdem. Nach anfänglichen 600 Gästen pendelten sich die Empfangs-Teilnehmer in den letzten Jahren bei rund 800 ein.

Mehr geht nicht.

Das *Louis C. Jacob* hat zum Neujahrsempfang seinen Großkampftag. Tische, Stühle und Teppiche werden ausgeräumt; Büffetmöbel, Stehtische, Tresen und Rednerpult mit kleiner Bühne werden aufgebaut. Lieferanten parken in der Auffahrt, auf dem Parkstreifen und, wenn es sein muss, sogar auf der Elbchaussee.

Personen der Zeitgeschichte als Redner für den Blankeneser Neujahrsempfang zu gewinnen, wurde zur Herausforderung. Ich konnte zum Beispiel nicht einfach bei einem prominenten Politiker in Berlin anrufen, und ihn fragen, ob er nicht Lust hätte, auf meinem Empfang in den Elbvororten ein paar Worte zu sagen.

Wie so oft im Leben halfen Menschen und Kontakte weiter.

Noch im Jahre 2000 organisierte ich allein vom Verlag aus die Neujahrs-Redner und konnte Hamburgs Ersten Bürgermeister, Ortwin Runde, Karl-Joachim Dreyer, den Vorstandssprecher der Haspa und den Tagesschausprecher Wilhelm Wieben gewinnen.

Der freundschaftliche Kontakt zu Konteradmiral Rudolf Lange, der später als Senator der FDP von sich reden machte, verhalf 2001 zu einer Zusage des ehemaligen Bundesaußenministers Hans-Dietrich Genscher. Leider kam dem dienstältesten Außenminister 14 Tage zuvor eine Auslandsreise dazwischen.

An diesem Abend sprach Winfried Scharlau, der NDR-Landesfunkhausdirektor sowie ehemalige Südostasien-Korrespondent und der ehemalige Erste Bügermeister Henning Voscherau.

Die Bedeutung des Blankeneser Neujahrsempfangs nahm von Jahr zu Jahr zu. Mittlerweile zählte der Abend im *Jacob* zu den herausragenden gesellschaftlichen Veranstaltungen der Hansestadt. 2002, Hamburg hatte gerade eine Bürgerschaftswahl hinter sich, hatte der neugewählte Erste Bürgermeister, Ole von Beust, einen seiner ersten Auftritte in dieser Funktion.

Nikolaus W. Schües, seines Zeichens Präses der Handelskammer, sorgte für Stimmung. Er hatte seine Rede über Hamburgs Wirtschaftsperspektiven auf plattdeutsch gehalten, sehr zum Vergnügen der geladenen Gäste. Die perfekte Übersetzung hatte Wilhelm Wieben übernommen.

2002 gab es auch eine Premiere: Erstmals ergriff Eberhard Möbius, Hamburgs satirische Zunge, das Mikrofon, beurteilte seine Vorredner und analysierte mit amüsantem Wortwitz die Hamburger und die Blankeneser.

Und dann kam der Blankeneser Neujahrsempfang 2003, ein Empfang, der es in sich hatte und für Schlagzeilen sorgte.

Die Planung begann im Sommer 2002 bei Claus Grossner, der als „Investbanker" in die Wahrnehmung der Hanseaten gelangt ist und als Weltmeister im Zusammentrommeln von Entscheidungsträgern und Führungskräften von sich reden macht.

Grossner bat in regelmäßigen Abständen elitäre Vertreter aus Kultur und Wirtschaft in seine Villa an der Elbchaussee. Ein Büffet, traditionell eher bescheiden, schloss sich dem Vorstellungsmarathon aller anwesenden Gäste und einer kleinen Diskussion an. Die eigenwillige Grossnersche Kommunikationsvorstellung bringt dennoch Bewegung in die Vertreter der Kultur- und Wirtschaftsszene, die aus ganz Deutschland anreiste, um an der Elbchaussee Gleichgesinnte zu treffen.

Grossner, selbst kulturell schwer engagiert, hatte das Wohnhaus des Dichters Richard Dehmel in Blankenese erworben, Kultur-Preise ins Leben gerufen und war auch als Jury-Mitglied aktiv gewesen, er ist privat Autographen-Sammler und in der Szene ein Begriff.

Ich hatte Claus Grossner schon in den 1970er-Jahren kennengelernt. Er betrieb gemeinsam mit Wolfgang Graf Baudissin das *Großforschungs- und Informationsbüro Grossner* an der Blankeneser Landstraße 1, direkt über dem Italiener.

Mit meiner Agentur hatten wir in den frühen Tagen der Kommunikationstechnik für das Forschungsbüro Grafiken und Tabellen erstellt.

Bei einem gesellig-informativen Abend im Hause Grossner lernte ich Lore-Maria Peschel-Gutzeit, Hamburgs ehemalige Justizsenatorin, näher kennen. Sie wirkte in einer Berliner Sozietät am Kurfürstendamm an einem Gutachten über die Europäische Verfassung mit und wusste Interessantes zu berichten.

Wir tranken einen Rotwein zusammen und kamen relativ zügig auf das Thema „Neujahrsempfang". Sie bot an, bei den Verbindungen zu Berliner Größen hilfreich zu sein.

Und ihre Kontakte waren vom Feinsten.

Wir telefonierten Tage danach, um Nägel einzuschlagen und persönliche Kontakte zu nutzen. Wie immer bei der Redner-Planung wurden Namen genannt, wieder verworfen, schon mal bei Referenten oder Büros angefragt oder als Top-Thema gehandelt.

Lores Kontakte waren sensationell und begannen für die Planung zum 2003er-Empfang gleich mit einem Paukenschlag.

Doch dazu später.

Ich hatte Eberhard Möbius 2002 gleich gefragt, ob er mir auch für 2003 wieder zur Verfügung stehen würde. Und Möbi hatte genickt.

Mein Augenmerk galt einer weiteren Hamburger Prominenz, die in diesen Tagen von sich reden machte. Kennengelernt hatten wir uns in Udo Frankes Kellerparlament, das die Holsten-Brauerei für Medien-, Politik-, Kultur- und Wirtschafts-Vertreter ein halbes Dutzend mal pro Jahr erfolgreich veranstaltete. Der Polizeipressesprecher Reinhard Fallak stellte uns – ich war mit Achaz Reuss geladen – dem neuen Polizeipräsidenten Udo

Nagel vor. Im Laufe des Abends kamen wir ins Plaudern und verlagerten schließlich ein finales Abschlussbier zu *Schlag* nach Nienstedten.

Noch am Abend hatte ich die Zusage des populären Polizeipräsidenten, auf dem kommenden Blankeneser Neujahrsempfang mit einer Neujahransprache vertreten zu sein. Der Bayer aus München mochte unsere dunkle Kneipe an der Rupertistraße und wir treffen uns dort gelegentlich noch heute.

Der Dienstherr des Polizeipräsidenten Udo Nagel hieß Ronald Barnabas Schill. Und der musste den Auftritt seines Polizeichefs im *Jacob* natürlich erst genehmigen.

Das hielten wir für eine reine Formsache, haben aber die Rechnung ohne Lore Peschel-Gutzeit gemacht.

Ihr weiterer Kontakt sorgte für Aufsehen – bis heute.

„Was hältst du denn von Gregor Gysi?", fragte sie mich am Telefon. „Kann man den Blankenesern diesen Mann zumuten?"

Ich war fasziniert: „Das wär' was!"

Am nächsten Tage meldete sich das Büro des PDS-Abgeordneten, Rechtsanwalts und Diplomatensohnes Gregor Gysi. Mit seiner Sekretärin besprach ich die Einzelheiten, dankte, und freute mich diebisch über die Zusage einer bemerkenswerten, wenngleich nicht unumstrittenen Figur der Zeitgeschichte.

Meine Rednerfolge für 2003 stand mit Udo Nagel, Gregor Gysi und Eberhard Möbius fest, unsere Einladungen konnten in Druck gehen.

Ende November, Anfang Dezember ist für uns Versandzeit. Die Liste der einzuladenden Gäste hatte ich mir noch einmal zum Wochenende mit nach Hause genommen, um in aller Ruhe letzte Streichungen oder besser, letzte Bitten um eine Einladung zu berücksichtigen.

Die Zusagequote war wie immer sehr hoch.

Doch es gab böse Briefe, Anrufe und E-Mail-Kommentare. Wie kann man einen Mann wie Gregor Gysi einladen? Ich musste mir SED-, Stasi- und völkerrechtswidrige Verbindungen über meinen Gast anhören.

Und ich bekam Absagen mit dem Zusatz „wg. Gysi" – insgesamt vier.

Meinen Standpunkt hatte ich in meinen Antworten deutlich gemacht. Es war für mich natürlich völlig absurd, einzelnen Forderungen nachzugeben und Gregor Gysi gar wieder auszuladen. Sicher kann man bei einem Politiker wie Gregor Gysi unterschiedlicher Meinung sein, wie wohl bei jedem Politiker. Doch die latente Aggressivität, die Vorgehensweise gegen mich, und auch gegen die Veranstaltung, machte mich schon ein wenig nachdenklich.

Seitens der Sponsoren kam kein bedenklicher Kommentar. Die Wahl der Redner war meine Sache. Und für mich war der Blankeneser Neujahrsempfang nie eine politische Veranstaltung. Meinen Gästen Persönlichkeiten des Zeitgeschehens zu bieten, ist für mich schlichtweg Paragraph 1.

Meine persönliche Einstellung gegenüber Menschen will und fordert das Aufeinanderzugehen und das Zuhören. Nebenbei hielt ich die Gäste für ungefährdet, durch eine Neujahrsansprache Gregor Gysis nun am nächsten Tag der PDS beizureten.

Doch es kam noch dicker. Seit geraumer Zeit war ich Mitglied einer lockeren Runde von Wirtschaftsvertretern und Anwälten, die sich einmal im Monat im *Anglo German Club* an der Alster zum Gedankenaustausch und Witzeerzählen traf. Selbstverständlich zählten die Mitglieder dieser Runde zu meinen Gästen beim Neujahrsempfang. Über den Fortschritt der Planung klönten wir beiläufig beim Essen im Club.

Ein Teilnehmer, Inhaber einer namhaften Spedition, deren Tanklastwagen wir alle von der Autobahn kennen, hatte, wie ich später erfuhr, kein Verständnis für einen Redner namens Gysi.

Und er wurde aktiv.

Er schrieb an den Vorstand der Holsten-Brauerei einen Brief, man möge doch bitte die Unterstützung für den Blankeneser Neujahrsempfang unterlassen, da die Gregor Gysi auf der Rednerliste stehen hatten.

Da schreibt einer hinter meinem Rücken einen Brief an Geschäftspartner, um einen Sachverhalt zu beeinflussen, der ihn letztlich gar nichts angeht. Wenn er Gysi nicht hören will, hätte ein kleines Kreuzchen im dafür vorgesehenen Feld der Absage gereicht. Diese Hinterhältigkeit sprengte später den kleinen Kreis im *Anglo German Club*.

Heute funktioniert das Treffen in anderer Form und Besetzung wieder. Auch mit mit dem Spediteur habe ich zwischenzeitlich wieder das eine oder andere Glas Wein getrunken.

Ich bin ja nicht nachtragend.

Das Thema Gysi lassen wir aus, hin und wieder schickt er mir Zeitungsausschnitte zur Person.

Am Tag des Neujahrsempfangs hatte ich mittags den Verlag verlassen und war nach Hause gefahren, um mich für den Abend umzuziehen. Für mich beginnt der Empfang schon um 16 Uhr mit *Jacob*-Direktor Jost Deitmar und einem ersten Glas Champager, mit dem wir auf gutes Gelingen anzustoßen pflegen.

Ich war gerade dabei, die Manschettenknöpfe in die Schlitze zu drücken als das Telefon klingelte.

„Udo Nagel hier", hörte ich ihn im Telefon, „es gibt da ein Problem..."

„Sag bloß, du kannst nicht?!"

„Ich darf nicht!"

„Was? Wie?"

„Mein oberster Dienstherr will nicht, dass ich auf deinem Empfang rede."

„Wie bitte?"

„Das ist kein Witz", hörte ich den Polizeipräsidenten resignierend festellen. „Wegen Gysi. Er will nicht, dass ich rede, wo auch Gysi spricht."

Da hockte ich in Unterhosen mit offenem Hemd, in der Hand einen Manschettenknopf, den Hörer zwischen Ohr und Schulter geklemmt und traute meinen Ohren nicht.

Wir vereinbarten noch am Telefon einen gemeinsamen Text, den ich später in meiner Begrüßungsansprache verlesen wollte.

Udo Nagel kam trotzdem und nahm am Empfang teil. Schill, wie der gesamte Senat geladen, blieb ohne Zu- oder Absage dem Abend fern.

Ich erläuterte dem überaus erwartungsfrohen Publikum den Sachverhalt in Sachen Udo Nagel.

Kopfschütteln und einige Lacher waren die Reaktion.

Gregor Gysi kam und begrüßte die Gäste mit den Worten: „Wenn man Politiker aus Berlin haben will, kann man nicht wählerisch sein. Da muss man nehmen, was man kriegt ..." und hatte das Eis gebrochen.

Gysi nahm Hamburgs Gutverdiener aufs Korn, spießte die Vorstellung des Landes über Blankeneser auf *(„Sie haben endlich begriffen, dass man Geld auch durch Arbeit verdienen kann und nicht nur durch Vererben!")* und amüsierte mit einem Bonmot nach dem anderen. Seine und viele andere Reden sind übrigens unter *www.blankeneser-neujahrsempfang.de* zu hören.

Seine zugegebenermaßen rhetorische Meisterleistung brachte ein altgedientes CDU-Mitglied zu dem Ausspruch:

„Der Mann hat das falsche Parteibuch!"

Der Beifall im ehrwürdigen *Louis C. Jacob* glich dem Torjubel des FC St. Pauli. Noch am Abend bat mich Prof. Helmut Greve, Hamburgs Mäzen und Ehrenbürger, ich möge ihn doch bitte Herrn Gysi vorstellen.

Wer zuletzt lacht, lacht am besten. Oder: Man sieht sich immer zweimal im Leben.

Ein Jahr später, der Neujahrsempfang 2004 war in der Planung, erledigte sich in Hamburg das Problem eines Menschen mit sich und seiner Stadt quasi von selbst: Innensenator Ronald Barnabas Schill griff nicht nur ein bisschen, er griff völlig daneben und bekam konsequenterweise durch Ole von Beust seine Entlassungsurkunde in die Hand gedrückt.

Etwa zu diesem Zeitpunkt saßen Achaz und ich mal wieder mit Reinhard Fallak und Udo Nagel zu einem Bierchen bei *Schlag*, diskutierten die Themen einer Lokalredaktion und Aktuelles aus der Stadt und der Polizei.

„Ich könnte mir gut vorstellen, dass der Bürgermeister dich zum Innensenator ernennt", orakelte ich am Ecktisch gegenüber dem Schlagschen Zapfhahn. „Das wäre doch mal eine Maßnahme."

Wir amüsierten uns über die Vorstellung und beförderten bei der Gelegenheit Reinhard Fallak noch am Tisch zum neuen Polizeipräsidenten als Nachfolger von Udo Nagel.

Tage später erzählte Udo Nagel mir, dass just an dem Tag, als wir bei *Schlag* saßen, Ole von Beust mit dem Ansinnen, ihn zum Innensenator zu machen, das Büro des Polizeipräsidenten kontaktiert hatte. Deswegen musste er aufgrund meiner ins

Blaue geforderten Beförderung nur lachen und durfte natürlich nichts sagen. Ihm war aber an dem munteren Bier-Abend in Nienstedten schon klar, dass er der kommende Innensenator werden würde.

Eberhard Möbius, der noch immer unter seinem ein wenig schwächelnden Auftritt 2003 im Kielwasser Gregor Gysis litt, hatte auch für 2004 wieder zugesagt, als Finalredner seinen Sarkasmus auszuschütten.

Lore Peschel-Gutzeit hatte in Berlin eine Freundin aus alten Tagen kontaktet, die ehemalige Bundestagspräsidentin Rita Süssmuth sollte gebeten werden, im Januar 2004 mit ein paar Worten dabei zu sein.

Neun Jahre lang hatte kein Redner ein Honorar oder eine Gage für seine Neujahrsansprache bekommen. *Jacob* und *Klönschnack* stellten für den Redner nebst Begleitung eine Suite zur Verfügung, ein Shuttle-Service kümmerte sich persönlich um die An- und Abreise – sofern nicht eigene Fahrdienste die Organisation der Reise übernahmen.

Im Falle Süßmuth wurde plötzlich alles anders.

Sie hatte zugesagt, am Blankeneser Neujahrsempfang als Redner teilzunehmen, sei aber zu den Neujahrsferien in Belgien. Wir müssten sie schon in Köln abholen, teilte mir die CDU-Politikerin am Telefon mit. Und für solche Fahrten bucht sie immer einen besonderen Fahrer, dessen Telefonnummer sie mir gleich aufgab, damit ich ihn organisieren konnte.

Ach ja, und dann wären da noch die Kosten, sie würde für ihre Ansprache 3.000 Euro berechnen, zuzüglich Mehrwertsteuer.

Die Rechnung würde sie mir denn anschließend zusenden.

Aha.

Der Fahrer verlangte für die Fahrt von Köln nach Hamburg 700 Euro, kündigte seine Ankunft für 17 Uhr an und würde gleich wieder zurückfahren. Frau Süßmuth wollte erst am nächsten Tag den Zug nach Berlin nehmen.

Ich bestätigte die Einzelheiten und dankte für die Zusage.

Eine Besonderheit hatte ich mir für den Abend noch vorgenommen: Udo Nagel, mittlerweile zum Innensenator gekürt, und ich konnten uns unser breitestes Grinsen nicht verkneifen, als ich ihn bat, neben Rita Süßmuth und Eberhard Möbius doch bitte als dritter Redner teilzunehmen.

Der Abend begann in der Bar. Jost Deitmar hatte schon für 2003 die Idee, besondere Ehrengäste und Sponsoren eine Stunde vor Beginn der Veranstaltung zu einem VIP-Empfang in die Bar einzuladen.

Die Idee war genial. Wir haben das sofort umgesetzt und mit einer separaten Einladung rund 100 Gäste vorab an die Bar gebeten. Neben der Reihe von Ehrengästen und Sponsoren des Abends hatte ich die Redner ebenfalls gebeten, doch bitte schon um 17 Uhr zum Bar-Empfang zu erscheinen.

Auch die Vertreter der Hamburger Presse waren bereits um 17 Uhr im Haus, um ihr Foto oder ihr Interview mit dem einen oder anderen meiner Gäste zu machen.

Der NDR hatte schon 2003 begonnen, mit einer Live-Schaltung vom Blankeneser Neujahrsempfang im *Hotel Louis C. Jacob* zu berichten. Interview-Wünsche und Zeitpläne hatte die Redaktion des *Hamburg Journals* vorher mit mir abgesprochen.

Jost Deitmar und ich hatten mit unserem tradtionellen Start-Champagner auf den Abend angestoßen und uns in die Hotelhalle zum Begrüßen der Gäste begeben. Die ersten waren bereits eingetroffen als Rita Süßmuth erschien. Wir begrüßten die Politikerin, hofften, die Fahrt nach Hamburg sei angenehm gewesen und baten sie, doch bitte gleich zu unseren Gästen hinzuzustoßen.

Sie belegte ihre Suite und war eine viertel Stunde später ebenso in der Bar wie Möbi und Innensenator Udo Nagel.

Das Hotel bot Finger-Food vom Feinsten, Champagner und Frischgezapfte ließen die Stimmung perlen.

Hamburgs Mäzene und Koryphäen saßen einträchtig beieinander und tauschten Neuigkeiten aus: Peter Tamm, Helmut Greve, Hans-Otto Schümann, Willi Bartels und Möbi ebenso wie die Sparte Wirtschaft: Karl-Joachim Dreyer, Nikolaus W. Schües, Harald Vogelsang, Bernhard Servatius und Otto Gellert.

Jost schlug vorsichtig zwei Gläser zusammen, die Gespräche verstummten, und ich begrüßte die Ehrengäste, dankte den Sponsoren für die Unterstützung und den Rednern für ihre Teilnahme.

Das „Hamburg Journal" vom NDR machte mit Rita Süßmuth und mir Interviews.

Es wurde Zeit für Jost und mich, den Standort zu wechseln. Ab 18 Uhr sind die anderen Gäste, das Hauptkontingent, zum Neujahrsempfang geladen, und die begrüßen wir stets am Eingang der Festsäle, wenn der Gast den Einlass-Check, die Garderobe und die Übergabe des bedeutsamen Namensschildes hinter sich hatte.

Die Namensschilder bilden nicht nur eine überaus kommunikative Hilfe beim Gesprächsaufbau der Gäste untereinander. Sie helfen auch bekannten Gesichtern mit einem schnellen Blick auf das Revers einen Namen zuzuordnen.

Eine von uns dankbar angenommene Identifizierungshilfe

beim Händeschütteln und Willkommenheißen. Die Begrüßung zieht sich über eine Stunde hin. Punkt 19 Uhr, da kommt bei mir wieder der Pünktlichkeitsfanatiker durch, beginnen die Ansprachen.

Meiner Begrüßung, verbunden mit einigen wenigen Gedanken über aktuelle Ereignisse oder die herrschende Stimmungslage, folgte der Auftritt von Udo Nagel.

Die Erläuterung der Zusammenhänge über das Redeverbot vom Vorjahr durch seinen damaligen Dienstherrn und die Tatsache, dass Nagel nun als Amtsinhaber dieses Jobs die ungehaltene Rede von 2003 hielt, hatte neben reichlich Gesprächsstoff auch noch jede Menge Lacher.

Schnellere Buh-Rufe als wohl je im Bundestag fing sich Rita Süßmuth ein, als sie, in einer nicht gerade mitreißenden Rede, die Elbe mit der Alster verwechselte.

Das ging natürlich gar nicht, lieferte aber Rede-Nachfolger Eberhard Möbius Stoff und Steilvorlagen.

Immerhin ging dieser Fauxpas in die Geschichte der Neujahrsempfänge ein. Noch heute fallen meistens drei Namen, wenn die Abende im *Jacob* diskutiert werden:

Da war doch mal was mit Gysi, Nagel durfte nicht reden und Süssmuth hat die Elbe mit der Alster verwechselt.

Wer weiß, was künftig noch so passiert ...

Unsere Agentur hatte für den FDP-Fraktionsschef Wolfgang Gerhardt gearbeitet. Wir hatten für den Politiker, der sich Chancen auf einen Posten als Außenminister in der CDU-FDP-Koalition ausrechnen konnte, einen Personality-Flyer produziert. Eine Fotografin machte Aufnahmen von Gerhardt vor dem Brandenburger Tor und im Reichstag.

Gerhardt wurde von Loni Lüke gecoacht.

Loni Lüke hatte ich in Udo Frankes Kellerparlament kennengelernt. Sie hatte später auch bei uns in der Agentur und im Verlag sinnvolle Hilfen gegeben. Am Rande der Fotoaufnahmen konnte ich Gerhardt als Redner gewinnen.

Loni gefiel die Krawatte von Gerhardt nicht. Die war rot, meine hingegen gelb. Ich half aus, Gerhardt trug bei den Aufnahmen meine gelbe Krawatte. Doch alles half nichts, die Wahlen verliefen bekanntermaßen anders, aus dem angestrebten Job als neuer Bundesaußenminister wurde nichts.

Für den Empfang 2005 hatte ich neben dem zuverlässigen Möbi Horst Rahe gebeten, eine Rede zu übernehmen.

Rahe, dem das *Louis C. Jacob* gehört, ist ein Vorzeigeunternehmer, der selbst als Wessi in Ostdeutschland auf der Beliebtheitsskala ganz oben steht. Der Senator ehrenhalber, Konsul und Vorstand der *Deutschen Seereederei* sagte zu.

Wolfgang Gerhardt, rhetorisch überzeugend und politisch klug, sollte mein dritter Redner sein.

Wochen zuvor verliefen die Bemühungen, durch Lores Vermittlung den amtierenden Berliner Bürgermeister, Klaus Wowereit, einzuladen, ergebnislos.

Ich hatte ihn innerlich längst abgehakt, da klingelte das Telefon, Lore Peschel-Gutzeit, die Unverwüstliche, war dran:

„Ich hab' ihn!"

„Wen?"

„Na Wowi, er kommt. Er hat zugesagt!"

„Is' nich' wahr! Lore, du bist die Größte!"

Ich war begeistert von ihrer Hartnäckigkeit und Zuverlässigkeit. Im Sommer, wenn der alte Empfang lange hinter uns liegt und der neue noch nicht heiß genug ist, laden Jost Deitmar und ich sie stets zum Dankesessen ein.

Als sie aus ihrem Anwaltsleben in Berlin erzählte, nannte ich sie einmal den „Charles Laughton der Hauptstadt", in Anspielung auf Billy Wilders Film *Zeugin der Anklage.*

Wie so oft bei Anfragen einer gewissen Größenordnung war das Begehren der Einladenden in Referentenbüros oder Sekretariats-Ablagen liegengeblieben. Wowereit, schließlich mit der Einladung konfrontiert, sagte spontan zu.

Lore hatte dem Büro noch einmal diskret auf die Sprünge geholfen.

Meistens trafen die geladenen Redner schon mittags in Hamburg ein. Ich nahm diesen Umstand zum Anlass und lud zum gepflegten Mittagessen, denn schließlich muss jeder Mensch was zu sich nehmen.

Karlheinz Hauser, der neue Mann auf dem Süllberg, kannte Wowereit noch aus Berlin. Hauser war Küchenchef im *Adlon* gewesen bevor er nach Blankenese wechselte und den Süllberg übernahm.

Hauser übernahm spontan die Runde und lud zum Mittagessen auf den Berg. Neben Klaus Wowereit nahmen noch Wolfgang Gerhardt, Loni Lüke, Jost Deitmar und ich teil.

Am Abend glänzte Wowereit bei seiner Rede und amüsierte sich selbst königlich.

Die mitternächtliche Würstchenparty in der ehrwürdigen Sterneküche von Chef de Cuisine Thomas Martin war so etwas wie eine Party auf der Party mit einer sensationell guten Stimmung. Das hatte Horst Rahe selbst ausgeheckt und kurzerhand angeordnet. Der Hausbesitzer selbst überzeugte mit einer unternehmerischen Rede und gewann die Sympathien der Gäste.

Wolfgang Gerhardt, wohl wegen Termindruck unkonzentriert, schwächelte völlig unerwartet rhetorisch und verpasste die Chance, in Hamburg Sympathien einzusammeln.

Da sind die Hanseaten gnadenlos.

Olaf Scholz, parlamentarischer Geschäftsführer in der SPD-Fraktion in Berlin, hat seinen Wahlkreis in Altona. Konsequenterweise ist er daher auch den Elbvororten aufmerksam zugewandt. Traditionell Gast der Empfänge war es an der Zeit, auch Scholzsche Kontakte zu nutzen, um Berliner Größen für den Empfang zu begeistern.

Wir wollten uns steigern. Gerhard Schröder, der amtierende Altkanzler, war noch nicht zu bewegen. Oder er war Skilaufen. Angela Merkel als Bundeskanzlerin für so eine Angelegenheit wohl kaum ansprechbar.

Müntefering sollte ran.

Ich rief bei Olaf Scholz in Berlin an und fragte höflichst an, ob er uns bei der „Verpflichtung" von Münterfering helfen könnte. Natürlich könne er, ließ er mich wissen, aber das offizielle Schreiben, die persönliche Einladung von mir an den Vizekanzler, die sollte er schon auf dem Tisch haben.

Flugs formulierte ich mein Begehren an den Herrn Bundesminister für Arbeit und Soziales nach Berlin. Vierzehn Tage später kam eine knappe, aber dennoch freundliche Absage. Das Büro dankte für die Einladung, aber der Minister sei aufgrund enger Termine und so weiter ...

So ein Mist!

Mittlerweile hatte ich die Zusage des Europachefs der Grünen in Brüssel, Daniel Cohn-Bendit. Er wollte kommen, die Einzelheiten waren bereits besprochen, Jost war schon informiert. Lore hatte inzwischen auch zugeschlagen und präsentierte den CDU-MdB Friedrich Merz, dessen Ansprachen als bemerkenswert und legendär eingestuft werden.

Bestens. Die Absprache mit dem Merz-Büro verliefen unkompliziert und höchst professionell. Alles war im grünen Bereich, wenn nur die Münte-Absage nicht gewesen wäre.

Dann probieren wir halt jemand anderen. Ich wählte abermals die Scholzsche Nummer in Berlin.

„Herr Scholz befindet sich in einer Sitzung, kann ich etwas für Sie tun?", fragte eine freundliche Stimme am anderen Ende der Leitung.

„Tja, hm, ach ich rufe später noch einmal an", entgegnete ich und ärgerte mich, die sind aber auch alle schwer an den Hörer zubekommen.

„Ich könnte Sie sonst auch mit seinem Büro verbinden", war wieder die nette Stimme zu hören.

Sein Büro?

Ich dachte, ich hätte sein Büro am Ohr.

„Oh ja, gern, das wäre sehr hilfreich", sprach ich in den Hörer.

„Einen Moment, bitte".

„Und vielen Dank auch."

„Müntefering, guten Tag, was kann ich für Sie tun?", meldete sich eine weibliche Stimme.

„Frau ähh, meine Name ist Schümann, guten Tag. Frau Müntefering?" Ich war völlig geplättet.

„Haben Sie 'was mit Minister Müntefering zu tun?", schob ich nach und dachte an die Tochter.

„Ja, das ist mein Mann", meinte die Stimme.

„Ja, wenn das so ist ...", hob ich an und erzählte die ganze Geschichte der Neujahrsempfänge, der Redner, der Bemühungen und Kontakte durch und mit Olaf Scholz. Und dass es ja nun leider nichts geworden sei, aber eigentlich wollte ich doch den Herrn Scholz sprechen, beziehungsweise eine Nachricht hinterlassen.

Frau Münterfering hörte artig zu und sagte plötzlich: „Ich bin ja Hamburgerin und war lange nicht mehr in Hamburg..."

„Frau Münterfering, also wenn Sie da noch etwas machen können, das wäre traumhaft."

„Ich sage Olaf Scholz, dass Sie angerufen haben."

Wir tauschten noch ein paar nette Worte aus und beendeten das Gespräch.

Wenige Tage später klingelte mein Redaktionstelefon.

Ich wollte gerade im Büro eines Hamburger Senators nachfragen, um ihn als Redner zu gewinnen und meldete mich hochmotiviert.

„Büro Müntefering, guten Tag. Es geht um den Besuch des Ministers am 12. Januar in Hamburg bei Ihrer Veranstaltung. Mit wem kann ich die Einzelheiten besprechen?"

Bingo!

Ich schaltete umgehend auf sachlich und antwortete: „Das können Sie gern mit mir besprechen."

Wer auch immer im Hintergrund mitgeschoben hat, wir hatten den Vizekanzler der Bundesrepublik Deutschland auf dem Neujahrsempfang. Toll!

Der Abend im *Louis C. Jacob* war wieder mal eine Steigerung. Schon oft hörte ich mir schulterklopfend an, wie ich denn den Empfang im kommenden Jahr noch einmal steigern will. Das ginge ja wohl kaum.

Und wie das ging.

Müntefering und Merz sprühten Funken und ließen das Publikum toben.

Welche Rede Cohn-Bendit hielt, ist mir bis heute unklar. Der Mann war schlichtweg miserabel vorbereitet, lieferte seine kleine Rede ab, verzog sich. Er ließ sich noch ein großes Steak aufs Zimmer bringen und ward nicht mehr gesehen. Vermutlich fand er selbst seine Ansprache misslungen. Korrekterweise habe ich mich später bei ihm natürlich trotzdem, wie stets bei allen Rednern, mit einem freundlichen Brief für die Teilnahme und Ansprache in Hamburg bedankt.

Mit Möbi, Egon Bahr, Willy Brandts rechter Hand in Sachen Veträglichkeit mit dem Osten, und Peter Scholl-Latour, dem Journalisten und Nahost-Experten, hatte ich drei hochkarätige Redner für den 2007-Empfang. Und als Besonderheit kam hinzu: Alle Redner waren über 80 Jahre alt und dabei geistig so fit, wie der berühmte Turnschuh.

Wir waren kurz vor Drucklegung der Einladungskarten, hatten alle notwendigen Fotos beisammen und letzte Korrekturen an der Druckvorlage ausgeführt.

Für den Abend waren Achaz und ich von Reinhard Fallak und Udo Nagel auf eine „Titanenplatte" beim Griechen in Rellingen eingeladen. Der in Relllingen wohnende Reinhard Fallak bestand auf einem Heimspiel.

Da bei diesen gesellig-munteren Abenden das Bierchen dazugehört und der Ouzo beim Griechen sicherlich unvermeidbar ist, wollten wir ohne eigenes Auto anreisen. Reinhard nahm uns in seinem Wagen mit, stellte es zuhause ab und wir gingen zu seinem Griechen.

Udo Nagel wurde von seinem Chauffeur abgeliefert.

Bei Saziki, Souflaki und anderen Feinheiten der deutsch-griechischen Küche, kamen wir thematisch schnell auf den Neujahrsempfang.

„Beckstein wäre auch mal was für den Abend", meinte Udo Nagel und berichtete über das humorvolle Wesen des bayerischen Innenministers, der jüngst eine Auszeichnung als Hardliner der Republik erhalten hatte.

„Prima", antwortete ich. „Ruf ihn doch mal an. Wir sind da flexibel. Spontaneität will schließlich wohlüberlegt sein, er müsste sich nur schnell entscheiden."

Griechisch abgefüllt, mit Bier und Ouzo gedeckelt, verabredeten wir uns für den nächsten Tag am Telefon.

Nagel, wie immer zuverlässig, rief an und teilte mit, dass er mit der bayerischen Staatskanzlei telefoniert habe, Beckstein sich aber derzeit irgendwo im Lande aufhielt. Er würde sich wieder melden. Noch am Nachmittag war die Anfrage geklärt. Ich bekam eine Telefonnummer in der Staatskanzlei, rief dort an und war schon avisiert.

Beckstein kam am Empfangsnachmittag mit der Lufthansa angereist, seine eigenen Fahrer samt LKA-Beamte erwarteten den Innenminister mit gepanzertem BMW am Flughafen. Sie brachten den Bayern, der eigentlich ein Franke ist, ins *Louis C. Jacob*.

Ich hatte für die Mittagszeit einen Tisch bei Rüdiger Kowalke gebucht, um dort mit unseren Gästen aus Berlin und Paris zu Mittag zu essen.

Ein Chauffeur des *Jacob* holte Egon Bahr und seine Begleitung sowie Peter Scholl-Latour samt Ehefrau vom Bahnhof Altona ab und brachte sie zu Kowalke. Dort warteten Jost und Silke Deitmar, Gisela und ich auf die Gäste des Abends.

Das Menü war hervorragend, die Weine passten perfekt, die Stimmung entsprechend gelöst.

„Was ist das denn nun überhaupt für ein Abend?", wollte Egon Bahr wissen. „Was erwarten Sie von mir?"

Natürlich war meinen Gästen der Abend im *Jacob* schon transparent übermittelt worden. Ich berichtete dennoch von den bisherigen Empfängen und den dabei meistens sehr humorvoll gehaltenen Neujahrsansprachen der letzten Jahre.

„Aber", fügte ich hinzu, „niemand erwartet von Ihnen eine scherzige Büttenrede. Wir sind auf Ihr Thema gespannt."

„Nun ja", sagte Egon Bahr, „Scholl-Latour und ich haben

uns geeinigt. Er macht Nahost und Rußland und ich übernehme die USA".

„Meine Herren", wagte ich mich organisatorisch an einen hochsensiblen Punkt heran, „denken Sie bitte daran: Möglichst nicht über zehn Minuten!"

Ich erläuterte noch einmal den Ablauf des Abends und dankte, dass die beiden uns die Ehre gaben.

Wir bekamen von Kowalke noch einen Absacker auf's Haus und machten uns auf den Weg ins *Jacob,* damit unsere Gäste Zeit fänden, sich ein wenig frisch zu machen.

Am Abend begann Peter Scholl-Latour nach meiner Begrüßung mit dem Reigen der Neujahrsansprachen 2007. Phonetisch nicht unbedingt in der Reihe eines Nachrichtensprechers wiederzufinden, kostete es ein wenig Mühe, den intellektuellen Aussagen in Sachen Nahost zu folgen.

Ich spürte die Unruhe im Saal und ahnte die Unhöflichkeit der Schwatzhaften in den hinteren Sälen und auf den Fluren. Dorthin werden die Reden stets per Monitor und Lautsprecher übertragen.

Es ist leider eine ätzende Nebenwirkung, dass immer wieder geladene Zeitgenossen in ihrer Schwatzhaftigkeit nicht zu bremsen sind und während der Neujahrsansprachen ohne Unterlass auf ihre Mitmenschen einreden. Bei schwierigeren Inhalten, wie im Fall Scholl-Latour, driftet dieser Teil noch zügiger in die Unhöflichkeit.

Frau Scholl-Latour stand in der ersten Reihe und gab ihrem Mann am Rednerpult Zeichen mit der Uhr, die er – erst einmal in Fahrt – geflissentlich ignorierte.

Nach siebenundzwanzig Minuten beendete Peter Scholl-Latour seinen Vortrag und mir stand der Schweiß auf der Stirn.

Egon Bahr forderte schließlich ebenfalls politisches Verständnis, kam aber phonetisch deutlich besser durch und blieb auch zeitlich im Rahmen.

Beide ernteten höflichen Beifall aus der Gästeschar.

Dann kam der Bayer.

Staatsminister Beckstein fand als dritter Redner die Worte, die das ehrwüdige *Jacob* sofort zum bayerischen Bierzelt werden ließen. Er kam mit Wortspielen und schoss ein paar Querverweise auf Hamburgs Stadtteil St. Pauli und die gerade revoltierende Staatsrätin und Stoiber-Umstürzlerin mit Nachnamen Pauli ab.

Beckstein bescherte sich zum Ende frenetischen Beifall der Hamburger und amüsierte sich später – wie auch Egon Bahr und Peter Scholl-Latour – auf der wieder bis weit in die Nacht andauernden Party.

Diskussionstoff hatte der Abend allemal hinterlassen.

Irgendwann tauchten dann wieder Namen auf, die den Blankeneser Neujahrsempfang in Zukunft doch auch schmücken würden.

Denn nach dem Empfang ist vor dem Empfang.

2008 will Hamburg seine Bürgerschaft wählen. Ich hatte mir in den Kopf gesetzt, Vertreter von CDU, SPD, FDP und den Grünen zum sechs Wochen vor der Wahl stattfindenden Neujahrsempfang einzuladen und begann frühzeitig mit der „Akquisition".

Die Einladungen sind gedruckt, Renate Künast, Guido Westerwelle, Peter Harry Carstensen und Otto Schily haben zugesagt.

Kreuzfahrerferien

&

Seit einigen Jahren werden auf dem Blankeneser Neujahrsempfang Lose „für den guten Zweck“ verkauft. Das Los kostet fünfundzwanzig Euro und die Organisation für den Losverkauf und die damit verbundene Abrechnung und Weiterleitung an soziale Einrichtungen übernimmt stets der Lions-Club Hamburg-Blankenese, in dem ich selbst auch Mitglied bin.

Die *MS Europa*-Reise oder die *Sea Cloud*-Karibikkreuzfahrt sind unter den drei Preisen natürlich die absolut begehrtesten Höhepunkte im Angebot des Abends. Mehr als 15.000 Euro hatte der Lions-Club beispielsweise 2007 in wenigen Stunden zusammengesammelt und danach für Einrichtungen zu Gunsten behinderter Kinder und der Aktion „Kinder helfen Kindern“ zur Verfügung gestellt.

Natürlich gibt es auch an diesem Abend Mitmenschen, die mit Geschick den Sammeltöpfen der Lions-Freunde ausweichen und sich vor einer 25 Euro-Ausgabe drücken. Andere wiederum zeigen sich derart generös, dass der Losverkauf zum wahren Vergüngen wird.

Ich fand mehrfach die Gelegenheit, meiner alten Leidenschaft, der Seefahrt, wieder einmal nachzugehen. Schon als Tellerwäscher auf der *TS Hamburg* hatte ich mir geschworen, eines Tages als Passagier wieder ein Kreuzfahrtschiff zu betreten.

Es sollte immerhin 35 Jahre dauern, bis es wieder soweit war. Blankeneses Ruhestands-Notar Helmut Junge hatte mit Ehefrau Sigrid die 19-tägige Luxuskreuzfahrt von New York nach Hamburg auf der *MS Europa* gewonnen.

Gisela und ich fuhren mit und berichteten später ausführlich von der Reise im *Klönschnack*. Meine kleine Berichterstattung gab mir die Chance, an Bord wichtige Personen kennenzulernen und über ihren Job zu befragen.

In der Nachbarkabine wohnte die Schauspielerin Liz Baffoe, die in der Serie *Lindenstraße* die Mary spielte, (für Insider: die verkrachte Freundin des griechischen Restaurantchefs Vassili). Prima Gelegenheit für ein *Klönschnack*-Interview, dachte ich und sprach sie an.

Wir verabredeten uns für den Nachmittag in der Bar und ich stellte meine Fragen. Das Interview nahm ich mit einem kleinen Diktiergerät auf.

Sie erzählte freundlich von ihren Plänen und der Rolle der Mary in der *Lindenstraße.* Als Traumziel nannte sie eine Rolle als Mafia-Braut oder Ähnliches, auf jeden Fall aber mit Mario Adorf. Ich dankte artig für das gegebene Interview und wir verabredeten uns für den nächsten Tag am Pool, damit ich dort bei besserem Licht, wie sie meinte, meine Fotoaufnahmen machen konnte.

Um es kurz zu machen: Ihre Frisur saß nicht, der Fototermin wurde verschoben. Dann hatte sie eine falsche Jacke an, dann war das Licht schlecht und dann hatte ich keine Lust mehr und habe das Interview gelöscht.

Als die *MS Europa* Neufundland hinter sich ließ, wurden die Passagiere zum großen Lobsteressen für den nächsten Abend eingeladen. Am Vorabend, wir saßen mit Sigrid und Helmut

Junge, dem Banker Meinhard Carstensen aus Blankenese und seinem Freund Ernst Matthiensen – einem Ex-Blankeneser aus Boston – und einigen anderen Passagieren beim Dessert, unterhielten uns aufgrund des bevorstehenden Hummeressens mit dem für unseren Tisch zuständigen Stewart über die jeweiligen Lieblingsspeisen.

Ich erwähnte beiläufig, dass Hummer nicht unbedingt zu meinen Favoriten zählt und nannte auf die Frage des Stewarts scherzhaft Senfeier und Labskaus als von mir durchaus bevorzugte Gerichte.

Nach einer langen Nacht trabten Gisela und ich zu unserer Kabine zurück und fanden auf unserem Tisch eine Einladung zum *Captain's Table* für den besagten Hummer-Abend. Schön, wir freuten uns und warfen uns am nächsten Abend in Schale. 14 Personen nahmen am Kapitänstisch Platz und freuten sich auf die Hummer-Orgie.

Als der erste Gang serviert wurde bekam ich einen Teller mit Senfeiern. Ich war überrascht und freute mich über die nette Alternative zum Scherengericht.

Der Tisch zeigte Heiterkeit.

Als der zweite Gang mit kanadischem Hummer anstand, stellte der Kapitänsstewart Labskaus auf meinen Platzteller. Und zwar in seiner perfektesten Form – von einem österreichischen Koch liebevoll zubereitet, wie ich später erfuhr. Mir war, als hätte es am Tisch bei den Herren den einen oder anderen neidischen Blick auf mein rosarotes Ensemble gegeben.

Unser Tischstewart hatte sich nicht nur meine mangelnde Begeisterung in Sachen Hummer gemerkt, er hatte auch meine Lieblingsspeisen-Auswahl im Kopf behalten und kurzerhand am Kapitänstisch nicht nur für meine Überraschung, sondern auch für Gesprächsstoff gesorgt.

Tags darauf besuchte ich die Hauptküche, um mit dem Chefkoch ein kleines Interview über sein Schaffen und Wirken auf dem laut Kreuzfahrtschifftester Douglas Ward besten Kreuzfahrtschiff der Welt zu führen.

Ich wollte meine Inhalte mit verschrobenen Passagierwünschen starten und fragte den Koch:

„Sagen Sie, die Passagiere auf der MS Europa sind nicht nur verwöhnt. Sie sind gelegentlich wohl auch ein wenig anstrengend. Und sie fordern die Küche gern mit exzentrischen Sonderwünschen ..."

„Das stimmt, das kommt vor", meinte der Koch. „Gerade gestern war da ein Gast, der wollte unbedingt Senfeier und Labskaus haben!"

„Äh, das war ich", lachte ich und erklärte dem Koch die Hintergründe.

Er gab zu, dass Labskaus eine echte Herausforderung für ihn gewesen war.

Im Dezember 2006 kreuzten wir – wieder einmal auf der *MS Europa* – durch die Karibik und besuchten die Bahamas, die Cayman-Inseln, Jamaika und Key West. Mit rund 400 Passagieren zählt der Hapag-Lloyd-Dampfer zu den kleineren Passagierschiffen.

Hamburgs *Hotel Atlantic*-Bewohner Udo Lindenberg war als Passagier an Bord. Am Strand einer Bahamas-Insel hatte die Crew ein prächtiges Büffet mit großem Grill, den schönsten Früchten und Salaten und einer Getränkebar aufgebaut.

Udo, konsequent mit Kopfbedeckung (grüne Fidel Castro-Mütze statt Hut) und ansonsten barfuß im Leinenmantel, holte sich einen Teller Bahamas-Früchte, setzte sich zu mir in den Sand und kommentierte die traumhafte Strandszene der Karibik: „Locker, locker, Alter, echt schön hier!"

Udo war ein angenehmer Mitreisender, der stets zu einem freundlichen Gespräch mit den Passagieren aufgelegt war. Wir klönten über Blankenese und die Lagerfeld-Villa am Wilmans Park, wo die Fotos für das erste Lindenberg-Album aufgenommen worden waren.

Udo Lindenberg ohne Hut hätte beinahe geklappt.

Bei der Einreise in Miami stand Udo ungefähr 20 Meter vor mir am Nebenschalter der US-Beamten. Ich ahnte, was kommen würde: Der Beamte wies mit der Hand auf Udos Hut und der machte Anstalten den Hut zu lüften. Genau in diesem Moment schob sich ein übergewichtiger Amerikaner durch die Szene und als er vorbei war, saß Udos Hut wieder dort, wo er hingehörte.

Vier Monate später segelten wir mit der *Sea Cloud* zu den Kleinen Antillen. Hier waren es rund 40 Passagiere, die es sich auf der 75 Jahre alten Viermastbark gut gehen ließen.

Die Buchten und Häfen der Kleinen Antillen sind großteils für die Giganten der Kreufahrerszene nicht ansteuerbar.

Das waren die Orte, die mir gefielen.

Schümanns Hamburger

&

Für den September 2003 hatten wir die Einführung eines neuen Projektes geplant. *Schümanns Hamburger* sollte als hanseatisches People-Magazin seinen Weg zu den interessierten Lesern der Stadt finden. Für die Präsentationsfeier hatten wir die Räume der Handelskammer angemietet und rund 500 Gäste eingeladen.

Um dem Ereignis auch publizistisch einen würdigen Rahmen zu geben, benötigte ich noch ein oder zwei Redner, die den Abend auch funkeln ließen.

Der Autor und Literaturkritiker Hellmuth Karasek fuhr auf der *MS Europa* mit. Er gab an einigen Tagen stets gut besuchte Lesungen aus seinen Büchern.

Ich sprach ihn an und wir verabredeten uns an der Bar. Bei Campari-Orange konnte ich Karasek von meiner Idee des neuen People-Magazins überzeugen und ihn als Redner einer kleinen Ansprache für den Abend in der Handelskammer gewinnen. Die Zusage des ehemaligen Gruner + Jahr-Chefs und Blankenesers, Gerd Schulte-Hillen, hatte ich bereits.

Die geladenen Gäste kamen erwartungsvoll in die Handelskammer und meine beiden Ehrenredner würdigten das Ereignis. Birgit Schanzen und das *Hamburg Journal* berichteten vor Ort und die erste Ausgabe von *Schümanns Hamburger* mit Eva

Herman auf dem Titelbild wurde den Anwesenden in die Hand gedrückt.

Ein gutes halbes Jahr produzierten wir in der Redaktion mit viel Engagement und auf der steten Suche nach Menschen und Figuren, die den selbstgestellten Anspruch erfüllten und Eingang auf die Seiten in *Schümanns Hamburger* finden sollen.

Doch das Konzept humpelte.

Dass die Auflage stagnierte und dass der dringend notwendige Anzeigenverkauf schwächelte war das eine Problem. Es gab aber noch ein wesentlich gravierenderes Problem: Die Hanseaten, die wir für spannend hielten, wollten entweder nicht ins Blatt oder nur unter bestimmten Bedingungen ihre Zustimmung geben.

Andere, für eine Ausgabe vorgesehene Menschen, gestalteten ihre Mitarbeit zur Veröffentlichung derart kompliziert, dass am Ende seelenlose und blutleere Artikel dabei herausgekommen wären.

Gerade Prominenz ist da von gelegentlich hinderlicher Phantasie wenn es um ihre Persönlichkeit geht.

Jette Joop bestand auf der Veröffentlichung eigener Fotos, und ließ sich dieses mit Vertragsstrafe bei Zuwiderhandlung auch schriftlich zusichern. Vicky Leandros, Baronin von Ruffin, um genau zu sein, war derzeit mit ihrem damaligen Mann Enno wesentlich unkomplizierter und angenehm professionell bei unserem Besuch auf Gut Basthorst.

Ira von Mellenthin, eine gute Bekannte und inzwischen leider verstorbene Redakteurin der Tageszeitung *Die Welt,* brachte die Kritik an unserem Redaktionskonzept schließlich auf den Punkt: „So ein People-Magazin wie dein *Schümanns Hamburger* kannst du wahrscheinlich in Düsseldorf machen, aber nicht in Hamburg", meinte sie mit Seitenhieb auf die sensible hanseatische Lage zu der Frage einer persönlichen Darstellung.

Ira hatte Recht.

Sie gab uns immer wieder Tipps, so wie wir ihr häufig weiterhelfen konnten, wenn es um Angelegenheiten aus den Elbvororten ging. Bei Empfängen aller Art und Einladungen an die Presse tauschten wir Neuigkeiten aus.

Als ich von der Redaktion der *Welt* gebeten wurde, einen Text zur 700 Jahr-Feier Blankeneses zu schreiben – der als ganzseitiger Artikel erschien – meinte Ira am Tag des Erscheinens lächelnd zu mir: „Leider gut!"

Das war ihre Art der Anerkennung bei gelungenen Texten. Ihr schnöder Kommentar hat mich damals sehr gefreut. Sie stand uns in unserer redaktionellen Arbeit nahe und war mit der Rubrik „Aus dem Hamburger Rathaus" regelmäßig im *Hamburger Klönschnack* vertreten.

Sie starb mit nur 40 Jahren.

Schümanns Hamburger war als Idee gut und passte in unsere Verlagsproduktion. Was tun? Wir durchdachten das Konzept und suchten nach neuen Lösungen. Wir wollten den Titel, auf Teufel komm' raus, erhalten.

Die zündende Idee zur Kurskorrektur kam von Sigrid Lukaszczyk, deren Name kein Mensch richtig schreiben kann, den man aber Lukascheck ausspricht.

Siggi, mittlerweile Prokuristin im Verlag, kannte ich schon lange, bevor sie bei uns anfing. Sie war mit Michael Lüth, dem Keyboarder bei *Fisherman's Friends,* zusammen.

Zwangsläufig hatten wir uns bei allen möglichen Auftritten kennengelernt. Ich hatte eines Tages zu Michael gesagt, dass ich seine Frau gern bei uns im Verlag hätte. Bei uns war eine Stelle zu besetzen, die Engagement, Überblick und die viel zitierte psychische Belastbarkeit erforderte. Ich wusste, dass sie als Chefsekretärin in einem Finanz-Unternehmen tätig war und in meinen Vorstellungen für den Arbeitsplatz bei uns wie geschaffen war. Irgendwann hatte Michael meine Job-Anmerkungen weitergegeben (er behauptet heute noch, dass er Siggi vermittelt hätte).

Siggi und ich trafen uns im *Rudolph* an der Blankeneser Landstraße und einigten uns auf eine gemeinsame Zukunft. Das einzige Hindernis ist dieser Nachname, den kein Mensch schreiben kann. Vielleicht ändert der sich auch noch mal.

Siggi kam also mit einer Lösung in Sachen *Schümanns Hamburger:* „Lass uns doch unterschiedliche Hamburger Themen nehmen, um die wir die Menschen herumranken lassen können", meinte sie irgendwann zwischendurch an den Türrahmen gelehnt und fand damit unser Ei des Kolumbus.

Die sofort einberufene Redaktionskonferenz diskutierte die neue Marschrichtung, und wir entschieden uns für die monothematischen Inhalte der Reihe.

Schnell hatten wir Themen beisammen, die für die nächsten zehn Jahre ausreichen würden. Zudem wollten wir uns vom monatlichen Zwang befreien. Wir entschieden uns für eine sechs- bis achtmalige Erscheinungsweise pro Jahr und verbesserten die Druckqualität und die buchbinderische Verarbeitung. Den Verkaufspreis erhöhten wir von 2,50 Euro für das Heft auf 6,00 Euro für den gelumbeckten und hochglanzkaschierten Band.

Wenig später erschien der neue Hamburg-Band 1 mit dem Thema „Die Speicherstadt", in einer Auflage von 10.000 Exemplaren, die heute bereits vergriffen ist. Das Besondere an der Erscheinungsweise der Hamburg-Bände von *Schümanns Hamburger* war die Tatsache, dass sie ihre Aktualität behielten. Kam ein neuer Band auf den Markt, wurden die alten Ausgaben nicht wie üblich remittiert, sie blieben weiter im Angebot.

Die Leser der Hamburg-Bände fanden wir in drei unterschiedlichen Gruppen:

Zum einen sind da die konsequenten Sammler, die jeden Band, egal welches Thema vorgestellt wurde, für ihre Sammlung erwarben. Dazu kommen die thematisch interessierten Leser, die zwar nicht jede Ausgabe, aber eben ihr spezielles Thema erwarben. Die dritte Gruppe stellen die Besucher der Stadt, die ihr Hamburg-Thema als Souvenir und Erinnerungsstück mitnehmen.

Ein Problem für kleine Verlage ist die letzte Position vor der Kaufentscheidung. Am sogenannten point of sale, beim Händler, scheiden sich die Geister der Verkaufsplanung und des Marketing schlechthin.

Der Feind der Verleger ist der Kioskverkäufer.

Die wollen ihre Tischware schnell und zügig absetzen. Hamburgs Tageszeitungen und die allseits bekannten Wochenmagazine stehen naturgemäß im Regal vornean. In der Flut der unzähligen Titel, die heute im Zeitschriften- und Buchhandel angeboten werden, ist eine Neueinführung eigentlich kaum noch möglich, zumal einige Themen bis zu fünf Mal mit Titeln abgedeckt sind.

Frauenzeitschriften, Computermagazine und Männergesundheitstitel sind Beispiele für inflationäre Titel innerhalb eines Genres. In diesem brutalen Markt hat auch das große Kapital nicht automatisch seine Chance. Schon mehrfach sind Neueinführungen großer Häuser nach wenigen Monaten als gescheitert wieder vom Markt verschwunden.

Nischen sind da schon etwas anderes. Und mit *Schümanns Hamburger* hatten wir eine kleine Nische entdeckt, die in ihren Ergebnissen für mittlere und große Verlage vollkommen uninteressant sind, für kleinere aber durchaus lukrativ sein können. Mittlerweile sind rund zwei Dutzend Bände unserer Hamburg-Reihe erschienen und der Titel nährt seine Macher.

Lokale Sensibilitäten

&

Das Kerngeschäft des Verlages ist, wen wundert's, der *Hamburger Klönschnack,* der immerhin seit fünfundzwanzig Jahren deutlich dazu beigetragen hat, dass die Leser der Elbvororte zu interessierten Teilnehmern des Lokalgeschehens geworden sind.

Die Werbefachwelt spricht bei gern gelesenen Blättern mit Reaktion in Form von Leserbriefen von einer hervorragenden „Leser-Blattbindung". Die kann man dem *Klönschnack* ohne rot zu werden auch immer wieder bescheinigen. Die Redaktion im Herzen Blankeneses ist eine Redaktion zum Anfassen. Tagtäglich besuchen Leserinnen und Leser ihr Lokalmagazin, um Sorgen, Begehren oder schlichte Meckereien am Empfangstresen loszuwerden.

Häufig wurden wir durch diese Art der Kontaktaufnahme auf die interessantesten Themen, Sachverhalte und Hintergründe erst aufmerksam gemacht. Und ebenso häufig waren die vorgetragenen Inhalte entweder persönliche Schicksale, die nicht zur Veröffentlichung geeignet waren, oder es handelte sich um derart verquaste Vorstellungen einer gefälligst direkten Einflussnahme auf die Hamburger Politik durch die Redaktion oder gar durch die Position des Herausgebers des Blattes.

Es gab Drohungen, Beschimpfungen und Klagen gegen den

Klönschnack. Letzteres mussten wir stets ernst nehmen, denn im Zweifel kosten Klagen Geld. In den meisten Fällen lösten sich gerichtliches Vorgehen nach den üblichen Verfahrenswegen wieder in Luft auf.

Einmal jedoch hatten wir Pech.

In einem Artikel über den bevorstehenden Luftverkehr am Mühlenberger Loch und die damit verbundene Einflugschneise über Nienstedten, hatten wir den richtigen Namen einer Protestlerin abgedruckt. Zudem nannten wir die Straße, in der sie wohnte. Sie hatte sich einer Initiative angeschlossen, die gegen das Tieffliegen über den Nienstedtener Bereich beim Anflug auf die Airbus-Piste wetterte.

Ihr Mann verklagte den Verlag, weil durch die Nennung des Namens und der Adresse der Kaufpreis ihres Hauses nun geschmälert werden würde. Die Aktion kostete uns unterm Strich noch glimpfliche 1.500 Euro. Seitdem achten wir darauf, dass bei verfänglichen Inhalten statt des korrekten Namens ein anderer genannt wird und die klassische Fußnote, „Name von der Redaktion geändert", eindeutig darauf hinweist, dass die Anonymität gewahrt bleibt.

In einem anderen Fall aus unseren ständigen Rubik „Aus dem Amtsgericht" drohte ein nicht namentlich Genannter unserem Redakteur Helmut Schwalbach am Telefon an, ihm die Hände zu brechen, damit er nie wieder schreiben könne.

Wie auch in diesem Fall, blieben derartige Verbalattacken meistens auf anonyme Telefonate beschränkt.

Hartnäckiger ist da schon die Heimatszene.

Das eingereichte Gedicht über Blankenese und seine Ufer, das auf satte 48 Strophen stolz sein kann, war auch schon Motor deftiger Auseinandersetzungen. Dem Begehren des Autors nach Abdruck des kompletten Ergusses wollten und konnten wir nicht nachgeben. Was folgte war die lautstarke Beschimpfung am Empfangstresen, wobei „Ignoranten" und „Kulturbanausen" noch die harmloseren Bezeichnungen darstellten.

Die Zusendung von Fotos, Gedichten, Kurzgeschichten und politischen Statements zu lokalen oder auch globalen Problemen hat nicht nur einen hohen Unterhaltungswert auf den Redaktionskonferenzen, sie sind auch sehr erfreulich, dokumentieren sie doch am praktischen Beispiel die eingangs zitierte Leser-Blattbindung.

Ärgerlich ist indes die frustrierte Reaktion auf abgewiesene und zurückgesandte Inhalte. In dem Fall werden Verlag und Lokalmagazin verbal abqualifiziert und als ohnehin nicht kompetent lautstark zusammengefaltet.

Das mag zwar stimmen, ändert aber dennoch nichts an der redaktionellen Linie des Blattes, die nun mal nicht das Engagement der Amerikaner im Irak oder die zweifellos herausragende Bedeutung einer Bergwanderung in den südlichen Dolomiten thematisiert.

Von herausragender Bedeutung sind auch die im Blatt abgedruckten Fotos von Lesern aus den Elbvororten. Sei es im Urlaub mit *Klönschnack* in der Hand oder bei der Eröffnung einer Boutique in Rissen. Hier zeigt sich die Leser-Blattbindung in besonders starker Form, denn nicht selten wird auf das Vorhandensein etwaiger Fotos zum Abdruck hingewiesen. Dem kommt die Redaktion auch gerne nach, denn das ist schließlich das Sahnehäubchen einer Lokalzeitschrift.

Der *Hamburger Klönschnack* erscheint seit 25 Jahren und hat in diesem Zeitraum eine Auflage von 60.000 Exemplaren pro Monat erreicht. Ein Magazin, das kostenlos in die Haushalte verteilt wird, zählt in der Marktforschung natürlich nicht viel.

Der Leser bekommt es, ob er will oder nicht. Daher ist die Leseranalyse nur schwer messbar.

Jede Zeitschrift hat ihre Zielgruppe.

Das Golfmagazin lesen die Golfer, das Eisenbahnmagazin die Eisenbahnfreunde und die Frauenzeitschriften die Frauen.

Der *Hamburger Klönschnack* ist ein Volksblatt.

Wir wollen und müssen Jung und Alt erreichen, wir wollen und müssen Männer und Frauen ansprechen, und wir wollen und müssen Menschen, die politisch unterschiedliche Positionen besetzen, zum Lesen ihres Lokalblattes reizen.

Also müssen wir wissen, wer unsere Leser sind. Da wir das Heft aber verschenken, sind Daten schwer zu erhalten. Wir wollten es trotzdem wissen und hatten unsere Leser für eine Leseranalyse befragt.

Und heraus kam ganz Erstaunliches.

Wir wussten, was unsere Leser verdienen, welche Automarken sie bevorzugen, wieviele Personen in den Haushalten der Elbvororte leben und wieviel Golfspieler zu den Lesern zählen. Das alles ordentlich aufgearbeitet sind die Informationen, die unsere Anzeigenkunden sehen wollen. Denn deren Werbeetat ist schließlich schwer verdientes Geld und soll möglichst nicht zum Fenster hinausgeworfen werden.

In der dem *Klönschnack* eigenen Art gelang es nicht nur, Einblicke ins Leseverhalten der Elbvorortler zu erhalten; auch die Anzeigenkunden fühlten und fühlen sich offenbar beim *Hamburger Klönschnack* gut aufgehoben.

Das Goßlerhaus

&

Hamburg hat prominente Schwesterstädte wie Marseille, Chicago und St. Petersburg. Aber auch Dresden zählt dazu. Nach der friedlichen Revolution der Deutschen fand ein reger Austausch unter den Menschen statt. Auch an den Elbvororten ging der historische Prozess nicht spurlos vorüber.

Die Blankeneser entdeckten in Dresden einen ähnlichen Vorort, der, an der Elbe gelegen, Parallelen zu Hamburg-Blankenese aufwies.

Dresden-Loschwitz wurde zum Ziel des Blankeneser Brückenschlags.

Und umgekehrt.

Fatal wurde der Ähnlichkeitsvergleich allerdings auf der kulturellen Ebene, denn Blankenese und Hamburg konnten nicht annähernd bieten, was Loschwitz und Dresden an kulturellem Hintergrund aufwiesen. Dresden zeigt als frühere Residenzstadt von Königen und Fürsten wahrhaftige Schätze. Hamburg, stets als Bürger- und Handelsstadt in den Geschichtsbüchern geführt, konnte dem nun wirklich gar nichts entgegensetzen.

Gar nichts?

Doch, wenn auch in bescheidenem Ausmaß, so haben die Hamburger Elbvororte wenigstens ihre Herrenhäuser, oder besser gesagt: ihre Landhäuser. Auch wenn das historische Bewusstsein dafür in der heimischen Bevölkerung eher gering war, oder überhaupt nicht existierte.

An einem Sommernachmittag im Jahre 1995 schlich ich, nach einem Besuch bei der neuen Ortsamtsleiterin Ingrid Harpe in ihrem Büro, wieder einmal durch das Goßlerhaus.

Das neoklassizistische Bauwerk des dänischen Baumeisters Christian Frederik Hansen weckte mein Interesse. Man munkelte, dass die Zukunft des hier untergebrachten Ortsamtes woanders läge und das Haus frei werden würde.

Ich nahm das Getuschel hinter der vorgehaltenen Hand zum Anlass, mich für die Immobilie zu engagieren. Als ich an diesem Sommernachmittag den ziemlich heruntergekommenen nach Norden gelegenen Gartensaal durchschritt, stand mein Entschluss fest.

Dereinst wurde ich in diesen Räumen einmal standesamtlich getraut, doch seit 1979 fand dergleichen nicht mehr statt. Hin und wieder zankten sich hier auf Ortsausschusssitzungen die Teilnehmer, ansonsten blieb es eher ruhig im Saal, der mittlerweile auch den Charme eines Aufenthaltsraumes der LPG angenommen hatte, oder so, wie ich mir einen solchen vorstellen würde.

„Es muss doch möglich sein, den Gartensaal mit Geldspenden nach alten Plänen zu restaurieren und wiederherzurichten", sagte ich zu Ingrid Harpe, die mit mir die triste Trostlosigkeit betrachtete, „irgendwo muss man doch mal anfangen. Und das wäre doch ein Anfang".

„Das schon", stimmte die Ortsamsleiterin zu, „aber du weißt ja, die Stadt hat kein Geld und die Zukunft des Hauses ist ungeklärt. Aber den Gedanken finde ich schon gut. Meine Unterstützung hast du."

Ich hatte Ingrid Harpe bei ihrem „Vorstellungsgespräch" mit

Blankeneser Wirtschaftsvertretern in Halle B der alten *Linde* kennengelernt. Sie brachte frischen Wind, neue Ideen und eine Ansprechbarkeit in den Beritt, die für die Zukunft nur Gutes versprachen. Klar, dass wir uns redaktionell auf Ingrid Harpe stürzten, denn immerhin reichte der Ortsamtsbereich Blankenese von Othmarschen bis nach Rissen im Westen und Lurup im Norden.

Das Ortsamt, mit Sitz im Goßlerhaus, mitten in Goßlers Park, war also ein Regierungssitz der Elbvororte und Blankenese somit so etwas wie die Hauptstadt der Elbvororte, wie es der *Klönschnack* immer wieder gern formuliert.

Meine blauäugige Motivation zur Rettung des Landhauses bekam jedoch schnell einen Dämpfer, den aber Mitstreiter auszubügeln wussten.

„Der Gedanke ist ja ganz nett", meinte der Lions-Freund und Justitiar Winfried Grützner zu meiner Euphorie über die Zukunft des Hauses, „aber ohne Vereinsgründung hast du da keine Chance."

Recht hatte er.

Winfried Grützner hatte ich erstmals durch Ingrid Harpes Vorgänger, Ortsamtsleiter Ploen, kennengelernt. Der hatte uns in seinem Büro zusammengebracht, als der Anschluss Blankeneses an Altona von 1919 sein 75jähriges Jubiläum feiern sollte. Winfried Grützner, ein erwiesener Historiker der heimischen Scholle, hatte ein Werk verfasst, das die geschichtliche Entwicklung des Fischerdorfes liebevoll erklärte.

Unter dem vollmundigen Titel *Zwei Dörfer schaffen den schönsten Vorort der Welt,* produzierte und verlegte ich ein erstes gemeinsames Werk mit dem Anwalt und späteren Lions-Freund.

Mit dem Vereinsrecht nicht gerade vertraut und den Vereinen

an sich skeptisch gegenüberstehend, ließ ich mich trotzdem zur Gründung des *Fördervereins Goßlerhaus e.V.* überreden. Zumal auch wieder engagierte Persönlichkeiten spontan ihre Unterstützung anboten.

Die Notare Helmut Junge und dessen Nachfolger Ulrich Schneider regelten die vereinsnotwendigen Umstände wie Satzung und Anmeldung im Vereinsregister, ließen den in der Satzung formulierten Vereinszweck zur anerkannten Gemeinnützigkeit vom zuständigen Finanzamt prüfen und bestätigen, und der *Förderverein Goßlerhaus e.V.* konnte seine Tätigkeit aufnehmen.

Zu den Gründungsmitgliedern zählte auch der Bauunternehmer Volkert Sörensen, der zum Zweiten Vorsitzenden gewählt wurde. Sörensen, der in Blankenese am Sörensenweg lebt, war im Berufsleben Bauunternehmer – Spezialgebiet: die Blankeneser Hänge – und sammelte alles Mögliche. Der ständig Blazer tragende „König von Blankenese“ legte den Grundstock für ein Blankenese-Museum, das mit wenigen Exponaten vorübergehend im Goßlerhaus ein Dach über dem Kopf fand.

Der Verein wuchs schnell auf über 100 Mitglieder, sammelte Gelder und konnte bald den Gartensaal, unter Berücksichtigung der Vorgaben des Denkmalschutzamtes, restaurieren.

Rund 50.000 Mark flossen in die erste Phase der Renovierung.

Nach Fertigstellung des Gartensaals trafen sich hier die Vereinsmitglieder einmal im Monat zum geselligen Clubabend, lauschten Vorträgen, Lesungen oder kleinen Konzerten und dachten darüber nach, wie man Geld bekommt, um nicht nur weitere Restaurierungsarbeiten durchführen zu können, sondern um möglichst das Haus zu kaufen. Das allerdings war schon mehr als ein mutiger Gedanke, denn der Erwerb allein wäre nicht das Thema gewesen, der Unterhalt des arg heruntergekommenen Landhauses hätte alle realistischen Möglichkeiten und Vorstellungen zur Selbstverwaltung weit übertroffen.

Ich hatte eine Idee. Ich organisierte die Adressen von rund zwei Dutzend Blankenesern, von denen ich entweder wusste, oder zumindest ahnte, dass die Porto- und Haushaltskasse dort eine größere sein müsste, als beim durchschnittlichen Bewohner rund ums Goßlerhaus.

In dem Brief erläuterte ich die Situation des kulturellen Erbes der Hansestadt und im Besonderen der Elbvororte, schilderte den Zustand der einzelnen Herrenhäuser und stellte schließlich das Engagement des Fördervereins in Sachen Goßlerhaus vor.

Ich appellierte an das kulturelle Gewissen und bat um deutliche Unterstützung zur Rettung des Anwesens in Goßlers Park.

Die Briefe wanderten in den Briefkasten und ich wartete ab.

Zunächst hatte ich im Verein nichts von meinen eigenmächtigen Schritten als Vorsitzender gesagt. Ich hielt mich auch weiter bedeckt, denn die Chance, dass das Unternehmen Bettelbrief nach hinten losging, war ja durchaus gegeben.

Erst einmal passierte gar nichts.

Ich war leicht verstimmt und neigte dazu, die Angelegenheit mit den Briefen zu vergessen, da sprach mich ein bekannter Reeder an. Ich könne auf ihn zählen, wenn noch ein paar mehr Gönner im Boot seien. Ich dankte ihm und versprach, ihn über die Entwicklung auf dem Laufenden zu halten.

Immerhin ein Anfang.

Dann rief jemand an und bat um ein Gespräch. Sein Name tut nichts zur Sache (er bat mich später, seinen Namen aus dem Thema herauszuhalten. Ich tue das auch heute noch, obwohl er inzwischen wohl bekannt ist).

Wir wollten uns an einem unverfänglichen Ort treffen und

verabredeten uns im damaligen *Weinkrüger* in der Blankeneser Bahnhofstraße.

Ein untersetzter, sympathischer Mann mit wachen Augen und ausgebeulten Cordhosen trat ein, sah mich und setzte sich zu mir an den Tisch. Wir orderten zwei Flaschen Mineralwasser und nach den üblichen Begrüßungsritualen kam er zur Sache:

„Schümann, warum machst du das?", forderte mich der mehrfache Millionär heraus.

Er hatte diese Eigenart, zwischen dem Du und dem Sie hin- und herzuspringen. Die vertrauliche Variante passte zu ihm und gefiel mir. Auf seine direkte Frage war ich nun gar nicht vorbereitet, antwortete aber wahrheitsgemäß:

„Ich sehe mich gern im grauen Kittel Kulissen schieben. Und wenn man etwas bewegen will, ich denke, dann kann man es auch."

„Ich seh' schon, wir verstehen uns", meinte der Blankeneser und stieß mit dem Wasserglas an.

Damit waren die entscheidenden Wurzeln für die Zukunft des ehemaligen Landhauses Blacker und späteren Goßlerhauses gelegt. Ich berichtete von den Plänen, Phantasien und Möglichkeiten. Wir trafen uns gemeinsam mit Ingrid Harpe und diskutierten die Entscheidungswege der Behörden.

Doch zunächst passierte gar nichts, denn die Mühlen der Behörden mahlen langsam.

Es sollte letztendlich noch Jahre dauern, bis der Auszug des Ortsamtes aus dem Goßlerhaus beschlossene Sache war. Einigen Mitgliedern war die Zeit des Nichtstuns zu unergiebig. Sie kündigten ihre Mitgliedschaft. Wir konnte jedoch immer wieder neue hinzugewinnen, so dass die Mitgliederzahl bei knapp über 100 konstant geblieben ist.

Ich hatte mich auf den Platz des Zweiten Vorsitzenden zurückgezogen, Silke Jensen, Mitglied der ersten Stunde, wurde zur Vorsitzenden und kam eines Tages mit einer absurden Idee:

„Lass uns doch einen Campus aus dem Haus machen, eine kleine Universtität, das wäre doch toll für Blankenese", träumte Silke uns auf den Clubabenden vor.

„Silke!", mahnte ich, „bleib doch mal auf dem Teppich. Wer soll hier eine Uni etablieren? Also wirklich ...!"

Was für eine blödsinnige Idee, dachte ich bei mir.

Doch Silke blieb hartnäckig und nahm Kontakt zur *Bucerius Law School* auf. Gemeinsam mit dem Geschäftsführer Manfred Baumanns führten wir schließlich eine Besichtigung des Hauses durch, die mir schon fast peinlich war. Sich das Goßlerhaus auch nur annähernd als restauriertes Landhaus vorzustellen, bedurfte es schon eines gerüttelten Maßes an Phantasie, es sich als künftige kleine Lehranstalt einzubilden, brauchte man meines Erachtens einen Spleen.

Das sah vermutlich der *Bucerius Law School*-Vertreter auch so.

Er kam, sah und schwieg.

Lange Zeit hörten wir nichts.

Auf Nachfrage kamen Äußerungen wie „baulich schwierige Substanz" oder „in seiner Kleinteiligkeit nicht umsetzbar".

Doch es kam alles anders.

Die *Bucerius Law School* blieb zunächst abwartend interessiert. Unsere Alarmglocken schrillten, als die Ausschreibung der Landhäuser durch die Liegenschaft der Stadt anstand.

Zu dem Zeitpunkt war es denkbar, dass ein x-beliebiger Käufer die Immobilie erwirbt und nicht nur unser restaurierter Gartensaal, sondern das gesamte Landhaus für alle Zeiten perdu sein würde. Der Nutzungsvertrag des Fördervereins mit der

Stadt Hamburg enthielt zwar die Veranstaltungsfreiheit im Rahmen der Bedingungen für den Verein, aber keinen finanziellen Ausgleich für die geleisteten Restaurierungsarbeiten beim Verkauf des Hauses. Eine vereinstechnisch gesehen kamikazehafte Entscheidung, aber andererseits die einzige Möglichkeit, Engagement und Fortschritt zu demonstrieren und nicht nur in die hohle Hand zu philosophieren.

Da trat mein Investor wieder in Erscheinung.

Seit unserem Gespräch im Weinkrüger waren fast zehn Jahre vergangen. Der Mann, der sich mit seinem Engagement der Förderung und Ausbildung jugendlicher Führungskräfte verschrieb, hatte mittlerweile eine Stiftung errichtet, die Auslandsaufenthalte für Berufsanfänger und künftige Führungskräfte erleichtern sollte.

Der Gedanke, sein soziales Engagement auch in ähnlicher Form im Goßlerhaus verwirklicht zu sehen, schien im zu gefallen. Sein Sohn hatte sich außerdem die Ideen und selbstgestellten Aufgaben des Vaters zu eigen gemacht und die Goßlerhaus-Idee aufgegriffen.

Die Familie machte ihr Angebot an die Liegenschaft der Stadt und sagte zu, das Landhaus für 1,5 Millionen Euro zu restaurieren und es für gemeinnützige und kulturelle Zwecke einer Stiftung zuzuführen. Vorausgesetzt, die Stadt verkauft die Immobilie für einen Euro.

Die Verhandlungen zogen sich hin, doch es gab keine weiteren Angebote. Die *Bucerius Law School* hatte neue Pläne, brachte ihre Vorstellungen mit ein und zeigte plötzlich Interesse, als Hauptmieter das Goßlerhaus zu übernehmen.

Damit der Verkauf für einen Euro über die Bühne gehen konnte, mussten Rahmenbedingungen erfüllt werden, die der Stadt erlaubten, sauber aus der Sache herauszukommen. Die

Unterhaltskosten des neoklassizistischen Baus waren immens. Auch das entlastet im Falle des Verkaufs letztlich die Stadtkasse.

Es galt, die kulturellen Aspekte und die damit verbundene öffentliche Nutzung sicherzustellen.

Einerseits stand der Förderverein Goßlerhaus e.V. mit seiner satzungsgemäßen Nutzung für die kulturelle Förderung im Wort und wollte auch die monatliche kostenlose Nutzung des Gartensaals für sich erhalten.

Andererseits gab es Bemühungen der Nachlassverwalter des Malers Eduard Bargheer, Peter Silze und Dirk Justus, die am Blankeneser Hanggebiet in einer reetgedeckten Idylle das Erbe des genialen Malers hüten. Eigentlich schwebte den beiden eine Lösung für das *Eduard-Bargheer-Haus* in Anlehnung an das *Ernst-Barlach-Haus* im Jenischpark vor.

Doch das war sicherlich eine Nummer zu groß gedacht.

Auch die *Eduard-Bargheer-Gesellschaft* nahm von dem Luftschloss Abstand. Dem Goßlerhaus standen Justus und Silze zunächst eher ablehnend gegenüber. Wähnten sie doch die Sicherheit in dem Landhaus als nicht ausreichend für die wertvollen Werke des 1979 verstorbenen Eduard Bargheer, der seinerzeit zwischen Ischia und Blankenese künstlerisch pendelte.

Die Meinungen änderten sich, das Goßlerhaus wurde auch für die Bargheer-Leute spannend. Während die *Bucerius-Law School* das obere Geschoss als Tagungssaal mit Appartements für Studenten und Professoren nutzen wollte, sollte der Parterre-Bereich als repräsentative Ebene für Veranstaltungen zur Verfügung stehen, sofern die Schule die Räume nicht gerade selbst beansprucht.

Für das Souterrain hatte sich der Kunstsammler, Mäzen und die Leuchtfigur der Szene, Harald Falckenberg, interessiert, um dort Kunststudenten einen Zugang zum Genre zu ermöglichen. Auch das Bargheer-Erbe sollte in dem weiträumigen Souterain-Bereich eine Heimat finden.

Allen Beteiligten gelang es zunächst, die Gespräche mit der Stadt in die richtige Richtung zu lenken.

Doch es passierte etwas Unerwartetes:

Plötzlich titelte das Hamburger Abendblatt „Goßlerhaus-Konzept geplatzt"!

Was war passiert?

Die Bargheer-Erben hatten sich aus dem gemeinsamen Konzept verabschiedet. Ihnen schwebte die ganze repräsentative Ebene als neue Heimat für die Werke des Künstlers vor, der auch zu den Hamburger Sezessionisten zählte.

Dass da wohl jemand nicht richtig hingehört hatte, lag nun auf der Hand, denn die zu erwirtschaftenden Einnahmen aus der Vermietung der Parterre-Räume für Treffen im eindrucksvollen Rahmen sind Bestandteil des Finanzplans zur Deckung der laufenden Unterhaltskosten des Hauses.

Doch damit nicht genug.

Die Herren versteiften sich derart in ihr Missverständnis, dass sie mir kommerzielle Vorteilsnahme zu Lasten des kulturellen Engagements vorwarfen. Untermalt mit düsteren Vorstellungen, als würde ich ein bierseliges Oktkoberfest im Goßlerhaus dem gestellten kulturellen Auftrag vorziehen.

Nur um des schnöden Mammons willen.

Eine ärgerliche Entwicklung, die ich zunächst achselzuckend hinnahm, denn an den Vorwürfen war nun wirklich gar nichts dran. Auch mein Einfluss auf die Vorstellungen des Hauptmieters, der *Bucerius Law School,* wurde hier schlichtweg überschätzt.

Doch die Jungs ließen nicht locker und starteten eine Pressekampagne gegen die ihrer Meinung nach unglaubliche Entwicklung und Kommerzialisierung rund um das Goßlerhaus. Sie überschütteten mit vorwurfsvollen Briefen Abgeordnete der Hamburger Bürgerschaft und spannten Mitglieder der *Bargheer-Gesellschaft* für ihren vermeintlichen Rachefeldzug mit ein, um das Projekt an sich und die Vergabe des Landhauses durch die Stadt an den Investor zu verhindern.

Als Mitglied des ehrwürdigen *Hafen-Klubs* wurde ich auch vom amtierenden Präsidenten Ove Franz mit vorwurfsvoll hochgezogenen Augenbrauen auf mein Verhalten angesprochen. Auch der damalige Finanzsenator Peiner sei inzwischen über das „Spiel" des Klaus Schümann informiert.

Es wurde Zeit, dass mir der Kragen platzte.

Und das tat er auch.

Ich schrieb einen deutlichen Brief an die *Bargheer-Gesellschaft* mit der Bitte, dieses Treiben zu unterlassen. Und ich verabredete mich mit Ove Franz zum Mittagessen, um ihn über den tatsächlichen Sachverhalt zu informieren.

So hatten beispielsweise die Bargheer-Erben völlig unsinnigerweise die komplette repräsentative Ebene als ständige Ausstellung der Bargheer-Werke angesehen. Sie hatten schlichtweg die Bedeutung ihres Anteils am Gesamtprojekt maßlos überschätzt, oder sagen wir mal, sie haben wohl einiges falsch verstanden.

Ohne den durch die *Bargheer-Gesellschaft* dargestellten kulturellen Teil stockten die Verhandlungen. Die *Bucerius Law School* verstand die Welt nicht mehr und wollte auch keine weiteren Gespräche mit den Vertretern Bargheers führen.

Ove Franz, *Hafen-Klub*-Präsident und Mitglied der *Bargheer-Gesellschaft,* erläuterte mir seinen Informationsstand und gestand das Missverständnis ein. Ich bat ihn, es doch bitte auch gegenüber Senator Peiner der Wahrheit entsprechend geradezurücken.

Klaus Roitsch, ein ehemaliges Vorstandsmitglied der Hamburger Bank und Mitglied der *Eduard-Bargheer-Gesellschaft,* organisierte ein Essen mit dem Vorsitzenden Hans-Jürgen Sigmund im Landhaus Flottbek, um die Missverständnisse innerhalb der *Bargheer-Gesellschaft* auszuräumen.

Es gelang auch hier.

Die Welt beruhigte sich und die Bargheer-Erben machten sich auf den Weg gen Ischia, wo sie zwischenzeitlich das Haus Eduard Bargheers in Forio bewohnen.

Merkwürdigerweise begegnen wir uns heute auf Maschendrahtzaun-Niveau. Mit hoch erhobenem Haupt schreiten die beiden grußlos an mir vorbei, wenn wir uns auf dem Posthof in Blankenese über den Weg laufen, was gelegentlich der Fall ist. Als die Welt noch in Ordnung war, hatten wir bei einem guten Glas Wein mit italienischem Essen in ihrem ischitanischen Stamm-Restaurant in Forio auf das Du an angestoßen.

Schade, eine bedauernswerte Entwicklung.

„Silke", sagte ich zur Ersten Vorsitzenden unseres Fördervereins Goßlerhaus e.V., „wir sind am Zug. Wir müssen die Chose irgendwie retten. Was hältst du davon, wenn wir Lamme Janssen ansprechen?"

Ohne weitere kulturelle Komponente war die ganze Goßlerhaus-Idee zum Scheitern verurteilt.

Die Tochter des zeichnenden, schreibenden und malenden Genies Horst Janssen verwaltete Erbe und Nachlass des Meisters vom Mühlenberger Weg, wo er bis zu seinem Tod gelebt hatte.

„Mensch, das ist doch eine sehr gute Idee", strahlte Silke und griff auch Tage später zum Telefon, um Lamme Janssen von unseren Überlegungen zu berichten.

Janssens Tochter zeigte sich durchaus interessiert und wir trafen uns zum Beriechen der Grundidee bei Lammcarrée mit Rotwein im Hause von Silke Jensen.

„Janssen", wie sie ihren Vater gern nennt, „ist kein Heimatmaler. Und Galerien, wie die in Oldenburg und auch sonstwo im Lande und auf der Welt, sind mit den Möglichkeiten des Goßlerhauses eh nicht zu erreichen."

„Was können wir tun?", fragte ich.

Silke machte eine weitere Flasche spanischen Rotweins auf und wir dachten nach.

Lamme fand die Lösung.

„Was haltet ihr von einer *Horst-Janssen-Bibliothek?* Die gibt es nirgends. Und das bibliophile Schaffen Janssens ist bemerkenswert und hat seine eigene Fangemeinde."

„Das ist es!" riefen wir beide fast gleichzeitig aus und diskutierten Inhalte und Möglichkeiten einer Integration der *Horst-Janssen-Bibliothek* in das Goßlerhaus.

Wir unterschrieben eine Absichtserklärung und legten sie den Beteiligten vor. Die Verhandlungen zwischen Investor und der Stadt wurden wieder aufgenommen, denn wir hatten einen notwendigen Partner der kulturellen Seite gewonnen, der den Vorgaben der Liegenschaft entsprach.

Es dauerte noch eine ganze Weile, führte aber letztlich zum Erfolg. Unser Investor erwarb das Goßlerhaus für einen Euro und startete mit dem zugesagten Volumen von 1,5 Millionen Euro Restaurierung, Umbau und Instandsetzung der lädierten Immobilie.

Vermutlich hat er noch mal das Gleiche draufgelegt.

Nach Fertigstellung soll das Haus in eine Stiftung übergeben werden, die dann als Vermieter auftritt. Doch der Mäzen hatte sich noch etwas Besonderes ausgedacht.

Nachdem Silke und ich als Vertreter des Fördervereins mit den Anwälten der *Bucerius Law School* zusammensaßen, um die Belange und Interessen des Vereins abzustecken, wurde ich mit einer Überraschung konfrontiert:

Der Spender und Mäzen hatte sich überlegt, dass ich aufgrund meines Engagements Namensgeber der neuen Stiftung sein sollte – die *Klaus Schümann Stiftung* als neuer Besitzer des Goßlerhauses.

Ich fühlte mich sehr geehrt.

Das war eine außerordentliche Anerkennung. Ich bat um ein Wochenende Bedenkzeit, um mit Gisela die möglichen Auswirkungen dieser Ehrung zu durchdenken. Wie auch immer, als Vertreter einer „öffentlichen Einrichtung" wie meiner Lokalzeitschrift bin ich ohnehin manchmal Thema.

Und was die daraus entstehenden Interpretationen betrifft – da kann ich mit leben.

Ich dankte der Familie für das Angebot und nahm es gern an.

Im Oktober 2007 lud der Förderverein Goßlerhaus e.V. zur feierlichen Neueröffnung des Landhauses im Goßler Park. Das Haus glänzte frisch renoviert und neu beleuchtet im herbstlichen Abendlicht.

Alles hat seine Zeit

&

Ich kann nicht vor mir behaupten, dass ich ein sportlicher Mensch bin. Gut, ich hatte meine Vergangenheit bei der SVB, der Spielvereinigung Blankenese, wo der Fußballer Klaus Schümann von der Schüler- bis zur Jugendmannschaft als hängende Spitze das defensive Mittelfeld bediente. Doch als eines Tages die Beatles von sich hören ließen und gleichzeitig die Mädels interessanter wurden, hatte ich keine Lust mehr, verschwitzt dem Ball hinterherzulaufen und kündigte meine Blankeneser Fußballkarriere.

Jahrzehnte und einen deutlichen Bauchansatz später, war es weniger der Wunsch auf einen Waschbrettbauch als das „Man-muss-einfach-mal-was-tun"-Bewusstsein.

Ich kaufte mir zwei Nordic Walking-Stöcke und rannte los.

Längst hatte ich gelesen, dass das Stöckelaufen eigentlich nichts Besonderes bringt. Es hatte nur zwei Vorteile: erstens brachte die Masche Millionen von Menschen überhaupt in Bewegung und zweitens erzielte die Stock-Industrie Millionen-Umsätze. Da ich nicht zu den glücklichen Stockmachern zählte, zahlte ich meine Stöcker in schwarz-gelb und machte mich auf in den Klövensteen, unser Waldgebiet am Rande der Großstadt.

Meine kleine private Stock-Rennstrecke heißt Feldweg 91.

Die knickumsäumten landwirtschaftlichen Wege des Klövensteens sind praktischerweise durchnummeriert und heißen nun statt Fith Avenue eben Feldweg 91. Praktisch und leicht zu merken, obwohl ich bisher kein System dahinter entdecken konnte. Allerdings habe ich mir darüber auch nicht den Kopf zerbrochen und meine „91“ einfach so hingenommen.

Mit zügigem Tempo und schwingenden Stöcken trabte ich fortan sonnabends- und sonntagsmorgens, gern schon um acht Uhr in der Früh, über meinen Feldweg dahin.

Ich genoss den Geruch von Wiese, Wald – einige Klafter Holz am Wegesrand sind eine wahre Orgie für die Nase –, Knick und Feldweg und meine Sinne lernten die Unterschiede herauszuriechen. Ich kannte bald meinen Weg in allen Jahreszeiten und Wetterlagen, denn ich ließ es mir nicht nehmen, mit gelber Survivaljacke bei Wind und Regen, nur in Shorts mit freiem Oberkörper bei strahlender Sommersonne oder mit dickem Pullover und wärmenden Handschuhen bei klirrender Kälte den Feldweg 91 abzulaufen.

An einem grauen Januarsonntagmorgen mit Minusgraden hatte ich mich auf einer leicht zugeschneiten vereisten Pfütze auf den Hintern gelegt. Es tat nicht weiter weh, sah aber mit absoluter Sicherheit völlig bescheuert aus. Das pure Vergnügen behielt jedoch die Überhand.

Neben dem mir sehr bedeutsamen Nasenvergnügen kommen hier auch andere Sinne zu ihrem Recht. So hat jeder Tag, jedes Wetter und jede Jahreszeit ohnehin eine eigene Farbe und die ergibt eine augenbetäubende Vielfalt.

Und die Ohren nicht zu vergessen!

Es summt und zirpt, zwitschert und trällert, muht und wiehert, rauscht und zischt, plätschert und surrt, gluckst und brummt nur so vor sich hin, dass es eine wahre Freude ist.

Untermalt wird das Frühkonzert vom Feldweg 91 durch den fernen unabstellbaren Sound der Großstadt.

Ich treffe Jogger, Radfahrer, Inline-Skater, Spaziergänger, Reiter und andere Nordic Walker. Je später ich den „91er“ laufe, umso mehr Menschen sind im Klövensteen unterwegs. Gelegentlich war ich mutterseelenallein auf meinem Weg, immer dann, wenn ich früh genug gestartet war.

Ich könnte auch zu Fuß in den Hirschpark gehen und dort meine Runden drehen. Obwohl der Park zu meinen Lieblingsparks zählt, mag ich dort nicht walken.

Es gibt auch einen Unterschied zwischen den Frühsportlern im Hirschpark und im Klövensteen. Die Leute im Klövensteen grüßen sich untereinander, wenn sie sich begegnen, sogar die Bauern grüßen. Die im Hirschpark rennen wortlos aneinander vorbei. Das muss zum Einen daran liegen, dass die Einsamkeit im Klövensteen ein wenig mehr Wildnis verspricht und die Einsamen sich durch den Gruß vorsichtshalber ihrer Solidarität versichern, und zum anderen an der Tatsache, dass es im Hirschpark keine Bauern gibt.

Und weil der frühe Morgen auf dem „91er“ mit seinem Gesamtschauspiel nicht nur meine Sinne trifft, sondern mir auch das Herz öffnet, eignet sich der Weg, der hier perfekt zum Ziel wird, ganz wunderbar zum Nachdenken.

Manchmal habe ich das Gefühl, nur diese Stunde, dieses Licht und diese Kombination der Sinnenfreuden sind absolute Voraussetzung, um das Tor für klare Gedanken zu öffnen. Diese Zeit hilft, klarer zu denken, mutiger zu werden, Neues zu versuchen, Altes zu bewahren, Konflikte zu ertragen, Anerkennendes zu würdigen und Hilfe zu geben.

Der Weg macht mich stark, klar und entscheidungsfreudig. Ich liebe diese kleine Nische.

Mein Beruf ist mein Hobby, ich gehe darin auf und kann den im Freundes- und Bekanntenkreis zunehmenden Empfehlungen auf das Rentnerdasein absolut gar nichts abgewinnen. Unabhängig von der Tatsache, dass Gisela sich vermutlich die Haare raufen würde, stünde ich zu einer Tageszeit ante portas, die in unserer Zweisamkeit nicht die meine und damit nicht die unsere ist.

Es steht uns auch gut zu Gesicht, die unausgesprochenen Freiheiten so zu belassen, wie sie sind.

Das lose Band ist ein starkes Seil.

Es gibt ihre Welt, es gibt meine Welt und es gibt unsere Welt. Zu unserer Welt trägt sie in wundervoller Weise bei, dafür bin ich ihr sehr dankbar.

Ein Lebensabschnitt, den das klassische Rentnerdasein vorschreibt, käme uns nicht nur nicht in den Sinn, er würde wohl auch für eine Schräglage im sensiblen Gemisch einer Ehe und Zweierbeziehung sorgen. Das mag anderen Menschen anders ergehen, wir jedoch haben die Chance, es, wie ich finde, phantasiereicher zu gestalten und werden es auch tun. Mein Job macht es dankenswerterweise möglich.

Die Zeit im Zivildienst, meine Kontakte mit kranken und hilflosen Menschen, mit Dementen und psychisch Auffälligen haben selbstverständlich ihre Spuren in meinem Bewusstsein hinterlassen.

„Nichts Menschliches ist mir fremd", behaupte ich gern salopp, wenn allzu Menschliches um mich herum geschieht.

Doch wie werde ich selbst enden?

Werde ich klammern und bangen?

Kann ich souverän und frei bleiben?

Werde ich überhaupt in der Lage sein, nachzudenken oder nur noch als Biomasse mit Herzrhythmus danieder liegen?

Mein Vater benötigte fünf Schlaganfälle, bis der Tod ihn einholte. Er hatte ungesund gelebt. Meine Mutter starb im Schlaf, ein schöner Tod. Ich hoffe nur, meine Familie freut sich mehr darüber, dass ich gelebt habe, als dass sie trauig ist, wenn ich eines Tages gestorben bin. Und ich ahne, dass bis dahin noch viel Wasser die Elbe hinabfließt und hoffe, geistig ebenso im Fluss zu bleiben.

„Alle wollen älter werden, doch keiner will es sein", hat irgendjemand mal irgendwo hingeschrieben.

Steht uns ein Volk von Berufsjugendlichen ins Haus? Runderneuerte dümmliche und braungebrannte Knusprigkeiten, die zu keiner geistigen Herausforderung mehr bereit sind?

Wo ist die Weisheit des Dorfältesten?

Wo die Würde der Weißhaarigen? Auch wenn mir manch' alter Mensch mit seiner senilen Albernheit mächtig auf den Keks geht, vermisse ich doch umso mehr die Gelassenheit des Alters und das Selbstverständnis erreichter Jahre.

Es gab einen wunderschönen Kommentar meiner Frau, als wir an einem frühen Sommerabend mit dem Auto in die Innenstadt fuhren und in Nienstedten am *Nienstedtener Krug,* einer Kneipe im Zentrum des Stadtteils, vorbeifuhren.

„Da sitzen die Brunnenfrösche und reden vom Ozean", kommentierte sie im Vorbeifahren die Gespräche der mir teilweise durchaus bekannten Terrassengäste des Lokals.

Einer der ganz großen Vorteile eines Lokalzeitschriftenmachers sind die vielschichtigen Kontakte und unzähligen Menschen, die die Redaktion durch die ebenso unzähligen Themen und Inhalte des Genres kennenlernt.

Es gibt eigentlich keinen Bereich des Daseins, der sich für die Redaktion ausschließt.

Wenn etwas dem Redaktionsohr zu Gehör gelangt und berichtenswert erscheint, hat die Lokalzeitschrift gefälligst dabei zu sein, das Ohr aufzumachen und die näheren Umstände der Geschichte nach dem Motto „Was, wann, wer, wo?" in die Tastaturen zu tippen.

Diese Basis ist der Schlüssel zu unzähligen Kontakten mit einer unglaublich wertvollen Nebenwirkung – sie erweitert den Horizont. Menschen mit unterschiedlichen sozialen Umfeldern, teilweise heftig voneinander abweichenden Meinungen, egostisch und aggressiv ausgeprägte Vertreter der Neidgesellschaft, politische Wirrköpfe, gesellschaftsgeile Opportunisten, offene und zugewandte Persönlichkeiten, Egozentriker, Langweiler, Selbstdarsteller, liebevoll und freundschaftliche Mitmenschen, Frömmelnde, Durchgeknallte und ewige Besserwisser haben alle eines gemeinsam – sie beanspruchen für sich die absolute Wahrheit.

Das ist an sich nichts Besonderes und so etwas wie ein individuelles Recht, was ich in diesem Moment mit meinen Zeilen ja auch in Anspruch nehme. Das Ziel der Begierde ist die Verbindung zur Öffentlichkeit, der Kontakt nach draußen, das Medium und die Möglichkeit seine eigene Heilslehre zu verbreiten.

Und natürlich die Eitelkeit.

Die spielt auch bei den Brunnenfröschen eine große Rolle. Um es vorweg zu nehmen, unter den mir bekannten *Krug*-Gästen war kein Brunnenfrosch. Diese Spezies erscheint immer mit einer viel zu großen Bugwelle, beherrscht das Namedropping perfekt – „John hat uns heute Abend zum Schwanensee eingeladen und vorher bin ich bei Marlies, meine Haare..." – und hat selbst ein Problem mit dem Zuhören. Es genügt in solchen Fällen, die Rederrhö über sich ergehen zu lassen und auf keinen Fall über die Schlußbemerkungen – „Schön, dass wir uns mal wieder unterhalten haben" – zu stolpern oder gar zu lachen.

Die Härte sind Weinproben.

Was bei dieser Form des modernen Kaffeekränzchens von Pseudokennern und Blindgängern an Ungefragtem über die Runde geschüttet wird, spottet der legendären Beschreibung.

Ich trinke gern Wein, und ich bin Anwender, kein Kenner.

Es bereitet mir ein ungleich größeres Vergnügen im *Jacobs Restaurant* dem Mastersommelier Hendrik Thoma die Auswahl meines Weines zu überlassen, als mit vermeintlichem Kennergeschwätz das unerreichbare Niveau eines Mastersommeliers erreichen zu wollen.

Thoma wiederum behauptet, er erkenne am verbalen Umgang der Menschen mit Wein den Charakter der Leute.

Das glaube ich ihm aufs Wort.

Umsomehr bereitet es mir ein ausgesprochen großes Vergnügen, sich aufspielenden „Kennern" mit meiner ganz persönlichen – und auf jeden Wein passenden – Beschreibung zu antworten und zuzuprosten:

„Nicht zu verspielt, nicht zu gewagt. Voll im Körper, glatt im Abgang, langer Schwanz. Trotz seiner Jugend leugnet er die Herkunft nicht und kommt sogar ein wenig keck daher", ein kleines bedächtiges Schlürfen eingefügt und weiter geht's: „Ich finde, er tapeziert auch keineswegs den Gaumen und denke, es handelt sich um einen jungen Macho, leicht muskulös, aber mit hoher Lagerbereitschaft!"

Während ein Teil dieser Weingesellschaften in prustendes Gelächter ausbrach, gab es andererseits stets Leute, die zumindest in der ersten Hälfte meines Beurteilungs-Vortrags anerkennend nickten. Und immer gibt es einen, der mich seit diesem Statement als absoluten Weinkenner betrachtet und einen ehrfurchtsvollen Bogen um mich herum einhält.

Apropos Lachen.

Humor ist eine Eigenschaft, die nicht ihre Heimat in diesem Landstrich an der Elbe hat.

Als ich seinerzeit in der Tageszeitung *Die Welt* einen Artikel zum 700jährigen Bestehen Blankeneses veröffentlichte, griff ich diesen Umstand auf, der sich eingemeindend mit der Mentalität im Großraum Blankenese beschäftigt – also inklusive der Nachbarn.

Ich erlaube mir, einige Zeilen vom 29. Juni 2001 hier anzufügen:

Da liegen leichte Verwirrung und nölige Skepsis nahe beieinander. Wenn dann des Blankenesers Nörgelei in Zustimmung oder gar Anflüge von Begeisterung umschlägt, toppt er seine Kritik mit dem Vorwurf, warum denn dieses oder jenes nicht schon längst geschehen sei.

Ja, so sind sie, die Blankeneser. Menschen wie überall und doch wieder etwas Besonderes? Nun gut, die Menschen im Hamburger Westen verdienen nicht schlecht. Nienstedten, Blankenese und Othmarschen führen beim Haushaltsnettoeinkommen und liegen mit ihrer Kaufkraft rund 100 Prozent über dem Bundesdurchschnitt. Doch das sieht man nicht gleich. Gut, die Wohnungen sind schon vom Feinsten. Es gibt Villen und Häuser, die auf wirklich begnadeten Grundstücken mit schönstem Grün und womöglich noch mit Elbblick, dem außenstehenden Betrachter den Eindruck vermitteln, er selbst sei vom Leben ausgeschlossen.

Doch der Blankeneser, der immer noch von sich sagt, er führe „in die Stadt" oder „nach Hamburg", wenn er über die Elbchaussee ostwärts rollt, ist mittlerweile hanseatischer als mancher Hamburger. Seine anglophile Neigung leugnet er nicht. Das Hanseatisch-Anglophile verpflichtet zum Understatement. Jene schönen Dinge des Lebens, die die Menschen in anderen Landstrichen als Zeichen von Lebensfreude oder Wohlhabenheit führen und auch gern zeigen, sind am Ende der Elbchaussee eher ein faux pas. Niemand käme hier auf die Idee, für sein (unauffälliges) Auto schreiende Farben zu wählen. Alle Farben jenseits von Grau oder Schwarz kämen einer Teilnahme am Christopher-Street-Day gleich.

Diese vorsichtige Behandlung der Mitmenschen setzt sich in der Garderobe der Blankeneser fort. Während der dunkelblaue Blazer, jener hanseatische Smoking mit den goldenen Knöpfen, gerade noch das Tragen einer Lions-Nadel oder des Segelclub-Fähnchens zulässt, hat der Blankeneser Mann damit bereits den Zenit der Modewelt erreicht. Eigentümlichkeiten, die der verwunderte Betrachter eher in britischen Grafschaften vermutet, runden den gediegenen Eindruck ab. Bei der Blankeneser Frau sind ähnliche Verhaltensmuster sichtbar. Gelegentlich gelingt ein Ausflug ins Gewagte, was jedoch bei Anhängern der Mailänder, Pariser oder New Yorker Szene keine Reaktion auf der nach oben offenen Kreationsskala auslöst.

Das Understatement beherrscht das Ego. Der wahre Hanseat, so sagt man, steht nur zwei Mal im Leben in der Zeitung – bei der Geburt und bei seinem Tod. An diesem Bonmot ist zwar etwas dran, aber es muss doch schon ein wenig differenzierter betrachtet werden.

Der Blankeneser schätzt es sehr, bei entsprechend gewürdigten Anlässen mit seinem Konterfei in der Nachbetrachtung – rein zufällig – ins Foto geraten zu sein. Niemals würde er, auch nicht einmal andeutungsweise, in diesem Zusammenhang auf sich aufmerksam machen. Deshalb ist die Physiognomie der betroffenen Persönlichkeiten auch hier von verkrampfter Ausdrucksweise geprägt. Das liegt am inneren Kampf. Wer sich im Fernsehen über Tele-Winker ärgert, sollte hier drehen. Hier winkt nie jemand.

Bei derart ernsthafter Zurückhaltung stellt sich die Frage nach dem Humor der Spezies. Kann ein Blankeneser lachen? Und wenn ja, worüber? Dem Thema müssen wir uns vorsichtig annähern: Neben der Gesellschaft schätzt der Blankeneser auch die Geselligkeit. Geselliges Leben wird vor Ort, auch wenn es nicht immer danach aussieht, großgeschrieben. Es findet privat statt. Blankeneser pflegen die Etikette der Einladungen. Sie schätzen die private Atmosphäre und tauschen ihre Besuche stetig und konsequent gegenseitig aus. Und die Themenvielfalt ist groß: An- und Abgrillen, Gartenfeste, An- und Absegeln, Kaminabend, Matjes im Gartenhaus, Hausmusik (Querflöten-Diplom der Tochter), Weinprobe im Weinkeller oder sechs Gänge für zwölf Personen – die Palette ist lang. Zwangsläufig dringt auch der dort gepflegte Humor selten nach draußen.

Vermutlich unterscheiden sich die Gene des Blankenesers nicht von denen anderer Menschen. Deshalb lacht er auch in gelöster Form und enthemmter Stimmung (Rosé aus Südafrika, Riesling aus der Pfalz, St. Emilion Grand Cru Classé aus dem Französischen, um die grobe Richtung anzudeuten) wie andere Gemüter auch an den entsprechenden Soll-Lach-Stellen. Die Frage muss daher eigentlich lauten: Kann der Blankeneser über sich selbst lachen?

Und da wird es dann doch etwas komplizierter. Der Mensch hier hat ja in der Regel „etwas erreicht“. Das muss erst einmal bewahrt und verteidigt werden, und das kostet Nerven. Legen wir ein gutes Stück der eingangs erwähnten Zurückhaltung und des zu pflegenden Understatements dazu, so kommt nicht zwingend die rheinische Frohnatur dabei heraus.

Ferner denkt man in Blankenese auch gern über die Landespolitik nach. Und natürlich findet der Blankeneser dabei erst recht keinen Grund zum Lächeln, denn er ist mehrheitlich konservativ orientiert.

Er wird auch richtig sauer, wenn ihm die Kritik am Mühlenberger Loch um die Ohren gehauen wird...

Natürlich erfreut das Blankeneser Umfeld sein Herz. Natürlich würde er nie woanders wohnen wollen und natürlich verteidigt er sein Blankenese – auch mit seinen Schwächen und seinen Unzulänglichkeiten.

Manchmal ist er mit seiner Zuneigung so sehr beschäftigt, dass keine Zeit zum Lachen bleibt. Und ob er über sich selbst lachen kann?

Er würde antworten: „Darüber muss ich erst einmal nachdenken!" oder „Alles hat seine Zeit!"

Ach, Sie auch hier?

&

Gesellschaftliche Höhepunkte sind in den Elbvororten rar und demzufolge von zentraler Bedeutung. Steht ein Ereignis der eitlen Art an, wetzt die Szene die Klinge, um auf gar keinen Fall in das weite Feld der Übersehenen zu geraten. Ein Beispiel besonderer Art und Bedeutung ist auch das Flottbeker Derby, stets im Mai auf Baron Jenischs Geläuf unter Federführung des Norddeutschen und Flottbeker Reitervereins, kurz NRV.

Nun kann sich jeder, der es möchte oder dem Reitsport zugewandt ist, eine Eintrittskarte für die überdachte Tribüne oder den volkstümlichen Sattelplatz kaufen und ganz einfach dabei sein. Das dient zwar dem eigentlichen Anlass, ist gesellschaftlich gesehen aber noch nicht einmal die halbe Miete.

Das VIP-Zelt ist Dreh- und Angelpunkt, Treffpunkt des Who is Who der Hanseaten und Eldorado der Eitelkeiten. Doch auch die begehrte Zulassung für den schnöden und überdimensionalen Gartenweißling allein ist es nicht, denn auch das Zelt hat seine Abteilungen, die den Unterschied ausmachen. Bewegen kann sich der VIP-Gast im ersten und im zweiten Stock, doch die Terrassen, jene für teures Geld angemieteten Tische und Stühle mit Parcours-Überblick unter dem Sponsorenschirm sind die eigentlichen Mega-Plätze des Wochenendes.

Doch auch mit den Tagen muss man unterscheiden. Was

nützt die Einladung zum Flottbeker Derby, wenn es sich nicht um den Sonntag handelt. Am Sonntag spielt die Musik, da wird das Derby ausgetragen, da ist die Szene vor Ort und da tobt der Bär im Kettenkleid.

Zusammengefasst heißt das also:

Sie haben a) eine Einladung zum Flottbeker Derby und das bitte schön b) für den Sonntag, und mit VIP-Parkschein möglichst nah, versteht sich. Hinzu kommt c) die Einladung mit Tischkarte für die Terrasse im VIP-Bereich der Sponsoren Tchibo, Mercedes oder der Credit Suisse Bank.

So weit, so gut.

Sie holen sich bei Heinz Wehmann vom Landhaus Scherrer, dessen Küche die Derby-Gäste verwöhnt, ihre Ente mit Kirschen, Kraut und Sättigungsbeilage, schaffen es auf dem Rückweg noch, den Riesling mitzunehmen und setzen sich wieder auf Ihren Stuhl.

Auf dem Weg zwischen Stuhl, Heinz Wehmann und wieder zurück sollten Sie mindestens zwei Leute pro Strecke per Handschlag begrüßt haben, sonst fallen Sie auf und werden allzuleicht als Angehöriger des Zeltaufbauers angesehen, der wegen der korrekten Termineinhaltung ein paar Freikarten erhalten hat.

Wenn Sie nicht Heinz Hoenig sind, sollten Sie außerdem den Dress-Code beachten. Die Krawatte ist zwar nicht zwingend, wird aber trotzdem gern gesehen. Nichts falsch machen Sie, wenn Sie sich im britischen Country-Style kleiden, aber Vorsicht: nicht overdressen! Das anglophile Outfit deutet immerhin eine gewisse Nähe zu den Hauptakteuren, den Pferden, an.

Trinken Sie zu Beginn den Rosé-Champagner, der auch extrem Smalltalk-gefällig ist. Da im VIP-Zelt die gesamte Verpflegung kostenlos ist, können Sie völlig unbefangen dem Trend zum Zweitglas folgen. Bevor Sie sich noch einmal bei Heinz Wehmann eindecken, sollten Sie besser schon den Riesling organisieren und an ihren Tisch tragen. Das hat den Vorteil, dass Ihr Platz einigermaßen sicher ist und Sie außerdem die Hände für die Teller frei haben.

Drei Gänge sollten Sie mühelos schaffen, danach schlendern Sie zum Zeltende ans Dessertbuffet, bitte rechtzeitig, sonst ist die Schlange zu lang.

Auf dem Rückweg zu Ihrem Tisch sollten Sie sich noch einen südafrikanischen Rotwein mitnehmen. Wenn Sie damit durch sind, können Sie sich völlig relaxt über Kaffee und Kuchen hermachen.

Wenn alles mit rechten Dingen zugeht, haben Sie bis zu diesem Zeitpunkt auch Ihre Gesprächspartner gefunden, um über andere Gäste und gemeinsame Bekannte zu plaudern. Vergessen Sie nie, über die Köpfe hinweg anderen Menschen zuzuwinken. Das macht Eindruck. Wenn Sie niemanden kennen, tun Sie einfach so, irgendjemand wird sicherlich dankbar zurückwinken. Sollte parallel eine andere wichtige Veranstaltung stattfinden, machen Sie sich keine Sorgen. Im VIP-Zelt stehen ausreichend Monitore zur Verfügung, um beispielsweis die Formel 1 in Brasilien oder entscheidende Bundesligaspiele zu verfolgen.

Die Pferde?

Polo ist durchaus angesagt.

Als die sportive Masse zunächst das Tennisspiel für sich entdeckte, konnte der anspruchsvollere Gesellschaftssportler immerhin noch auf Golf ausweichen.

Damit ist nun auch Schluss.

Schon längst hat der gemeine Sportler den Sport mit Schläger und schicker Mode als attraktive Freizeit für sich entdeckt.

Orientierungslosigkeit in der Elite, Krethi und Plethi beim Abschlag! Was nun?

Polo! Polo ist noch lange nicht im Breitensportbereich angekommen. Da ist noch Freiraum für die aktive upper class. Ärgerlich nur, dass die Einstiegskosten zwischen einem kompletten Golf-Outfit und dem einigermaßen repräsentativen Polo-Equipment samt Polopferd Galaxien liegen.

Ganz schön anstrengend, „da oben" mitspielen zu müssen.

Selbstverständlich hat die VIP-Veranstaltung Polo trotzdem noch ein VIP-Zelt, in dem ein gastronomisches Angebot vom Feinsten winkt. Unternehmen haben Tische gemietet und die wichtigsten Freunde des Hauses zum geselligen Polonachmittag eingeladen.

Ohne Zweifel hat das Flottbeker Derby eine herausragende Bedeutung im Pferdesport und erfährt weltweite Anerkennung.

Nur wenige hundert Meter Luftlinie entfernt galoppieren argentinische Polopferde um Sieg und Pokale. Wer hier Zuschauer ist, hat das Gefühl, die ganze Veranstaltung sei ein einziges VIP-Zelt. Da wundert es auch nicht, dass die gegeneinander spielenden Poloteams nicht „PC Hamburg" oder so ähnlich heißen, sondern das „Team Rolex" spielt gegen das „Team Engel & Völkers" beim „Berenberg Polo Derby".

Unterstrichen wird die ohnehin ausgeprägte anglophile Note durch eine Art Rundfunk-Kommentar, den der Moderator vom Balkon des Haupthauses hält – in english of course. Immerhin wird in Flottbek seit 1898 Polo gespielt.

Damit beweist der Sport seine Beziehung zur Tradition, wenngleich er auch davon ausgeht, dass die Zuschauer konsequent des Englischen mächtig sind. Noch traditioneller wäre allerdings das Farsi, denn in Persien hat das Spiel mit Ball und Pferd seinen eigentlichen Ursprung.

Am Rande des Spielfeldes sind Verkaufsstände platziert, an denen der Besucher die Dinge des täglichen Bedarfs näher in Augenschein nehmen kann: BMW, Porsche oder Jaguar, Champagner und Kreuzfahrten, Schmuck und Bratwurst.

Aktive Zuschauer beteiligen sich übrigens in den Spielpausen am Niedertrampeln des aufgewühlten Rasens.

Die eher zurückhaltenden Gäste sind im VIP-Zelt zu finden. Schon aufgrund des eleganteren Schuhwerks verbietet sich eine Teilnahme am Grasnarbentreten.

Eigentlich ist es im weißen Hauptzelt nicht anders, als ehedem bei *Schlag* oder in der alten *Linde* – es werden Geschäfte diskutiert, Verabredungen getroffen und Verbindungen aufgewärmt.

Hin und wieder wird natürlich auch die eiskalte Schulter gezeigt.

Großen Spaß haben sicherlich die Polospieler, wobei Namen wie Thomas Winter, Christopher Kirsch und Christopher Winter, benotet wie beim Golf, mit einem Handycap von plus Fünf, plus Vier und plus Drei zu Deutschlands herausragenden Polospielern gehören. Und „Kaffeekönig" Atti Darboven gilt als Deutschlands dienstältester Polospieler.

Zu den gesellschaftlich herausragenden Einrichtungen der Elbvororte zählen zweifellos Jost Deitmars *Louis C. Jacob,* Heinz Wehmanns *Landhaus Scherrer,* das *Le Canard* von Ali Güngörmüs und Karlheinz Hausers *Süllberg*. Auch wenn sich alle Häuser im nachbarschaftlichen Wettbewerb befinden, sind sie doch untereinander völlig unterschiedlich. Eine wesentliche Gemeinsamkeit ist die Edel-Benotung für die Küche in Form eines *Gault Millau*-Sterns, den sowohl Karlheinz Hauser für sein Restaurant *Seven Seas,* Thomas Martin für *Jacobs Restau-*

rant als auch Heinz Wehmann und Ali Güngörmüs für sich beanspruchen konnten.

Zu den spektakulären Treffen der Szene gehört im *Jacob* der „Blankeneser Neujahrsempfang“, auf dem Süllberg die „Nacht der Medien“ und bei Heinz Wehmann „Klönschnacks Küchenparty“.

Doch nicht alle Veranstaltungen sind jedermann zugänglich. Sie sorgen aber mehr oder weniger für die notwendige Öffentlichkeit und Berücksichtigung in den Medien.

Die ganz großen Nummern sind jedoch die stillen Auftritte wie typisch hanseatische Familienfeste, Vorstandstreffen der Global Player oder der unauffällige Besuch eines Megastars, die allesamt mit Diskretion und Understatement funktionieren.

Ein schönes Beispiel ist der Besuch des Schauspielers Robert Redford, der mit seiner deutschen Ehefrau zum Abendessen ins *Louis C. Jacob* eilte, verfolgt von Paparazzi.

Deitmars Leute reagierten clever und schleusten den Superstar unauffällig durch die Personaleingänge ins Restaurant und niemand hat's gesehen. Nicht einmal die britischen Geschäftsleute vom Nebentisch:

„Haben Sie gesehen, wer neben Ihnen saß?“, wollte Deitmar wissen, nachdem Redford gegangen war und die Engländer aufbrachen.

„Who?“, fragten die Herren zurück, weil sie den Amerikaner offensichtlich nicht erkannt hatten.

„Robert Redford!“

„Wow!“

Diskretion, nicht nur der Presse gegenüber, ist Stil des Hauses. So erfuhr der Elbvorortler auch erst später, dass beispielsweise UN-Generalsekretär Kofi Anan an der Elbchaussee die Nacht verbrachte.

Manchmal erfährt man an der Elbe auch gar nichts, das ist hanseatische Premium-Klasse.

Neben Sternerestaurant und Bistro besitzt der Süllberg den einzigen und damit auch gleich den schönsten Ballsaal der Elbvororte. Mit Galerie und Bar Platz für bis zu 800 Gäste, die sich bei sagenhaftem Elbblick amüsieren können.

Die Blankeneser haben ein gespaltenes Verhältnis zum Süllberg, waren sie nach spektakulärer Rettung der Immobilie mittels Fackelzug durchs Hanggebiet noch vehemente Verfechter der Süllberggastronomie, sind sie heute in den dortigen Restaurants mit der Lupe zu suchen – es sei denn, sie sind als Gast eingeladen. Was sich prompt mit dem Spruch deckt: „Blankeneser haben Geld, weil sie nix ausgeben!"

Wir hatten den *Ball der Blankeneser* ins Leben gerufen, um ein neues gesellschaftliches Ereignis zu etablieren. Zur Ballpremiere kamen rund 700 Gäste, einige Jahre später gerade mal 250. Viele nörgelten über die 150 Euro Eintritt, die das gesamte Menü, die Getränke und natürlich auch die engagierte Band abdeckt. Wir änderten das Konzept und gaben dem Abend den Namen *Hamburger Benefiz Gala.* Die Idee dahinter war das Engagement zugunsten einer Einrichtung, die wir jedes Jahr aufs Neue aussuchen wollten.

Das Herzzentrum im Eppendorfer Krankenhaus suchte medizintechnisch Anschluss an die internationale Spitze. Der engagierte Förderverein mit Schirmherrin Edda Darboven war von der Idee angetan, und wir nahmen die Planung auf.

Der Eintritt sollte 300 Euro kosten, wobei 100 Euro schon mal als Benefizbeitrag galten. Karten sollte es nicht geben, wir wollten ausschließlich auf Einladung zu diesem besonderen Abend bitten.

Organisatorisch höchst anstrengend und aufwendig, nahmen

schließlich rund 250 zahlende Gäste an der ersten *Hamburger Benefiz Gala* auf dem Süllberg teil. Mit dem Verkauf von Losen für wenige, aber sehr attraktive Preise und zusätzlichen privaten Spenden brachte die Veranstaltung unterm Strich 100.000 Euro zugunsten des Fördervereins ein.

Ein stolzes Ergebnis.

Mehrere Stiftungen hatten sich nach Presseberichten über den Abend bei uns gemeldet und für eine der folgenden Galas beworben. Für uns, als veranstaltender Verlag, standen Aufwand und Erlös allerdings in keinem Verhältnis, so dass wir die Idee wieder begruben.

Den Gedanken einer soliden Silvesterfete setzten wir spontan um, nachdem Karlheinz Hauser mit seinen exklusiven Silvesterfeiern nicht den gewünschten Erfolg erzielen konnte. Wir erläuterten ihm die Idee einer zwanglosen Party zum Jahreswechsel und er machte mit.

Vermutlich hockten die letzten Jahre alle Leute vor dem Telefon und warteten auf eine Einladung zur Silvesterfeier. Aus dem Stand war die Party, bei 30 Euro Eintritt, ausverkauft.

Landhaus Scherrer-Chef Heinz Wehmann hatte eines Tages in der Redaktion angerufen:

„Können wir nicht 'mal irgendetwas zusammen machen?“

„Klar können wir das!“

Wir setzten uns zusammen und hoben *Klönschnacks Küchenparty* aus der Taufe. Im März und Oktober des Jahres sollte am Uhrumstellungssonntag zur zwanglos-geselligen Küchenparty geladen werden, wobei sich der 60 Euro zahlende Gast sein Essen aus der Küche und von den einzelnen Ständen selbst abholt.

Der Stehtisch mitten in der Edelstahlküche oder im Restaurant, das quirlige Gedränge und amüsante Gäste prägten die Mittagsstunden.

Der Treff wurde immer beliebter, knapp 250 Gäste sind mittlerweile *Klönschnacks Küchenparty*-Teilnehmer.

Dass der Hamburger an sich gern auf seinen vier Buchstaben sitzt, merkt man auch hier. Geladen wird für 13 Uhr, doch bereits eineinhalb Stunden vorher klopfen die ersten Gäste an die Restauranttür, um sich einen Sitzplatz mit Überblick zu sichern.

Heinz „the duck" Wehmann und sein Team glänzen an diesem Großkampftag und präsentieren stets Leistungen aus der Küche vom Feinsten. Hit des Hauses ist natürlich die Ente, die an diesem Tag auch zwei- oder dreimal genommen wird.

Bemerkenswerte Begegnungen

&

Ephraim Kishon hatte sich angesagt. Er wollte im Thalia Buchhaus Große Bleichen am Neuen Wall seine Bücher signieren. Ich erfuhr das durch Zufall und machte mich sofort auf den Weg, um mit dem Autor ein Interview für den *Klönschnack* zu führen.

Das Gedränge in der weitläufigen Buchhandlung war unglaublich. Alle wollten Kishon sehen oder sich sein neuestes Buch signieren lassen. Ich sah Kollegen mit Fotoapparaten, TV-Kameras und langen Mikrophongalgen. Es war eine etwas hektische Atmosphäre, die offenbar der Bedeutung des Gastes angemessen war, denn niemand beschwerte sich. Ich sah schwarz für mich und mein Interview. Wie soll ich da an den Mann rankommen und ihn um eine halbe Stunde zum Interview bitten?

Ich beschloss, mir wenigstens noch eine Weile das Geschehen anzusehen um vielleicht ein Foto von Kishon vorn am Signiertisch zu erhalten.

So gut es ging, drängelte ich mich durch die Reihen. Obwohl mir die aggressive Durchsetzungskraft eines Paparazzo völlig fremd ist, schaffte ich es durch die Menge und erreichte so etwas wie eine Bannmeile rund um den Schriftsteller. Ich hatte mich sozusagen „über die Flügel" genähert und entdeckte an der Seite plötzlich einen Mann im dunkelbraunen Cordanzug, der irgendwie nach Literatur aussah und, an einen Pfeiler gelehnt, gerade mit souveräner Gestik einem Kamerateam vom japanischen Fernsehen den Weg wies.

Der muss irgend etwas Bedeutendes darstellen, dacht ich mir. Ich drehte ab und stieß gegen den Strom in seine Richtung.

Ich fragte ihn, ob er einer der Vertreter sei, die hier den Hut aufhaben.

Er antwortete mit dem freundlichen Hinweis, dass er der Verlagsvertreter sei und Ephraim Kishon betreuen würde.

Bingo!

„Klaus Schümann, hallo. Ich bin vom *Hamburger Klönschnack*. Können Sie mir helfen, ein Interview mit Herrn Kishon zu bekommen? Gibt's da eine Chance?"

„Ja, klar", meinte der nette Cordanzug und blickte über seinen Brillenrand, „einen Moment bitte."

Der Verlagsmensch hatte die Ruhe weg. Einer Buchhändlerin gab er einen organisatorischen Hinweis, anonsten kümmerte sich niemand um ihn.

„Also", wendete er sich wieder an mich, „im Moment spricht Kishon gerade mit dem Süddeutschen Rundfunk, danach ist das japanische Fernsehen dran. Aber das geht schnell. Wir sind dann eigentlich fertig. Wenn Sie wollen, fahren Sie mit ins *Hotel Atlantic.* Dann können Sie da mit ihm sprechen. Da ist es ruhiger."

Ich traute meinen Ohren nicht.

Ich, der kleine Klaus aus Blankenese, sollte mit Ephraim Kishon mal eben ins *Hotel Atlantic* fahren und ein exklusives Interview bekommen!

„Äh, ja, gern, natürlich, wenn das möglich ist", stotterte ich vor mich hin und ärgerte mich sofort über meine Aufgeregtheit, anstatt das Angebot souverän akzeptiert zu haben.

„Warten Sie hier, ich sage Ihnen Bescheid“, sprach der Verlagsagent und verschwand in die hinteren Räume, in denen die Kollegen aus Süddeutschland und Japan gerade mit Kishon sprachen.

Nach gut einer Stunde kam der Cordanzug wieder. Ich hatte schon alle Hoffnungen aufgegeben.

„Ich habe mit ihm gesprochen. Wir fahren mit dem Taxi rüber ins Hotel. Sie können bei uns mitfahren.“

Wenige Augenblicke später verließen Ephraim Kishon, der Verlagsvertreter und meine Wenigkeit das Thalia-Buchhaus Große Bleichen und bestiegen unter Blitzlichtgewitter ein wartendes Taxi, um ins *Hotel Atlantic* zu fahren.

Wahnsinn!

Kishon und ich saßen hinten und plauderten über das Gedränge, die Alster und ein wenig über Hamburg an sich. Ich dankte in verschärfter Form für die Mitfahrgelegenheit und das bevorstehende Interview.

Wir versanken in den dicken Ledersesseln der Hotelhalle, bestellten Tee und Wasser.

Eigentlich war es das Normalste der Welt mit dem Schriftseller Ephraim Kishon an einem Nachmittag irgendwo Tee zu trinken.

Warum regte ich mich überhaupt so auf?

Ich stellte ihm ein paar unterhaltsame Fragen, die nicht unbedingt intellektuelle Antworten verlangten. Diese Fragen zählten im September 1984 noch zu den monatlich wiederkehrenden Bestandteilen unserer Interviews. In Israel hatte es Wahlen gegeben und ein ultrarechter Rabbi Kahane geisterte gerade durch die Weltpresse. Er forderte die Ausweisung aller arabischen Einwohner Israels. Kishon, der in Tel Aviv lebte, fragte ich nach seiner Meinung über den militanten Juden.

„Kahane hat ein Prozent aller Stimmen bekommen. Man kann nicht über den demokratischen Staat Israel, in dem demokratische Wahlen stattgefunden haben, nur über Rabbi Kahane sprechen. Er ist ein Unkraut. Das ist die Meinung in Israel im Allgemeinen. Man nimmt ihn nicht ernst. Es ist ein einseitiges Interesse, so als wenn wir aus Deutschland nur über Bader-Meinhof berichten würden oder über die Grünen."

„Das ist doch wohl nicht vergleichbar. Und als in Deutschland die NPD erste Erfolge erzielte, war Ihr Land – aus gutem Grund – am lautesten mit seiner Kritik an Deutschland."

„Rabbi Kahane ist kein Nazi."

„Aber er hat ein faschistisches Programm."

„Er will keinen Menschen töten, er will die Araber nicht verbrennen."

„Meinen Sie nicht, dass Faschismus früher beginnt?"

Ich hatte vermutlich rote Wangen und war gleichzeitig hochmotiviert. Wir tranken unseren Tee und bestellten noch einen weiteren hinzu. Ich hatte im Taxi von maximal 15 bis 20 Minuten Dauer gesprochen, doch wir hatten nun schon eine dreiviertel Stunde diskutiert.

Kishon glänzte durch Aufmerksamkeit, Freundlichkeit und Charme.

Ich stellte meine Schlussfrage:

„Religiöse Gruppen beeinflussen die israelische Politik wesentlich. Kann es da zu weiteren Rückschritten kommen, wie beispielsweise Flugverbote am Sabbat?"

„Die Chancen für religiöse Einflüsse sind da. Ich bin selbst nicht religilös. Man kann nur eines sein, entweder religiös oder ein Humorist. Beides geht nicht. Ich habe nichts gegen diese Leute. Sie haben ihre Religion und kämpfen dafür. Die religiöse Masse, besonders die Jugend, ist die beste Bevölkerung unseres Staates. Wenn sie wollen, dass ich am Freitagabend *(AdA: nach Sonnenuntergang beginnt der Sabbat)* nicht ins Kino gehen soll, ja, mein Gott, dann gehe ich eben nicht."

Ich dankte für das Interview, der Verlagsvertreter unterschrieb die Teerechnung und wir verabschiedeten uns. Ich versprach, ein Exemplar der Klönschnack-Ausgabe ins ferne Tel Aviv zu senden.

Inge Meysel war sofort einverstanden. Sie hatte vom *Hamburger Klönschnack* gehört und stand für ein Interview selbstverständlich zur Verfügung.

Das klang pflegeleicht. Ich fragte sie am Telefon, wo ich denn für unser kleines Gespräch hinkommen sollte.

„Junger Mann, Sie holen mich in der ABC-Straße ab. Ich warte dort auf dem Parkplatz auf Sie. Und dann dürfen Sie mich zum Mittagessen einladen. Was halten Sie denn davon?"

„Ja klar, gern. Was halten Sie von Blankenese?"

„Ich kaufe in der Blankeneser Hauptstraße immer meine Hüte und Kleider."

Ich versprach, sie abzuholen und nach dem Mittagessen wieder zurückzufahren. Wir waren beide pünktlich und erfüllten damit die Voraussetzung für einen harmonischen Nachmittag. Ich hatte Inge Meysel zu *Ahrberg* an den Strandweg geladen, damit sie die Elbe auch einmal von der anderen Seite betrachten konnte. Johanna Wunderlich war mit, sie machte die Fotos. Es gab Blankeneser Scholle und ein freundliches Glas Riesling.

Wir hatten über die „Mutter der Nation" und den Zweiten Weltkrieg gesprochen und waren beim Kaffee angekommen.

„Frau Meysel", fragte ich, „war es für Sie eine Erleichterung oder eine Genugtuung als der Krieg zu Ende war?"

„Als das Ende kam, war es einer der schönsten Tage meines

Lebens, denn ich konnte drei Monate nach der Kapitulation meinen Vater wieder in die Arme schließen, der eineinhalb Jahre als ‚U-Boot' in einem Keller gelebt hatte, versteckt von zwei arischen Menschen. Es gibt meiner Meinung nach keine Zufälle, nur Bestimmung. Alles ist vorbestimmt im Leben. Es gibt keinen einzigen Zufall. Was sollte ich am 8. Mai 1945 anderes empfinden als größte Erleichterung? Ich habe zu meiner Mutter gesagt; ‚Wenn es um 6 Uhr klingelt, ist es der Milchmann und nicht mehr die Gestapo!'"

Das ganze Interview mit Inge Meysel war sehr lang. Sie hatte Zeit, zwischendurch kamen wir immer häufiger vom Thema ab und plauderten nach Herzenslust.

Auf der *Ahrberg*schen Terrasse wurden zu dieser Zeit irgendwelche Bauarbeiten durchgeführt. Über eine völlig belanglose Bauwand kamen wir in einen „Streit". Wir konnten den Baufortschritt durchs Fenster sehen.

Inge Meysel bestand darauf, dass die neue Wand, so wie sie da steht, die Terrasse teilen würde. Ich sagte, dass dies ist nicht der Fall ist, die Wand kommt wieder weg. Sie war unbelehrbar und bestand auf ihrer Deutung. Schließlich wetteten wir um eine Flasche Champagner mit einem weiteren Essen in Blankenese. Klaus Zobel, Chef im Restaurant *Ahrberg*, bestätigte beim Zahlen meine Interpretation und die Meysel hatte verloren.

Ich weiß gar nicht, ob sie sich nun über die verlorene Wette ärgerte oder ob sie einfach Lust hatte, sich noch einmal mit mir zu treffen. Wir setzten uns ins Auto und ich fuhr Mutter Meysel wieder zurück in die Stadt und setzte sie bei ihrem Auto ab.

Ein paar Wochen später trafen wir uns beim Chinesen in der Blankeneser Hauptstraße, gegenüber von ihren modischen Lieblingsgeschäften und ließen es uns den Abend gutgehen. Auf den Champagner haben wir allerdings verzichtet und stattdessen bei Peter Chandra eine Flasche Weißwein zu unserem üppigen chinesischen Menü bestellt.

Inge Meysel hat ordnungsgemäß die Zeche übernommen.

Helmut Qualtinger, Wiener Kabarettist und schwergewichtiges Urgestein, gab einen seiner seltenen Verbalauftritte bei Eberhard Möbius auf dem *Schiff*. Ich bat über Möbi um zwanzig Minuten mit dem Wiener und bekam meine Chance an einem frühen Nachmittag.

Als Fotograf hatte ich Christoph Guhr dabei, der bei Exzentrikern immer die passende Optik fand.

In einem winzigen Hinterzimmer von wahrhaft bescheidenen Ausmaßen saß Qualtinger auf einem Stuhl.

Damit war der Raum eigentlich schon voll.

Und doch quälten sich Christoph und ich uns noch dazu, und auch Möbi wollte den zu erwartenden deutlichen Antworten des Wieners lauschen.

Qualtinger bestand zunächst darauf, dass wir ein Bier zusammen trinken, denn das können die Österreicher seiner Meinung nach nun wirklich nicht, das Bierbrauen. Es gab diese kleinen *Astra*-Flaschen, mit denen wir uns flaschenanstoßend ein langes Leben wünschten.

Ich freute mich, diesem Mann gegenüberzusitzen. Erst vor Kurzem war es mir nicht gelungen, Gert Fröbe, der hier auch gastierte, zu interviewen. Ich hatte den großen Mimen einfach verpennt. Das sollte mir nicht noch mal passieren.

„Herr Qualtinger, wir haben ja eine Zeit, in der das Kabarett wieder Aufwind hat ...“

„Ich weiß, was Sie meinen. Im deutschsprachigen Raum, wie es so schön heißt, ist das beste Kabarett die Regierung. Aber es gibt sehr viel jüngere Gruppen, die oft gar nicht in Erscheinung treten, die das Fernsehen auch irgendwie ignoriert. Es gibt in Österreich ein sehr musikalisches Kabarett, also auch sehr Rockiges und sehr viel Dialekt ..."

„So etwas wie die Erste Allgemeine Verunsicherung?"

„Jaja, so ungefähr. In Wien gibt's mehrere davon. Sie sind in erster Linie Komponisten und Liedertextautoren. Die Rolling Stones haben anfangs auch sehr viel mit Dialekt gemacht."

Qualtinger nasalte schwerstwienerisch und zog immer wieder Grimassen, sicherlich ungewollt, so dass die Zeit in der engen und immer wärmer werdenden kleinen Stube zu so etwas wie einer Vorstellung wurde.

„Welches Geschehen hat Sie persönlich am meisten beeindruckt?"

„Das ist eine sehr indiskrete Frage. Sagen wir mal, der erste Geschlechtsverkehr. Ja, eigentlich ja. Weil's auch schiefgegangen ist. Die hat mir schon einen Tripper angehängt, die war aus Hamburg. Eine Studentin, damals war die Aufklärung noch nicht so weit."

Conrad Kujau hatte die Hitler-Tagebücher geschrieben.

Die dickste Ente der bundesrepublikanischen Pressegeschichte passierte ausgerechnet dem Hamburger Magazin *Stern,* das bei der Wahrheitsfindung immer vornean zu finden war. Dessen Othmarscher Reporter, Gerd Heidemann, drehte das Ding mit dem schwäbischen Militariahändler und Kunstfälscher Kujau. Der Mann war spannend genug, um ihn für den *Klönschnack* zu befragen. Im November 1985 traf ich den Meisterfälscher in einem Café in der Innenstadt.

„Wie fing das eigentlich an?"

„Meine Mutter hat Sütterlin geschrieben. Und meine Berichtshefte habe ich immer selbst unterschrieben."

„Wie lange haben Sie denn an den Hitler-Tagebüchern geschrieben?"

„Zwei Jahre und drei Monate."

„Acht Stunden am Tag?"

„Nein, länger. Die Schreiberei, das Fälschen, das macht ja nichts. Die Ausarbeitung, es muss ja alles stimmen, die Literatur bringt ja nicht einmal genug Auskünfte. Ich musste ja richtig recherchieren."

„Haben Sie gehofft, dass alles gut geht?"

„Es war hundertprozentig festgestellt, die Tagebücher sind Original. Die ganzen Experten haben gesagt, die Bücher müssen echt sein. Und diese Herren täuschen sich ja nie. Ich habe mich gebogen vor Lachen. Ich sitze da abends vorm Fernseher und sehe die *Tagesschau*. Da komm der Stern: Sensationsfund! Der Reporter Gerd Heidemann hat die Tagebücher des Adolf Hitler ... und so weiter. Ich konnte mich nicht mehr halten vor Lachen. Das war die größte Gaudi!"

„Die Buchstaben auf ihrer Kladde waren Frakturschriften, statt des ‚A' von Adolf stand dort ein ‚F' und kein ‚A' ..."

„Ja, die hatte ich mitgebracht aus Hongkong, weil ich mal die Gründungsrolle von Theodor Herzl, die Gründung des Staates Israel, gefälscht hatte. Die Chinesen haben so schöne bunte Weihnachtskarten. Und da sehe ich die Buchstaben und habe sie gekauft. Dann habe ich sie auf die Kladde gebackt, mit Pattex! Obwohl sie ja selbstklebend sind. Und dann habe ich noch etwas Zigarettenasche rübergemacht, damit's auch schön alt aussieht."

Kujau schmunzelte bei der Erläuterung seiner Fälschungen und steckte sich eine Zigarette an.

„Hätten Sie die Geschichte mit ins Grab genommen?"

„Selbstverständlich. Heinemann hat an Schulte-Hillen geschrieben, die Veröffentlichung noch ein Jahr rauszuschieben, weil er noch mehr Arbeiten bekommen kann. Bestellt war ‚Friedrich II.', ‚Ludwig II.', ‚Mein Kampf, Bd. 3', alles in der Handschrift von Adolf Hitler."

Ich verabschiedete mich von dem mittlerweile lungenkranken Meisterfälscher und freute mich innerlich über die gigantische Narretei.

Hans-Dietrich Genscher, damals der dienstälteste Außenminister der Welt, empfing den *Klönschnack* im *Elysee* am Dammtorbahnhof. Wir waren vorsichtshalber zu dritt, Karl-Heinz Berger, der Fotograf Rainer Drechsler und ich.

Die Sicherheitsfrage wurde 1986 noch locker gesehen, keiner durchsuchte oder durchleutete die wuchtige Stativtasche des Fotografen, keiner checkte uns, ob wir auch die waren, als die wir uns ausgaben. Immerhin waren wir auf dem Weg zum Außenminister der Bundesrepublik Deutschland. Eine über 20 Jahre später völlig unvorstellbare Vorgehensweise.

Mit dem Fahrstuhl fuhren wir zu Genschers Suite hinauf und wurden von einem Referenten des Außenministers empfangen und an einen Tisch gebeten. Nebenan rauschte das WC und nach kurzer Zeit erschien Hans-Dietrich Genscher und begrüßte das Team aus Blankenese.

Es gab Kaffee und Plätzchen und ein interessantes Interview, das wir im Oktober 1986 veröffentlichten. Genscher war einer dieser Interviewpartner, wie man sie sich wünschte. Ohne Starallüren stand er uns zu unseren umfangreichen Fragen zur politischen Situation Ende der 1980er Jahre Rede und Antwort.

„Herr Minister, zwölf Jahre Rückblick sind ja nicht nur Erfolgsmeldungen. Was ist denn für Sie der größte Misserfolg gewesen?"

„Es gibt Enttäuschungen. Wenn man hofft, man kommt in einer Sache voran und plötzlich kommt es zur Unterbrechung einer Verhandlung. Ich hätte mir gewünscht, dass wir zum Beispiel bei den Verhandlungen um die Mittelstrecken-Raketen schon zu einem Ergebnis gekommen wären. Aber in vielen Verhandlungsbereichen sind wir vorangekommen, wie das zu Anfang des Jahres niemand für möglich hielt. Ich hab' damals gesagt, dieses Jahr gibt uns große Möglichkeiten. Wir müssen sie nutzen. Manche haben darüber gelächelt. Heute sehen wir doch, dass der Dialog zwischen Ost und West in vollem Gange ist, auch bei meinem Besuch in Moskau habe ich gespürt, dass auch dort die Feststellung ernst gemeint ist, dass wir eine neue Seite aufschlagen wollen im Buch der deutsch-sowjetischen Beziehungen. Die Geschichte lehrt, wenn Deutsche und Russen ein gutes Verhältnis zueinander hatten, dann war das gut für beide Völker und für Europa."

„Kaiserliche Hoheit!", erklärte mir der Presseoffizier der Führungsakademie mit bedeutendem Gesichtsausdruck. Ich hatte ihn gerade gefragt, wie man Otto von Habsburg denn korrekt anspräche.

Im täglichen Umgang nicht gerade flüssig bei der verbalen Kontaktaufnahme mit dem Hochadel (trotz Prinz in der Agentur), traute ich mich dennoch. Otto von Habsburg hielt einen Vortrag zum Thema „Europa" vor den Mitgliedern des „Freundeskreises Ausbildung ausländischer Offiziere an der Führungsakademie e.V.", zu denen auch ich zählte. Der Kronprinz der ehemaligen Doppelmonarchie Österreich-Ungarn, seit 1922 Oberhaupt des Hauses Habsburg, brillierte mit rhetorisch und phonetisch einwandfreier Rede. Der Mehrstaatenbürger hatte die 90 Jahre schon überschritten.

Die Rede war gelaufen. Es gelang mir, Otto von Habsburg beim anschließenden Empfang anzusprechen.

„Kaiserliche Hoheit", kam es mir ungewohnt über die Lippen, „mein Name ist Klaus Schümann. Ich möchte Sie gern für das Stadtmagazin Hamburger Klönschnack interviewen. Haben Sie irgendwann eine halbe Stunde für mich?"

„Selbstverständlich. Können Sie morgen um 9 Uhr ins Hotel Louis C. Jacob kommen?"

Klar konnte ich das.

Ich erlebte eine Lehrstunde in Sachen Europapolitik. Ausführliche Begründungen aus der Geschichte und scharfe analytische Vorhersagen über die Zukunft.

Wir tranken gemeinsam Kaffee, aßen ein gesamteuropäisches Croissant und ich hatte das Gefühl, selbst Teil der europäischen Geschichte geworden zu sein.

Wann sitzt man schon mal mit einer historischen Figur dieser Größenordnung beim Kaffee und biegt die Welt gerade?

Habsburg hatte mit weit über 90 Jahren die Contenance, den freundlichst-distanzierten Auftritt und die diplomatische Perfektion eines Weltbürgers, bar jeder Arroganz.

Ein charismatischer Mensch, ein guter Typ.

Der Druck, Monat für Monat ein Interview mit bedeutenden Persönlichkeiten zu organisieren, war stark. Die selbst gestellte Aufgabe wurde zwischenzeitlich zur Belastung, denn eine prominente Person in Hamburg zu wissen, ist das eine. Mit der Person auch einen Termin zu vereinbaren, ist das andere. Auch die journalistische Bedeutung spielte nicht immer mit, nur um der Person wegen wollten wir nicht unbedingt ein Interview durchführen. Später mischten wir unsere Interviews und befragten auch Menschen aus den Elbvororten.

Glanzvolle Begegnungen blieben natürlich weiterhin nicht aus. So auch, als wir ein Oktoberfest auf dem Süllberg feiern wollten. Als Stargast hatten wir uns für den Abend Rudolph Moshammer ausgedacht.

Ich nahm Kontakt auf und fragte ihn nach seinen Gagenvorstellungen. Die wollte er mir schriftlich mitteilen, hieß es aus der Maximilianstraße in München.

Der Brief kam prompt und Moshammer verlangte eine Suite im *Hotel Atlantic,* einen First Class-Flug mit der Lufthansa von München nach Hamburg, eine Mercedes S-Klasse für den Shuttle-Dienst und 3.000 Euro Gage. Außerdem müsse sein Bodyguard mit, der natürlich auch einen Flug und ein Zimmer benötige.

Ich griff zum Hörer und sagte dankend ab.

Wenig später rief das Büro Moshammer wieder an. Wieviel wir denn gedachten zu zahlen, man könne ja über alles reden. Ich sagte, dass die Rahmenbedingungen nicht das Problem wären. Aber eine Gage von 3.000 Euro plus Mehrwertsteuer sei schon ein wenig arg, bei der Hälfte könnten wir weiter diskutieren. Die Maximilianstraße nahm mein Angebot zur Kenntnis und versprach, sich wieder zu melden.

Er rief zurück. Gabi, meine Empfangssekretärin meldete, „ein Herr Moshammer" sei am Telefon.

„Klaus Schümann, guten Tag, Herr Moshammer."

„Ich denke, wir kommen zusammen, lieber Herr Schümann. Hamburg tät' mich ja auch mal wieder interessieren. Machen's mir ein Papier und mir san uns einig."

„Das freut mich, Herr Moshammer, den Vertrag schicke ich Ihnen zu, wir sehen uns dann im September".

Ich schilderte ihm noch, was wir vorhaben und wir verabschiedeten uns.

Die sogenannten *Elefantenrunde* ist ein loser Zusammenschluss einiger Herren, die gern mal zusammen essen gehen. Zur ehrenwerten Gesellschaft dieser Vereinigung zählt neben mir auch Sebastian Heinemann, Direktor im *Hotel Atlantic.* Ich bat um die besagte Suite für meinen Gast Rudolph Moshammer. Sebastian zeigte sich sehr zuvorkommend und hilfreich.

Wir buchten die Flüge und organisierten bei Thomas Magold von BMW Hamburg eine 7er Limousine, denn wir hatten auch die BMW-Suite bekommen, die das *Hotel Atlantic* vorrätig hält.

Mosi konnte kommen.

Doch zunächst gab es plötzlich Aufregung.

Sebastian Heinemann teilte mir mit, dass Russlands Präsident Wladimir Putin auf Einladung von Bundeskanzler Gerhard Schröder nach Hamburg kommen wollte. Die Sicherheitslage erforderte das Anmieten der Etagen über und unter Putins Suite.

Damit war Moshammer die BMW-Suite wieder los.

Ich rief Jost Deitmar an und bekam die Elbsuite des *Louis C.Jacob* für unseren Gast aus München.

Der Tag kam und Moshammer reiste an.

Ich hatte Uwe Lange, den Chef der Blankeneser Taxen, gebeten, für uns den Fahrdienst mit der schwarzen BMW-Limousine zu übernehmen. Uwe Lange trug eine alte Chauffeursuniform mit Mütze, sehr passend. Er hatte Moshammer und seinen Begleiter samt Hündchen Daisy vom Hamburger Flughafen abgeholt und ins *Hotel Jacob* gefahren.

Mit Moshammer hatte ich mich um 19 Uhr verabredet, um rechtzeitig um 20 Uhr auf dem Süllberg im Ballsaal zu erscheinen und das Oktoberfest zu eröffnen.

Mitarbeiter Helmut Schwalbach und ich trugen bereits Lederhose und sonstiges bayerisches Outfit, als Uwe Lange uns mit dem BMW abholte und zum Treffpunkt ins *Jacob* fuhr.

Zunächst schlenderten wir plaudernd auf die Lindenterrasse und machten ein paar Fotos mit Chauffeur, einem bayerisch aussehenden Klaus Schümann und dem münchnerisch elegant gewandeten Modezar. Einige Terrassengäste wähnten zunächst ein perfektes Double hinter Moshammer, bis der selbst im Stile König Ludwigs lässig die Hand zum Winken hob.

„Das ist tatsächlich der Moshammer!"

An der Bar gab's zur Begrüßung ein Gläschen Champagner, Mosi trank Wasser.

Daisy in der Louis Vuitton-Tasche, in der Mitte zwischen Moshammer und mir, vorn saß sein Begleiter und Aufpasser neben Uwe Lange, so starteten wir zum Süllberg. Daisy roch ein wenig nach nassem Hund, was soll's.

Die wenigen Minuten vom *Jacob* zum Süllberg nutzte ich, um mit Moshammer ins Gespräch zu kommen. Ich lernte einen sensiblen und aufgeschlossenen Menschen kennen. Er erzählte freimütig aus seiner Vergangenheit, berichtete von seinem alkoholkranken Vater, der als Obdachloser endete. Ohne viel Aufhebens hatte Moshammer stets eine gebende Hand für die Obdachlosen in München, die ihn konsequenterweise verehrten und schätzten. Als wir mit dem Fahrstuhl auf die Ballsaalebene kamen, gab Siggi der Band ein Zeichen. Zum bayerischen Defiliermarsch, zu dessen Klängen auch Franz-Josef Strauß früher in die Bierzelte einzuziehen pflegte, zogen Rudolph Moshammer und ich in den Saal ein.

Ein unglaubliche Stimmung brandete auf, als hätte es niemand für möglich gehalten, dass der Münchner auch tatsächlich kommen würde.

Mosi ging ans Mikrophon der Blaskapelle namens „Franz Waigel und die Bayerischen Löwen“ und eröffnete mit kurzen warmen Worten die Oktoberfestsaison 2005.

Daisy und sein Begleiter hatten bereits am *Klönschnack*-Tisch Platz genommen. Karlheinz Hauser begrüßte die Münchner Abordnung und ließ Hendl und Maßkrüge an den Tisch servieren.

Unser Gast amüsierte sich und schwatzte mit seinen Tischnachbarn. Ich bat ihn, mit mir noch eine kleine Runde durch den Saal zu machen, um die Versammelten zu begrüßen.

„Mit dem größten Vergnüngen“, sprach Moshammer und zog mit mir durch die Tischreihen, um hier und dort ein paar Besucher des Oktoberfestes mit Handschlag zu begrüßen.

Uwe Lange brachte Moshammer samt Begeitung später wieder ins Hotel.

Noch am Abend hatte ich den Modezar vom Blankeneser Neujahrsempfang erzählt und ihm schon mal mündlich zum 13. Januar 2006 ins *Jacob* eingeladen.

„Wenn es mein Terminkalender erlaubt, komme ich gern“, antwortete Mosi.

Ich schickte ihm später eine Einladung, die er mit einer Absage quittierte.

Wäre er doch gekommen.

In der Nacht zum 13. Januar 2006 wurde Rudolph Moshammer ermordet.

Horst Rahe hatte zur Eröffnungsfeier ins *Arosa* nach Travemünde geladen. Große Party, illustre Gäste und ein umfangreiches Wellnessprogramm zum Antesten lockten Gisela und mich an die Ostsee.

Niemand anders als die Schauspielerin Iris Berben, die als

„*Arosa*-Botschafterin" engagiert war, sollte auch eine kleine Eröffnungsansprache halten. Ich wollte die Gelegenheit nutzen und organisierte am Rande des Geschehens einen Interviewtermin mit der Berben.

Uwe Petersen, Chef einer kleinen Werbeagentur und guter Bekannter vom Nienstedtener Stammtisch, war ebenfalls eingeladen. Wir nahmen ihn in unserem Auto mit, er wollte nicht übernachten und abends mit dem Zug wieder zurückfahren.

„Uwe, kannst du zum Interview mitkommen und bitte ein paar Fotos machen?"

„Na gut, ich bin zwar nicht der Fotograf des Herrn, aber es wird schon gehen".

Im *Arosa* trafen wir wie verabredet Iris Berben mit Stylistin und einer etwas nervigen Sekretärin oder Sonderbeauftragen oder was auch immer. Wir hatten einen kleinen netten Nebenraum mit komfortablen Sesseln und der nötigen Ruhe für unser Gespräch.

„Aber bitte nur fünfzehn Minuten", schnarrte die Sonderbeauftragte beim Eintreten, „und bitte keine Fotos!"

„Ein paar Fotos sind aber wichtig", wagte ich einzuwenden. Die Berben nickte, die Stylistin legte noch mal ein wenig nach und die Sonderbeauftragte verschwand. Wir machten es uns in den dicken Sesseln gemütlich, bestellten beim Service noch ein Tässchen Kaffee und glitten vom Smalltalk nahtlos rüber zum geplanten Interview für die nächste Ausgabe des *Hamburger Klönschnacks*.

Ich befragte sie über Israel, wo sie mit ihrem Lebensgefährten neben München einen Wohnsitz hatte, über das Altern im Film und im Leben und über die Schauspielerei im Allgemeinen. Es waren bald zwanzig Minuten rum. Uwe hatte ein paar Aufnahmen gemacht und sich locker an unserem Gespräch beteiligt.

Die Sonderbeauftragte erschien und deutete hektisch auf die Uhr.

Warum macht die bloß so einen Stress?, dachte ich bei mir, der offizielle Teil ist doch durch. Jetzt wird doch eh nur noch gefeiert. Ich läutete das Interviewende mit Insiderwissen aus Blankenese ein. Schließlich ist Iris Berben in Osdorf aufgewachsen und hat vor Urzeiten in Blankenese in der Gastronomie gearbeitet.

„Sagt Ihnen der Eisladen *Am Kiekeberg* noch etwas?"

Sie sah mich erstaunt an.

„Mein Gott, woher kennen Sie den denn? Da habe ich gejobbt, als ich sechszehn oder siebzehn Jahre alt war. Am Kiekeberg, Ecke Bahnhofstraße!"

„Und was sagt Ihnen der Name Thomas Kukuck?"

„Herrje, das war mal ein Jugendfreund. Was wissen Sie denn noch alles von mir?"

Iris Berben bekam leuchtende Augen, die Sonderbeauftragte verschwand und unser Gespräch dauerte letztlich eine gute Stunde bis wir uns alle ins Partygetümmel warfen.

Alltagssensibilitäten kamen auf, wenn irgendein Wahlkampf die Öffentlichkeit beherrschte. Es waren Bürgerschaftswahlen angesetzt und der Reemtsma-Manager Ludger W. Staby wollte für die CDU gegen Olaf Scholz von der SPD den Bezirk Altona gewinnen.

Während Olaf Scholz die Klaviatur des Wahlkampfs abarbeitete und brav unterm Marktschirm und in Kneipensälen Argumente lieferte und den Zeitungen für Interviews zur Verfügung stand, fuhr Staby auch medienwirksamere Geschütze auf.

Friedrich Bohl, Kanzleramtsminister im Kabinett Helmut

Kohl, war zur Wahlkampfunterstützung an die Elbe gekommen und Staby hatte einen Besuch in Blankenese in der Auguste-Baur-Straße organisiert.

Zwei, drei schwarze Limousinen fuhren vor und der Kanzleramtsminister samt Bodyguards enterte mit Ludger W. Staby das Hauptquartier des *Hamburger Klönschnacks.*

Ich begrüßte artig die Delegation, führte durchs Haus erläuterte die Lokalredaktion und die Geschichte des Blattes. Wir machten ein paar Fotos und berichteten natürlich über den Redaktionsbesuch.

Geholfen hat es Staby nicht, Olaf Scholz ging als Sieger aus diesem Wahlkampf hervor.

Politiker waren naturgemäß häufig Gast in der Redaktion. Gern haben wir den Besuch beim *Klönschnack* mit einem Bericht und einem Interview verbunden. Hamburgs Bürgermeister Ole von Beust war mehrfach zu Gast, ebenso einige seiner Senatoren wie auch Abgeordnete aus allen Fraktionen im Hamburger Rathaus.

Besonders herzlich war der Besuch einer Abordnung der „Kinder von Blankenese“.

Dabei handelte es sich um ehemalige Waisenkinder, die 1945 in Blankenese als jüdische Kinder, deren Eltern in den Konzentrationslagern ums Leben gekommen waren, vorübergehend eine neue Heimat fanden, im Elsa-Brändström-Haus wohnten und betreut wurden. Max Warburg hatte seinerzeit die Aktion ins Leben gerufen.

Sechzig Jahre nach Kriegsende kamen die mittlerweile ergrauten „Kinder“ nach Blankenese zurück. Sie lebten vorwiegend in Israel, aber auch in den Vereinigten Staaten. Der *Verein zur Erforschung der Juden in Blankenese e.V.* hatte die

„Kinder“ eingeladen und für ein umfangreiches Programm gesorgt.

Zum Treffen mit Bürgern aus Blankenese luden die Kirchengemeinde und der Verein in den Gemeindesaal. Meine Frau und ich waren eingeladen und die Organisatoren hatten dafür gesorgt, dass die rund vierzig Gäste aus Israel und den USA bunt gemischt an den Tischen der Blankeneser Platz fanden.

Die Veranstaltung, die für mich im Vorfeld des Abends nach Verkrampfung und Anstrengung roch, entpuppte sich als lockere und amüsante Zusammenkunft.

Unser Tisch war geprägt von spontaner Kommunikation über Gegenwärtiges und Menschliches. Es wurde an diesem Abend viel gelacht, weder schwerfällig-deutsche Tragik noch graue Humorlosigkeit oder hilflose Wehmütigkeit kamen auf, als die Gäste mit Unbeschwertheit und Witz jüdisches Liedgut und Gedichte vortrugen und uns jede Scheu und mögliche Scham nahmen.

Ich musste an Hermann, den *Dizzengoff Square* und an Tel Aviv denken und erzählte von meinen Reisen nach Israel. Fast selbstverständlich endete die beeindruckende Begegnung an unserem Tisch mit der Einladung einer älteren Dame, die ihre Tochter mitgebracht hatte. Sie würden sich sehr freuen, wenn Gisela und ich sie in Tel Aviv besuchen kämen. Wir haben dankbar angenommen und werden bestimmt hinfahren.

Tags darauf besuchte uns eine Abordnung der „Kinder“ in der Redaktion – Steilvorlage für eine abschließende Geschichte im Blatt, schließlich sind verbindende Begegnungen dieser Art nicht gerade an der Tagesordnung.

Der Großvater

&

Meinen Töchtern hatte ich natürlich versucht, trotz der frühen Trennung, ein guter Vater zu sein. Wir sahen uns zwar regelmäßig, aber eben nicht wie in einer Familie. Es machte allen zu schaffen, war jedoch nicht zu ändern. Wir überstanden die Phasen der Pubertät, die Probleme an den Schulen und die, die sie mit sich selbst, ihrer Mutter und ihrem Vater hatten.

Sie hatten und haben einen großen Freundeskreis, hatten Großeltern, und sie hatten sich selbst. Die Schwestern haben sich stets aufeinander verlassen können.

Sie stritten und zankten sich wie alle Geschwister, aber sie waren füreinander da.

Ich habe zwei wundervolle Töchter und bin dankbar, dass es sie gibt. Ich bin heute unendlich froh, dass meine Töchter erwachsene Menschen und Mütter geworden sind, ohne den Verlockungen von Drogen jeder Art zu erliegen. Sie sind sogar Nichtraucher!

Jana, die ältere, blond und positiv, studierte nach der Schule Kommunikationsdesign, arbeitete nach ihrem Abschluss in verschiedenen Agenturen, bevor sie in den väterlichen Betrieb wechselte und dort als Gesellschafterin der Agentur beitrat.

Nadine, die jüngere, dunkel und sensibel, machte zunächst

eine Ausbildung als Kosmetikerin, arbeitete dann in der Kosmetikabteilung einer großen Apotheke, und wagte sich später in die Selbstständigkeit.

Jana und ihr Mann Marc machten mich im Oktober 2004 mit Lenas das erste Mal zum Großvater. Nadine und Andreas folgten im Juli 2007 mit Bennet, und Lenas bekam kurz darauf, im August 2007, noch eine Schwester, die den Namen Liva Teresa erhielt.

Die beiden kleinen Familien haben sich an unterschiedlichen Orten ihre Häuser gebaut und leben ihr Leben mit vielen Freunden, Kontakten und einer Lebensfreude, die durch die – bisher – drei Kinder bestimmt wird.

Meine Stieftochter, Giselas Tochter Myria, fand nach ihrem Studium der Internationalen Betriebswirtschaft zunächst einen Job in Brüssel, wo sie für einen Europa-Abgeordneten der Grünen aus Tschechien aktiv war. Ein gutes Sprungbrett, denn sie wechselte zu einer US-Consulting-Firma nach London und lebt dort mit ihrem Freund Dan zusammen.

Unsere Eltern sind längst tot, die Kinder haben ihren Weg gefunden und Gisela und ich sind bisher von den Krankheiten, die das Leben verändern, verschont geblieben.

Es ist eine Zeit der Sorglosigkeit.

Gerd Marwedel

&

Mit der Einschulung in Blankenese an der Frahmstraße lernte ich einen Mitschüler kennen, der so etwas wie ein Freund fürs Leben werden sollte – Gerd Marwedel.

Wir gingen zusammen zur Schule, wir waren beide Wehrdienstverweigerer, wir hörten die gleiche Musik und wir lachten über die gleichen Witze.

Später waren wir zu viert.

Wir trampten durch die Lande, wir hörten die gleiche Musik und wir lachten immer noch über die gleichen Witze. Und wir fanden die gleichen Frauen toll. Die anderen beiden waren Joachim Sewald und Claus Deimel.

So langsam verzweigten sich die Wege.

Die Ziele der einzelnen Lebenswege wiesen in unterschiedliche Richtungen. Wir sahen uns seltener, aber wir sahen uns. Immer wieder, ein Leben lang.

Das erste Leben, das endete, war das von Joachim. Er starb an Lungenkrebs, natürlich viel zu früh.

Er hatte sich zu Tode gekifft.

Da waren wir nur noch drei. Doch wir haben weiter über die gleichen Witze gelacht, obwohl hier und da schon Trennungslinien auftauchten. Claus ging nach Sachsen.

Er hatte sich als Ethnologe einen Namen gemacht und wurde Direktor des Grassi-Museums für Völkerkunde zu Leipzig. Ich wurde Verleger in Blankenese und Gerd machte das, was er seit dem Zivildienst in Rissen gemacht hatte. Er war beim „Hol- und Bringedienst“, eine Art Patiententransport, im Rissener Krankenhaus hängengeblieben.

Das war nicht das Problem.

Wir trafen uns weiter, mal mit kleinen, mal mit großen Abständen. Unter den alten Schulfreunden taten sich halt andere Welten auf. Die Abstände wurden größer und doch trafen wir uns immer wieder.

Unser Leipziger hielt das Trio zusammen.

Offen für späte Freunde lernten Gerd und ich Jürgen Stäcker kennen und schätzen. Der Mann der Pröpstin, erfahrungsreich und uns beiden Schulfreunden, die wir damals seit bald fünfzig Jahren befreundet waren, ausreichend humorvoll, zählte schnell dazu. Und da die Spontaneität eine beliebte Angelegenheit war, kam das neu formierte Trio schnell zu Entschlüssen.

Spektakulär wurde eine Reise im Januar 1997. Ich hatte eines Abends von meinen Israel-Reisen erzählt.

Gerd forderte uns heraus:

„Lass uns hinfliegen!“

„Gemach, Alter, gemach!“

Am Sonnabendvormittag traf ich Jürgen und seine Frau Malve auf dem Blankeneser Wochenmarkt. Am Abend zuvor hatte ich mit Gerd telefoniert. Wir hatten beschlossen, für rund 10 Tage nach Israel zu fahren, Jürgen kannte den Entschluss noch nicht.

„So Jürgen“, meinte ich zur Begrüßung im Dezemberregen, „es geht los. Wir fliegen im Januar nach Israel. Und du musst mit.“

Die alte Linde in Blankenese hatte einen ihrer letzten Tage. Die Wirtsleute, Helga und Uwe Schell, standen wie gewohnt hinterm Tresen und bereiteten sich auf den Abschiedsabend vor. Gerd, Jürgen und ich trafen uns an diesem Sonntagmorgen zum Frühschoppen in der Linde, um unseren Linden-Abschied zu nehmen. Wir tranken das letzte Linden-Bier und bestellten uns ein Taxi, das uns zum Flughafen brachte. Über Kopenhagen sind wir nach Tel Aviv geflogen.

Ich hatte von Deutschland aus für uns drei Einzelzimmer in meinem aus alten Tagen bekannten *Hotel Commodore* am Dizzengoff Square gebucht.

Dort wollten wir die ersten Nächte verbringen.

Doch es kam wieder einmal alles ganz anders.

Der Flieger hatte Verspätung, die Kontrollen dauerten wesentlich länger, die Taxifahrt vom Flughafen *Ben Gurion* zum Dizzengoff Square hörte auch nicht auf und Tel Aviv glänzte im Dauerregen.

Als wir gegen 21 Uhr ein wenig erschöpft an der Rezeption des *Commodore* standen, machte wir lange Gesichter. Der junge Bursche konnte mit dem Namen Hermann nichts anfangen und außerdem hätte er unsere Zimmer vergeben müssen, weil wir nicht rechtzeitig im Hotel erschienen seien, und bis 18 Uhr hätte er auf uns gewartet.

Also gut, Hermann war verschwunden, vielleicht gestorben. Wir standen mit unseren Reisetaschen im Eingang eines Hotels in Tel Aviv, das restlos ausgebucht war, und vor der Tür regnete es weiter in Strömen.

Was tun?

Der missmutige Rezeptionist, offenbar schon der Nachtschicht-Mann, gab auf Nachfrage eine Adresse heraus, wo wir es versuchen sollten. Wir wieder rein ins Taxi, nannten die

Adresse des Hotels in der Nähe und hatten schließlich Glück. Wenn man davon absah, dass diese Herberge fest in der Hand von britischen Bauarbeitern war, und dass diese offenbar mit Vorliebe bis 4 Uhr morgens ihre Biere lautstark singend auf dem Zimmer in sich reinschütteten, war es eigentlich eine überschaubare Nacht.

Nach einem ausgiebigen Frühstück stieg die Stimmung wieder an. Wir beschlossen, uns ein Auto zu mieten und im Süden des Landes bei hoffentlich besserem Wetter unseren Israel-Trip zu starten.

Also machten wir uns auf den Weg nach Eilat ans Rote Meer.

Die Tagesreise führte uns in der größten Stadt der Negevwüste über den Kamelmarkt von Beer-Sheba, den ich noch von anderen Reisen kannte.

Israel hatte sich verändert, Kontrollen überall.

Durch baumlose Steinwüsten mit weiten Tälern und sich endlos schlängelnden Straßen waren wir drei gleichermaßen fasziniert und hatten doch individuell beeindruckende Anlässe. Waren es bei Gerd die wilden bizarren Landschaften, so waren es bei Jürgen, dem Technik-Freak die schweren Lkws, die uns, mit Panzern beladen, entgegenkamen. Meine Faszination galt den Menschen, denen wir begegneten und mit denen wir ins Gespräch kamen und uns austauschten.

Das Wetter wurde von Kilometer zu Kilometer besser, und wir erreichten schließlich bei sommerlicher Wärme das Städtchen Eilat, buchten uns ein bezahlbares kleines Hotel und ließen es uns anschließend in einem Strandrestaurant gut gehen. Auf der anderen Seite der Bucht strahlten die Lichter von Akaba, Jordaniens Hafenstadt am Golf von Eilat oder am Golf von Akaba, ganz wie man möchte.

Noch bei meinen letzten Reisen markierten Stacheldraht,

spanische Reiter und schwerbewaffnete Militärposten die Grenze zwischen Israel und Jordanien. Jetzt glänzte ein frisch erbauter Grenzübergang mit geteerter Straße im Wüstensand. Das war für uns überhaupt keine Frage, gleich am nächsten Morgen saßen wir in unserem Auto und fuhren über die Grenze nach Akaba, das heißt, wir gingen zu Fuß. Denn mit dem Leihwagen war das Fahren im arabischen Ausland nicht gestattet.

Vom Schlagbaum machten wir uns auf den Weg ins Zentrum der gleich an der Grenze liegenden Hafenstadt und erlebten die Faszination des Vorderen Orients. Kaum Touristen und ein unglaubliches Durcheinander prägten die Marktszenen im Zentrum Akabas. Ein Bus wartete auf Fahrgäste. Petra, die verlassene Felsenstadt, in der Antike Hauptstadt des Reiches der Nabatäer, lockte als Ziel.

Doch die Zeit hatten wir nicht.

Wir durften nur 12 Stunden in Jordanien bleiben. Bei einem Händler erwarb ich noch eine goldene Kette für meine Frau als Mitbringsel, die der nach Gewicht berechnete. Ich hatte den Eindruck, ein sehr gutes Geschäft gemacht zu haben.

Wir verließen Eilat und machten uns auf in Richtung Norden. Auf halber Strecke erreichten wir die jüdische Festung *Massada,* nahmen die Seilbahn und genossen den Blick von den seinerzeit durch Herodes belagerten Höhen weit über das Tote Meer.

Das Bad im Toten Meer durfte nicht fehlen. Aus irgendeinem merkwürdigen Grund haben wir gelacht wie kleine Kinder, als das salzigste Wasser dieser Erde uns tatsächlich wie Herbstlaub auf der Oberfläche trug.

Hebron, die palästinensische Stadt im Westjordanland, konnte man nicht anfahren. Die Straße war gesperrt. Jericho, am Westufer des Jordan, zählte inzwischen zu den palästinensischen Autonomiegebieten und liegt 250 Meter unter dem Meeresspiegel.

Die Atmosphäre war angespannt, an der Polizeistation prangte Jassir Arafat als riesiges Wandgemälde. Bei einem fliegenden Händler kaufen wir die *Kafiya,* das Palästinensertuch, und amüsierten uns später im Auto königlich über unsere nordeuropäischen Gesichter unter dem grauen Tuch.

Die letzten Tage hatten wir uns für Jerusalem aufgehoben. Von Malve hatten wir die Adresse des *Lutheran Hospiz* in der Altstadt Jerusalems erhalten. Dort sollten wir nicht nur günstig ein Nachtlager finden, wir wären auch gleich mittendrin im Geschehen.

Nachdem wir suchend durch die Gassen der Altstadt getrabt waren, standen wir plötzlich vor einer weißen Mauer mit einer schlichten Holztür.

Wir drückten die Klingel und warteten.

Eine ältere Ordensschwester öffnete die Tür. Wir sprachen sie auf deutsch an und lagen richtig.

Sie machte die Tür frei und bat uns hinein.

Das *Lutheran Hospiz* entpuppte sich als überaus gemütliche Einrichtung mit Innengarten und altem Gemäuer. Von einem Aufenthaltsraum ging ein Gang ab, in dem sich die kleinen, aber modern eingerichteten ehemaligen Zellen der Mönche befanden.

Im Laufe von fast 50 Jahren Freundschaft haben Menschen, auch wenn sie nicht wie ein altes Ehepaar aufeinanderhocken, eine Kommunikation, einen Witz und ein Verständnis untereinander entwickelt, das auch nonverbal funktioniert. So war das auch bei Gerd, Museums-Claus und mir. Jürgen, frisch im Kollektiv der alten Freunde, konnte damit gut umgehen und fühlte sich nicht ausgegrenzt.

Die Szenerie in Jerusalem, die Jürgen, Gerd und mir fremde Glaubenswelt an der Klagemauer, die betenden und dabei ständig hin und her wippenden Gläubigen mit ihren Haarlöckchen, die sich sich im Seitentunnel der Tempelwand drängelnd ihren Gebeten widmeten, beeindruckte uns.

Zum Betreten der Fläche an der Klagemauer ist auch den Touristen das Tragen der kleinen Kopfbedeckung, der *Kippa*, vorgeschrieben.

Die uns von einem Kontrolleur beim Betreten des Klagemauerbereichs ausgehändigten *Kippas* waren aus weißer Pappe und ähnelten in fataler Weise den von zuhause bekannten Pommes frites-Schalen am Imbissstand. Allein die Ernsthaftigkeit der Menschen um uns herum und die Bedeutung der Stelle, an der wir uns befanden, verhinderte, dass wir alle drei in brüllendes Gelächter ausbrachen.

Die Blicke und die zuckenden Mundwinkel erinnerten an Schultage, an denen, aus welch albernen Gründen auch immer, Gerd und ich aus unserer ausgeprägten Phantasie entstandene Figuren in die Realität einbauten und uns fragten, was diese wohl nun zu der gerade dominierenden Situation sagen würden. Oder noch besser, was sie wohl täten?

Gelegentlich reichte ein Stichwort, um zu explodieren.

Nach den vielen Reisen, die Gerd und ich gemeinsam erlebt hatten, sollte dies die letzte sein. Wir waren als Pfadfinder in Jugoslawien und als Jugendliche unzählige Male per Anhalter in Südfrankreich und Italien unterwegs gewesen. Dreißig Jahre später hatten wir uns, mit Jürgen, wieder einmal auf den Weg gemacht und entdeckten viele der Gemeinsamkeiten von damals.

Jerusalem bot Leben in prallster Form, die Stadt bot alles. Fasziniert vom Fremden standen wir inmitten der Massen, die das Freitagsgebet in der *Al Aksa-Moschee* besucht hatten und nun zu Tausenden wie ein wilder Fluss in die schmalen Gassen der Altstadt strömten.

Hin und wieder sprach uns ein Moslem an und wollte wissen, woher wir kämen.

Gerd hatte schon immer ein besonderes Faible für die Underdogs dieser Welt. Umsomehr genoss er die schrillen und schrägen Randfiguren dieses brodelnden Altstadtlebens. Die schroffe Zurückweisung eines an seiner Jacke zerrenden Bettlers war nicht sein Ding, den Mann mit ein paar Münzen loszuwerden aber auch nicht. Gern sah er zuerst den Menschen und versuchte, so gut es eben ging, ein Gespräch zu beginnen, und sei es auch nur der kurze Zuspruch. Dazu gab es von ihm stets einen Wink als Solidaritätsgeste.

Inwieweit Gerd sich selbst auf der Straße der Verlierer sah oder ob er nur schlichtweg ein Totalverweigerer war, wurde nie zum Thema. Beruflich hatte er aus seinem Leben nichts weiter gemacht, als den Pflegehelfer im Hol- und Bringedienst des Rissener Krankenhauses. Es stand nie zwischen ihm und seinen Freunden. Das war eben einfach so.

Soziale Differenzen wurden schon deshalb nicht beachtet, nicht gewertet, weil die alten Bande der jahrzehntelangen Freundschaft schwerer wog.

Irgendwann kippte bei Gerd die Stimmung.

Seine fast zwanghafte und ehrerbietig übertriebene Anfangssolidarität mit den Verlierern dieser Welt, auch mit den Ausländern an seinem Arbeitsplatz, wandelte sich ins Gegenteil. Möglicherweise war der 11. September 2001 für Gerd ein entscheidendes Datum, denn neben seiner Zuneigung für die

Loser hatte er auch einen verbissenen Gerechtigkeitsanspruch für sich entdeckt. Alles Ungerechte war ihm nicht nur suspekt, er hasste es, wenn soziale Unstimmigkeiten in sein Gesichtsfeld gerieten. Und es erschien ihm immer mehr in seinem Leben ungerecht und unstimmig. Die Negativhaltung bestimmte seinen Alltag. Schwere Depressionen, deren Behandlung er ablehnte, kamen hinzu. Schon vor ein paar Jahren war er deshalb im Krankenhaus. Doch darüber reden wollte er nie.

Wir akzeptierten das und folgten seinem ausgeprägten Erinnerungsvermögen. Gerd war gedanklich gern in den alten Zeiten, er liebte es, Geschichten von früher auszupacken und in aller Ausführlichkeit noch einmal durchzugehen. Man hatte mehr und mehr den Eindruck, er wende sich so sehr von der Gegenwart ab, als verweigere er sich auch dieser.

Eine Zukunft sah er für sich sowieso nicht mehr.

Luise, Gerds ältere Schwester, rief mich zuhause an, während ich bei sonnigem Wetter die Zeilen für dieses Buch in die Tastaturen tippte:

„Gerd hat sich das Leben genommen!"

Was für ein ernüchternder Moment!

Ein Freund, den man seit Kindheitstagen kennt. Ein Freund, mit dem man die Pubertät durchlebt, die Nächte durchdiskutiert und die Fragen des Lebens gelebt hat – der Freund ist tot.

Wir haben über den Tod gesprochen, über das Leben danach oder über das Nichts, so wie wir uns früher auch in andere Menschen hineinversetzt hatten.

Und jetzt ist er einfach tot, er hat sich aufgehängt.

Haben wir etwas verkehrt gemacht?

Habe ich etwas versäumt?

Hätten wir etwas verhindern können?

Und jetzt?

&

Ich sitze mal wieder in den völlig überhitzten Räumen am Schreibtisch in der Redaktion. Draußen brütet der Juni-Sommer ein Gewitter aus und die Luft schiebt schwül und schwer die Bewegungsarmut vor sich hin. Während unten in den Räumen an der Auguste-Baur-Straße eine Klimaanlage vor sich hin wummert, ist es oben im ersten Stock brutig warm. Hinzu kommen die ohnehin nur schwer vereinbaren Klimavorlieben zwischen den männlichen und den weiblichen Mitarbeitern. Ich muss zugeben, manchmal kommt mir der Gedanke, dass Frauen ein gestörtes Temperaturempfinden besitzen. Wie sonst erklärt es sich, dass bei 27 Grad Raumtemperatur noch ein Jäckchen über die Schulter geworfen wird?

Nachdem unser neuer Vermieter am Blankeneser Bahnhof gerade mitgeteilt hat, dass die Fertigstellung wohl doch noch ein viertel Jahr länger dauern wird, haben wir es gerade noch hinbekommen, den bestehenden, bereits gekündigten Vertrag um ein paar Monate zu verlängern.

Mittlerweile platzen wir mit dem aktuell zur Verfügung stehenden Räumen aus den berühmten Nähten. Weitere Mitarbeiter sind hinzugekommen, es wird es immer enger. Die auf zwei Etagen verteilten rund 300 Quadratmeter sind bis auf die letzte Ecke ausgenutzt.

Wir sind, wenn alle sind, derzeit fünfzehn Mitarbeiter. Fast immer ist irgendjemand in Urlaub, aber es gibt durchaus Tage, da sind alle beisammen.

Die Gruppe Menschen, die hier zusammenarbeitet, fühlt sich wohl, das Betriebsklima könnte nicht besser sein. Lob und Anerkennung für unsere Arbeit kommt in Form von Zuspruch und Briefen, Marmeladengläsern und Obsttorten, Pizzen und Kaffee, Schulterklopfen und Lächeln.

Es wird viel gelacht und die Zuverlässigkeit untereinander ist eine der Selbstverständlichkeiten.

Ich selbst habe meinen Beruf zum Hobby gemacht und kann heute Pflicht und Motivation, Herausforderung und Engagement zusammenbringen. Das ist schon so etwas wie Erfüllung. Ich habe in über drei Jahrzehnten der Selbstständigkeit viele Höhen und Tiefen erlebt. Die sind die Würze des Erfolgs, sofern man ihn denn hat. Ich bin gespannt, wie es weitergeht.

Ich habe keine Lust auf 65 Jahre und dann Rentnerdasein. Ich habe Lust auf 97 Jahre und Redaktionskonferenz. Und vielleicht noch mal einen Kommentar schreiben. Oder auf dem Blankeneser Neujahrsempfang mit möglicherweise zittriger Stimme zu sagen:

„Sugar in the morning!“

Ich gespannt, wie es in unseren neuen Räumen am Blankeneser Bahnhof riechen wird. Die Nase ist schon voller Vorfreude.

Vielen Dank

&

Ich bedanke mich für die hilfreiche Unterstützung bei Dieter Both, Tim Holzhäuser, Sigrid Lukaszczyk und Patricia Schröder.

Ich danke der geduldigen Belegschaft, die mich gelegentlich versunken hinterm Laptop vorfand und – meistens – in Ruhe ließ.

Ich danke auch meinen Töchtern Jana und Nadine, die mir mit ihren Kindern, meinen Enkeln, eine Motivation zum Aufschreiben dieser Seiten gaben.

Und ich danke meiner Frau Gisela, die ich bereits kennenlernte, als sie 1957 eine Klasse unter mir in Blankenese eingeschult wurde.

Danken möchte ich auch allen *Klönschnack*-Lesern und -Inserenten, die mir mein berufliches Leben erst möglich machten.

Und denen, die dieses Buch gelesen haben.